ELLA DANZ
Osterfeuer

TÖDLICHES OSTERFEUERFEST Die erfolgreiche Kochbuchautorin Trude Kampmann wollte das Osterwochenende mit ihren Freundinnen eigentlich nutzen, um ihnen die Schönheiten ihrer ostholsteinischen Wahlheimat zu zeigen und sie mit eigenen Kreationen aus der Landhausküche zu verwöhnen. Doch die Vorfreude wird getrübt, als auch Margot aus dem Auto steigt, von der sich Trude gewünscht hatte, sie nie wieder zu sehen. Als Margot zwei Tage später, am Morgen nach dem traditionellen Osterfeuerfest, tot im Mühlteich gefunden wird, sind Ruhe und Frieden auf dem malerischen Anwesen endgültig dahin …

Ein äußerst verzwickter Fall, der dem Lübecker Hauptkommissar Georg Angermüller – ein ruhiger, zur Melancholie neigender Franke, den die Liebe in den Norden verschlagen hat und der einem guten Essen nie abgeneigt ist, – gewaltig auf den Magen schlägt.

Ella Danz lebt und arbeitet seit ihrem Publizistikstudium in Berlin. Geboren und aufgewachsen ist sie im oberfränkischen Coburg, wo sie den Wert unverfälschter, wohlschmeckender Lebensmittel und ihrer handwerklichen Zubereitung schätzen lernte. Deshalb wird in ihren Romanen ausgiebig gekocht und gegessen und eine spannende Handlung mit kulinarischen Genüssen zu köstlichen Krimis verbunden. Ella Danz ist Mitglied bei den „Mörderischen Schwestern" und im „Syndikat", der Vereinigung deutschsprachiger Krimiautorinnen und -autoren. Mit „Osterfeuer« startete sie ihre erfolgreiche Serie um den Lübecker Kommissar und Genussmenschen Georg Angermüller.

Bisherige Veröffentlichungen im Gmeiner-Verlag:
    Geschmacksverwirrung (2012)
    Ballaststoff (2011)
    Schatz, schmeckt's dir nicht? (2010)
    Rosenwahn (2010)
    Kochwut (2009)
    Nebelschleier (2008)
    Steilufer (2007)

ELLA DANZ
Osterfeuer

Kriminalroman

Personen und Handlung sind frei erfunden.
Ähnlichkeiten mit lebenden oder toten Personen
sind rein zufällig und nicht beabsichtigt.

Besuchen Sie uns im Internet:
www.gmeiner-verlag.de

© 2006 – Gmeiner-Verlag GmbH
Im Ehnried 5, 88605 Meßkirch
Telefon 0 75 75/20 95-0
info@gmeiner-verlag.de
Alle Rechte vorbehalten
9. Auflage 2012

Lektorat: Claudia Senghaas, Kirchardt
Umschlaggestaltung: U.O.R.G. Lutz Eberle, Stuttgart
unter Verwendung eines Fotos von: © Manni / photocase.com
Druck: GGP Media GmbH, Pößneck
Printed in Germany
ISBN 978-3-89977-677-5

Für Doris

Großen Dank an W. für Verständnis und Ermutigung.

Prolog

»… Man wässere die Hirne eine gute halbe Stunde in mäßig warmem Wasser und befreie sie sodann sorgsam von Häuten und Blutgefäßen. Nun hacke man sie klein und vermische sie gut mit einer mittelgroßen Zwiebel, die man zuvor gerieben hat, sowie einem in Milch eingeweichten, ausgedrückten Rundstück. Sodann füge man zwei frische, ganze Eier hinzu und schmecke mit Salz und Pfeffer ab …«

Trude legte das vergilbte, von Fettflecken übersäte Schreibheft beiseite und schob ihre Lesebrille von der Nase. Sie konnte sich beim besten Willen jetzt nicht auf dieses überbackene Kalbshirn nach Art der letzten Köchin vom Schlossgut Berkenthin konzentrieren. Durch das große Fenster wanderte ihr Blick gedankenverloren nach draußen.

Wolkenfelder trieben gemächlich über den Himmel und erlaubten hin und wieder der Sonne, ihre wärmenden Strahlen zur Erde zu schicken. Der Wind spielte lässig mit den Zweigen des Pflaumenbaumes, der in der Mitte der Wiese stand, und in den Blumenbeeten ringsum feierte der Frühling sein Erwachen mit Tulpen, Narzissen, Stiefmütterchen und frischem Grün. Auf der eingezäunten Weide fraßen sich drei Schafe langsam voran. Trudes Blick wanderte über die Tiere zu dem Wäldchen dahinter, hin zu den angrenzenden Hügeln, auf denen ein Trecker bei der Feldarbeit seine Bahnen zog.

War es wirklich erst drei Tage her seit sie in Erwartung ihrer Gäste unter dem Pflaumenbaum einen Moment innegehalten und die sie umgebende Idylle genossen hatte? Sie konnte es kaum glauben. In diesen drei Tagen hatte sich ihr ruhig dahinfließendes Leben, mit dem sie zufrieden, ja glücklich war, in einen schmutzigen Strudel von Beschuldigungen und Lügen, von nagendem Misstrauen und haltlosen Verdächtigungen verwandelt: Zuneigung hatte sich in Nichts aufgelöst und jahrelang beschworene Freundschaften sich als leere Floskeln entpuppt. Ob sie und Franz wohl wieder zu ihrem alten Vertrauen zurückfinden würden? Vielleicht hatte sie selbst ja nie genug Vertrauen gehabt? Keine Ahnung. Die Schuld an dieser hässlichen, niederdrückenden Situation trug jedenfalls allein Margot. Doch man würde sie nicht zur Verantwortung ziehen können, denn Margot war nicht mehr hier. Sie befand sich seit Sonntag schon in Lübeck, in einem perfekt temperierten Kühlraum der Gerichtsmedizin. Starr und stumm.

1

Die Hitze des Backofens ließ die kleinen, runden Teigstücke auf dem Blech sich aufplustern und färbte ihre Oberfläche langsam goldgelb. Die Scones verströmten eine betörende Duftmischung aus Vanille, Butter und Zitrone, welche die Küche zu erfüllen begann. Sie mischte sich mit dem Aroma bittersüßer Sevilla Orangen, das einer Tarte nach altenglischem Rezept entstieg, die bereits zum Auskühlen auf dem Fensterbrett stand und kündete von bevorstehendem Genuss. Trude war ganz in ihrem Element. Was gab es schöneres, als die Vorbereitung von köstlichen Speisen für die Bewirtung von Freunden? Doch noch war es nicht so weit. Mit geröteten Wangen fuhr sie zwischen Tisch, Spülmaschine, Spüle und Herd hin und her, zwischendurch dem Hund ausweichend, der alt, ziemlich taub und fast blind, immer genau dort stand oder lag, wo man ihn nicht vermutete. Nur sein Geruchssinn funktionierte noch ausgezeichnet und wo er etwas zum Fressen vermutete, war er zur Stelle.

»Mensch Lollo, irgendwann leg ich mich wegen dir noch mal lang hier! Troll dich ins Körbchen!«

Der Hund, die persönliche Ansprache bemerkend, erhob sich, legte erwartungsvoll den Kopf schief und wedelte mit dem Schwanz. Ansonsten blieb er, wo er war.

»Ja, so ist das mit uns Alten. Erst lassen die Augen nach, dann die Ohren und dann brauchst du ein Ersatzteil am andern ...«

»Na Elsbeth, fishing for compliments? Du kannst dich doch wirklich nicht beklagen – fünfundsiebzig und fit wie'n Turnschuh. Du fährst Fahrrad, schwimmst fast jeden Tag in der grauenhaft kalten Ostsee, lernst Englisch, spielst Theater und was du sonst noch alles so treibst. Und mir nimmst du auch noch eine Menge Arbeit ab. Da kenne ich aber andere ...«

Trudes Worte bewirkten, dass sich ein erfreutes Lächeln auf dem Gesicht der alten Dame ausbreitete. Sie strich sich eine Strähne ihrer silberblonden Haare aus dem gebräunten, immer noch jugendlich wirkenden Gesicht und murmelte nicht ohne Stolz: »Na ja, es könnte einem schlechter gehen.«

»Siehst du! Und das wird auch so bleiben, denn schließlich wirst du hier gebraucht. Olli und Franz brauchen dich, die Tiere brauchen dich und von mir gar nicht zu reden!«

»Ja Trudchen, is ja gut! Wollte eben auch mal bisschen jammern. Kann ich jetzt noch irgendwas für dich tun? Sonst ziehe ich mich nämlich zurück.«

»Ich denke nicht. Wir haben ja sogar schon fast alles für das Abendessen gemacht und den Fisch kann ich erst kurz vorher zubereiten ... Vielen Dank, Elsbeth! Du warst wie immer eine große Hilfe.«

»Na, da werdet ihr reichlich zu erzählen haben, du und deine Freundinnen, wo ihr euch nach so langer Zeit mal wieder seht ...«

»Aber klar! Du wirst uns wahrscheinlich bis hoch zur Mühle gackern hören!«

Elsbeth lachte und zog ihre adrette, weiße Kittelschürze aus, tauschte die Hauspantoletten gegen ihre grünen Gummistiefel, zog ihren Anorak über und verabschiedete sich.

»Tschüß, Trude. Bis später!«

»Bis heute Abend! Dann wirst du meine Weiberrunde auch kennen lernen.«

Mit eingezogenem Kopf lief Elsbeth schnellen Schrittes durch den Nieselregen, der gerade wieder begonnen hatte, vom Himmel zu sprühen. Trude schloss hinter ihr die Tür, die direkt von der Küche über eine kleine Steinterrasse in den Garten führte. Was für ein Glück sie doch hatte, dass Franz außer seinem Sohn Oliver auch noch seine Schwiegermutter – oder Ex-Schwiegermutter? – mit in die Ehe gebracht hatte. Ihre Tochter war kurz nach der Geburt von Oliver gestorben und da sie selbst auch allein war, siedelte Elsbeth zu ihrem Schwiegersohn über, führte ihm den Haushalt und kümmerte sich um Oliver. Natürlich sorgte sich Trude, dass die Ältere sich verdrängt fühlen würde, als sie vor fünf Jahren nach Warstedt zog. Sie sah die klassischen Konkurrenzen und Eifersüchteleien auf sich zukommen. Doch Elsbeth und sie verstanden sich auf Anhieb. Elsbeth gab gerne ihre Hausherrinnenposition auf, um sich ihren zahlreichen anderen Interessen zu widmen und war doch sofort zur Stelle, wenn ihre Hilfe oder ihr Rat gebraucht wurde. In ihrer ehrlichen, unkonventionellen Art und Herzlichkeit war sie für Trude zu einem unverzichtbaren, hochgeschätzten Mitglied ihrer neuen, kleinen Familie geworden.

Noch fast drei Stunden bis zum Eintreffen der Gäste und es gab nicht mehr viel zu tun. Franz und Olli nutzten den Feiertag, um im Yachtclub ihr Segelboot für die kommende Saison vorzubereiten. So hatte Trude noch Zeit und Ruhe, ein wenig am Exposé für ihr neuestes Buchprojekt zu feilen. Wenn erst mal ihre Berliner Freundinnen eingetroffen waren, konnte sie das Osterwochenende arbeitsmäßig wohl vergessen. Nach dem überraschenden Erfolg ihres Erstlings »Geschmack und Vorurteil – Die Englische Landhausküche seit Jane Austens Zeiten« beabsichtigte Trude jetzt, sich der holsteinischen Küche anzunehmen, die im Reich der Gourmets auch eher ein Schattendasein führte. Die ersten

Recherchen, die sie in Archiven und Bibliotheken, sowie Herrenhäusern und Gutshöfen der näheren Umgebung unternommen hatte, fand sie äußerst vielversprechend. Die Geschmackskompositionen waren zum Teil ausgesprochen originell und es gab reichlich Material für eine Mischung aus historischem Sittengemälde, regionalen Rezepten und Anekdoten. Dann musste das Ganze noch mit Fotos der bezauberndsten Häuser und Landschaften garniert werden und natürlich mit betörend opulenten Arrangements der vorgestellten Gerichte – ein wahrer Augenschmaus sollte das werden! Die Vorschläge und Ideen, die sie ihrem Verlag unterbreiten wollte, sprudelten nur so aus ihr heraus.

Eine wahrhaft glückliche Fügung war es, dass sie diesen Themenbereich für sich entdeckt hatte, der ihrer ganz persönlichen Leidenschaft für alles, was mit Koch- und Esskultur zusammenhing, auf wunderbare Weise entgegenkam. Als sie damals Hals über Kopf aus der Großstadt in die norddeutsche Provinz flüchtete, hatte sie keinen Gedanken an ihre berufliche Zukunft verschwendet. Sie war froh, dem täglichen Kampf um Aufträge als sogenannte freie Journalistin entronnen zu sein, den sie, je älter sie wurde, als immer strapaziöser empfand. Sie konnte erst einmal aufatmen, da Franz ihr ein Leben ohne finanzielle Sorgen bot. Doch der naive Traum vom abwechslungsreichen Landhausalltag, mit Kochen und Backen für große Runden, dem Einmachen und Vorräteanlegen für den Winter, hatte in einem Vierpersonenhaushalt mit Spülmaschine und Tiefkühltruhe nicht lange Bestand. Außerdem hatte sie für Haus und Hof jede erdenkliche Hilfe in Form einer Putzfrau, eines Gärtners und natürlich Elsbeth, der Unermüdlichen. Auch pflegte man bedauerlicherweise nicht mehr die aufwendige Gastfreundschaft des englischen Landadels im 19. Jahrhundert mit Einladungen zu ausgedehnten Lunches oder geselligen Afternoon Teas mehrmals im Monat. Oliver war, als sie ihn

kennen lernte, bereits ein ziemlich selbständiger Fünfzehn-
jähriger, mit dem sie sich auf Anhieb verstand, der aber
keiner intensiven Betreuung, außer hin und wieder Nach-
hilfe in den sprachlichen Schulfächern, bedurfte. Und ein
Engagement im örtlichen Lion's Club, das ihr bald von
den maßgeblichen Damen der Warstedter Society angetra-
gen worden war oder die Mitarbeit am Gemeindeblättchen,
füllten ihre Tage bei weitem nicht aus.

Da alles, was mit Kochen und Essen zusammenhing, in
den letzten Jahren ohnehin einen Schwerpunkt ihrer jour-
nalistischen Arbeit bildete, hatte sie begonnen, sich genauer
mit den historischen Vorbildern ihrer Idealvorstellung vom
Landleben zu beschäftigen. Als junges Mädchen schon faszi-
nierten sie die Bücher der drei Brontë-Schwestern und Jane
Austens, in denen Tees, Dinners und Picknicks eine wichtige
Rolle spielten. Von jeher der gediegenen britischen Lebensart zugetan, begann sie, über die im Allgemeinen von Fein-
schmeckern eher gemiedene englische Küche zu forschen,
und fand, was sie immer geahnt hatte: Nicht wenige englische Männer und Frauen hatten sich durch ihren Reise- und
Forschungsdrang große Verdienste um die Entwicklung der
europäischen Esskultur erworben. Letztendlich bestimm-
ten nur die Fähigkeiten eines Kochs und nicht die ethnische
Zugehörigkeit einer Speise ihren Wohlgeschmack.

Natürlich dauerte es entmutigend lange, bis endlich ein
Lektor erkannte, welches Potential in ihrem unverlangt ein-
gesandten Manuskript steckte. Doch schließlich profitierte
sie vom Revival der englischen Damenliteratur in Buch und
Film und der kleine Verlag, der wagemutig zugegriffen hatte,
verfügte über einen Bestseller. Nun gut, ob ihr die Aufhe-
bung des Vorurteils gegenüber englischer Kochkunst gelungen war, daran mochte man zweifeln. Gelungen war ihr mit
»Geschmack und Vorurteil« auf jeden Fall ein wunderschö-
nes, bibliophiles Stück Küchenliteratur, welches Eingang

in die höchst weihevollen Spalten der Feuilletons gefunden hatte, und, darauf war sie besonders stolz, das eine Fülle von authentischen Rezepten des achtzehnten und neunzehnten Jahrhunderts enthielt, so aufbereitet, dass jeder interessierte Zeitgenosse seine Gäste damit zutiefst beeindrucken konnte. Ehrensache, dass Trude auch ihre Freundinnen mit Fundstücken aus ihrem Buch bewirten würde. Schließlich hatte sie einen Ruf zu verteidigen als geniale Köchin und Gastgeberin, die ihre ganz eigene Küche pflegte und sich dem ausgelutschten Trend Prosecco/Rucola/Mozzarella oder modischem Schnickschnack à la Pacific Food mutig entgegenstellte.

Zufrieden klappte Trude den Laptop zu und begab sich zurück in die Küche. Sie schlug die Sahne, die sie in Ermangelung von echter Clotted Cream, dieser klumpigen englischen Skurrilität, als Ersatz zu den Scones beim Creamtea reichen wollte. Auf dem rohen Holztisch in dem geräumigen, hellen Raum, der durch die vielen vorhanglosen Sprossenfenster, die fast bis zum Boden reichten, wie ein Wintergarten wirkte, stand handgetöpfertes blaues Teegeschirr für drei Personen bereit. Die ganze Küche war von den Fliesen, über Fensterrahmen und Türen bis zu den schmückenden Accessoires in Blau und Weiß gehalten und strahlte eine schlichte Behaglichkeit aus. Der kundige Betrachter sah sofort, dass hier jemand geplant hatte, der Wert auf Funktionalität legte, ohne dabei den ursprünglichen Charakter des Bauernhauses zu zerstören oder aber ins süßlich, kitschige Landhausambiente abrutschen zu wollen. Die Einbauküche aus weiß lasiertem Kiefernholz bot großzügige Arbeitsflächen, durch Punktstrahler bestens ausgeleuchtet, und optisch perfekt integrierte modernste Küchentechnik. Der große Esstisch, an dem mindestens zwölf Personen Platz finden konnten, erzählte mit seiner leicht fleckigen Patina von so manchem köstlichen Mahl, genossen in gemütlicher Runde.

Plötzlich erstrahlte die Küche in blendender Helligkeit. Der allgegenwärtige Ostseewind hatte die Wolken vertrieben und wenigstens für ein paar Minuten herrschte eitel Sonnenschein. Trude schlüpfte in ihre Gummistiefel – ein unverzichtbares Utensil des Landlebens in Ostholstein – nahm sich die Gartenschere, die neben der Terrassentür an der Wand hing, und ging schnellen Schrittes über den regenglitzernden Rasen, um aus den sich links davon anschließenden Blumenbeeten einen Strauß für den Küchentisch zu schneiden. Natürlich veranstalteten die drei Schafe auf der Weide am Ende des Grundstücks bei ihrem Anblick wie immer ein Mitleid erregendes Geblöke, als ob sie kurz vor dem Hungertod stünden. Doch Trude war mit dem Zusammenstellen ihres Straußes beschäftigt und achtete gar nicht darauf. Den Arm voller gelber Tulpen und einiger weißer Narzissen, kam sie zurück und blieb unter dem Pflaumenbaum in der Mitte der Wiese stehen. Durch die noch kahlen Zweige spürte sie die kräftigen Strahlen der Aprilsonne und atmete tief die frische Luft ein. Der Anblick des weißen, reetgedeckten Hauses inmitten der nach dem grauen Winter wieder zum Leben erwachenden Natur entlockte ihr einen zufriedenen Seufzer. Ja, sie fühlte sich hier zu Hause, sie war endlich angekommen. Was würden wohl Iris und Betty zu ihrer neuen Heimat sagen? Sie werden natürlich grün vor Neid, dachte Trude befriedigt. Schließlich gehörte außer Strohdachhaus, Wiese, Garten und Weide mit Weiher auch noch die alte Mühle, eine große Scheune und ein Stallgebäude zu dem pittoresken Hofensemble, nicht zu vergessen die angrenzenden Wiesen und Felder und mitten darin der ehemalige Mühlteich. Wenn das nicht beeindruckend war …

Sie stellte die gelbe Tulpenpracht in einem großen Glaskrug auf den Tisch, bestäubte die orangegoldene Tarte dick mit Puderzucker, platzierte sie neben dem Teegeschirr, stellte

Milch und braunen Zucker bereit und legte noch Servietten im Gelb der Tulpen unter die Kuchengabeln. Die Scones ließ sie noch im Ofen, damit sie warm genossen werden konnten. Zufrieden begutachtete Trude das appetitliche Arrangement und hörte im Geiste schon die entzückten Ausrufe ihrer Gäste.

Lange konnte es nicht mehr dauern bis zu ihrem Eintreffen. Aber sie wollte noch schnell in die Gästewohnung hinter der Mühle laufen und sehen, ob Silke auch nicht vergessen hatte, die Heizung aufzudrehen. Das Mädchen putzte erst seit einigen Wochen bei ihr, war sehr nett und willig, jedoch etwas vergesslich, was Anweisungen außerhalb der Routine betraf. Außerdem konnte sie gleich noch den kleinen Narzissenstrauß drüben auf den Tisch stellen. Sie war schon auf Höhe der Gästewohnung, da hörte sie einen Wagen auf den Hof fahren. Als sie sich umdrehte, kam der rote Peugeot gerade vor dem Wohnhaus zum Stehen, die Türen wurden rasch geöffnet und Iris und Betty entstiegen dem Gefährt. Eine dritte Person zwängte sich ebenfalls noch von der Rückbank ins Freie. Trude, die eben noch durch Rufen und Winken auf sich aufmerksam machen wollte, duckte sich überrascht hinter den nächststehenden Holunderbusch. Die dritte Frau schüttelte den blonden Lockenkopf, streckte beide Arme in die Luft, räkelte sich nach allen Seiten, verschränkte dann die Arme vor der Brust und warf abschätzend prüfende Blicke um sich.

»Das ist es also, ja Mädels? Trudis holsteinischer Palazzo ...«

Unwillkürlich ging Trude hinter dem Gebüsch noch mehr in die Knie, als sie die altbekannte Stimme hörte. Margot! Was wollte die denn hier? Sie hatte sie nicht eingeladen. Wie auch. Seit fast zehn Jahren hatten sie sich weder gesehen noch gesprochen. Iris oder Betty oder beide waren offensichtlich von der nostalgischen Vorstellung beseelt, die alte Runde von vor zwanzig Jahren wieder auferstehen zu lassen. Erste Zeichen von Altersdemenz bei den Damen. Sie hatte ihnen doch mehr als einmal deutlich gemacht, dass sie mit Margot nichts mehr zu tun haben wollte.

Egal. Jetzt musste sie sich entscheiden, wie sie mit der Situation umgehen wollte. Und zwar schnell. Ewig konnte sie hier nicht hinter dem Holunder hocken bleiben. Was würde Elsbeth denken, die in der Mühle wohnte und sie bestimmt sehen konnte. Wieso erschrecke ich überhaupt so, wenn diese Person hier unaufgefordert auftaucht? Ich werde sie die paar Tage lang ertragen müssen und danach werde ich Iris und Betty zur Schnecke machen, wie sie auf diese dämliche Idee verfallen konnten, Margot hier anzuschleppen. Die Freude eines hysterischen Anfalls meinerseits werden sie jedenfalls nicht haben und die Überraschung ist ihnen auch nur halb gelungen, denn jetzt bin ich gewappnet!

Und damit richtete sich Trude zu voller Größe auf, wedelte mit dem Narzissenstrauß und rief:

»Da seid ihr ja endlich! Und einen Überraschungsgast habt ihr auch noch mitgebracht – was für eine ausgefallene Idee! Kommt doch 'rüber zu mir und lasst euch begrüßen!«

Außerhalb der gepflasterten Flächen hatte sich der Hofboden von dem häufigen Regen in den letzten Wochen in rutschigen, weichen Matsch verwandelt. Wohl oder übel hieß es ihn durchqueren, wenn man zur Mühle wollte. Mit grimmiger Freude beobachtete Trude, wie Iris und Betty in ihren feinen Schühchen unsicher durch den Modder stakten und dabei Rufe der Wiedersehensfreude und des Wohlgefallens ob der wunderschönen Umgebung ausstießen. Margot hingegen setzte sich ins Auto, fuhr damit auf die gepflasterte Fläche vor der Mühle und begrüßte Trude als erste.

»Also, meine Idee war es nicht, hier uneingeladen einzufallen. Doch zugegeben fand ich es ganz reizvoll, sich nach all den Jahren mal wieder zu sehen ... denkst du nicht auch, meine Liebe?«

Margot sagte dies ohne die Spur von Verlegenheit oder Unsicherheit. So war sie. Schwamm in ihrer Selbstsicherheit wie das Fettauge in der Suppe, von sich überzeugt bis an die Schmerzgrenze. Anstelle einer Antwort deutete Trude nur ein Lächeln an und fügte sich der folgenden Umarmung samt Luftküsschen.

Auf den ersten Blick fand sie Margot in ihrer äußeren Erscheinung unverändert: Die kräftige, sehr weibliche Figur, das glatte, bis auf den dunkelroten Lippenstift wenig geschminkte Gesicht mit der äußerst seriösen, dunkelrandigen Brille und nach wie vor die immer ungekämmt wirkende, blond gefärbte Lockenpracht. Sie musste jetzt siebenundvierzig sein, zwei Jahre älter als Trude. Ein bisschen voller war sie vielleicht geworden, doch das schien ihre alte Vorliebe für figurbetonte Kleidung nicht im geringsten zu beeinträchtigen. Das edle, hellgraue Strickkleid mit dem riesenhaften, weich fallenden Rollkragen zeichnete jede ihrer Rundungen überdeutlich ab. Dazu der nicht eben dezente rote Modeschmuck und die ebenfalls roten Velourslederpumps, das war die alte, unnachahmliche Mischung aus damenhafter Strenge und schlampiger Eleganz.

Über den Zustand ihrer Schuhe lamentierend waren Iris und Betty inzwischen vor der Mühle angelangt. Doch als sie Trude gegenüberstanden, strahlten ihre Gesichter sofort um die Wette.

»Kaum zu glauben, dass es schon wieder ein Jahr her ist, seit wir uns das letzte Mal in Berlin gesehen haben! Es ist schön, hier zu sein, Trude!«

Iris schien fast zu ein paar Tränchen gerührt, tupfte sich jedenfalls unnachahmlich wohlerzogen mit den Spitzen ihrer langen, schlanken Zeigefinger zwischen Augen und Nase. Mit der ihr eigenen formellen Höflichkeit, hinter der Trude herzliche Zuneigung ahnte, die Iris aber nie offen zeigte, wollte sie Trude die Hand zur Begrüßung reichen.

»Komm, lass dich drücken!«

Trude umarmte sie fest und hatte wie immer bei Iris das Gefühl, ein junges Vögelchen zu berühren, so schmal und leicht und verwundbar fühlte sich ihre dünne Freundin an, die nur etwas kleiner als sie selbst, aber bestimmt mehr als zwanzig Kilo leichter war. Mit Sicherheit entsprach Iris nicht irgendeinem Zeitschriftenschönheitsideal, doch Trude fand ihr Aussehen schon immer beeindruckend: Die dunklen, mittlerweile graumelierten Haare trug sie extrem kurz, was ihr schmales Gesicht mit den braunen Augen sehr gut zur Geltung brachte, aber auch eine gewisse Strenge vermittelte. Wie immer trug sie Schwarz. Hose und Jackett waren schmal geschnitten, von schlichter Eleganz und sahen teuer aus. Trude wusste es allerdings besser. Ihre Freundin durfte sich zwar mit einem Doktortitel schmücken, hangelte sich aber seit Jahren von einem unbedeutenden Lehrauftrag zum andern. In dem von Karrieristen, Intriganten und Blendern beherrschten Unibetrieb konnte sie in ihrer vornehm zurückhaltenden Redlichkeit mit ihrem altmodischen Pflichtgefühl keine Sprosse auf der Leiter nach oben erklimmen. Ein gewisser Stolz und die Angst vor geistiger Leere hinderten Iris jedoch daran, sich einen Brotjob, in welcher Branche auch immer, zu suchen. Ähnliches war wohl auch der Grund, dass Iris schon lange keine feste Beziehung mehr hatte. Mit Leib und Seele hatte sie sich der Literaturwissenschaft verschrieben. Trude wusste, dass sie nur dank eiserner Disziplin mit ihrem geringen Einkommen überleben konnte und es war wahrhaft bewundernswert, wie sie trotzdem nur perfekt gekleidet auftrat, meist darauf bestand, Restaurantrechnungen selbst zu bezahlen, und stets eine nette Kleinigkeit als Gastgeschenk dabei hatte.

Wie immer sträubte sie sich auch diesmal kaum merklich gegen die Nähe der Umarmung, wie ein kleiner Vogel, der mit flatternden Flügeln versucht, seinem Fänger zu entkommen.

Betty bedurfte keiner Aufforderung. Sie war noch etwas kleiner als Iris, dafür aber ziemlich rund und um sich von ihr so richtig knuddeln zu lassen, musste Trude sich etwas niederbeugen.

»Wir sind eben treue Seelen, uns wirst du nicht los und wenn du nach Nordgrönland ziehen würdest! Und um unsere alte Weiberrunde zu komplettieren, haben wir diesmal noch die Margot mitgebracht. War doch eine Superidee, oder? Jetzt können wir perfekt in alten Zeiten schwelgen.«

»W u n d e r b a r! Herzlich willkommen auf dem Mühlenhof, alle zusammen.«

»Ich finde das sehr bemerkenswert, dass wir es geschafft haben, dieses Wochenende zu organisieren! Seit Jahren sprachen wir davon und ich habe, ehrlich gesagt, nicht gedacht, dass wir das je verwirklichen würden. Und welch ein Paradies hätten wir verpasst! Du bist wirklich zu beneiden, Trude, weißt du das eigentlich?«

Iris ließ ihren Blick umherschweifen und breitete in gemessen großer Geste die Arme aus.

»Für mich ist das der schönste Platz auf Erden und ich habe auch nicht vor, hier wieder wegzugehen. Ich bin sehr glücklich hier.«

Trude meinte, was sie sagte. Sie hatte auf dem Mühlenhof ihre Seelenruhe wieder gefunden und würde sie sich durch nichts und niemanden wegnehmen lassen …

»Dein neuer Ehemann lässt ja zumindest finanziell nichts zu wünschen übrig. Was hast du nur, was wir nicht haben, dass du immer das große Los ziehst?«

Von wegen »Immer das große Los …« – Trude zog es vor, Margots Kommentar zu überhören.

»Und jetzt kommt – ich zeige euch eure Kemenate!«

Sie führte die drei Frauen auf einem Kiesweg an der alten,

runden Mühle vorbei, zu einem sich daran anschließenden, aus Backsteinen gemauerten Häuschen.

»Hier wohnt ihr. Das ist der ehemalige Maschinenraum. Den haben wir vor ein paar Jahren zur Gästewohnung umgebaut. Oben sind zwei Schlafräume und unten habt ihr den Wohnraum mit offener Küche und Bad. Folgt mir, der Eingang ist auf der anderen Seite.«

»Das ist ja ein Kleinod! Und so gemütlich eingerichtet! Also, hier bleiben wir!«

Der Fußboden bestand aus terracottafarbenen Fliesen, darauf lag im Wohnbereich ein großer, bunter Flickenteppich vor einem alten Kanapee, das ebenso wie zwei bequeme Ohrensessel mit einem naturfarbenen Leinenstoff bezogen war. In der Wand dahinter befand sich ein offener Kamin. Eine alte hölzerne Eckbank mit passendem Tisch und drei Stühlen bildete zusammen mit einer alten Kommode die ganze Einrichtung. Die kleine Küchenecke auf der anderen Seite war praktisch und unauffällig zugleich eingerichtet.

Iris und Betty überboten sich mit ihren Lobpreisungen.

»Und dieser Ausblick! Wahnsinn!«

»Ja, das ist was anderes als die Berliner Straßenschluchten, nicht? Da, vor euren Fenstern grasen morgens die Hasen und Rehe – das gehört alles zu unserem Wellness Programm für geplagte Großstadtmenschen!«

Da der größte Teil der Wand gegenüber der Eingangstür aus verglasten Türen bestand, ebenso die linke Stirnseite des Raumes, machte der nicht übermäßig große Wohnraum den Eindruck großzügiger Weite. Und der Blick konnte ungehindert über die kleine Kiesterrasse in die Wiesen und Felder schweifen, die sich dahinter bis zum Horizont erstreckten und zwischen denen die Wasserfläche des alten Mühlteichs glänzte.

»Wie ist's? Wollt ihr erst mal auspacken? Ach so, in den Schlafräumen oben sind alle vier Betten bezogen und Handtücher gibt's im Schrank im Badezimmer. Wenn ihr durstig seid: Hier sind Mineralwasser und Saft und ihr könnt euch auch einen Tee oder Kaffee kochen. Nehmt, was ihr braucht.«

Trude holte für den kleinen Narzissenstrauß eine Vase aus einem der Schränke in der Küche, füllte sie mit Wasser und platzierte sie in der Mitte des Holztisches, der vor der Eckbank am Fenster stand.

»Hier ist übrigens auch alles da an Geschirr und Töpfen – falls ihr euch selbst bekochen wollt...«, sagte Trude in scherzhaftem Ton.

»Selbst wenn wir das wollten, gehe ich davon aus, dass Frau Bestsellerautorin es sich nicht nehmen ließe, an uns ihre viel gepriesenen Trouvaillen englischer Kochkunst auszuprobieren ...«, gab Margot spöttisch zurück.

»Vielen Dank, Trudi! Das ist alles ganz wunderbar hier!«, Betty mischte sich eifrig ein.

»Ich denke, wir holen unser Gepäck und machen uns ein bisschen frisch, oder?«

Sie sah ihre beiden Mitreisenden fragend an und die nickten.

»Gut. Wenn ihr fertig seid, kommt ihr einfach rüber. Dann trinken wir erst mal Tee. Ach, eh' ich's vergesse ...«, Trude warf einen Blick auf die matschigen Schuhe ihrer beiden Freundinnen, »Gummistiefel für Gäste befinden sich in der Kiste vor der Haustür ...«

Voller widerstreitender Gefühle und Gedanken stapfte Trude zurück zum Haus. Margot hatte sich überhaupt nicht verändert.

Der Verlauf der ersten Stunden mit den Freundinnen war fast harmonisch zu nennen. Zuerst hatte Trude einen riesigen Korb mit exquisiten Delikatessen für die feine Küche als Gastgeschenk überreicht bekommen, von denen die Freundinnen richtig vermutet hatten, dass sie im Städtchen in dieser Vielfalt und Qualität nicht angeboten wurden. Anschließend hatten sie eine Hausbesichtigung gemacht und dann hatten Iris und Betty mit Wonne reichlich von den selbstgebackenen Köstlichkeiten verzehrt, Tee getrunken und mit begeisterten Komplimenten über Haus, Hof und Umgebung nicht gespart. Auch Trude hatte entgegen ihres Vorsatzes, höchstens ein Stückchen Tarte zu probieren, kräftig zugelangt. So war das immer: Kaum störte etwas ihre Seelenruhe, sog sie alles Essbare auf, ignorierte ihr natürliches Sättigungsgefühl und ihren Verstand und fand so zumindest für kurze Zeit ihren Frieden. So lange, bis sie auf die Waage stieg …

Margot hatte sich sehr zurückgehalten. Natürlich trank sie keinen Tee, sondern brauchte ihren Milchkaffee und ihre Zigaretten dazu. Von Trude um Rücksicht auf den nicht rauchenden Rest der Gruppe gebeten, stellte sie sich für jeden ihrer zahlreichen Glimmstängel an die geöffnete Terrassentür. Der Wind blies den Rauch ins Zimmer zurück und brachte gleichzeitig eine unangenehme Kälte mit.

»Und jetzt kommt von deinem ›Geschmack und Vorurteil-Buch‹ schon die dritte Auflage raus? Den Titel finde ich schön gewählt! Das ist wirklich beeindruckend, dass du so einen Erfolg hast – findet ihr nicht auch?«

Iris schaute von einem zum anderen. Als Gastgeberin genoss Trude das Privileg – zumindest vorerst – im Mittelpunkt des allgemeinen Interesses zu stehen und wurde, wie sich das gehört, reichlich mit Streicheleinheiten bedacht.

Betty nickte zustimmend. Margot zog unschlüssig die Schultern hoch.

»Mein Gott ja, ein netter Verkaufserfolg … Aber ehrlich gestanden: Kochen interessiert mich überhaupt nicht.«

Und sie drückte völlig unbefangen ihren Zigarettenstummel im Blumenkasten neben der Terrassentür aus und kam an den Tisch zurück. Für Margot war das Thema erledigt, da mochte noch soviel Herzblut in Trudes Schreibarbeit geflossen sein.

Ja, das war Margot. Als Betty, Iris und Trude sie kennen lernten – hoffnungsvolle, junge Frauen Anfang zwanzig – waren sie auf Anhieb von ihr begeistert. Ihr geistreicher Witz, ihr scharfer Verstand und vor allem ihre scheinbar absolute Ehrlichkeit machten sie zu einer Art ungekrönter Herrscherin der kleinen Runde. Ihre schonungslose Kritik und ihre drastischen Ratschläge fanden die Freundinnen zwar teils schockierend, aber hilfreich. Es war nicht so, dass sie allgemein beliebt war, aber jeder schmückte sich gern mit ihrer Anwesenheit, denn sie erregte überall Aufsehen, brachte Glanz und Spannung auf jede Party. Völlig ungerührt sagte sie jedem das, was sie dachte. Jedem. Alles. Das jedenfalls glaubten sie damals. Im Lauf der Jahre aber wurde Trude klar, dass Margot ein ganz anderes Spiel spielte. Und so zog sich Trude peu à peu immer mehr von ihr zurück. Margot rief weiterhin an, kam unangemeldet zu Besuch und klinkte sich in gemeinsame Verabredungen mit den anderen Freundinnen ein. Sie schien gar nicht zu bemerken, dass Trude mit ihr nicht mehr über persönliche Dinge sprach, sie nie mehr ins Vertrauen zog und auch nie mehr aktiv Kontakt zu ihr aufnahm. Deswegen war das Nichteingeladensein für Margot auch jetzt überhaupt kein Anlass zu falscher Zurückhaltung.

»Auch wenn dich das Thema nicht interessiert, musst du doch anerkennen, dass »Geschmack und Vorurteil« gut recherchiert und geschrieben ist und von einer beeindruckenden gestalterischen Ästhetik.«

Iris fühlte sich berufen, Trudes Erfolg nicht von Margot schmälern zu lassen.

»Abgesehen davon, entschuldige meine Offenheit, Margot: Kochen konntest du ja noch nie …«

»Muss man das können? Ich kenne wesentlich nettere

Tätigkeiten, mit denen ich meine Zeit verbringen kann, als ausgerechnet Kochen ...«

»Nun sei doch nicht so unsachlich! Man kann doch persönliche Vorlieben nicht als einzigen Maßstab ...«

Betty beendete die kleine Diskussion indem sie Iris einfach das Wort abschnitt und verkündete mit verschwörerischer Miene: »Von wegen gute Bücher: Es gibt übrigens eine große Neuigkeit ...«

Sie richtete ihren Blick auf Iris.

»Soll ich es sagen oder willst du?«

Es war Iris anzusehen, dass sie wohl am liebsten gar nichts sagen oder hören wollte, aber sie hob nur resigniert die Schultern und überließ Betty widerspruchslos das Feld.

»Iris hat ab Mai einen festen Job! Einen gut bezahlten, festen Job!«

Triumphierend als ob es ihr Verdienst sei, blickte Betty in die Runde.

»Mensch, das ist ja toll! Was für ein Job ist es denn?«, wollte Trude wissen.

»Nun erzähl doch mal, Iris!«, drängelte Betty, »oder muss ich das auch noch für dich erledigen?«

»Aus meiner Sicht hättest du gar nichts erzählen müssen«, antwortete Iris, lächelte aber dabei.

»Ich werde das neue Literaturmagazin auf Kanal 3 betreuen. Also hauptsächlich redaktionelle Arbeit im Hintergrund leisten. Aber ich soll auch Beiträge herstellen und später wahrscheinlich Gespräche mit Autoren und Autorinnen moderieren.«

»Das hört sich doch gut an! Wie für dich gemacht! Und wenn es auch noch gut bezahlt wird – umso besser!«, freute sich Trude.

»Was denn? Unsere Frau Doktor begibt sich in die geistigen Niederungen eines Privatsenders? Ob du das ertragen wirst?«

Die satte Häme troff nur so aus Margots Worten.

»Kanal 3 ist noch nie ein Krawallsender gewesen und der Chef, Dr. Dietrich, scheint mir durchaus ein Mensch mit einem gewissen Qualitätsanspruch zu sein. Er will den geistigen Horizont seiner Zuschauer noch mit etwas anderem als vermeintlich intelligenten Quizshows fördern, zum Beispiel die Leute mit diesem neuen Magazin zum Lesen anregen. Daran kann ich nichts Anrüchiges finden«, stellte Iris ruhig und sachlich fest und auch Trude und Betty protestierten. Doch ihre Argumente drangen gar nicht zu Margot vor.

»Ach nee. Der Diddi wird dein Chef! Grüß ihn doch mal ganz lieb von mir!«

Genüsslich betonte Margot die verniedlichte Namensform und ließ keinen Zweifel aufkommen, dass sie den Mann sehr gut kannte. Niemand reagierte auf ihren Einwurf und Trude sagte warm: »Also, das freut mich wirklich für dich, Iris! Du hast es verdient! So lange wie du dich mit schlecht bezahlten Lehraufträgen und anspruchsvollen Hilfsjobs, die viel Ehre aber keine Kohle brachten, durchgeschlagen hast – ich wünsche dir viel Erfolg!«

»Vielen Dank.«

Iris nickte.

»Ich muss zugeben, die letzten Jahre waren nicht einfach für mich. Denkt nicht, dass ich keine gut dotierte, feste Stelle angenommen hätte – es hat sich einfach nicht ergeben. Andererseits wollte ich aber auch nicht irgendetwas völlig anderes machen, nur um Geld zu verdienen. Diese Konsequenz verschafft zwar eine gewisse Befriedigung und das Gefühl frei und unabhängig zu sein, aber der ständige Wettbewerb um klitzekleine Aufträge, dieser ständige Existenzkampf kostet eine Menge Kraft. Ich habe immer versucht, das zu verdrängen, aber ich werde ja nicht jünger und das macht es nicht einfacher, da entwickelt man Zukunftsängste. Es ist schon ein sehr gutes Gefühl, zukünftig regelmäßig ein Gehalt zu bekommen, endlich einmal eine Sicherheit in meinem Leben. Und aus dieser Ruhe heraus fühle ich eine große Energie wachsen. Ich sage Euch, ich kann es gar nicht erwarten, meine neue Stelle anzutreten!«

So offen und ausführlich hatte Trude die Freundin selten über ihre Gefühle reden hören. Sie konnte daran erkennen, wie viel schwerer der Alltag für Iris in den letzten Jahren immer gewesen sein musste, als diese es sich je hatte anmerken lassen und sie bewunderte sie im Nachhinein dafür umso mehr.

»Hältst du dich etwa ernsthaft für die geeignete Besetzung so eines Jobs, Iris?«

Margots Stimme voller Spott und Skepsis flog wie ein giftiger Pfeil durch den Raum und es entstand eine kurze, peinliche Stille. Iris war offensichtlich entschlossen, den Einwurf zu ignorieren, doch Betty fühlte sich genötigt, einzugreifen und fragte scharf: »Was soll das jetzt, Margot? Gönnst du Iris das nicht?«

»Was hat das damit zu tun?«

Margot war ganz der kühle Profi.

»Ich darf doch wohl meine Zweifel an Iris' Eignung für diesen Job äußern, ob sie mit ihrem hehren Anspruch jemals der Trivialität einer so genannten Literatursendung gerecht werden kann, die ja vor allem unterhalten soll. Und außerdem sollte man doch alten Freunden helfen, wenn man kann …« Sie machte eine kurze Pause.

»… und Diddi ist ein sehr guter, alter Freund …«

In diesem Augenblick wurde die Küchentür geöffnet und Margots Ansicht über alte Freundschaften blieb unwidersprochen stehen.

»Ach, der Besuch aus Berlin ist schon da. Hi, ich bin Oliver!«

Mit einem strahlenden Lächeln im Gesicht trat er ein, drehte eine Runde um den Tisch und gab jeder der drei Damen artig die Hand. In seinem blau-weiß gestreiften Sweatshirt, groß, blond, mit seinen hellgrauen Augen entsprach Oliver perfekt dem Klischee des nordischen Helden. Er klopfte Trude freundschaftlich auf die Schulter.

»Na, seid ihr schon fertig mit dem Schiff?«, fragte sie ihn.

»Wir haben es fast geschafft. Papa ist noch dabei und macht die ganzen Fallen und Schoten an, dann können wir morgen schon mal einen Schlag segeln.«

»Möchtest du einen Tee und etwas essen?«

»Ich muss jetzt erst mal telefonieren, was heute Abend so läuft – ich nehm mir ein bisschen Kuchen mit auf mein Zimmer. Zum Abendessen bin ich jedenfalls definitiv nicht da.«

Oliver lud sich eine ansehnliche Menge Scones und Orangentarte auf einen Teller, schob sich im Gehen bereits ein Stück in den Mund, winkte der Runde kurz zu und verschwand.

Amüsiert beobachtete Trude wie wieder Leben in ihre Gäste zurückkehrte. Denn zumindest Iris und Betty waren, ohne sich zu rühren, mit den Augen jeder Bewegung ihres äußerst attraktiven Stiefsohnes gefolgt, hatten stumm seine Hand geschüttelt und ihn dabei hemmungslos angehimmelt. Der Disput um Iris' neuen Job war vergessen.

»Das ist also dein Stiefsohn – ein ausnehmend hübscher Junge! Die Mädels stehen doch bestimmt Schlange? Und rufen sicher ständig bei euch an?«

Betty, selbst Mutter einer halbwüchsigen Tochter, kannte sich offensichtlich aus und Trude antwortete ihr nicht ohne Stolz: »Na ja, Oliver hat schon Chancen. Aber er sieht nicht nur gut aus, er ist wirklich ein lieber Junge und ziemlich gut in der Schule!«

»Wie alt ist denn dieser brave Schuljunge?«, fragte Margot, die auch aus ihrer gelangweilten Trägheit erwacht war, mit einem provokanten Unterton.

»Oliver ist im Januar zwanzig geworden und macht in wenigen Wochen sein Abitur.«

»Na, dann ist er ja alt genug …«

Margot erhob sich mit einem Lächeln, um sich erneut vor der Terrassentür eine Zigarette anzuzünden.

»Zurzeit hat er auch wieder mal eine feste Freundin. Anna, ein ausgesprochen nettes und hübsches Mädchen aus seiner Klasse«, meinte Trude noch anfügen zu müssen.

Doch Margots Interesse an dem Thema schien sich schon wieder erledigt zu haben. Sie stand rauchend in der Tür und es war nicht einmal klar, ob sie überhaupt noch zuhörte.

»So Mädels, was haltet ihr von einem kleinen Spaziergang? Ich muss mich ums Abendessen kümmern und ihr macht bestimmt Lollo eine große Freude, wenn ihr ihn ein bisschen in den Wiesen laufen lasst.«

Trude hasste nichts so wie Zaungäste in der Küche, die im Weg standen, dumme Fragen stellten und nichts so erledigten, wie man es ihnen auftrug, wenn man ihnen schon mal eine Hilfstätigkeit überließ. Betty musste natürlich fragen: »Können wir dir nicht irgendwas helfen? Wir wollen ja nicht, dass du wegen uns stundenlang in der Küche stehst.«

»Mir kann niemand helfen! Quatsch – so viel ist gar nicht mehr zu tun. Ihr kennt doch meine perfekte Zeit-Intervall-Planung … Um acht Uhr ist Dinner-Time! Dann lernt ihr auch Elsbeth, die Erstschwiegermutter von Franz kennen. Und Franz ist zum Essen natürlich auch da.«

Damit komplimentierte Trude die drei Frauen samt Lollo, der Freudensprünge vollführte, als er die Hundeleine sah, aus der Küche. Endlich Ruhe und Zeit, sich beim

Kochen seinen Gedanken zu überlassen. Auch wenn Margots unerwartete Anwesenheit einen Misston in ihre Stimmung brachte, Trude freute sich trotzdem, Iris und Betty wiederzusehen. Die kleine Betty – blass, sommersprossig, mit einer roten Löwenmähne und hellen, wasserblauen Augen, ein Energiebündel trotz ihres nicht unerheblichen Übergewichts und eine Seele von Mensch. Frisch gebackene Institutssekretärin bei den Germanisten war sie, als sie sich kennenlernten und angespornt durch ihre neuen Freundinnen, die alle drei studierten, hatte sie fleißig und strebsam ihr Abitur nachgemacht, um sich den Traum vom Studium zu erfüllen. Kaum hatte sie zwei Semester Theaterwissenschaft hinter sich, da lernte sie Michael kennen, verliebte sich unsterblich und wurde schwanger. Sie heirateten. Michael konnte sich nicht viel um die kleine Annick, die bald darauf geboren wurde, kümmern, denn er musste an seiner Karriere in einer Werbeagentur am Ball bleiben und die ging selbstverständlich vor Bettys Selbstverwirklichungsquatsch, wie er das nannte. Schließlich würde sie auch davon profitieren, wenn später die Kohle stimmen würde. Als die Kohle dann stimmte, konnte sich Michael keine brave Hausfrau und Mutter mehr an seiner Seite vorstellen. Auf seinen Wunsch wurde die Ehe geschieden und plötzlich leistete er einen Offenbarungseid nach dem anderen, wenn es um die Zahlung des Unterhalts ging. Margot, die damals in seiner Agentur jobbte, wusste bestens Bescheid über horrende Gehälter, edle Champagnerfeste mit dem Team, teure Workshop-Wochenenden im Hotel, profitierte davon in vollen Zügen und hätte für Betty bei jeder Unterhaltsklage als Zeugin auftreten können. Doch die wollte darüber nichts wissen und akzeptierte vorbehaltlos Michaels Konditionen. Abgesehen davon, dass Margot sich eher unparteiisch gab und niemals Betty ihre Unterstützung angeboten hatte. Es war eine harte Zeit für sie und

29

am allerschlimmsten war, dass sie diesem Kerl immer noch nachweinte! Heute noch machte sie sich Vorwürfe, damals nicht mehr um ihn gekämpft zu haben. Sie wollte einfach nicht einsehen, dass ihr Michael ein Charakterschwein war. Diesem unerschütterlichen Glauben an das Gute im Menschen hatte Trude wahrscheinlich auch Margots Anwesenheit zu verdanken …

Zum Glück hatte Betty es geschafft, sich in ihrem Leben als allein erziehende, berufstätige Mutter einzurichten und machte einen glücklichen und zufriedenen Eindruck. Annick war mittlerweile sechzehn Jahre alt und die beiden verstanden sich sehr gut. Das Studium hatte Betty an den Nagel gehängt. Sie arbeitete inzwischen als Sekretariatsleiterin in ihrem alten Institut, genoss das sichere Einkommen und ihre geregelte Freizeit. Ein Großteil davon opferte sie einer Laientheatertruppe und konservierte so ihren Traum von einer Theaterkarriere.

Trude holte die Makrelen aus dem Kühlschrank. Kühl, fest und ein wenig rau fühlten sie sich an und hübsch sahen sie aus mit ihrer zebraähnlichen Zeichnung in Blau und Silber und mit den dunklen Knopfaugen. Sie ließ kaltes Wasser über die Fische laufen. Kalt die Hände, kalt die Fische. Margot war auch kalt wie ein Fisch. Hinter ihrer Fassade aus barocker Lebenslust verbarg sich ein Mensch ohne Gefühle. Und ein Mensch ohne Gefühle ist grundsätzlich im Vorteil.

Bald lagen sechs Fischköpfe im Spülbecken, die Trude so geschickt abgetrennt hatte, dass sie von der entstandenen Öffnung aus die Fische sowohl ausnehmen als auch füllen konnte, ohne ihnen den Bauch aufzuschneiden. Aus Semmelbröseln, flüssiger Butter und gehackten Kräutern wie Petersilie, Thymian und Rosmarin mischte sie eine Füllung, die sie sodann mit Salz, Pfeffer und Muskat abschmeckte und mit geriebener Zitronenschale und Eigelb vervollständigte. Nachdem sie ihnen den Bauch gestopft hatte, verschloss sie die kopflosen Makrelen mit einem Zahnstocher und stellte sie erst einmal zurück in den Kühlschrank. Kurz vor dem Essen würden sie in einem Sud, dessen würziger Duft nach Wein, Nelken und Piment bereits durch die Küche zog, sanft gar gedünstet und anschließend unter einer Sauce aus ihrem Sud, verfeinert mit Sahne, serviert. Dazu junge, in der Schale gekochte Kartoffeln und grüne Erbsen – Franz und Elsbeth, die alles mochten, was aus dem Meer kam, würden ihr Karfreitagsfestessen bestimmt zu würdigen wissen. Und ganz beiläufig würde sie erwähnen, dass dieses Rezept ursprünglich dem Housekeeper's Instructor von 1804 entstammte und sie es nur leicht der modernen Küche angepasst hatte.

Während sie den Tisch vom Teegeschirr befreite und danach für das Abendessen deckte, fiel Trude ein, dass sie sich umziehen musste. Sie trug immer noch ihre Kochklamotten, wie sie das nannte, eine abgewetzte Jeans, ein verwaschenes Sweatshirt und ihre Badelatschen, denn sie ging sommers wie winters barfuss. Wären Betty und Iris die einzigen Gäste gewesen, hätte sie gar keinen Gedanken an Garderobe verschwendet, sondern einfach in den Kleiderschrank gegriffen. Natürlich waren die beiden wohldurchdacht gekleidet, frisiert, Schmuck und Make-up feinstens abgestimmt und je älter sie wurden, desto perfekter traten sie auf. Trotzdem hätte sich Trude dadurch nicht bemüßigt gefühlt, aufzurüsten. Doch Margots Erscheinen bewirkte, dass sie sich von einer Minute zur andern ungelenk, farb- und glanzlos – schlicht und einfach absolut unattraktiv vorkam. Warum musste an ihr selbst auch alles so durchschnittlich sein? Mit ihren Einszweiundsiebzig war sie normal groß. Weder Busen noch Po waren auffallend geformt, nur ihre Hüften fand sie um einiges zu breit. Und es trennten sie zu ihrem Leidwesen seit letztem Winter noch fünf Kilogramm vom Normalgewicht und wenn sie jetzt nicht die Kurve kriegte, ihrem unkontrollierten mal Lust- mal Frustfressen Einhalt zu gebieten, würde sie sich bald eine neue Kleidergröße kaufen müssen.

Seufzend betrachtete sie ihr Spiegelbild. Das glatte, braune Haar war mittellang und auch Nase, Mund oder Ohren konnten nicht als besondere Kennzeichen dienen. Das einzige was Trude an sich selbst gefiel, waren ihre grünen Augen. Wenn sie sie beschreiben sollte, konnte sie richtig ins Schwärmen kommen: Je nach Lichteinfall warmes Flaschengrün mit goldenen Lichtreflexen oder aber die Farbe weichen, dunklen Mooses ... Seit Franz endlich einmal ihre Augenfarbe aufgefallen war, nannte er sie zärtlich mein Heringsauge ... Für Franz also hätte sie sich nicht in Schale werfen brauchen. Für ihn sah sie immer gut aus. Sagte er jedenfalls. Sie hätte zu gerne gewusst, welches Bild er eigentlich von ihr hatte. Wie er sie sah, was er überhaupt sah und was er schließlich an ihr mochte. Doch das würde sie mit Sicherheit nie von ihm hören, solche Schnackerei, wie er das nannte, lag ihm völlig fern. Und danach fragen würde sie natürlich auch nicht.

Wie wohltuend hatte Trude sein wortkarges Verstehen, seine Klarheit, diese Selbstverständlichkeit in Worten wie Taten empfunden, als sie ihn vor gut sechs Jahren kennen lernte. Sie befand sich damals an ihrem absoluten Tiefpunkt. Gerhard, der Mann mit dem sie sieben Jahre verheiratet und von dem sie im dritten Monat schwanger war, erlag an einem strahlenden Sommernachmittag, sozusagen aus heiterem Himmel, einem Herzinfarkt. Er hinterließ ihr, neben einigen unerwarteten, finanziellen Verpflichtungen, vor allem die schockierende Erkenntnis, jahrelang neben einem Fremden gelebt zu haben. Sie wurde fast irre an der Tatsache, dass man einen Toten nichts mehr fragen, ihn nicht mehr zur Rechenschaft ziehen kann. Und als ihre Seele die Qualen nicht mehr ertragen konnte, wehrte sich auch ihr Körper. Sie verlor das Baby und wurde schwer krank.

Als Trude sich nach Monaten wieder erholt hatte, wurde die Arbeit ihr Fixpunkt, daran hielt sie sich aufrecht. In erster Linie brauchte sie das Geld und dann natürlich die Ablenkung von ihren Gedanken, die ständig um die gleichen Fragen von Fehlern, Versäumnissen, Selbstvorwürfen kreisten. Sie nahm jeden Reportage-Auftrag an und lernte Franz als Interviewpartner zum Thema Galloway-Zuchtbullen kennen. Er konnte ihr nur die ausgesprochene Schmackhaftigkeit dieses Rindfleisches bestätigen aber ansonsten keine einzige Frage beantworten, bis sie ihm Gelegenheit gab, klarzustellen, dass er nur seinen Freund und Nachbarn zu dieser Landwirtschaftsschau begleitet hatte und der sich gerade ein Brötchen holte. Nachdem sie den Nachbarn dann interviewt hatte, ging Trude mit Franz einen Kaffee trinken und sie hörte gar nicht mehr auf zu reden, erzählte ihm, wie schlecht es ihr ging und dass sie nur noch weg wollte aus Berlin. Es war nicht ihre Art, vor völlig Fremden ihre persönliche Lage auszubreiten, doch Franz erschien ihr wie ein alter Freund. Er erzählte nicht ganz so viel, aber klärte sie zumindest genau über seine Lebensumstände auf und nach dieser halben Stunde wusste sie, dass er ein Witwer mit Sohn und Schwiegermutter war, eine Firma hatte, die sterile Einwegartikel für Krankenhäuser weltweit produzierte, auf dem Bauernhof lebte, auf dem er geboren war, und nie aus seiner Heimat wegziehen würde. Und er lud sie ein, ihn auf seinem Hof zu besuchen. Und Trude, die geglaubt hatte, nie wieder einem Menschen ihr Vertrauen schenken zu können, war zwei Wochen später da und ein knappes Jahr später waren sie verheiratet: Da nahm der Prinz sie auf sein Pferd, führte sie auf sein Schloss und es wurde eine große Hochzeit gefeiert. Sie waren alle Tage froh und glücklich und wenn sie nicht gestorben sind, dann leben sie noch heute. Es schien ihr immer noch wie ein Märchen!

Träge floss der warme, dottergelbe Custard – eine altenglische Eiercreme – über den lockeren, portweingetränkten Biskuit, den der Saft der ihn bedeckenden Himbeeren in ein dunkles Fuchsia getaucht hatte. Nicht ganz rezeptgetreu verbarg sich darunter noch eine Schicht Vanilleeis, die nach Trudes Dafürhalten diese Komposition erst perfekt machte. Man war nach Cucumber Soup und den gefüllten Makrelen jetzt beim Dessert angelangt und eine genussvolle Stille lag über der kleinen Tischgesellschaft, unterbrochen nur durch das leise Geklapper der Löffel und ab und zu einen Seufzer des Wohlgefühls.

»Mmmh! Ich hatte schon fast vergessen, dass du eine göttliche Köchin bist, Trudi! Es war wie immer alles ganz wunderbar!«

Betty kratzte bei diesen Worten emsig mit dem Löffel in ihrem Dessertschälchen, um ja kein Mikrogramm übrig zu lassen.

»Trude, es hat wieder sehr gut geschmeckt! Lass uns auf deine Kochkunst anstoßen!«

Elsbeth, gut frisiert, eine Perlenkette auf dem eleganten, hellgrauen Pullover, hob ihr Weißweinglas und der Rest der Runde tat es ihr gleich.

»Prost!«

Franz, der neben Trude saß, küsste ihr anschließend die Hand.

»Was wäre ich ohne dich? Zehn Kilo leichter und um tausend Genüsse ärmer!«

Trude lächelte und errötete tatsächlich ein bisschen. Es rührte sie immer wieder aufs Neue, mit welcher Inbrunst Franz sich ihren kulinarischen Kreationen hingab, wie er sich am Genuss wohlschmeckender Speisen aus tiefstem

Herzen freuen konnte. Und sie wusste auch, dass er wirklich an Gewicht zugelegt hatte, im Gegensatz zu ihren ständigen Kämpfen und Niederlagen in punkto Übergewicht grämte er sich darüber aber nicht im Geringsten. Er war noch nicht dick, doch seine ohnehin kräftige Statur hatte sich in den letzten Jahren sichtbar gerundet. Kaum größer als sie, das Haar auf der Stirn schon etwas gelichtet, das graue Schnauzbärtchen in seinem meist freundlichen Gesicht, fand sie ihn aber nach wie vor ungeheuer attraktiv. Und sie wusste, dass, wenn er von Genüssen sprach, er nicht nur ihre Kochkunst meinte.

»Ja, ja, die Trude … Ihr Weg zum anderen Geschlecht führte schon immer durch den Kochtopf.«

Margot war schon wieder auf dem Weg zur Terrassentür, um sich eine Zigarette anzuzünden.

»Mit Speck fängt man eben Mäuse!«

»Nun ja, bei dir würde das wahrscheinlich nicht funktionieren, Margot, wenn ich an deine diesbezüglichen Fähigkeiten denke …«, musste die harmlose Betty witzeln.

Amüsiert blies Margot, die Lippen zum Schmollmund aufgeworfen, den Rauch ihrer Zigarette zu Ringen geformt in die Küche.

»Stimmt! Ich musste mich da auf anderen Gebieten anstrengen.«

Sie schenkte Franz ein breites Lächeln. Wie immer ließ die Gegenwart eines männlichen Wesens ihr sonst zur Schau getragenes Desinteresse an der allgemeinen Unterhaltung verschwinden und sie gab sich ausnehmend charmant und an allem und jedem interessiert. Trude beobachtete Franz, wie er mit wohlwollender Miene aus der Zuschauerposition heraus das Geplänkel um sich herum verfolgte. Sie hatte ihm über Margot nur erzählt, dass es sich um eine ehemalige Studienkollegin handelte, die sie seit ihrem Weggang aus Berlin aus den Augen verloren hatte und dass Betty und

Iris sie in Erinnerung an alte Zeiten quasi als Überraschung mit zu diesem Wochenende gebracht hatten. Ihre ganz spezielle, persönliche Beziehung zu ihr hatte sie verschwiegen. Betty und Iris kannte Franz schon von dem einen oder anderen Berlinbesuch und fand sie beide sehr sympathisch. Er schien sich jedenfalls als Hahn im Korb zwischen den fünf Frauen recht wohl zu fühlen und Margots plötzlich erwachtes Interesse an den medizinischen Einwegartikeln, die seine Firma herstellte, schmeichelte ihm sichtlich. Es war immer wieder beeindruckend, ja fast rührend, wie Männer sich als reine Toren entpuppten ...

»Sagen Sie Margot, könnten Sie wohl so freundlich sein, entweder ganz nach draußen zu gehen, um zu rauchen, oder darauf zu verzichten? In meinem Alter ist man etwas kälteempfindlicher.«

Elsbeth zeigte ein höfliches Lächeln und zog sich fröstelnd ihre Strickjacke mit den Perlmuttknöpfen, die sie über der Stuhllehne hängen hatte, über die Schultern.

»Kein Problem.«

Margot drückte ihre kaum gerauchte Zigarette praktischerweise wieder im Blumenkasten aus und Trude fragte sich, ob er schon langsam vor Kippen überquoll.

Betty und Iris räumten den Tisch ab und Trude stellte den Madeira bereit, einen fünfzehn Jahre alten Bual, den sie von einer ihrer Recherchefahrten aus England mitgebracht hatte, mit einem köstlichen, mildsüßen Aroma, dabei aber relativ leicht. Margot hatte nebenbei einen starken Kaffee bestellt. Inzwischen hatte sie ihre strenge Brille abgenommen und stützte über der Tischplatte konzentriert ihren Kopf in beide Hände. Da sie so beschäftigt war, Franz nach Braunülen, Infusionsflaschen und Einwegspritzen zu befragen, konnte sie sich nicht am Abräumen beteiligen. Trude hatte Elsbeth genötigt, doch bitte sitzen zu bleiben, da sie sich ohnehin schon zu dritt in die Quere kamen.

Ohne ihren kurzsichtig angestrengten Blick von Franz zu lassen, kramte Margot in dem großen, weichen, schwarzledernen Beutel, der ihr als Handtasche diente und den sie immer bei sich hatte, und lauschte aufmerksam seinen Antworten. Schließlich hatte sie endlich den Lippenstift gefunden, klappte ihren Taschenspiegel auf und malte genüsslich eine dicke, dunkelrote Schicht auf ihre Lippen. Irritiert unterbrach Franz seine Beschreibung der sterilen Verschweißanlage, doch Margot bat ihn: »Erzähl ruhig weiter. Ich bin ganz Ohr!«

Sie fuhr sich, zufrieden mit ihrem Werk, noch einmal mit der gespitzten Zunge über ihre Oberlippe und packte – klick klack – Lippenstift und Taschenspiegel zusammen und ließ sie in den Tiefen ihres Beutels verschwinden.

Elsbeth warf Trude einen vielsagenden Blick zu und zog mit vornehmem Entsetzen ihre Brauen hoch. Es war selten, dass sie eine Aversion gegen Menschen zeigte und schon gar nicht nach so kurzer Zeit, doch Trude hatte gleich bemerkt, mit welchem Befremden die sonst so offene und herzliche alte Dame Margot gemustert hatte. Wahrscheinlich war sie schon über Margots Garderobe gestolpert: Ein kurzer, schwarzer Rock und ein schwarzsamtenes Top, an Ärmeln und Dekolleté aus transparentem Organza, beides einen Hauch zu knapp, dazu zwei riesige, goldene Creolen und vier, fünf klappernde goldene Armreifen. Das war mit Sicherheit nicht der Stil, der in den Augen der hanseatisch zurückhaltenden Elsbeth Gnade fand, da mochte Margot sich jetzt noch so unterhaltsam und weltgewandt geben.

Nach mehreren Gläsern Weißwein war sie in der Stimmung, von ihrem aufregenden Leben in der Großstadt zu berichten und man konnte nicht abstreiten, dass sie viel zu erzählen hatte. Im Laufe der letzten zwanzig Jahre hatte sie mindestens alle zwei oder drei Jahre den Job gewechselt. Warum das so war, wurde nie richtig deutlich. Margot stieß immer sehr schnell in die höheren Etagen vor und ohne dass sie je darüber geredet hätte, hatte sie plötzlich einen völlig anderen Job. Das fing schon damals an der Uni an. Da winkte ihr frühzeitig eine glänzende Akademikerkarriere, was ihre Kommilitonen verwundert zur Kenntnis nahmen, denn ihre Leistungen waren bis auf ihr eloquentes Auftreten nicht überdurchschnittlich. Und für die wirklich wissenschaftlich brillante Iris, die zudem aus der Ferne in den leitenden Prof unsterblich verliebt war, fielen nur unbedeutende Hilfsjobs ab. Margot wurde schnell zur persönlichen Assistentin des Professors. Ein halbes Jahr später aber nahm sie die Stelle in der Werbeagentur von Bettys Mann an, stieg dort innerhalb weniger Monate zum Kopf der Aquise-Abteilung auf und wechselte nicht lange danach als Pressesprecherin zu einer Hotelkette. Und dieser Art hatte sich ihr Berufsleben bis zum heutigen Tag gestaltet.

Momentan war sie als Leiterin der Presseabteilung bei einem großen Privatsender beschäftigt und wollte man ihren Erzählungen glauben, gaben sich in ihrem Büro ausschließlich Promis – oder die sich dafür hielten – die Klinke in die Hand. Die Stimme vertraulich leise und eine Oktave gesenkt, ließ sie ständig den einen oder anderen Vornamen fallen, hinter dem die gebannten Zuhörer dann Größen aus Politik, Kultur und Showgeschäft mutmaßen durften.

»Ich bin natürlich mit Abstand die Älteste im Team. Aber mit diesem jungen Gemüse nehme ich es allemal auf! Außerdem hält mich das fit und so ein paar hübsche, junge Kerls um mich herum sind das beste Mittel gegen präklimakterische Depressionen ...«

Margot lebte von jeher allein und genoss es. Behauptete sie jedenfalls immer. Dass sie Beziehungen zu Männern hatte, war klar. Sie deutete es selbst oft genug an. Doch sie spielten sich zumeist außerhalb der Öffentlichkeit ab. Es gehörte auch zu ihren Prinzipien, ihre Lover nie mit in ihre Wohnung zu nehmen – aus gutem Grund wie Betty mutmaßte, denn dort herrschte ein fast unappetitliches Chaos und Margot hätte nie für einen Mann aufgeräumt oder geputzt, geschweige denn ihm Frühstück gemacht oder ihm ein Candle-Light-Dinner serviert. Trude hatte sich immer gefragt, ob die Diskretheit von Margots Beziehungen allein auf ihrer Single-Philosophie fußte oder aber, ob sie aus der Not eine Tugend machte. Über langjährige Zweierbeziehungen äußerte sich Margot meist höchst abfällig und vermutete hinter jeder glücklichen Fassade stets eine Strindbergsche Hölle …

»Jedenfalls bin ich heilfroh, mal für ein Wochenende diesem Irrenhaus entkommen zu sein. Aber das wirst du jetzt ja auch alles kennen lernen dürfen, liebe Iris, in deinem neuen Job …«

Margot hob ihr Glas in Richtung Iris und neigte in ironischer Hochachtung den Kopf.

»Als erstes musst du lernen, im Privatleben dein Handy abzuschalten. Ich bin da echt gnadenlos! Meine junge Vertreterin muss schon alleine klarkommen!«

Sie wandte sich an den Herrn des Hauses:

»Es gefällt mir wirklich ausnehmend gut auf deinem Hof, Franz! Hier könnte ich glatt der glitzernden Metropole entsagen!«

»Sag ich doch! Einen schöneren Platz gibt's für mich nicht auf der Welt. Darauf trinken wir noch einen! Darf ich jemandem noch etwas nachschenken?«

Franz war ehrlich stolz auf seine Heimat. Er goss eine Runde Madeira nach und man prostete sich zu.

»Was ist das eigentlich für ein riesiges Zelt, das hinter der Scheune steht?«, fragte Iris, als die Gläser wieder auf dem Tisch standen.

»Ja, das wollte ich auch schon fragen«, nickte Betty.

»Hohoho, meine Damen! Sie haben das große Glück

einem der Glanzpunkte in Warstedts gesellschaftlichem Leben beiwohnen zu dürfen!«

»Franz – gib doch nicht so an!«

Trude versetzte ihm sanft einen liebevollen Knuff in die Seite.

»Wieso gebe ich an?«

Franz gab sich empört. »Es ist unbestritten, dass unser alljährliches Osterfeuer und das anschließende Fest schon einen legendären Ruf in unserer Gegend genießen! Seit über fünfundzwanzig Jahren ist der Ostersonnabend ein fester Termin im Warstedter Kalender. Und alle werden da sein: Der Bürgermeister, zwei von drei Zahnärzten, der Kioskbesitzer vom Markt, der Psychologe, unser Gärtner, die Pastorin, unser Schwarzarbeiter Klaus, diverse Lehrkörperteile, die Wäschereibesitzerin – soll ich weitermachen? Es ist, wie ihr seht, die Crème de la Crème unsres Städtchens!«

»Stimmt – es sind wirklich so gut wie alle da, die hier wichtig sind oder sich dafür halten. Das ist hier halt anders als in Berlin.« Trude seufzte. »Wenn du jemanden einlädst, weiß es gleich die ganze Stadt und wehe du übergehst jemanden! So etwas wird hier sehr ernst genommen ... Mir sind da zu Anfang auch einige Fehler unterlaufen! Aber wenn du die Regeln beachtest, lebt es sich hier ziemlich ungestört.«

Ach ja, ihre Anfänge in Warstedt! Keine Ahnung hatte sie gehabt vom Leben in einem so überschaubaren und wohlgeordneten Gemeinwesen. In einer Metropole wie Berlin, da kannte sie sich aus, aber die ungeschriebenen Gesetze der norddeutschen Kleinstadtgesellschaft musste sie sich langsam und geduldig erarbeiten. Hatte sie manchmal die Anonymität in der großen Stadt als beklemmend empfunden, so war es hier das Bewusstsein, ständig unter Beobachtung zu stehen, welches sie in der ersten Zeit irritierte. Doch je länger sie hier lebte und je mehr Leute sie kennen lernte, desto mehr konnte sie dem auch Positives abgewinnen. Hier interessierten sich die Menschen noch füreinander. Natürlich gab es auch eine beträchtliche Fraktion von Moralaposteln und Tratschtanten, hinter deren vermeintlich wohlmeinender Besorgtheit nichts als unappetitliche Neugierde, Sensationslust und der Hang zu übler Nachrede steckte. Denen hieß es freundlich aber zurückhaltend zu begegnen, damit man nicht in Ungnade fiel und sich ungewollt zum Mittelpunkt ihres Interesses machte. Ansonsten waren ihr in den Jahren ihres Hierseins schon eine Menge Hilfsbereitschaft und Fürsorge begegnet. Die Gesellschaft schien Trude hier durchlässiger als in Berlin, wo man doch eher unter seinesgleichen verkehrte. Auf so einem Fest wie dem morgigen trafen sich Jung und Alt, halb Warstedt feierte miteinander ohne Ansehen der gesellschaftlichen oder beruflichen Position des einzelnen. Natürlich pflegte man unterschiedlich intensive Beziehungen zu all diesen Leuten, doch man sah sich regelmäßig und wechselte wenigstens hin und wieder ein paar Worte. Abgesehen davon, dass es in dem winzigen Städtchen rein räumlich fast unmöglich war, sich aus dem Wege zu gehen. Wer sich als Zugezogener bewusst aus dieser Gemeinschaft ausschloss, genoss logischerweise nicht unbedingt das Vertrauen der Ureinwohner und konnte denn auch hier nichts werden ... Wer hier geboren war und jeden kannte, so wie Franz, konnte allzeit auf seine Mitbürger zählen. Und nach ihrer Heirat wurde Trude in die ihm entgegengebrachte Sympathie gleich mit einbezogen – bei den meisten Warstedtern jedenfalls ...

»Dann findet hier morgen so ein echter Dorfringelpietz statt? Mit Musik und Tanz und so? Das ist doch genau die richtige Abwechslung für uns übersättigte Großstädterinnen ...«

Betty und Iris schienen Margots Begeisterung nicht ganz

teilen zu können und Franz stellte noch einmal klar, dass Warstedt eine Stadt und kein Dorf sei.

»Gut, dann eben ein kleinstädtisches, gesellschaftliches Großereignis – ich find's jedenfalls perfekt, dass wir dabei sein können!«

»Bist du denn nicht morgen den ganzen Tag mit Vorbereitungen beschäftigt, Trudi?«, fragte Betty besorgt.

»Wir können dir natürlich alle dabei helfen.«

»Ihr werdet morgen die schöne Umgebung genießen und am Abend mit von der guten Ostseeluft geröteten Wangen die Schönsten der Nacht sein! Mein Freund Benno, der Hafenwirt, versorgt uns, wie jedes Jahr, mit seinem einzigartigen Roastbeef und der köstlichsten, selbst gemachten Remouladensauce von ganz Ostholstein und Bratkartoffeln wie ihr sie noch nie probiert habt! Lasst euch überraschen!«

Franz wirkte ganz von der Vorfreude auf sein Fest erfüllt. Er hing an Ritualen und Traditionen und bestand darauf, dass dann alles so ablief, wie seit Jahren gewohnt: Die gleichen Leute, die gleichen Speisen und Getränke, die gleichen Bräuche. Und wenn dann alles so war wie immer, dann fühlte er sich wie Franz im Glück. Trude hütete sich also, in diese Festplanung einzugreifen, denn das wäre einem Sakrileg gleichgekommen, und genoss es, einmal nicht die Verantwortung für eine Festivität zu tragen. Außerdem fand sie es wunderbar, dass Franz sich über vieles noch ganz wie ein Kind freuen konnte.

»Liebe Trude, ich werde mich jetzt zurückziehen. Morgen wird es bestimmt auch spät werden und da will ich mich heute ein bisschen schonen. Außerdem willst du mit deinem Besuch bestimmt noch in gemeinsamen Erinnerungen kramen …«

Elsbeth erhob sich.

»Vielen Dank für die vorzügliche Bewirtung und den netten Abend! Gute Nacht allerseits!«

Durch die Terrassentür machte sie sich auf den Weg zu ihrer Wohnung in der Mühle.

Franz nutzte die Gelegenheit, sich ebenfalls aus der Runde zu verabschieden, mit dem augenzwinkernden Hinweis, dass er als Mann ja nur stören würde, wenns richtig nett werden sollte.

»Also diese Schwiegermutter deines Mannes, die du da am Halse hast, ist ja eine entsetzlich strenge Person! Wie hältst du das mit so einer verbiesterten Alten bloß aus?«

Margot sprach mit etwas schwerer Zunge, bedingt durch die beträchtlichen Mengen Wein, die sie zu sich genommen hatte.

»Elsbeth ist ein ausgesprochen toleranter und großzügiger Mensch. Und du, Margot, bist ganz bestimmt nicht jemand, der das beurteilen kann.«

Trude antwortete sehr beherrscht, obwohl Margots dummes Gerede sie maßlos ärgerte. Iris und Betty widersprachen lebhaft und betonten ihre Sympathie für die alte Dame.

»Ist ja auch egal. Was geht mich die alte Tucke an!«

Abrupt stand Margot auf und griff nach ihrem Lederbeutel. Ihre Bewegung geriet etwas zu schwungvoll und der Inhalt ihrer Tasche floss komplett heraus. Stifte, Haarbürste, diverse angebrochene Zigarettenpackungen, drei Feuerzeuge, Zettel, gebrauchte Papiertaschentücher, Schlüssel und vieles mehr und dazwischen etliche bunte Kondompäckchen bildeten ein interessantes Stillleben auf dem Küchenboden.

Die nette Betty hockte sich sogleich nieder, um Margot beim Einsammeln behilflich zu sein und amüsiert hielt sie ein Kondompäckchen in die Höhe.

»Damit hättest du bei Elsbeth wahrscheinlich auch keinen guten Eindruck gemacht!«

»Wenn du wüsstest, wie egal mir das ist!«

Genervt raffte Margot ihre Sachen zusammen. Jetzt, wo

sie wieder unter sich waren, und wahrscheinlich auch als Folge ihres Alkoholpegels, bestand für Margot kein Grund mehr, sich liebenswürdig zu zeigen.

»Jetzt könnt ihr endlich die nicht jugendfreien Gespräche über die ach so aufregende Vergangenheit führen. Eure Gegenwart scheint ja eher unaufregend … Ich geh schlafen.«

Margot hängte ihren Lederbeutel über die Schulter und strebte der Terrassentür zu. Vom Flur auf der anderen Seite waren Stimmen zu hören und sogleich kam Oliver in die Küche, gefolgt von einem Mädchen seines Alters, das einerseits keck, aber auch ein bisschen schüchtern in die Runde lächelte. Beide sagten »Hallo!«, und Trude stellte das Mädchen als Olivers Freundin Anna vor, die herumging und brav jeder der Frauen, auch Margot, die neben dem Hinterausgang stehen geblieben war, die Hand gab. Nur ein Knicks fehlte noch.

Wie immer betrachtete Trude mit Wohlgefallen das junge Mädchen. Sie fragte sich, ob es an ihrem Alter lag, dass sie diese jungen Mädels inzwischen oft als überirdisch schöne Wesen bewunderte. Nicht dass sie alle wirklich makellos schön gewesen wären, aber die ebenmäßige Glätte ihrer Haut, Annas glänzendes braunes Haar, das ihr lang auf den Rücken fiel, und der schlanke, geschmeidige Körper, aber auch die noch mangelnde Sicherheit im Umgang mit sich selbst und anderen, machten einem klar, was Jugend eigentlich hieß und wie weit man sich davon entfernt hatte. Beneidenswert, wie viele Möglichkeiten hinter dieser unverbrauchten Frische steckten.

»Sag mal, tragt ihr eigentlich alle Wonderbra oder habt ihr so viele versteckte Hormone mit der modernen Fertignahrung mitgekriegt, dass ihr jungen Dinger heute alle solche Titten habt?«

Margot lehnte am Türrahmen und schaute Anna mit einem abfälligen Grinsen an.

Anna wurde knallrot. Oliver ließ nur ein verlegenes Lachen hören und fragte Trude, ob noch etwas vom Nachtisch übrig sei.

»Okay, okay – war wohl die falsche Frage! Ich gehe ja schon! Gute Nacht!«

Und mit den Fingern einer Hand klimpernd, während sie den andern schon den Rücken zudrehte, verschwand Margot in der Dunkelheit.

Trude hatte sich zurückhalten und nichts zu Margots überraschendem Kommen sagen wollen. Schließlich sollte die Stimmung dieses schon so lang geplanten Wochenendes nicht völlig verdorben werden, und außerdem hatte sie den anderen nie über ihre ganz persönlichen Erfahrungen mit Margot erzählt. Deshalb konnte sie Iris und Betty jetzt auch keinen Vorwurf machen. Doch Betty selbst sprach das Thema an. »Es war übrigens nicht ganz allein meine Idee, Margot mit hierher zu bringen. Sie hat irgendwie mitgekriegt, dass Iris und ich dich besuchen wollten und du kennst sie ja: Sie hat sich dann einfach eingeklinkt …«

»Und du kennst ja auch Bettys gutes Herz: Sie kann einfach niemandem was abschlagen, nicht mal Margot …«, warf Iris ein, nicht ohne Häme.

»Irgendwie tut sie mir halt leid.«

Betty zuckte hilflos mit den Schultern.

»Tssss«, war Iris ganzer Kommentar und Trude schüttelte den Kopf. Betty suchte nach Erklärungen:

»Wisst Ihr, all ihr Getue um den tollen Job und die vielen jungen Leute, die irren Typen, die sie immer vernascht, all ihre Geschichten zeigen nur ihre Angst vor dem Alter und dass sie wahnsinnig allein ist.«

»Wir sind aber nicht der sozialpsychiatrische Dienst, Betty!«

Trude ging Bettys Nächstenliebe wirklich zu weit.

»Sie hat sich doch heute tagsüber ziemlich zurückgehalten – bis auf wenige Ausnahmen. Tut mir leid, ihr Zwei! Wenn sie trinkt, wird sie manchmal ein bisschen ausfällig. Leider hat sie in letzter Zeit ihren Alkoholkonsum ganz schön gesteigert …«

Betty fühlte sich offensichtlich miserabel und sah die Schuld für ein verdorbenes Wochenende schon auf sich lasten, was Trude veranlasste doch einzulenken:

»Dann weißt du ja, was du zu tun hast, Betty: Margot von der Flasche fernhalten und dafür zu sorgen, dass sie keinen Unsinn redet. Wir lassen uns unser Wiedersehen doch nicht so einfach kaputt machen!«

Erleichtert versprach Betty ihr Bestes zu tun. Sie wechselten das Thema, kamen von Hölzchen auf Stöckchen, erzählten und lachten und konnten kein Ende finden. Erst gegen zwei Uhr morgens hoben sie die Runde auf, kichernd zogen sich Iris und Betty vor der Terrassentür die Gummistiefel über und marschierten im Schein einer Taschenlampe zum Häuschen hinter der Mühle. Wenig später schlüpfte Trude im Dunkeln neben den schnarchenden Franz ins Bett, der im Halbschlaf fragte:

»Na, wars schön?«

»Ja, sehr schön.«

»Dann ists ja gut!«

»Schlaf schön weiter!«

Trude lag noch einen Moment wach und dachte darüber nach, was Betty über Margot gesagt hatte. Wahrscheinlich hatte sie sogar recht damit, dass Margot einsam war. Aber leid tat sie ihr deswegen noch lange nicht.

Am nächsten Morgen fühlte Trude sich wie zerschlagen. Sie hatte sehr unruhig geschlafen. Angstträume hatten sie gequält, wie sie es seit Jahren, ja seit ihrem Weggang aus Berlin nicht mehr gekannt hatte, aber sie konnte sich an nichts

Konkretes erinnern. Und die Vorstellung, dass es womöglich Margots Anwesenheit war, die sie innerlich so aufwühlte, schob sie weit von sich. Na ja, zum Glück warteten heute keine großen Aufgaben auf sie. Das Wetter bot den für die Ostsee so typischen Mix aus Wind, Sonne und Wolken, in denen auch ein paar Regenschauer stecken konnten und nach einem gemütlichen Frühstück, an dem Margot nicht teilnahm und das in Trude wieder die Lebensgeister weckte, unternahm sie mit den drei Frauen eine Sightseeingtour. Erst gings nach Warstedt. In dem kleinen, wie vom Wind blank geputzten Ostseestädtchen, über dem auch heute wie so oft ein angenehmer Aalrauchduft lag, fiel die großstädtische Nonchalance im Aussehen und Auftreten ihrer Freundinnen erwartungsgemäß sofort auf. Natürlich hatten sie fast ein dutzend Mal stehen zu bleiben und Trude musste Freunden oder Bekannten erklären, wer sie waren, woher sie kamen und was sie hier machten. Und meist wurde die Unterhaltung beendet: »Wir sehen uns heute Abend und viel Spaß noch in unserm schönen Warstedt!«

Anschließend spazierten sie am Strand entlang, unterhalb des malerischen Steilufers und Betty packte sich die Manteltaschen voller Muscheln und Steine. An einer windgeschützten Stelle legten sie sich für eine halbe Stunde in den Sand und genossen die kräftigen Strahlen der Aprilsonne, die nur selten von einer Wolke behindert wurde. Einen kleinen Imbiss nahmen sie in einem gediegenen Café im touristischen Travemünde zwischen jungen Urlauberfamilien und seriösen, älteren Herrschaften ein und kosteten zum Nachtisch von der berühmten Lübecker Nusstorte. Als sie an den feinen Strandvillen vorbeipromenierten, kam Iris ins Schwärmen über die Zeiten, da die Buddenbrooks hierher in die Sommerfrische zu fahren pflegten. Im Großen und Ganzen wurde es ein richtig schöner Tag, so wie Trude es sich mit ihrem Besuch vorgestellt hatte, dem sie die

Schokoladenseiten ihrer neuen Heimat vorführen wollte. Und Margot blieb unkompliziert im Hintergrund, ganz so wie Betty gehofft hatte, die sich nun für das Gelingen des Wochenendes verantwortlich fühlte.

Als sie am späten Nachmittag auf den Hof fuhren, dröhnte ihnen bereits laute Musik entgegen: Der Discjockey probierte im Festzelt seine Anlage aus. Franz, Oliver und ein paar befreundete Jungs waren dabei, den großen Holzstoß für das Osterfeuer aufzuschichten.

Wie seit Jahren schon hatte Elsbeth es sich nicht nehmen lassen, für die Kuchen zu sorgen, an denen sich traditionell um Mitternacht die Festgesellschaft für weitere große Taten stärkte. Dazu wurde ein Pharisäer serviert, den Benno nach Elsbeths Anweisung zu bereiten hatte: Erkalteter starker, schwarzer Kaffee, vermischt mit Zucker und Eigelb und mit einem guten Schuss fast reinen Alkohols, der extra in der Apotheke besorgt werden musste, das Ganze bedeckt von einer dicken Haube steif geschlagener Sahne. In Maßen genossen, so die Fama, wecke dieses Getränk sämtliche Lebensgeister und man feiere fröhlich bis zum Morgengrauen. Für vorsichtigere Zeitgenossen hielt man auch schlichten Kaffee bereit.

Das Osterfeuer war längst heruntergebrannt und Trude folgte Elsbeth in die Mühle, wo die Luft in der Küche erfüllt war vom hefig-buttrigen Duft der Platenkuchen, die sich mit Streuseln oder mit Zimt und Zucker bedeckt oder aber als lockerer Bienenstich, bereits in Stücke geschnitten, auf mehreren Kuchentellern stapelten.

»Und – ist es nett mit deinen Freundinnen, Trude?«, erkundigte sich Elsbeth beiläufig, während sie sich mit den ersten Platten voller Kuchenstücke auf den Rückweg zum Zelt machten. Seit der Ankunft der Berliner Gäste, waren sie das erste Mal wieder unter sich.

»Oh ja – wir haben heute einen wirklich schönen Tag zusammen verbracht. Ich habe ihnen die Stadt gezeigt, den Strand, das Steilufer. Wir waren in Travemünde – ich glaube, es hat ihnen gut gefallen.«

»Iris und Betty sind wirklich sympathische, junge Frauen. Ich habe mich heute Abend sehr nett mit ihnen unterhalten ...«

»Ich weiß schon, worauf du hinaus willst, Elsbeth und ich stimme dir völlig zu: Im Gegensatz dazu ist Margot ausgesprochen unangenehm. Du weißt ja, sie war gar nicht eingeladen und sie hat sich den anderen beiden mehr oder weniger aufgedrängt. Ich kenne das – sie kann das sehr gut. Und Iris oder vor allem Betty konnten dann nicht nein sagen ...«

Elsbeth blieb stehen und im Licht des kräftigen Vollmondes sah sie Trude mit ernstem Gesicht an:

»Diese Person ist nicht nur unsympathisch, ich glaube, sie ist böse. Dafür habe ich ein Gespür. Vor der muss man sich in Acht nehmen, Trude.«

Auch wenn Trude diese Charakterisierung etwas zu nahe an mittelalterliche Esoterik kam, riefen die Worte der alten Dame doch unangenehme Erinnerungen wach. Aber sie antwortete beschwichtigend:

»Mach dir keine Sorgen! Übermorgen ist sie verschwunden und ich bin sicher, sie wird hier nicht wieder auftauchen.«

Sie betraten das Festzelt und balancierten mit ihren Kuchentellern zwischen Tischen und Bänken, diversen im Stehen sich unterhaltenden Grüppchen und einem Haufen Tanzender zum Buffet. Einige Gäste machten ihnen fröhlich Zeichen, dass sie sich schon auf die diversen Kuchen freuten und Elsbeth nahm gleich drei Männer ins Schlepptau, um die restlichen Platten zu holen. Trude sah sich vom Buffet aus die vor ihr wogende Menge Menschen an. Wohl an die hundert Personen erfüllten das Zelt mit ihrer Wärme und Benno hatte inzwischen sogar die mitgebrachten Wärmestrahler abgeschaltet. Eine Geruchsmischung aus Bier, Zigarettenrauch, Parfums und Bratkartoffeln machte die Luft zum Schneiden dick und jetzt legte sich darüber noch der Duft des Kaffees. Der Discjockey ließ seine Anlage dröhnen was das Zeug hielt, man konnte sich nur noch von Mund zu Ohr schreiend unterhalten, doch der Stimmung tat das keinen Abbruch.

Iris, Betty und Margot saßen in einer Bank und hatten ständig wechselnde Gesellschaft von Warstedtern, vor allem Frauen, die wahrscheinlich alle dasselbe Thema hatten: Ihr seid die aus Berlin? Wie ist es und was macht ihr da? Wie gefällt es euch in Warstedt? Franz hüpfte begeistert mit der Nachbarin zu Hits aus den Sechziger Jahren über die Tanzfläche und in einer anderen Ecke stand Oliver mit seiner Clique von jungen Leuten, die das Treiben der Älteren mit coolem Amüsement beäugten.

Ja wirklich, »tout Warstedt« war – wie in jedem Jahr – Franz' Ruf zum Osterfeuerfest gefolgt und drängte sich im Zelt. Auch solche, die nicht eingeladen waren, wie Krischan, eine stadtbekannte Figur aus Warstedts überschaubarer Pennerszene, nutzten die Gelegenheit, sich auf ihre Weise zu vergnügen, denn rausgeschmissen wurde hier niemand. Dieser Krischan hatte eine traurige Karriere hinter sich: Franz und er waren in ihrer Jugend enge Freunde, besuchten zusammen das Gymnasium und Krischans Zukunft als einziger Erbe einer zwar kleinen aber florierenden Pharmaziefabrik schien gesichert, zumal er auch ein hochbegabter Junge war, mit einer Vorliebe für Chemie und Biologie. Doch wie so oft, wenn der Weg ins Leben nichts abverlangt, fühlte Krischan sich gelangweilt und leer, verkraftete nicht den frühen Tod seiner Mutter und begann schon als Jugendlicher exzessiv Alkohol zu trinken. Franz erzählte, dass sein Freund dann während des Studiums auch noch zu spielen anfing und als schließlich nach dem Tod des Vaters die Firma in seine Hände überging, schaffte er es innerhalb kürzester Zeit, das beträchtliche Erbe restlos seinen unheilvollen Leidenschaften zu opfern.

»Gnädige Frau! Ich grüße Sie!«

Leicht schwankend, doch nicht unelegant verbeugte sich Krischan vor Trude und hob ihre Hand zu einem formvollendeten Handkuss.

»Hallo Krischan! Amüsierst du dich?«

Bei irgendeiner Festivität im Städtchen, sei es Erntemarkt oder Fischerfest, bei denen Warstedts stadteigene Alkoholiker nie fehlten, hatte Franz ihr seinen einstigen Schulfreund vorgestellt. Natürlich pflegten sie keinen regelmäßigen Kontakt, doch Franz mied ihn nicht, wie so viele andere brave Bürger, wenn sie sich auf der Straße begegneten, und gab ihm auch hin und wieder einen Hilfsjob in seiner Firma, wo er sich ein paar Euro verdienen konnte. Auch wenn er jetzt ein armes Schwein war, für ihn war er trotzdem noch ein netter Kerl und gehörte nach Warstedt, wie alle anderen auch.

»Wie kannst du fragen, Trude! Wenn ich das hier habe …«

Krischan wies auf die Bierflasche in seiner Hand, »dann gehts mir gut!«

Trude fand ihn nicht unsympathisch, nur der Geruch, den er gewöhnlich an sich hatte, ließ sie Abstand zu ihm halten. Heute schien er sich sogar die Haare gewaschen zu haben, denn seine schulterlange Mähne hing nicht wie sonst in fettigen Strähnen herunter, sondern sah glatt und glänzend aus. Das abgewetzte schwarze Jackett und die Hose dagegen, in denen sein dürrer, langer Körper steckte, glänzten nicht vor Sauberkeit. Aber er hatte sich zur Feier des Tages eine verknautschte, rote Fliege mit weißen Punkten um den fleckigen Hemdkragen gebunden, die ihn aller-

51

dings nicht wie einen eleganten Partylöwen sondern eher wie einen traurigen Zirkusclown aussehen ließ.

»Wenn du etwas essen möchtest: Es gibt frischen Platenkuchen!«, forderte Trude ihn auf. Krischan grinste breit und schüttelte den Kopf: »Vielen Dank! Aber das bisschen was ich esse, kann ich auch trinken! Meine Figur muss ja ...«

Der Schluss des Satzes ging in einer lauten Mikrofonansage unter.

»Liebe Leute! Bevor wir zu einem weiteren Höhepunkt dieses glanzvollen Abends kommen – hausgebackene Platenkuchen und Pharisäer – noch ein Höhepunkt zuvor: Damenwahl!«

Der Discjockey arbeitete alltags als Marktverkäufer für einen Fischhändler und das Niveau seiner Ansagen und Witze, wie auch die Musikauswahl, fand Trude zum Teil ziemlich peinlich, doch die meisten hier ließen sich davon nicht stören.

»Und für die Damen wollen wir mal so was richtig Schmusiges auflegen – hier kommt Barry White – Rock Me Baby!«

So wie der Typ das Wort Damen aussprach, war schwer zu beurteilen, ob es ehrenvoll oder eher abwertend war, so bezeichnet zu werden. Nicht wenige der so Angesprochenen erhoben sich jedenfalls, um den Tanzpartner ihrer Wahl aufzufordern. Krischan sah Trude mit einem erwartungsvollen Lächeln an, doch sie bedeutete ihm, dass sie nicht vorhatte, ihn um einen Tanz zu bitten. Sie sah, dass Franz, der Gastgeber, von mindestens vier Bewerberinnen umringt war. Mit einer charmanten Geste gegenüber den Abgewiesenen entschied er sich für Margot, die das elegante, enge Strickkleid vom Vortag trug und ihre strenge Brille abgelegt hatte. Trude schämte sich für den kleinen Stich, der ihr bei diesem Anblick in den Magen fuhr und da sie ohnehin nicht tanzen wollte, schlüpfte sie an Krischan vorbei aus dem mittlerweile tropischen Klima im Zelt nach draußen, um einen Moment frische Luft zu schnappen.

»Na, meine Süße? Auch keine Lust auf die altbekannte Herrenriege da drinnen?«

Mit einem netten Lächeln schaute die Frau, die rauchend vor dem Eingang stand, auf Trude, als diese sich zu ihr gesellte.

»Du weißt ja, ich habs nicht so mit dem Tanzen und die Luft im Zelt ist inzwischen zum Schneiden …«

»Deswegen rauche ich schon hier draußen – hast du das wohlwollend registriert?«

»Aber natürlich, Babsi!«

Babs war die erste Freundin, die Trude in Warstedt gefunden hatte. Sie war ein paar Jahre älter und besaß eine kleine aber feine Boutique im Städtchen, Treffpunkt für die Damen mit exklusivem Geschmack und entsprechendem Portemonnaie. Aus den Plaudereien ihrer Kundinnen kannte sie alle Warstedter Liebes- und Lebensverhältnisse in- und auswendig, nur ihr eigenes hielt sie strikt unter Verschluss. Da sie eine sehr schöne Frau war, geschieden, lebenslustig und mit einem lockeren Mundwerk, regte sie immer wieder die Fantasie der Kleinstadtbürger an, bei manchen stand sie sogar in denkbar schlechtem Ruf, was Babs aber eher amüsierte als störte. Trude mochte ihre direkte Art und dass sie bei ihr kein Blatt vor den Mund nehmen brauchte, wenn ihr der Kleinstadtmief mal wieder bis zum Halse reichte. In ihrem roten Kleid mit dem weiten Glockenrock, dem viereckigen Halsausschnitt und den eng anliegenden Ärmeln, das hervorragend zu ihrem dunklen, hochgesteckten Haar passte, sah Babs aus wie eine Filmheldin aus einem Vierziger Jahre-Streifen.

»Hat dir heute schon jemand gesagt, dass du wieder fantastisch aussiehst?«

»Danke Trude, aber das kann einer Frau um fünfzig gar

nicht oft genug gesagt werden! Und wenn ich deine Berliner Freundinnen sehe, muss ich wieder einmal feststellen, dass wir hier doch richtige Provinzmäuse sind. Die haben so einen ganz selbstverständlichen Chic, so individuell und weltläufig – wenn ich auch der großen Blonden das edle Strickkleid ein, zwei Nummern größer empfohlen hätte …«

Babs verzog leicht spöttisch ihren wohlgeformten Mund. Auf ihren gleichmäßigen Gesichtszügen lag immer ein Anflug von Müdigkeit und Erschöpfung, was wohl ihr Tribut an das Alter war und von den zahlreichen Zigaretten und gerne genossenen Piccolos kündete, sie jedoch mit einer geheimnisvollen Aura umgab.

»Für eine Aprilnacht ist es erstaunlich mild heute, findest du nicht?«

Trude hatte keine Lust, schon wieder über Margot zu reden.

»Wie geschickt du versuchst abzulenken! Aber ich will mal nicht so sein … Es ist wirklich richtig angenehm hier draußen und gar nicht kalt.«

Sie plauderten noch ein Weilchen über dies und das und als dann das Kuchenbüffet eröffnet wurde, mischten sie sich wieder unter die Feiernden im Zelt. Der Discjockey versuchte nach der Kaffeepause mit der unsäglichen Polonaise von Blankenese die Stimmung anzuheizen und wer nicht rechtzeitig nach draußen geflüchtet war, wurde unbarmherzig eingereiht. Auch Babs und Trude und die drei Berlinerinnen wurden nicht verschont und angesichts der späten Stunde schien man die Albernheit sogar zu genießen. Die ersten älteren Herrschaften verabschiedeten sich und Trude versuchte, ihrer Gastgeberrolle gerecht zu werden und mit möglichst vielen der Gäste ein paar Worte zu wechseln. Zwischendurch musste sie auch ein paar Mal das Tanzbein schwingen und schaute immer wieder, ob sich alle, besonders ihre drei Besucherinnen aus der Großstadt, gut amüsierten.

Sie sah, dass auch Betty und Iris oft tanzten oder aber irgendwelche Warstedter sich um sie kümmerten. Margot hatte sich vor wechselnden Tanzpartnern kaum retten können und dies natürlich in vollen Zügen genossen. Dann aber hatte sie ausschließlich mit Felipe, einem temperamentvollen, schwarzen Exilkubaner, der ab und zu auf dem Hof bei der Gartenarbeit half, aufreizende Hüftschwünge vollführt. Jetzt saß sie schon seit geraumer Zeit mit Ben, einem blendend aussehenden Schulfreund von Oliver, auf einer Bank, intensiv in ein Gespräch vertieft. Felipe, der an der Bar lehnte, versuchte zwar ein gleichgültiges Gesicht zu machen, beobachtete die beiden aber mit unverkennbarem Interesse.

»Die Alte mit den blonden Locken, na das ist ja ne heiße Torte! Gibts das öfter in Berlin?«

Knut, vor einigen Jahren vom Bauern zum Reitstallbesitzer mutiert, rollte lüstern mit den Augen und spielte den schlichten Landmann, während er versuchte, mit Trude so eine Art Tango zu tanzen. Anstelle einer Antwort lachte Trude nur und er setzte noch hinzu:»Wenn meine Frau nicht immer gucken würde, dann hätte ich die auch mal über die Tanzfläche gezogen. Entschuldige meine Ausdrucksweise, Gnädigste! Aber ich bin nur 'n einfacher schleswig-holsteinischen Buer!«

Die Blicke, die Margot von den männlichen Gästen zuteil geworden waren, drückten genau das aus, was Knut ausgesprochen hatte, während die der weiblichen Anwesenden eher skeptisch zu nennen waren.

Als Trude das nächste Mal zur Uhr schaute, war es kurz nach zwei und das Zelt schon zur Hälfte geleert. Die Pastorin, der Bürgermeister und was sonst noch an Honoratioren des Städtchens anwesend war, hatten sich verabschiedet.

Oliver und seine Freunde hatten sich ebenfalls diskret verkrümelt. Sie hatten wohl genug von der altmodischen Feier und wollten in ihre Disco ziehen, wo es jetzt erst richtig zur Sache ging. Einer allerdings war geblieben: Trude sah Ben, wie er sich mit Margot eng umschlungen am Rand der Tanzfläche bewegte, Tanzen hätte sie es allerdings nicht genannt. Felipe schien inzwischen das Feld geräumt zu haben. Einer nach dem anderen verabschiedete sich, auch Elsbeth hatte sich längst zurückgezogen und Trude hoffte nur, dass sie schlafen konnte, bei der lauten Musik, die immer noch aus dem Zelt drang. Zum Glück hatten sie ja keine weiteren Nachbarn, die sich hätten gestört fühlen können.

In dem Maße, in dem sich das Zelt leerte, wurde es auch kühler. Benno schaltete den einen Heizstrahler wieder an und dasselbe Häuflein wie immer sammelte sich um die Wärmequelle, entschlossen, unerschrocken bis zum Morgengrauen zu feiern. Eigentlich hätte Trude sich auch längst gerne ins Bett verzogen gehabt, doch als Gastgeberin fühlte sie sich zur Anwesenheit verpflichtet, zumal sie zu ihrem Erstaunen Franz nirgendwo entdecken konnte. Betty und Iris waren inzwischen auch gegangen und Knuts Frau hatte sich entnervt verabschiedet, da sie es nicht schaffte, ihren aufgedrehten Gatten ebenfalls zur Heimkehr zu bewegen. Knut wünschte sich vom Discjockey einen Rolling Stones-Hit nach dem anderen und tanzte dazu wie besessen, meist allein. Sein Wunsch, nun, da seine Frau gegangen war, Margot über die Tanzfläche zu schleifen, konnte aber leider nicht erfüllt werden, denn auch sie war nicht mehr unter den Feiernden, wie Trude feststellte. Ben konnte sie ebenfalls nicht mehr entdecken.

Obwohl ihr vor Müdigkeit fast die Augen zufielen und auch der Strahler gegen die Kälte nicht mehr viel half, hielt Trude durch bis halb fünf in der Früh. Sie versorgte die immer noch Ausharrenden mit frischem Kaffee und man stärkte sich noch einmal an den Resten des Büffets, sie hielt ihre alkoholisierten Gäste davon ab, mit ihren Autos nach Hause zu fahren, organisierte die Taxen und schlichtete den Streit, der darum zu entbrennen drohte. Knut, der normalerweise mit so jemandem nichts zu tun haben wollte, hatte sich mit Krischan verbrüdert und sie hatten sich das ehrgeizige Ziel gesetzt, sämtliche verbliebenen, offenen Schnapsflaschen noch zu leeren. Zu guter Letzt warf sie die beiden ganz autoritär einfach hinaus, da sie freiwillig nie den Heimweg gefunden hätten. Als sie völlig erledigt in ihr Bett kroch, war das von Franz immer noch leer. Doch sie war zu müde, um sich darüber Gedanken zu machen und schlief sofort ein. Irgendwann registrierte sie, dass ein kalter, nach Schnaps riechender Franz ihr einen Kuss gab und sich neben ihr unter seine Decke kuschelte, doch wann das war, bekam sie nicht mit. Es war ihr auch egal.

2

Niedlich sahen sie aus, die kleinen Schiffchen aus Mürbeteig mit ihrer schweren Last aus zartgelber Eiercreme und rosafarbenen Krabben, wie sie auf dem Backblech, einer stolzen Flotte gleich, bereit standen, um in milder Ofenhitze ihre geschmackliche Vollendung zu erlangen. Doch sie mussten sich gedulden, denn ein dicker, kunstvoll geflochtener Hefezopf, war gerade dabei sich nach allen Seiten zu dehnen und aufzublähen und hielt den Platz in der Backröhre noch besetzt. Außerdem verströmte er einen atemberaubenden Duft. Laut und deutlich war ein knurrender Magen zu vernehmen.

»Lang halt ich des aber nimmer aus …«

Mit einem Seufzer bückte sich der fast zwei Meter große, kräftige Mann nach der Tür des Küchenschranks, beförderte eine Platte Royal Copenhagen heraus und arrangierte darauf ebenso liebevoll wie bedächtig dünn geschnittene Scheiben mageren Katenschinkens, eine Lage kräftige Mettwurst sowie einen Ring geräucherte Leberwurst. Am Tag zuvor war er extra zu einem Bauernhof gefahren, der biologisch-dynamisch wirtschaftete und dessen Besitzer er persönlich kannte, um diese Wurstwaren von außergewöhnlicher Qualität zu besorgen. Dafür war ihm kein Weg zu weit. Die Auswahl landestypischer, kulinarischer Spezialitäten war hier im Norden eh nicht so groß, da war er aus seiner fränkischen Heimat anderes gewöhnt. Hier gab es Lübecker Marzipan, Katenschinken und – na ja, Fisch in allen Variationen, weil man das Meer in der Nähe hatte, aber sonst?

Während er über diese Frage sinnierte, wanderte sein Blick in den kleinen Garten, der hinter der Küche lag und dessen Rasenfläche üppig von leuchtend gelben Narzissen flankiert wurde. Gedankenverloren schob er sich eine Scheibe Schinken in den Mund. Dieser frühlingsfarbene Anblick war natürlich das Verdienst von Astrids unerschöpflicher, nicht zu bremsender Aktivität. Voller Bewunderung gedachte er all der Dinge, die sie quasi nebenbei vollbrachte: Die Organisation des Haushalts, der Garten, die Erziehung der Zwillinge, sämtliche ›social relations‹ zu Familie und Freunden, Freizeitunternehmungen und Urlaub, nicht zu vergessen das familiäre Finanzwesen. Und all das, trotz ihres beruflichen Engagements als Sozialpädagogin in einem Hilfsprojekt für Asylbewerber. Da war es mehr recht als billig, dass er heute für die Ausrichtung ihres traditionellen Brunches am Ostersonntag zuständig war. Zumal Astrid die ständige Alltagskocherei für die Familie eher als Last denn als Lust empfand. Sie erledigte diese Pflicht zwar zur allseitigen Zufriedenheit, doch wenn es etwas Besonderes sein sollte, überließ sie gerne ihrem Mann das Feld. Ja, Kochen, das konnte er, es war sozusagen seine absolute Leidenschaft, wie auch das Essen. Wie sonst konnte er neue Geschmackserlebnisse entdecken und sie dann selbst erschaffen und variieren, wenn er nicht mit seiner feinen Zunge und sensiblen Nase intensive Forschung betrieb?

»Guten Morgen und frohe Ostern, mein Bär! – Das sieht hier ja schon sehr appetitlich aus!«

Astrid, das blonde Haar vom Schlaf noch ganz zerwühlt, stand barfuss in ihrem silbergrauen Morgenmantel in der Tür und lächelte ihrem Mann zu.

»Nix is am Morgen so appetitlich wie du, mein Schatzi! Dir auch frohe Ostern!«

Mit zwei Schritten war er bei ihr, küsste sie auf beide

Wangen und hob sie ohne jede Anstrengung einen Meter über den Küchenfußboden. Trotz ihrer neununddreißig Jahre und einer Zwillingsschwangerschaft hatte Astrid immer noch die knabenhaft schlanke Figur wie damals, als er sie kennen lernte. Er drehte sich wie zum Tanz mit ihr im Kreis.

»Bitte Georg, lass mich runter! Mir wird schwindlig und bald kommen unsere Gäste. Du weißt doch, wie überpünktlich Mutti immer ist!«

»Da hast du allerdings recht!«

Georgs Miene verfinsterte sich bei dem Gedanken an seine Schwiegermutter und resigniert stellte er Astrid auf den Boden zurück.

»Kannst du vielleicht noch der Festtafel den letzten Schliff geben? Du machst das eh viel besser als ich …«

Auf die Bitte zu antworten war Astrid nicht mehr möglich, da in diesem Augenblick Julia und Judith – wie meist im Doppelpack – in ihren Nachthemden die Treppe herunterstürmten und lautstark nach dem Osterhasen verlangten, beziehungsweise nach seinen Gaben.

»Auch St. Louis möchte ein Osternest suchen. Nicht wahr mein Süßer?«, Julia herzte und küsste den verängstigt äugenden Hamster in ihren Händen.

»Und Barbie natürlich auch!«, betonte Judith und hielt ihrem Vater einen ausgestreckten Arm hin an dessen Ende auf ihrer flachen Hand eine weiße Ratte saß und neugierig in die Gegend schnüffelte.

»Ist sie nicht abartig schön, Papa? Sag doch mal! Und draußen scheint die Sonne und da könnten wir doch gleich …«

»Frohe Ostern, Mädels!«

Astrid hatte ihre Stimme etwas gehoben, um sich gegen das eingespielte Duo durchsetzen zu können.

»Ja, frohe Ostern, frohe Ostern, Mama, Papa!«

»Und St. Louis!«

»Ja, und Barbie! Frohe Ostern!«

Die Zwillinge, zwölf Jahre alt und kaum zu bändigen vor Energie und Fantasie, hingen abwechselnd an Georg und Astrid und küssten sie ab, zwischendurch kamen ihre Haustiere dran und Georg war wie immer erstaunt, dass zwei so kleine Wesen so ein Tohuwabohu veranstalten konnten.

»Kinder!«

Astrid war diejenige, die sie wieder zur Ruhe bringen konnte und sie geschickt zu Komplizen machte, was den bevorstehenden Besuch der Oma und der anderen Gäste betraf.

»Also, ihr wisst Bescheid: Wir wollen doch alle einen schönen Ostersonntag haben und dazu gehört, dass Oma, Opa und alle anderen sich wohl fühlen und alles gut klappt. Wollt ihr dabei helfen?«

»Jaaa!«, riefen sie wie aus einem Munde, doch Judith, die forschere von beiden, musste noch hinzufügen:

»Die Oma meckert sowieso immer.«

Astrid warf ihrer Tochter einen sanft rügenden Blick zu, nahm aber trotzdem die nicht unwahre Bemerkung auf:

»Die Oma ist eben sehr anspruchsvoll und wir wollen versuchen, ihr einfach keinen Grund zur Klage zu geben …«

Die Zwillinge schauten ihre Mutter skeptisch an.

»Ihr wisst, die Großeltern möchten beim Ostereiersuchen dabei sein. Also, zieht euch die tollen neuen Sachen an, die ihr euch letzte Woche ausgesucht habt, und dann helfen wir alle zusammen, den Tisch fertig decken, und dem Papa noch ein bisschen in der Küche …«

»Und eure lieben Tierchen lasst ihr bitte in ihren Käfigen!«, fügte Georg mit gebotener Strenge hinzu.

»Es gibt da ein paar Leut, die haben ihre Probleme mit Ratten und Hamstern beim Frühstück.«

»Oh wie gemein! Die arme Barbie, soll die denn nicht merken, dass Ostern ist? Nur wegen der doofen Erwachse-

nen? Das find ich so was von krass!«, empörte sich Judith
sofort und auch Julia fing an, ihren armen St. Louis zu
bedauern. Im Grunde aber war ihnen diese Maßnahme ein-
sichtig. Es würde sich später sicher eine Gelegenheit finden, ihre beiden über alles geliebten Hausgenossen allen
Anwesenden angemessen zu präsentieren. Die ganze Familie bereitete nun sich und die Frühstückstafel mit Eifer für
den Empfang der Gäste vor.

Zwei Stunden später hatte man die Ostereiersuche hinter sich, alle saßen um den großen Tisch und ließen sich
die Köstlichkeiten schmecken, die Georg zusammenge-
tragen und zubereitet hatte. Die geballte Anwesenheit von
Astrids Familie – außer ihren Eltern, ihre beiden Schwestern mit ihren Männern und insgesamt vier Kindern – löste
bei Georg immer ein Gefühl der Beklemmung aus. Zum
Glück lockerte Steffen, sein erster und bester Freund, den
er in Lübeck gefunden hatte und der zumindest für ihn und
Astrid auch zur Familie gehörte, die Atmosphäre etwas auf.
Neben beruflichen Interessen verband ihn mit Steffen eine
Begeisterung für alles Italienische, sei es Land, Leute, Kultur und vor allem die Neigung für alles Kulinarische, nicht
nur aus Italien. Während er, Georg, jedoch eher undogma-
tisch und improvisiert in der Küche wirkte, bewunderte er
seinen Freund als einen wahren Kochkünstler, der es mit
jedem Sterneprofi hätte aufnehmen können.

Steffen hegte eine unerklärliche Vorliebe für gepflegte
Gespräche mit älteren Damen, ja er gab in gewisser Weise
bühnenreife Vorstellungen in kultiviertem Klatsch und
Tratsch, was ihn in den entsprechenden Kreisen ausgesprochen beliebt machte. Schon kurz nach dessen Eintreffen hatte seine Schwiegermutter Johanna den Freund mit
Beschlag belegt und fragte seine Meinung zu den unter-
schiedlichsten lokalen bis internationalen Themen ab. Als

Rechtsmediziner im Besitz eines Doktortitels und mit dem klangvollen Namen Steffen von Schmidt-Elm ausgestattet, als Antiquitätenkenner und Kunstfreund, Mitglied eines viel gerühmten Laienensembles für alte Musik, in dem er Cello spielte, war der von Johanna so bezeichnete ewige Junggeselle für würdig befunden worden, in ihren Kreisen verkehren zu dürfen, ohne durch Geburt zur alteingesessenen Lübecker Gesellschaft zu gehören. Was sie nicht wusste und was Georg auf Anraten seiner Frau auch nicht erklärte, war, dass die Ehelosigkeit seines Freundes in dessen Homosexualität gründete. Steffen fand, seine sexuelle Orientierung ginge niemand was an. Er machte daraus kein Geheimnis, trug aber sein Schwulsein nicht wie eine Regenbogenflagge vor sich her. Insgeheim feixte Georg sich eins, wenn er sich angesichts dieser Offenbarung das entsetzte Gesicht seiner bourgeois engstirnigen Schwiegermutter vorstellte.

Johanna stammte aus einer angesehenen Kaufmannsfamilie und hatte aus Liebe, wie sie nicht müde wurde zu betonen, manch gute Partie ausgeschlagen, um ihren Heini zu heiraten, der damals »nur« bescheidener Angestellter in einer Baufirma war. Immerhin brachte er es im Lauf der Jahre zum Teilhaber an dem kleinen Unternehmen und Georg konnte sich lebhaft vorstellen, dass Johanna nicht Rast noch Ruh gefunden hatte, ehe ihr Mann sich eine Position erarbeitet hatte, die ihr angemessen schien, um einen Platz in den ihr so wichtigen Kreisen der Stadt zu beanspruchen. Immerhin war sie eine geborene ›Tiedemann‹ und das schien in Lübschen Maßstäben gerechnet mindestens so bedeutungsvoll wie Mitglied einer Mayflowerfamilie in den Vereinigten Staaten zu sein.

Sie versuchte gerade, Steffen eine eindeutige Stellungnahme zum Thema Jugendzentrum und Drogen zu entlocken und reagierte auf seine liberalen Aussagen ungewohnt zurückhaltend. Wie sie so aufmerksam plaudernd dasaß, munter und frisch, sah man ihr ihre fünfundsiebzig Jahre wahrlich nicht an. Johanna war ein zierliches Persönchen mit blond gefärbtem weißen Haar, das von einem unsichtbaren Haarnetz perfekt in Form gehalten wurde, und wenn sie jemand für wert fand, konnte sie immer noch einen mädchenhaften Charme an den Tag legen. Georg wurde diese Ehre nur äußerst selten zuteil, doch der gut aussehende Steffen, die schlanke Figur in einen eleganten, gelben Cashmerepulli und graue Flanellhose gekleidet, rief mit seiner wohlerzogenen aber humorvollen Art wahre Kaskaden ihres perlenden Lachens hervor, das ihrer Aussage nach in ihrer Jugend in ganz Lübeck bekannt und beliebt war. Mit seiner inzwischen etwas barocken Statur, den nicht in eine ordentliche Form zu zwingenden, braunen Locken und dem dichten Vollbart war Georg sich bewusst, in keinster Weise dem männlichen Schönheitsideal seiner Schwiegermutter zu entsprechen. Daran änderte auch das weiße Hemd nichts, das er zur Feier des Tages zur Jeans trug. Dass darauf inzwischen ein gelber Fleck prangte, der von der köstlichen Tunke herrührte, die er eigens für seinen berühmten Graved Lachs produziert hatte, war ihm entgangen.

»Verzeihen Sie, wenn ich unser hochinteressantes Gespräch für einen Augenblick unterbreche, gnädige Frau?«

Steffen war ganz in seinem Element und bester Laune.

»Ich muss meinem Freund ein Kompliment für dieses ausgesprochen gelungene Festtagsfrühstück machen. Du hast dir ja wieder eine Mühe gemacht, Georg! Aber wirklich: Gelungen und köstlich wie immer! Nicht wahr, Frau Dittmer?«

»Aber ja«, stimmte Johanna fein lächelnd zu, »mit Kochen und Essen kennt mein Schwiegersohn sich hervorragend aus. Das ist nicht zu übersehen … du hast da was auf deinem Hemd, Georg.«

Georg versuchte die Häme in den Worten seiner Schwiegermutter zu ignorieren, was ihm jedoch, wie so oft, auch diesmal misslang. Diese Frau verstand es, ihm immer wieder deutlich die Missbilligung seiner Person zu zeigen, sei es in Bezug auf sein Aussehen, sein Benehmen, seinen Beruf, einfach in jeder Beziehung. Was ging es sie an, dass er ein paar Kilo zugelegt hatte in der letzten Zeit? Unkonzentriert und ohne viel Erfolg versuchte er mit dem Zeigefinger die gelbe Tunkenspur von seinem Hemd zu kratzen. Um sich von seinem Ärger über Johanna abzulenken fragte er in die Runde, ob er denn jetzt ein Gläschen Sekt oder etwas anderes anbieten dürfe. Heini, der neben seiner lebhaften Frau eher stumm vor sich hingedöst hatte, wurde plötzlich munter. Ein unangenehmer Pfeifton ertönte. Er konnte sein hochmodernes, neues Hörgerät immer noch nicht richtig bedienen, besonders, wenn er sich in einer größeren Gesellschaft befand.

»Hättest du wohl mal 'ne Buddel von deinem dunklen Spezialbier für deinen Schwiegervater, Georg? Nich zu kalt, wenn es geht.«

»Aber klar, Heini! Kommt sofort! Möchte noch jemand?«

Indigniert hatte Johanna die Brauen gehoben und ihrem Mann einen strafenden Blick gesandt, doch der ließ sich davon nicht beeindrucken. Er war achtzig und eigentlich das, was man einen stattlichen Herrn nannte. Durch seine Schwerhörigkeit und da er durch ein Hüftleiden auf einen Stock angewiesen war, wirkte er aber bei weitem nicht so fit wie seine Frau. Doch er hatte nach wie vor einen klaren Geist und ließ keine Gelegenheit aus, zu feiern und »einen zu nehmen«, wie er das nannte. Nach Astrid war er für Georg das liebste Mitglied der Familie Dittmer, doch Heini hatte in dieser erdrückenden Frauenüberzahl noch nie viel zu sagen gehabt.

Als Georg mit den Getränken aus der Küche zurückkam, widmete sich ein Teil der Tischgesellschaft der Kommentierung eines Kriminalfalls, der in den letzten Wochen die Stadt in Atem gehalten hatte. Sigrid und Gudrun, die beiden älteren Schwestern von Astrid, überboten sich gegenseitig in der Schilderung gruseliger Details, natürlich immer mit dem gebotenen, damenhaften Entsetzen.

In den Augen ihrer Mutter hatten wenigstens diese beiden Töchter den Sprung in die bessere Gesellschaft geschafft: Sigrids Mann Jochen war Zahnarzt und ermöglichte es seiner Frau, zu Hause zu bleiben und sich auf Haushalt, Kinder und Geldausgeben zu konzentrieren. Gudrun hatte in die Hotelierdynastie eines bekannten Osteebades geheiratet, der die Hälfte der dortigen Gastronomiebetriebe wie Hotels, Restaurants und Cafés gehörte. Auch Peter betonte, seine Frau bräuchte nicht zu arbeiten, wenn sie nicht wollte und wahrscheinlich stimmte es auch. Ob diese Traumehen glücklich waren, vermochte Georg nicht zu beurteilen. Jedenfalls hielt Johanna diese Verbindungen offensichtlich für gelungen.

»Wenn ich denke, dass ich bei dieser Person beinahe einmal zum Essen eingeladen war – grässliche Vorstellung ...«

Sigrid schüttelte sich in wohligem Ekel.

»Warum denn, Mama?«, fragte die sechsjährige Laura aufmerksam, die als einziges Kind noch am Tisch geblieben war.

»Das verstehst du nicht, Kleines. Gehst du bitte nach oben spielen zu den anderen, ja? Sei lieb!«

Sigrid gab ihrer Jüngsten einen sanften Klaps auf den Po und schob sie in Richtung Tür. Im Schneckentempo zog sich die Kleine aus dem Esszimmer zurück und erst ein energisches Nicken ihres Vaters ließ sie die Treppe etwas schneller hochklettern.

»Na, Doktor, Sie waren doch bestimmt bei der Obduktion dabei?«

Peter schaute Steffen gespannt an und fügte mit einem Grinsen hinzu:

»Sofern man es in diesem Fall überhaupt so nennen kann. Wie viele Päckchen hatte sie denn in die Kühltruhe gepackt?«

»Ich bin untröstlich mein Lieber, aber auch bei meinen Patienten halte ich mich an das Arztgeheimnis. Sie werden gewiss Verständnis dafür haben, dass ich auch den Opfern von Gewalttaten ihre Totenruhe in jeder Hinsicht zubillige und nicht bereit bin, blutige Details zum Stillen von billiger Sensationslust beizusteuern.«

Steffen schaute unverändert freundlich durch seine teure Armani-Brille. Georg warf ihm einen dankbaren Blick zu. Auch er liebte diese von primitiver Neugier und lüsternem Gruseln beherrschten Gespräche über Mord und Totschlag überhaupt nicht. Gleich würde seine Schwiegermutter wieder die nachlässige Polizeiarbeit und die viel zu laschen Strafen für diese unmenschlichen Bestien ins Feld führen. Dass eine Frau, die ihre vermeintliche Rivalin tötet und fein säuberlich im Tiefkühler portioniert, nicht ganz gesund ist und eher einer psychiatrischen Behandlung denn einer Strafe bedarf, durfte man nicht einmal erwähnen.

Nein, er liebte diese Gespräche überhaupt nicht. Bald war man dann bei der Schlechtigkeit der heutigen Zeit angelangt, den Drogen, den unwilligen Arbeitslosen, den auf unsere Kosten lebenden Ausländern und bald auch bei Astrids Arbeit. Sozialpädagogin für einen Verein, der Asylbewerber unterstützte! Das war weder dem Renommee dienlich, noch finanziell interessant. Außerdem gefiel es dann diesen Scheinasylanten nur noch besser hier und sie wollten gar nicht mehr in ihre Heimat zurück. Und das sollten sie ja wohl so bald wie möglich.

Ganz früher einmal hatte Georg den Fehler gemacht, zu erwähnen, dass Thomas Mann sich auch vor den Nazis ins

Exil zurückgezogen hatte, in der Hoffnung, der bekannteste Sohn der Stadt könne ihm als starkes Argument dienen.

»Thomas Mann, den mögen wir hier nicht besonders«, hatte Johanna nur kühl pariert und Astrid hatte ihn später aufgeklärt, dass manche Alteingesessene dem Dichter bis heute nicht sein, ihrer Ansicht nach unpatriotisches, Verhalten während des Krieges verziehen hätten. Hätte Thomas Mann nicht in aller übrigen Welt Anerkennung gefunden, für viele Lübecker wäre er der Nestbeschmutzer geblieben, der er seit den Buddenbrooks ohnehin für sie war.

Georg tröstete sich immer damit, Astrid und nicht ihre Familie geheiratet zu haben, und dass er sie geheiratet hatte, hielt er nach wie vor für die beste Entscheidung seines Lebens.

3

Mit aufdringlicher Helligkeit drangen die Sonnenstrahlen trotz der geschlossenen Vorhänge ins Schlafzimmer. Trude, die auch in dieser kurzen Nacht wieder von den alten, längst vergessen geglaubten Träumen belästigt worden war, versuchte vergeblich durch tiefes, gleichmäßiges Atmen und Entspannen aller Körperteile in den Schlaf zurückzufinden. Keine Chance! Ihre innere Uhr ließ sie zu ihrem großen Bedauern nie länger als höchstens bis halb zehn in Morpheus' Armen ruhen, egal, wie spät sie ins Bett gekommen war. Außerdem tat Franz das Seine, um ihr das Wiedereinschlafen zu erschweren: Er schnaufte und schnarchte wie ein Nilpferd, wie immer nach reichlichem Alkoholgenuss. Da sie ohnehin schon angefangen hatte, über die Gestaltung des ostersonntäglichen Frühstücks nachzudenken, entschloss sie sich, ihre erfolglosen Versuche aufzugeben und schwang sich aus dem Bett. Franz drehte sich grunzend auf die andere Seite. Ihr fiel sein spätes Kommen ein und Trude fragte sich, wo er in dieser Nacht so lange gewesen war, nachdem sie ihn auf dem Fest nicht mehr gesehen hatte.

Als sie geduscht und angezogen in ihre geliebte Küche trat, den munteren Lollo kurz fürs Morgengeschäft in den Garten ließ und die kühle, frische Luft atmete, freute sie sich auf den bevorstehenden Tag. Ganz gemütlich würde sie jetzt alles für ein fürstliches, spätes Frühstück richten und ihre kleinen Osterüberraschungen für Franz, Olli, Elsbeth und ihre Freundinnen verstecken. Und am Nachmittag könnte man vielleicht einen Ausflug in die Holsteinische Schweiz unternehmen, einen schönen Spaziergang um einen der vielen Seen machen und im Uklaier Fährhaus Kaffee trinken. Für den Abend hatte sie eine Hamburger Specksuppe geplant. Das Rezept war eines ihrer Fundstücke aus der Recherche für ihr neues Kochbuch und stammte aus der Familientradition von Elsbeths bester Freundin Ille. Danach sollte es noch rote Grütze mit flüssiger Sahne geben und das war nach diesen üppigen Feiertagen dann auch genug. Und nachdem es mit Margot nur zu harmlosen, kleinen Zwischenspielen gekommen war, würde der Berliner Besuch sich nach einem gelungenen Wochenende morgen verabschieden.

Fröhlich und zufrieden betrachtete Trude den für sechs Personen gedeckten Tisch. Käseplatte, Wurstplatte, diverse selbst eingekochte Marmeladen, ein Schälchen Krabbensalat, ein kleiner Teller Räucherfisch, Meerrettichsahne, Preiselbeeren und ein Glas Rollmöpse für die Verkaterten, Obst, Quark – es war alles da. In der Mitte thronte neben dem Osterstrauß mit den bunt bemalten Eiern der selbst gebackene Osterzopf und überall auf dem Blaudrucktischtuch waren kleine Küken und Schokoladeneier verstreut. Damit jeder bekam, was er mochte, würde sie Spiegel-, Rühr- oder gekochte Eier erst zubereiten, wenn alle am Tisch versammelt waren.

Nachdem sie im Garten das österliche Naschwerk versteckt hatte, machte sich Trude kurz nach elf mit einer Kanne frisch gebrühten Tees im Henkelkorb auf zur Mühle, um ihre Freundinnen mit einem Morningtea nach alter, englischer Tradition zu erfreuen. Als sie das Haus durch die Vordertür verließ, stellte sie fest, dass Olli offensichtlich nicht nach Hause gekommen war, da seine Schuhe und seine Jacke fehlten. Das war eigentlich nichts besonderes, wahrscheinlich hatte er bei seiner Freundin Anna übernachtet. Doch obwohl Trude ja »nur« seine Stiefmutter war, stieg in ihr jedes Mal kurz der Gedanke hoch, ob ihm wohl auch nichts passiert sei. Wenn sie Franz ihre Besorgtheit schilderte, versuchte er sie zu beruhigen mit dem Hinweis, dass Warstedt nicht eine Großstadt wie Berlin sei und Olli ja schließlich ein vernünftiger Junge. Sie hatte trotzdem ein besseres Gefühl, wenn sie ihn des Nachts zu Hause wusste.

Natürlich nutzte Lollo die Gelegenheit, Trude zu begleiten, schnüffelte aufgeregt an jedem Stein und Strauch, hob auf dieser kurzen Strecke mindestens dreimal das Bein, verbellte eine Elster und haute plötzlich ab wie der Blitz in Richtung Mühlteich. Als Trude um die Ecke bog, sah sie Betty nur in Jeans und T-Shirt auf einem Stuhl vor dem Klinkerhäuschen in der Sonne sitzen.

»Hallihallo! Du bist ja schon wach! Schöne Ostern, Betty!«

»Hallo Trudi! Ja du, die Sonne scheint so wunderschön, da habe ich es nicht mehr im Bett ausgehalten. Aber ich sitze noch nicht lange hier. Dir auch schöne Ostern!«

»Ein schöner Platz ist das, nicht wahr – windgeschützt, sonnig und dieser tolle Blick!«

»Ja, ihr habt es wirklich wunderschön hier! So traumhaft hatte ich mir dies Osterwochenende an der Ostsee wirklich nicht vorgestellt!«

»Das Wetter ist aber auch ungewöhnlich gut für die Jahreszeit«, musste Trude zugeben.

»Ich habe euch einen Morningtea mitgebracht. Wo sind denn deine beiden Mitreisenden?«

»Iris ist, glaube ich, gerade ins Badezimmer gegangen. Und Margot …«

Betty machte ein gequältes Gesicht, »Margot ist noch gar nicht nach Hause gekommen …«

Von Ferne hörten sie Lollo aufgeregt bellen.

»Oh«, sagte Trude nur und holte von drinnen ein paar Tassen.

»Weißt du Betty, das ist doch eigentlich nicht dein Problem. Sie ist schließlich ein erwachsener Mensch.«

Sie stellte die Tassen auf den alten Mühlstein, der als Gartentisch diente.

»Das sollte man meinen«, seufzte Betty, »ich hoffe nur, sie sorgt hier nicht für ein kleines Skandälchen. Das wäre mir furchtbar peinlich, vor allem dir und deiner Familie gegenüber! Wo ich sie doch hierher gebracht habe ...«

Sie wurden durch Lollo am Weiterreden gehindert, der bellend angerast kam, sich das Wasser aus dem Fell schüttelte und sogleich wieder ein nervtötendes Gebell anstimmte.

»Mensch, Lollo! Bist du wohl still!«

Doch der Hund hörte nicht auf zu bellen, obwohl ihm langsam die Luft knapp werden musste.

»Was hat er denn?«, fragte Betty besorgt über den Lärm hinweg.

»Wahrscheinlich ein Kaninchen oder so. So alt wie Lollo ist, hört er schlecht, sieht er schlecht, nur die Nase ist noch o.k. und wenn ihm dann so ein Hoppelhase direkt vor die Schnauze läuft, ist er völlig fertig, wie du hören kannst! – Lollo!«

Trude fasste das Tier am Halsband und schüttelte es kräftig.

»Ruhe jetzt!«

Lollo jaulte kurz beleidigt auf, nur um sogleich wie ein Verrückter mit dem Bellen fortzufahren.

Durch den Lärm aufmerksam geworden, kam Iris im Bademantel aus der Tür.

»Morgen und schöne Ostern! Was ist denn mit dem Hund los?«

»Hallo Iris! Ich glaube, ich muss jetzt doch mal mit Lollo mit. Vielleicht hat sich ein Schaf von der Herde unseres Nachbarn im Zaun verfangen oder so was. Irgendwas hat der Hund ...«

Und Trude stapfte in ihren Stiefeln querfeldein, einem glücklich vorausspringenden Lollo hinterher.

»Ich zieh mir die Gummistiefel an und komme nach!«, rief Betty, die neugierig geworden war.

Welcher Art ihre Empfindungen waren, als sie die wohlbekannte Gestalt am Rand des Mühlteiches auf dem Bauch liegen sah, den Oberkörper halb unter Wasser, konnte Trude beim besten Willen nicht beschreiben. Entsetzen oder Mitleid waren es jedenfalls nicht. Jetzt, wo es durchnässt und mit Schlammspuren bedeckt war, hatte das enge, hellgraue Strickkleid deutlich an Eleganz verloren und zeichnete Margots ziemlich üppiges Hinterteil noch sichtbarer ab. Der Rock war etwas hoch gerutscht und auf der einen Seite blitzte an ihrem Oberschenkel der spitzenbesetzte Abschluss ihrer schwarzen Strümpfe hervor. Ihre roten Wildlederpumps musste sie unterwegs irgendwo verloren haben. In der Mitte des Hinterkopfes waren die blonden Locken von einer schwärzlichen, klebrigen Schicht bedeckt, die Trude als angetrocknetes Blut identifizierte.

»Oh Gott! Das ist Margot! Was ist mit ihr?«

Vom schnellen Lauf noch schwer atmend, die Augen schreckgeweitet, stand Betty neben Trude.

»Wir müssen ihr helfen! Wir müssen sie rausziehen! Das Wasser ist bestimmt noch unheimlich kalt, sie wird sich den Tod holen!«

»Ich fürchte, das hat sie schon«, stellte Trude sachlich fest und um sich Bestätigung zu verschaffen, bückte sie sich nach Margots Handgelenk und versuchte ihren Puls zu fühlen. Sie ließ den schlaffen Arm zurück ins Wasser fallen.

»Den Arzt können wir uns sparen. Ich glaube, wir sollten am besten die Polizei rufen.«

»Polizei? Wieso Polizei?«, reagierte Betty auf diesen vernünftigen Vorschlag mit einem hysterischen Aufschrei.

»Weil das hier nicht nach einem schlichten Unfall beim Spazierengehen aussieht.«

»Denkst du etwa, sie ist umgebracht worden?«

Trude sah bei dieser Frage die Panik in Bettys Blick.

»Ich weiß es nicht, Betty. Komm, lass uns telefonieren gehen. Was anderes können wir sowieso nicht tun.«

Sie fasste nach Bettys Hand und zog sie sanft in Richtung Mühle, was die Freundin willenlos geschehen ließ. Lollo, der die ganze Zeit unverkennbar stolz, aufrecht und mit klopfendem Schwanz neben seinem Fund ausgeharrt hatte, trottete jetzt brav hinter seinem Frauchen her. Er hatte seine Schuldigkeit getan.

Iris saß vor dem Häuschen, hatte noch zwei Stühle in die Sonne gestellt und erwartete ihre Freundinnen mit der Teetasse in der Hand.

»Und was hat der Hund gefunden?«

»Margot. Sie ist tot. Ich muss die Polizei verständigen.«

»Was?«, war alles, was Iris herausbrachte. Sie schaute von einer Freundin zur anderen und es war ihr nicht anzumerken, ob diese Mitteilung sie schockierte oder irgendwie berührte. Als sie der mittlerweile im Gesicht kalkweißen Betty ansichtig wurde, zog sie die Freundin energisch auf einen der Stühle.

»Komm, setz dich erst mal. Trude kümmert sich um alles. Hier, trink eine Tasse Tee, das wird dir bestimmt gut tun.«

In diesem Augenblick brachen bei Betty alle Dämme und sie wurde von einem lauten Schluchzen überwältigt. Iris, die solche Gefühlsausbrüche eher irritierten, legte in einem etwas ungelenken Versuch, zu trösten, den Arm um sie.

Trude versuchte sich drinnen auf ihren Anruf bei der Polizei zu konzentrieren. Sie war nun ziemlich aufgeregt und zitterte am ganzen Körper. Auch wenn sie Margot nicht sonderlich gemocht hatte, dieses Ende hatte sie ihr nicht gewünscht. Aber schließlich schaffte sie es doch, dem Beamten vom Notruf einigermaßen logisch ihren Fund und die Lage ihres Anwesens zu schildern.

»Lassen sie alles so, wie Sie es vorgefunden haben. Ein Streifenwagen ist in spätestens zehn Minuten bei Ihnen.«

Als sie aufgelegt hatte, fiel Trude ein, dass Franz wahrscheinlich noch in tiefstem Schlummer lag und nicht ahnte, was sich da Schreckliches vor seiner Haustür ereignet hatte. Sie trat wieder nach draußen, wo Iris immer noch vergeblich versuchte, die hemmungslos heulende Betty zu beruhigen.

»Ich gehe mal eben Franz Bescheid sagen und komme dann wieder hierher.«

4

Im oberen Stockwerk hörte man die Kinder toben, im Esszimmer mischten sich Gesprächsfetzen mit Geschirrklappern und über allem lag eine Duftmischung aus Kaffee, Gebackenem, Geräuchertem und Parfum. Wie bei einem gemütlichen Brunch üblich, hatten inzwischen einige der Gäste wieder Appetit bekommen und schlenderten zum Buffet, um sich erneut zu bedienen. Für Georg als aufmerksamen Gastgeber das Signal, sich um die Pflege seiner Köstlichkeiten zu kümmern, neue Teller und Besteck bereitzustellen, frisches Brot zu schneiden, Soßen und Salate umzurühren. Er war ohnehin froh, wenn er der erdrückenden Mehrheit von Astrids Familie entkommen konnte, die gerade dabei war, unter Vorsitz seiner Schwiegermutter Johanna, den Stab über das Lübecker Kulturleben zu brechen und einmal mehr klar zu stellen, dass Kunst ja immer noch etwas mit Können zu tun haben müsse. Aber er war sich sicher, sein Freund Steffen würde auch allein Paroli bieten können …

Ein Handy klingelte und am Klang erkannte Georg sofort sein Dienstgerät. Allzeit bereit war das Motto seiner Truppe, nachts, feiertags, egal. Und ein Anruf jetzt, das hieß nichts Gutes. Oder wie man's nahm: Er würde wohl umgehend die Festgesellschaft verlassen müssen, so prickelnd hatte er die Stimmung ohnehin nicht mehr gefunden. Nur für Astrid und die Kinder tat es ihm leid – kein gemütlicher Osterspaziergang an der Trave und das Aufräumen würde er auch ihnen allein überlassen müssen, vielleicht halfen die Gäste ja mit. Judith, die gerade mit ihrer Ratte Barbie die Treppe herunter geschlichen kam, sauste beim ersten Klingeln sofort los und hielt ihm den Apparat vor die Nase. Mit einem entschuldigenden Lächeln zog sich Georg aus dem Esszimmer zurück und drückte die Empfangstaste: »Ja, Angermüller.«

Fünf Minuten später trug er seinen grünen Lodenmantel und verabschiedete sich mit einem Winken in die Runde: »Tut mir leid, die Pflicht ruft! Lasst euch durch meine Abwesenheit jetzt aber nicht beim Feiern stören! Ich denke, wir sehen uns bald Steffen! Ade!«

Astrid brachte ihn zur Tür.

»Es tut mir leid, Schatzi. Ich ruf an, sollte es spät werden, ja?«

Bedauernd zuckte Astrid mit den Schultern und gab ihm einen Kuss.

»Ich bin ja Kummer gewöhnt, Herr Kommissar!«

»Ciao, amore mio!«

Georg Angermüller stieg in den schwarzen Golf, der vor dem Haus wartete und auf dessen Dach ein aufgesetztes Blaulicht blinkte.

»Grüß dich, Claus! Schöne Ostern, Kollege!«

»Moin, moin. Wunderschöne Ostern, du sagst es. Da wollt ich mir das im Bett noch mal so richtig gemütlich machen …«

»Etwa allein?«

»Eben nich. Und wir wollten gerade mit Ostereiersuchen anfangen, da kam der Anruf. So eine Pleite.«

Verdrossen schaltete Claus Jansen in den nächsten Gang und gab Gas, so dass der Motor röhrte. Angermüller musste grinsen. Der dreißigjährige Kollege hatte zwei Leidenschaften: Autos und Frauen und wenn er sich nicht eines Tages mit seinem Auto ins Jenseits beförderte, dann konnte er leicht Opfer eines Verbrechens aus Eifersucht werden, bei dem Dickicht an Liebesbeziehungen, in die er sich immer wieder verstrickte.

Da bei der Dienststelle ein chronischer Mangel an zivilen Einsatzfahrzeugen herrschte, mussten viele der Kriminalbeamten mit ihren Privatautos zum Einsatzort fahren. Jansen hätte sich ohnehin geweigert eine der lahmen Rostlauben, wie er die Dienstwagen abfällig bezeichnete, zu nutzen. Außerdem kostete er es weidlich aus, seinen hochtourigen Renner im Einsatz bis zum Tachoanschlag zu testen.

»Bitte Claus, Gefahr scheint ja nicht im Verzug. Fährst du ausnahmsweise so, dass ich mein ausgiebiges Osterfrühstück net nochamal frühstücken muss!«

»Mach ich doch immer.«

»Na ja … Weißt du was an Einzelheiten über den Einsatz?«

»Nicht mehr als du nehme ich an. Weibliche Leiche, Todesursache unklar, Fundort ein Anwesen bei Warstedt.«

Während sein Kollege den Wagen in halsbrecherischem Tempo über die Autobahn jagte, die vor allem von Hamburger Ausflüglern Richtung Seebäder belebt war, fragte sich Georg Angermüller, warum die offensichtliche Nichtanerkennung seiner Person durch Johanna ihn nach so vielen Jahren immer noch traf. Von Anbeginn bekam er ihre Ablehnung zu spüren. Warum musste ihre Tochter sich ausgerechnet in einen Oberfranken vergucken? Folkloristisch war diese Ecke ja ganz nett, aber die Leute dort zählten ja irgendwie schon zum Balkan in den Augen einer norddeutschen Hanseatin wie Johanna. Nicht einmal zu ordentlichem Hochdeutsch waren sie fähig und auch nach den langen Jahren des Exils konnte ihr Schwiegersohn das dunkle, weiche Idiom seiner Heimat, das ihr immer den Eindruck von Naivität und Langsamkeit vermittelte, nicht verleugnen.

Was Georg jedoch in ihren Augen völlig disqualifizierte, war sein Beruf. Als studierter Jurist hatte er die Tätigkeit als Kriminalbeamter einer Karriere als Staats- oder Rechtsanwalt vorgezogen. Es kam nicht oft vor, dass sich jemand freiwillig zurückstufte. Noch während seines Studiums hatte ihn ein Zufall zu einem Praktikum in die Kriminalinspektion nach Lübeck verschlagen und dann hatte ihn die kriminalistische Ermittlungsarbeit so fasziniert, dass er unbedingt dabei bleiben wollte. In seinen Augen hätte es nicht besser kommen können: Schließlich hatte er dadurch auch Astrid kennen gelernt und einen Beruf gewählt, den er nach wie vor liebte.

Für Johanna hatte er es nicht weiter als bis zu einem lächerlichen Hauptkommissar gebracht. Und da Georg weder besonders ehrgeizig noch ein Karrierist war, hatte er nicht die Absicht, sich für den höheren Dienst zu bewerben, was in seinem Alter ohnehin schon schwierig gewesen wäre. So konnte sich seine Schwiegermutter, die mit der Familie seines obersten Behördenchefs verkehrte, auch keine Chancen mehr ausrechnen, dass ihr Schwiegersohn viel weiter in der Hierarchie steigen würde, was sie natürlich maßlos in ihrer Eitelkeit kränkte.

Und von so einer dummen, dünkelhaften alten Frau lasse ich mich immer wieder vorführen, dachte er mit Ingrimm, ich, Georg Angermüller, genannt Schorsch, ein gestandenes Mannsbild von vierzig Jahren! Selbst sein urfränkischer Spitzname Schorsch war für Johanna ein Stein des Anstoßes. Und er schwor sich, wie schon so oft, in Zukunft für ihre Sticheleien taub zu sein.

Es stieß ihm sauer auf. Wahrscheinlich hatte er doch ein bisschen zu kräftig zugelangt bei seinem Osterfrühstück. Doch wenn er sich des Aromas von frischem Dill erinnerte, das sich mit dem ganz eigenen Geschmack des schottischen Wildlachses verband, gekrönt von seiner mit Curry, Apfel und einem Hauch Senf gewürzten Tunke oder aber des flaumig weichen Hefezopfs, der nach Butter und Vanille duftete – wenn er sich diese traumhaften Geschmacksvariationen ins Gedächtnis rief, bereute er es nicht.

Sie rasten an dem kleinen See vorbei, der zwischen Warstedt und der Autobahn lag.

»Die nächste Ausfahrt müssen wir raus«, machte der Hauptkommissar seinen Kollegen aufmerksam.

»Ich weiß.«

Jansen stellte den rechten Blinker an und mit kaum verminderter Geschwindigkeit schoss das Auto in die Ausfahrt Warstedt-Nord.

Der hart gefederte Golf hüpfte über die letzten Meter der unbefestigten Zufahrt, dann brachte ihn Jansen mit einem kurzen, harten Ruck vor einem Rasenrondell, das mit Blumenbeeten eingefasst war, zum Stehen. Das Rondell befand sich in der Mitte des Hofes, wo neben einem Streifenwagen noch einige andere Autos parkten.

»Halleluja – wir haben es geschafft!«

Umständlich befreite Angermüller seinen nicht gerade zierlichen Körper aus dem komplizierten Spezialsicherheitsgurt, der so selbstverständlich zur Ausstattung von Jansens Auto gehörte, wie auch die beeindruckenden Überrollbügel.

»Gefällt dir mein sportlicher Fahrstil etwa nicht?«, grinste Jansen, der in seiner Freizeit so oft es ging an Rallyes teilnahm.

»Weißt scho«, knurrte Angermüller nur und schlug die Autotür zu. Er reckte sich und ließ seinen Blick rundum schweifen. Das schmucke Reetdachhaus, die alte Mühle und hinter drei knorrigen Eichen eine riesige Scheune lagen in strahlendem Sonnenschein und boten das Bild einer reinen Idylle. Über ihnen stieg mit lautem Tirilieren eine Lerche in die Luft und in der Ferne konnte man die Wasserfläche des Mühlteiches glitzern sehen. Schon von weitem sah Angermüller die rotweißen Absperrbänder flattern und Gestalten in weißen Anzügen sich hin- und herbewegen.

»Da unten werden wir erwartet – also dann …«

Da es von dieser Seite keinen anderen Zugang zu geben schien, nahmen sie den direkten Weg über einen gepflügten Acker. Der Lodenmantel des Kommissars wehte im milden Aprilwind und bald hatten er und sein Kollege zu ihrem Ärger dicke, schwere Lehmklumpen an den Sohlen ihrer Städterschuhe hängen.

»Na, hier soll wohl gefeiert werden …«

Jansen deutete auf das weiße Festzelt, das jetzt hinter der Scheune zu sehen war.

»Wahrscheinlich haben sie es schon hinter sich. Der runde, schwarze Fleck daneben sieht nach Osterfeuer aus …«, meinte Angermüller.

Ein Mann im Regenmantel über einem dunklen Anzug kam ihnen entgegen, auch seine schwarzen Lederschuhe hatten schon unter dem unwegsamen Gelände gelitten.

»Tag! Reimers, Kripo Außenstelle Warstedt!«

»Guten Tag! Ich bin Hauptkommissar Angermüller und das ist mein Kollege, Kommissar Jansen. Können Sie uns schon was erzählen?«

Sie gaben sich die Hand und Reimers lieferte von einem Kellnerblöckchen, auf das er seine Notizen geschrieben hatte, einen ersten Überblick:

»Die Tote heißt Margot Sandner, ist siebenundvierzig Jahre alt, arbeitet beim Fernsehen und stammt aus Berlin. Sie wollte mit zwei weiteren Frauen aus Berlin hier auf dem Hof von Kampmanns die Ostertage verbringen. Gefunden wurde sie vom Hund der Kampmanns heute Morgen kurz nach elf. Gestern Nacht hat hier ein großes Fest stattgefunden, mit Osterfeuer, Musik und Tanz. Sie haben vielleicht das große Zelt schon bemerkt. So lange ich denken kann, wird bei Franz Kampmann am Ostersonnabend ein Riesenfest gefeiert, halb Warstedt ist da immer mit bei …«

»Und Sie, waren Sie gestern auch dabei?«, fragte Jansen den Kollegen.

»Nee, leider nich. Unser Ältester hat heute Konfirmation und meine Frau meinte, die Feste bei Franz, das würde immer böse enden und wo wir heute doch früh in der Kirche sein mussten …«

»Da hatte Ihre Frau gar nicht so unrecht, was Reimers?«

»So hatte sie das doch nicht gemeint.«

»War nur ein Witz.«

»Gibt's jetzt schon Erkenntnisse über die Todesursache?«, mischte sich Angermüller ein.

»Nur dass es mehrere zur Auswahl gibt, aber das fragen Sie besser später den Herrn Rechtsmediziner aus Lübeck. Die beiden Mitreisenden des Opfers befinden sich dort oben in dem kleinen Anbau hinter der Mühle, Frau Kampmann ist auch da. Die Kampmanns wohnen eigentlich drüben in dem Reetdachhaus …«

»Und uneigentlich?«

Jansen schien von der umständlichen Art des Warstedter Kollegen ziemlich genervt und Angermüller warf ihm einen mahnenden Blick zu.

»Nichts. Ich wollte nur sagen, der Anbau ist so eine Art Gästewohnung. In der Mühle selbst wohnt eine alte Dame. Sie ist, ja wie soll ich das sagen, sozusagen die Erstschwiegermutter aus der ersten Ehe von Herrn Kampmann.«

»Mmh, gut … Haben Sie sonst noch was, das wir wissen müssten?«, fragte Angermüller den verunsicherten Herrn Reimers.

»Eigentlich – nee, ich glaube nich …«

Jansen verdrehte die Augen.

»Dann vielen Dank erst mal, Herr Kollege, und jetzt können Sie wieder zurück zu Ihrer Familienfeier sonst versäumen Sie noch das Dessert. Sie sind doch bestimmt vom Mittagessen geholt worden?«

Der Mann tat Georg Angermüller leid.

»Ja, wir sind mit der ganzen Verwandtschaft im Kreienredder Krug, da haben wir ein Menü bestellt: Frische Suppe, gefüllte Schweinelende mit Prinzessbohnen, Kartoffelgratin und zum Nachtisch Eis mit heißen Kirschen. Meine Frau wird sich freuen, wenn ich nicht zu lange wegbleibe.«

»Na, worauf warten Sie dann noch, Reimers? Der Kollege notiert Ihre Handynummer und wenn wir Ihre Unterstützung brauchen, melden wir uns.«

Mit glücklichem Gesicht zog der Warstedter Kripomann schließlich von dannen.

»Der Typ nervt«, knurrte Jansen, als Reimers außer Hörweite war, »der hat mir vor Jahren mal in Kiel bei einem Fall ständig im Weg gestanden und ich hoffte, nie wieder mit ihm zusammenarbeiten zu müssen. Und jetzt ist der hierher versetzt worden …«

»Was ist denn das, frische Suppe, Claus?«

Sein Partner sah ihn verständnislos an.

»Mein Gott, du stellst Fragen! Irgend so'ne Suppe mit viel Gemüse drin, glaub ich. Keine Ahnung, was sonst noch. Das musst du mal meine Mutter fragen, die hat das früher öfter gekocht.«

Sie überwanden die Absperrbänder, wo die vier Kollegen von der Spurensicherung konzentriert bei der Arbeit waren und den Eindruck eines wohl eingespielten Teams machten. Auch Staatsanwalt Lüthge war schon vor Ort, ein jüngerer, sehr korrekter Mann, ganz ungewohnt in Jeans und T-Shirt, mit dem Angermüller schon oft und gut zusammengearbeitet hatte. Er kam gleich auf ihn zu.

»Morgen die Herren! Ich bin zum Segeln verabredet …«

Er zeigte entschuldigend auf seine Kleidung.

»Ich denke, ich habe mir ein Bild gemacht. Sieht auf den ersten Blick nach einem Sexualdelikt aus. Sollten jetzt schon die neugierigen Menschen von der Presse hier auftauchen ... na ja, Ihnen brauche ich ja nicht zu sagen, dass Schweigen Gold ist. Sie halten mich wie gewohnt auf dem Laufenden und ich werde mich dann bald verabschieden. Vielleicht schaffe ich es ja noch, bei meinen Freunden an Bord zu springen ...«

Angermüller nickte und wandte sich an den ältesten der Männer in Weiß.

»Grüß dich Friedemann, du hast dir Ostern bestimmt auch anders vorgestellt!«

»Wat mut dat mut – weißt du doch Georg! Claus, hallo!«

Der als Friedemann Angesprochene gab den beiden den Ellbogen zum Gruße, da seine Hände in dünnen Latexhandschuhen steckten, und führte sie zu der Stelle, wo das Opfer noch so lag, wie es vor knapp zwei Stunden entdeckt worden war. Trotz seiner vielen Dienstjahre bei der Abteilung für Tötungsdelikte war der Anblick eines durch Gewalt zu Tode gekommenen Menschen für Hauptkommissar Angermüller nach wie vor einer der unangenehmsten Momente bei einer Ermittlung. Auch jetzt, da er die tote Frau in dem beschmutzten Kleid mit dem hoch gerutschten Rock, wehrlos den indiskreten Blicken Fremder ausgeliefert, im Schlamm liegen sah, fühlte er sich ausgesprochen unwohl. Es war der Moment, in dem er in ein fremdes Leben eindringen musste, ohne Rücksicht auf die intimsten, persönlichen Details, nur um letztendlich zu erfahren, warum dieses Leben so ein Ende finden musste. Viel weniger Skrupel hatte er gegenüber Tatverdächtigen, wenn er im Verhör immer tiefere Schichten ihrer Existenz freilegte. Die konnten sich ja wehren, wenn sein Verdacht falsch war und wenn nicht, umso besser.

»Also, in dieser unbequemen Lage haben wir die Dame gefunden. Ihr seid bestimmt neugierig, aber wir können nicht feststellen, was letztendlich zu ihrem Tode geführt hat. Die Leiche hat eine Wunde am Hinterkopf, Strangulationsmerkmale am Hals und liegt mit dem Gesicht im Wasser. Sie könnte theoretisch also auch ertrunken sein. Dein adeliger Doktorfreund Steffen ist schon auf dem Weg hierher, er wird uns mehr erzählen können. Da hinten …«, der grauhaarige Friedemann deutete in Richtung eines Weidezauns, der etwa zehn, zwölf Meter entfernt war, »… haben wir ihre Schuhe gefunden. Außerdem hängt da ein loses Stück Draht herunter, das gut für die Würgespuren am Hals zuständig sein kann. Müssen wir im Labor klären. Wir nehmen an, die Frau ist über den Zaun geklettert und dabei gestürzt oder gestürzt worden. An der Stelle ist eine große, matschige Pfütze und prägnante Fußspuren sind schwer auszumachen, vor allem, weil so viel hin- und hergetrampelt wurde. – Auch von den lieben Kollegen von der Streife mal wieder!«, setzte Friedemann mit Ingrimm hinzu und fuhr fort:

»Man scheint viel unterwegs gewesen zu sein heut Nacht, der Anzahl dieser Fußspuren nach zu urteilen. Na ja, war Vollmond.«

»War's das scho?«

»So gut wie. Nur noch ein pikantes Detail, die Dame hat kein Höschen mehr an …«

Genau das war die Art von Indiskretionen, die Hauptkommissar Angermüller diesen Job so vermieste. Friedemann war im Grunde ein angenehmer Kollege, konnte aber nie einen gewissen Unterton bei der Schilderung intimer Einzelheiten unterdrücken, besonders wenn es sich um weibliche Personen handelte. Angermüller schob seine Vorbehalte beiseite. Für solche Empfindlichkeiten war jetzt nicht die Zeit und der Ort und das fehlende Kleidungsstück war vielleicht ein wichtiger Hinweis.

»Friedemann! Kommst du mal! – Tach, die Herren!«

Der Kollege Meise von der Kriminaltechnik, ebenfalls im Schutzanzug, nickte Angermüller und Jansen zu und dirigierte sie und Friedemann zu der großen Scheune, die aus der Nähe gesehen einen recht baufälligen Eindruck machte. Vor dem Tor stand ein junges Mädchen von kräftigem Körperbau, in Jeans und Lederjacke gekleidet, ihr blondes Haar war zu einem dicken Zopf gebunden und sie hatte ein offenes, freundliches Gesicht.

»Ach so, unsere neue Kriminalobermeisterin muss ich euch ja auch noch vorstellen: Fräulein Anja-Lena Kruse. Will als Frau unbedingt was leisten in unserem Job – na ja, wird schon sehen, was sie davon hat. Gib's Pfötchen ...«

Die anderen Männer gaben Anja-Lena Kruse die Hand und stellten sich vor. Angermüller bedauerte, dass die junge Frau ausgerechnet von Meise, der seine geringe Körpergröße mit besonders starken Sprüchen und einem cholerischen Temperament zu kompensieren suchte, in den Kollegenkreis eingeführt wurde. Doch sie schien sich davon nicht beeindrucken zu lassen, zog eine Grimasse zu seinen Worten und drückte kräftig die dargebotenen Hände.

»So, Schluss mit dem Betatschen.«

Meise winkte sie in die Scheune.

»Wir haben hier drinnen einiges gefunden, das nicht uninteressant ist ...«

Im ersten Moment konnte Angermüller im Halbdunkel des kathedralenartigen, riesigen Raumes fast nichts erkennen, denn nur spärlich fielen ein paar Lichtstrahlen durch vereinzelte Spalte zwischen den schiefen Fachwerkwänden. Der Kriminaltechniker, der im übrigen Ameise genannt wurde, wegen seines Namens Andreas Meise, seiner Größe und weil er den Ruf eines Spezialisten im Erforschen des Bodens genoss, führte sie durch Berge von Gerümpel in eine Ecke ganz am anderen Ende der Scheune, wo er einen mitgebrachten Scheinwerfer anknipste. Das helle Licht fiel auf Stapel zerschlissener, alter Strandkörbe, rostige landwirtschaftliche Geräte, ein paar alte Möbel und eine Menge anderer Gegenstände, die von einer dicken Staubschicht bedeckt wurden und von denen die Besitzer glaubten, sie nicht mehr gebrauchen zu können. Sie hatten in der unermesslichen Weite der Scheune ihre vorerst letzte Ruhestätte gefunden.

Das Objekt, dem Ameises besonderes Interesse galt, war ein großer, alter Pferdewagen, oder besser eine offene Kutsche mit zwei prunkvollen Messinglampen, einem herausklappbaren Tritt zum bequemen Einsteigen und ledergepolsterten Bänken. Wahrscheinlich hatte das Gefährt in jungen Tagen die herausgeputzten Herrschaften zu Tanzvergnügen und Besuchen in die Stadt kutschiert. Im Vergleich zu den anderen Sachen, die hier vor sich hin rotteten, machte die Kutsche den Eindruck, als ob sie noch genutzt würde, wenn auch eines der Räder fehlte und dafür ein riesiges Fass untergestellt war.

»Hier hat es sich jemand richtig nett gemacht. Seht ihr die karierte Decke auf der Ladefläche? Und dann die Zügel, die jemand an der Deichsel festgebunden hat, und die runtergebrannten Kerzenstummel? Also, ich denke, hier haben sich Kinder einen geheimen Treffpunkt eingerichtet, zum Spielen, um heimlich zu rauchen, all so was. Auch nicht ungefährlich zwischen all diesem Müll, das brennt doch wie Zunder …«

»Nun komm auf den Punkt, Meise!«

Friedemann wurde ungeduldig.

»Na ja, man kann dieses stille Eckchen natürlich auch für romantische Begegnungen nutzen. Hier gibt es reichlich Zigarettenstummel, viele älteren Datums und ein paar ganz frische, wahrscheinlich von gestern Nacht, denke ich.«

»Das lässt sich feststellen, und weiter?«

Ameise genoss seinen Wissensvorsprung.

»Außerdem gibt's hier diverse Reste von Selbstgedrehten und ich wette meinen Arsch, dass da außer schwarzem Krauser bestimmt auch schwarzer Afghan im Spiele ist – merken Sie sich meine Worte Frollein Kruse!«

»O. k. das werden wir sehen – war's das?«, fragte Angermüller leicht gereizt.

»Nö.«

Meise schüttelte den Kopf.

»Wir haben leere Kondomverpackungen gefunden …«

Er machte eine bedeutungsvolle Pause, »… und in der Kutsche zwei benutzte Kondome, fast noch warm würde ich sagen …«

Geradezu genüsslich teilte Ameise ihnen dieses Detail mit, schielte auf die Praktikantin und lachte anzüglich.

»Nicht uninteressant, ja. Du kümmerst dich selbstverständlich um Fingerabdrücke, Fußspuren et cetera.«

Der Hauptkommissar wollte zurück nach draußen. Dieser Ameise war ein unangenehmer Zeitgenosse und wie er es genoss, im Beisein der jungen Frau seine Erkenntnisse auf besonders schlüpfrige Weise auszubreiten, war einfach unerträglich.

»Halt, halt! Das Beste habt ihr ja noch gar nicht gehört! Hier …«, er griff in die Kutsche und hielt einen knautschigen Lederbeutel in die Höhe.

»… die Tasche der Toten. Sie lag auf dem Boden der Kutsche. Papiere, Portemonnaie, ausgeschaltetes Handy, alles da. Kondompackungen und Zigaretten sind identisch mit den hier drin gefundenen Teilen.«

»Sauber, Meise – schaun mer mal was draus wird. Du veranlasst die notwendigen Untersuchungen im Labor …«

Angermüller war klar, dass Ameise ein ganz Gründlicher war. Sympathie konnte er trotzdem nicht für ihn empfinden. Da fiel ihm noch etwas ein:

»Kleidungsstücke habt ihr hier nicht zufällig entdeckt?«

»Wenn du das Höschen von der Dame im Teich meinst:
Ich muss dich enttäuschen, das Souvenir hat wohl schon
einer ihrer Verehrer mitgenommen.«

Laue Luft und helles Licht umfing sie, als Angermüller und
Jansen aus der dunklen Scheune traten.

»Also müssen wir jetzt nach dem letzten Begleiter des
Opfers suchen. Der könnte uns eventuell weiterbringen ...«,
stellte Angermüller fest.

»Denn mal ran an den Speck!«

Jansens Gesichtsausdruck widerlegte den aufmuntern-
den Spruch, mit dem er an diesem traumhaften Frühlingstag vor allem sich selbst zu beruflicher Pflicht motivieren
wollte.

»Schauen wir uns erst einmal die Damen in der Gästewohnung an? Die haben die Tote ja gefunden. Ich halte
mich bei den Interviews diskret im Hintergrund. Du kannst
sowieso besser mit den Frauen ...«

So lustig und lässig diese letzte Bemerkung auch gemeint
war, tatsächlich gelang es Kommissar Angermüller meist
recht schnell, das Vertrauen von Zeuginnen zu gewinnen.
Seine ruhige, freundliche Art nahm ihnen die Angst, und
die persönliche Anteilnahme, die in seinen Fragen zuweilen
durchschimmerte, schien sie vergessen zu lassen, dass er ein
Mann und Polizist war. Und zum Erstaunen seiner männlichen Kollegen offenbarten sie ihm ohne Scheu auch ganz
private Dinge, was natürlich auch reichlich Neid und Spott
hervorrief. Dass seine Weiberwirtschaft zu Hause ihn zum
Frauenversteher mache, war dann noch einer der netteren
Kommentare. Aber es gab wichtigere Dinge, über die er sich
ärgern konnte. Wahrscheinlich war es nicht einmal falsch,
dass er durch sein fast lebenslanges Zusammenleben als ein-

ziger Mann unter Frauen – zuerst Mutter und zwei ältere Schwestern und nun Astrid und die Zwillinge – ein besseres Verständnis für weibliche Belange entwickelt hatte.

Als sie vor dem Anbau hinter der Mühle anlangten, saßen dort drei Frauen auf Gartenstühlen um einen Mühlstein, in Wartehaltung, wie es schien. Angermüller stellte sich und den Kollegen Jansen vor und während die Drei auch ihre Namen sagten, versuchte er den ersten Eindruck zu erfassen, den sie auf ihn machten. Die erste der Frauen, halblanges braunes, glattes Haar, helle Augen, normale Figur, in Jeans, T-Shirt und Gummistiefel gekleidet, war die Frau des Hofbesitzers. Sie sah ihn offen und gleichzeitig sehr aufmerksam an, als wolle sie mit einem Blick feststellen, was von ihm zu erwarten sei, und erwiderte kurz und kräftig seinen Händedruck. Die kleine, übergewichtige Rothaarige, die sich als Betty Oppel vorstellte, hatte ein ganz verquollenes Gesicht und musste erst einmal ein nasses Papiertaschentuch zur Seite legen, bevor sie ihm die Hand geben konnte.

»Es ist alles so schrecklich, Herr Kommissar! Ich fühle mich so schuldig!«, brach es aus ihr heraus, und sofort begannen auch ihre Tränen wieder zu fließen. Sie wollte die Hand des Kommissars gar nicht mehr loslassen.

»Sie können mir gleich alles erzählen, Frau Oppel! Dürfen wir uns drinnen unterhalten, Frau Kampmann?«, wandte sich Angermüller an Trude.

»Selbstverständlich!«

Angermüller lenkte seine Aufmerksamkeit auf die dritte Anwesende.

»Guten Tag. Ich bin Dr. Iris Maria Schulze.«

Ernst, fast streng blickte ihm die Frau in ihrem seriösen, schwarzen Hosenanzug ins Gesicht. Klug sah sie aus mit den wachen Augen unter der eisgrauen Kurzhaarfrisur, aber irgendwie auch sehr verletzlich mit ihrer mehr als zierlichen Gestalt und der durchscheinenden, hellen Haut.

»Sind Sie Ärztin, Frau Doktor?«

Angermüller war erstaunt, wie fest ihre kleine Hand die seine drückte.

»Ich bin Literaturwissenschaftlerin.«

Sie lächelte nicht und artikulierte ausgesprochen präzise, was umso eindrucksvoller war, da sie eine kaum merkbare Schwierigkeit bei der Aussprache von Zischlauten wie z oder s hatte.

»Dann reden wir jetzt zuerst mit Frau Oppel. Und danach sehen wir uns dann.«

Der Kommissar nickte Trude und Iris zu und ließ Betty den Vortritt ins Haus. Jansen, der hin und wieder Notizen in ein kleines Heft machte, kam hinterher.

Betty hatte sich zumindest so weit beruhigt, dass sie dem Kriminalbeamten Rede und Antwort stehen konnte. Sie saßen sich an dem hölzernen Esstisch gegenüber, Betty auf der Eckbank, Angermüller auf einem Stuhl, und der Blick durch das große Fenster in die sonnenbeschienene Weite der Wiesen und Felder wäre wahrlich märchenhaft gewesen, wenn nicht die Kollegen von der Spurensicherung, die in ihren weißen Anzügen wie Wesen von einem anderen Stern wirkten, diese Idylle empfindlich gestört hätten. Jansen setzte sich auf einen Stuhl sozusagen in die zweite Reihe, aber so, dass er die Reaktionen der Zeugin gut verfolgen konnte.

»Frau Oppel, geht's denn wieder? Dürfen wir Ihnen ein paar Fragen stellen und Ihre Angaben auf Band aufnehmen?«

Jansen hielt ein kleines Diktiergerät in die Höhe.

»Aber natürlich! Ich will doch gerne helfen, denn ich möchte ja auch wissen, wer unserer Freundin so was antun konnte …«

Jansen sprach leise Datum, Uhrzeit, Name der Zeugin auf Band und legte das Gerät dann auf den Tisch. Betty putzte sich noch einmal geräuschvoll die Nase und saß dann kerzengerade und konzentriert da.

»Also, Sie kennen oder kannten Frau Sandner aus Berlin und sind zusammen für die Ostertage hierher gekommen, Urlaub sozusagen«, begann Angermüller.

»Ja, wir kennen uns schon sehr lange. Nicht nur ich, sondern auch Trude und Iris – Frau Kampmann und Frau Schulze – wir sind seit Studienzeiten, also seit über zwanzig Jahren befreundet. Seit Frau Kampmann aus Berlin weggegangen ist, sehen wir uns natürlich nur noch selten. Normalerweise kommt Trude mindestens einmal im Jahr nach Berlin. Aber wir hatten schon seit einer Ewigkeit vor, sie endlich einmal auf ihrem Mühlenhof zu besuchen. Dass Margot mitkommt, wusste Trude allerdings nicht. Das war so eine Art Überraschung.«

»Und, ist die Überraschung gelungen?«

»Ich glaube schon. Die beiden hatten sich in den letzten Jahren etwas aus den Augen verloren und als Margot mich fragte, ob wir sie mitnehmen, dachte ich, wieso nicht? Ich bin sowieso diejenige, die unsere Truppe zusammenhält – wahrscheinlich bin ich ziemlich sentimental und fand die Idee, unser Kleeblatt von vor zwanzig Jahren auferstehen zu lassen, ausgesprochen nett …und nun dieses Ende und ich bin schuld, ohne mich wäre Margot nie hierher gekommen …«

Betty drohte wieder von ihren Gefühlen überwältigt zu werden. Angermüller tat die kleine, füllige Frau leid, zu deren Sommersprossen und roten Locken eher ein fröhliches Gesicht passte, und er versuchte, sie zu beruhigen.

»Ach Frau Oppel, glauben Sie einfach, es gibt so etwas wie Schicksal und das kann man nicht beeinflussen …Was machen Sie eigentlich beruflich?«

Betty fing sich wieder und schniefte nur kurz.

»Ich hoffe, Sie haben recht. Beruflich? Ich bin Institutssekretärin an der Freien Universität. Außerdem bin ich geschieden und habe eine sechzehnjährige Tochter, Annick. Sagen Sie, wie ist es denn passiert, ich meine, woran ist Margot denn gestorben?«

»Das können wir leider noch nicht sagen, das muss erst noch genauer untersucht werden.«

Angermüller hatte sich absichtlich recht vage ausgedrückt, doch Betty ahnte sehr wohl, wovon er sprach.

»Oh Gott, sie werden noch an ihr rumschnippeln. Was für eine grässliche Vorstellung …«

Betty presste ihr Taschentuch auf den Mund und wieder kullerten ein paar Tränen über ihr Gesicht.

»Frau Oppel, ich kann verstehen, dass Sie das alles entsetzlich finden. Gerade haben Sie eine gute Freundin verloren und ich nerve Sie mit meinen Fragen …«

»Entschuldigen Sie bitte! Aber wenn man jemanden so lange kennt, dann ist das einfach ein Schock, wenn er plötzlich stirbt und dann noch so …«

Sie schüttelte ihren Lockenkopf.

»Erzählen Sie doch mal. Was haben Sie gestern so gemacht?«

»Wir vier haben den ganzen Tag zusammen verbracht. Nur gefrühstückt hat Margot nicht mit uns. Sie ist dieser Typ, der den Tag mit Kaffee und Zigarette anfängt …Das Wetter war sehr angenehm und Trude hat uns das Städtchen gezeigt. Ständig liefen wir Leuten über den Weg, die schon über uns Bescheid wussten, dass wir die Freundinnen aus Berlin sind, und die uns Guten Tag sagen wollten. Hier scheint wirklich jeder jeden zu kennen. Danach waren wir am Strand, haben irgendwo Mittag gegessen und sind dann in Travemünde spazieren gegangen – es war ein richtig schöner Tag!«

93

»Und am Abend waren Sie auf dem großen Fest?«

»Ja, richtig. Ich habe das ein bisschen bedauert, dass wir nicht unter uns waren, denn ich hätte lieber wieder in Erinnerungen geschwelgt. Doch es war natürlich klar, dass Trude ihre Verpflichtungen hat und Iris war es, glaube ich, egal. Und Margot, ja, die fand das toll, dass hier was los war ...«

»Inwiefern, was für ein Typ war Frau Sandner?«

»Wenn ich jetzt sage, sie war sehr lebenslustig, klingt das irgendwie nicht ganz richtig ...Sie war eine gut aussehende Frau, die ihr Leben lebte. Unabhängig, unkonventionell, wusste genau, was sie wollte. Ihr Beruf war ihr sehr wichtig und sie war sehr erfolgreich, glaube ich. Jedenfalls wechselte sie häufig die Jobs, fing immer gleich ziemlich weit oben an und finanziell hatte sie keine Probleme. Seit einigen Monaten arbeitete sie bei einem privaten Fernsehsender.«

»Und neben dem Beruflichen?«

»Sie nahm sich, was sie wollte. Feste Beziehungen gehörten selten dazu, aber irgendeinen Mann gab es immer. Immer wieder. In letzter Zeit hat sie ein bisschen viel getrunken. Ich denke, im Grunde war Margot ganz schön einsam, trotz ihrer trendigen Jobs und der vielen Leute, die sie dadurch kannte. Das ist es, was ich meine, warum ich sie nicht als lebenslustig bezeichnen würde. Sie warf sich mit einer Energie ins Vergnügen, die ich manchmal als verzweifelt empfand. Und ich glaube, unsere alte Clique bedeutete ihr auch sehr viel, das war für sie vielleicht so eine Art Familie oder Heimat ... Sie ist jedenfalls immer gerne gekommen, wenn ich sie dazugeholt habe ...«

Betty Oppel hatte anscheinend ein großes Herz und schilderte ihre Freundin voller Wärme und Verständnis. Außerdem sah sie sich wohl zur Hüterin der alten Freundschaften aus Jugendtagen auserkoren.

»Und hat sich Frau Sandner gestern Abend gut amüsiert?«

»Es machte den Eindruck. Sie zog alle Aufmerksamkeit, besonders die der Männer, auf sich und konnte sich vor Tanzpartnern nicht retten. Und so etwas hat Margot schon immer genossen ...«

»Wann und wo haben Sie Frau Sandner zum letzten Mal lebend gesehen?«

»Da habe ich schon drüber nachgedacht. Ich glaube, das muss irgendwann nach zwei Uhr heute Nacht gewesen sein, in dem großen Zelt. Margot tanzte mit einem jungen Mann und Iris fürchtete schon, dass wir mit dem frühstücken müssen ...«

»Wieso fürchtete sie das?«

»Na ja, sie tanzten sehr innig und der Junge schien völlig verzaubert von Margot – wie gesagt, sie war eine toll aussehende Frau, die die Blicke aller Männer auf sich zog und er hatte das große Los gezogen.«

»Kennen Sie den jungen Mann?«

»Nein, danach müssen Sie Trude fragen, die weiß bestimmt, wer das war. Ja glauben Sie denn, dass der Junge etwas mit Margots Tod zu tun hat?«

Betty sah die Kriminalbeamten entsetzt an. Wie oft hatten Angermüller und Jansen schon solche Fragen gehört. Menschen, die in irgendeiner Weise mit den Ermittlungen zu einem Mordfall konfrontiert wurden, erschreckte allein die Vorstellung, dass auf eine Person, die sie flüchtig kannten oder gesehen hatten, auch nur der Hauch eines Verdachts fiel.

»Frau Oppel, das ist die berühmte Routine bei polizeilichen Ermittlungen. Wir müssen versuchen, möglichst genau die letzten Stunden im Leben des Opfers zu rekonstruieren. Nur so haben wir eine Chance, an den Täter zu gelangen. Deshalb müssen wir wissen, wer wann wo mit wem gewesen ist. Deshalb muss ich auch Sie fragen, was Sie ab zwei Uhr gemacht haben?«

Betty hüstelte verlegen.

»Ja, natürlich. Wir, also Iris und ich, sind irgendwann

95

nach halb drei hierher gegangen. Iris und ich teilen uns hier im oberen Stockwerk ein Schlafzimmer, Margot als Raucherin hatte ein extra Zimmer. Ich war hundemüde und im Zelt war es am Schluss ziemlich kalt gewesen. Iris wollte sich noch einen Kräutertee kochen. Ich bin gleich ins Bett gefallen und habe bis zehn Uhr herrlich geschlafen. Als ich bemerkt habe, dass Margot nicht nach Hause gekommen war, dachte ich, sie hätte vielleicht bei diesem jungen Mann übernachtet und war fast ein bisschen sauer. In so einem Kaff könnte das womöglich einen Skandal verursachen. Und nun ist alles noch viel schlimmer …«

»Wann haben Sie Frau Sandners Fehlen bemerkt?«

»Gleich nach dem Aufstehen, so kurz nach zehn heute morgen. Die Tür ihres Zimmers war nur angelehnt und da habe ich einfach kurz hineingeschaut und gesehen, dass das Bett leer war.«

»Und da nahmen Sie an, dass Ihre Freundin woanders übernachtet hat …«

»Ja genau. Aber leider hat dann ja Trudes Hund die grausige Entdeckung gemacht.«

Betty schluckte heftig, um ihre Gefühlsaufwallung zu unterdrücken.

»Wann war das?«, wollte Angermüller wissen. Betty überlegte kurz.

»Wahrscheinlich eine gute Stunde nachdem ich aufgestanden war, nach elf irgendwann. Trude kam mit einem Morgentee zu uns herüber. Ich saß hier draußen in der Sonne und plötzlich kam ihr kleiner Hund ganz aufgeregt angelaufen und war gar nicht zu beruhigen. Trude rannte ihm dann hinterher und ich habe mir auch die Gummistiefel angezogen und bin ihr nach. Und da hatte sie Margot schon gefunden.«

Betty presste sich ihr Taschentuch auf den Mund und schaute die beiden Männer verzweifelt an.

»Was hat Frau Kampmann dann gemacht?«

»Ich wollte Margot aus dem Wasser ziehen, aber Trude sagte, das hätte keinen Sinn, denn Margot sei schon tot. Sie hatte ihren Puls gefühlt. Und dann sagte sie, dass wir wohl besser nichts verändern und die Polizei holen sollten. Sie war sehr gefasst und hat ganz ruhig und umsichtig gehandelt.«

In Betty Oppels Stimme hörte Angermüller bei diesen letzten Sätzen ein gewisses Befremden. So eine emotionale Person wie sie selbst war hätte sich aus ihrer Aufgeregtheit heraus bestimmt nicht so vorbildlich verhalten und er war Frau Kampmann dankbar, dass sie nicht durch sinnlose Aktivitäten den Tatort für die Ermittlungsarbeit unbrauchbar gemacht hatte.

»Gut, gut. Frau Kampmann hat das ganz prima gemacht. Vielen Dank, dass Sie mir alles so ausführlich erzählt haben, Frau Oppel. Für den Fall, dass Ihnen noch etwas einfällt, das wir wissen sollten, rufen Sie mich einfach an.«

Angermüller gab ihr seine Karte mit den Telefonnummern.

»Unterschreiben Sie bitte noch hier, dass wir Ihre Aussage auf Band aufnehmen durften.«

Jansen legte ihr das Formular vor und sie setzte ihre Unterschrift darunter.

»Sagen Sie, hat Frau Sandner irgendwelche Verwandte, die wir benachrichtigen müssen?«

»Margots Vater lebt in einem Seniorenheim bei Berlin, aber ich habe keine Adresse.«

»Die finden wir heraus. – Claus bringst du Frau Oppel hinaus und Frau Dr. Schulze herein – Danke!«

Dr. Iris Maria Schulze bestätigte in sorgfältig gewählten Worten und perfekter Artikulation im Prinzip die Aussage ihrer Mitreisenden. Sie berichtete sachlich und klar und im Gegensatz zu Betty Oppel ließ sie nicht erkennen, welche Gefühle der Tod von Margot Sandner bei ihr auslöste. Allerdings verwendete sie explizit den Ausdruck »Bekannte«, wenn sie von ihr sprach und bezeichnete sie keineswegs als »Freundin«. Als Angermüller sie danach fragte, sah sie ihn erstaunt an:

»Aber sicherlich ist das eine bewusste Formulierung. Ich habe Margot vielleicht zwei-, dreimal im Jahr gesehen und die Initiative ging nie von mir aus. Betty, Frau Oppel, pflegte unser aller Verbindung, lud uns gemeinsam ein oder organisierte ein Treffen. Sie ist eine Nostalgikerin und ich mag ihre herzliche Art. An Frau Sandner hatte ich – mit Verlaub – schon seit geraumer Zeit das persönliche Interesse verloren – sie sagte mir nichts, wir leben in sehr verschiedenen Welten, oder besser lebten ...«

»Wie meinen Sie das?«

»Verstehen Sie mich bitte nicht falsch: Das nachlassende Interesse war durchaus gegenseitig. Wir haben uns beim Studium kennen gelernt. Wir haben damals zufällig das gleiche Fach studiert – eine lang zurückliegende, unverbindliche Gemeinsamkeit. Wir sind sehr bald verschiedene Wege gegangen.«

»In welcher Beziehung?«

»Vor allem beruflich. Margot verließ die Universität und ging in die Werbung, zu PR-Agenturen, Kommerzsendern und wenn man den Erfolg am Gehalt misst, muss man wohl sagen, sie machte schnell Karriere ...«

»Und Sie?«

»Ich bin der Literaturwissenschaft treu geblieben. Es ist das, was ich gelernt habe, was ich kann und was mich ausfüllt. Ich habe bisher frei für Universitäten, private Institute und Fachzeitschriften gearbeitet. Diese ernsthafte, wissenschaftliche Tätigkeit war für Margot trockene, brotlose Kunst und konnte in ihren Augen natürlich nicht mit ihrem aufregenden, schillernden Alltag konkurrieren.«

Die Ironie ihrer letzten Worte war nicht zu überhören und sie verzog den Mund zu einem feinen Lächeln.

»Ich denke, ich habe sie einfach gelangweilt.«

Auch Iris gab an, Margot zuletzt gesehen zu haben, wie sie eng umschlungen mit einem jungen Mann tanzte, bevor Betty und sie das Festzelt verließen.

»Ja, ich fragte mich noch, ob er wohl zu uns zum Frühstück kommen würde. Als Betty und ich dann hier anlangten, war mir recht kalt. Deshalb habe ich mir noch eine Tasse Tee zubereitet, hier unten getrunken und noch ein wenig gelesen. Wie spät es war, als ich nach oben ging, erinnere ich mich nicht mehr. Jedenfalls habe ich das Licht im Schlafzimmer nicht angemacht, um meine Freundin nicht zu wecken und bin dann auch ziemlich schnell eingeschlafen. Als ich aufwachte, war Betty bereits aufgestanden und kurz darauf haben sie und Trude die Entdeckung am Mühlteich gemacht …«

»Sie sind nicht mit zum Teich gekommen?«

»Ich war noch im Bademantel und Trude meinte, ihr Hund hätte vielleicht ein verirrtes Schaf aufgestöbert und das hat mich nicht sonderlich interessiert …«

»Sind Sie anschließend noch zum Teich gegangen, als klar war, dass Margot Sandner da unten liegt?«

»Nein«, beschied Iris den Kommissar kurz und knapp.

»Gut, Frau Dr. Schulze, vielen Dank erst einmal für Ihre Auskünfte. Hier sind meine Nummern, falls Ihnen noch etwas Wichtiges einfällt.«

Und Angermüller legte seine Karte auf den Tisch.

»Wie lange bleiben Sie hier eigentlich noch?«

»Geplant war, dass wir morgen am späten Nachmittag nach Berlin zurückfahren. Ich habe mit Frau Oppel noch gar nicht darüber gesprochen, ob das hier Vorgefallene Einfluss auf unsere Pläne hat …Ist unsere Anwesenheit für Ihre Ermittlungen denn noch länger von Nöten?«

Iris sah den Kommissar fragend an.

»Das kann ich Ihnen zum jetzigen Zeitpunkt noch gar nicht sagen, aber wir geben Ihnen rechtzeitig Bescheid.«

»Gut. Dann wünsche ich einen guten Tag!«

Ein verbindliches Lächeln im Gesicht, erhob sich Iris und verließ gemessenen Schrittes und in kerzengerader Haltung die Gästewohnung. Sie ist viel kleiner als ich dachte, ging es Angermüller durch den Kopf, während er ihr hinterherschaute und über die kühle Sachlichkeit sinnierte, die diese Frau ausstrahlte. Jansen, der ihr zuvorkommend die Tür aufhielt, warf ihm einen Blick zu, der gleichzeitig Respekt und Abscheu ausdrückte. Mit Sicherheit war Dr. Iris Maria Schulze nicht der Frauentyp, auf den der Kollege flog.

Sehr aufschlussreich waren die Informationen der beiden Frauen über die letzten Kontakte des Opfers naturgemäß nicht, da sie außer Trude Kampmann und ihrer Familie hier niemanden kannten. Wie immer war Angermüller fasziniert, in welch gegensätzlichen Facetten sich die Persönlichkeit eines Menschen, in diesem Fall Margot Sandner, in den Köpfen derer spiegelte, die mit ihr zu Lebzeiten befreundet oder zumindest bekannt waren. Er war gespannt, wie wohl die Gastgeberin das Bild ihrer toten Freundin ergänzen würde, bei der im Übrigen gerade Dr. Steffen von Schmidt-Elm Visite machte. Angermüller konnte durch die Glastür sehen, wie sich der Arm der zierlichen Literaturwissenschaftlerin vorsichtig um die Schultern ihrer Freundin Betty schob, deren Blick auf die Szenerie am Mühlteich geheftet schien. Gefühlsregungen waren ihr also doch nicht gänzlich fremd.

Jansen, der Iris Schulze nach draußen gefolgt war, steckte den Kopf herein:

»Frau Kampmann wurde ans Telefon gerufen. Sie sagte, wir könnten auch in ihrem Haus mit ihr sprechen, ansonsten kommt sie wieder hierher, wenn sie fertig ist.«

»Na, dann spazier'n wir zwei doch mal zu dem schönen Reetdachhaus. Und lass uns gleich noch Verstärkung anfordern, noch mindestens zwei Teams. Auf diesem Fest waren eine Menge Leute, die befragt werden müssen, und wir wollen unser Glück erst mal mit einer klassischen Zeugenvernehmung versuchen, ehe wir ganz Warstedt zum Gentest bitten ...«

Hinter der blau gestrichenen, alten Holztüre mit der schön geschwungenen, großen Metallklinke und den kunstvoll geschmiedeten Beschlägen, war ein wildes, ohrenbetäubendes Bellen zu vernehmen. Gleich darauf drehte sich der Schlüssel im Schloss, Trude öffnete und im selben Augenblick war Ruhe. Der Schäferhund in Miniaturausgabe, der schon oben vor der Mühle an den Kriminalbeamten herumgeschnüffelt hatte, saß erwartungsvoll neben seinem Frauchen und wedelte freundlich mit dem Schwanz.

»Guter Hund!«, murmelte Jansen und bückte sich, um das Tier hinter den Ohren zu kraulen.

»Ja, Lollo ist ein guter Hund«, sagte Trude, »er ist nur so taub, dass er das Klingeln nicht mehr hört. Aber kaum geht jemand die Tür öffnen, fängt er an zu bellen und rast los, um als erster da zu sein. Vielleicht denkt er, dass wir seine Taubheit dann nicht bemerken ...«

»Ein paar seiner Sinne funktionier'n schon noch. Schließlich hat er das Opfer im Teich gefunden ...«, verteidigte Angermüller den Hund.

»Stimmt«, musste Trude zugeben.

Schon bei der ersten Vorstellung oben an der Mühle, glaubte Angermüller das Gesicht von dieser Trude Kampmann schon einmal gesehen zu haben, und als sie ihm nun wieder gegenüberstand, war er sich dessen fast sicher.

»Könnten wir jetzt Ihre Aussage aufnehmen, Frau Kampmann?«

»Selbstverständlich! Ich wäre ohnehin gleich wieder zu Ihnen gekommen. Offen gestanden habe ich die Gelegenheit, ans Telefon zu müssen, genutzt, um schnell was essen. Durch die ganze Aufregung sind wir heute Vormittag gar nicht zum Frühstücken gekommen.«

»Das ist doch kein Problem! Wo können wir uns unterhalten?«

Das Klingeln des Telefons drang in den Flur.

»Vielleicht kommen Sie praktischerweise mit in die Küche, ich hab noch was auf dem Herd und das Telefon ist auch da. Sie entschuldigen mich …«

Trude eilte voraus und Angermüller und Jansen folgten ihr in die Küche. Während sie den Hörer abnahm, bedeutete Trude den Beamten, an dem großen Tisch Platz zu nehmen. Mit diskretem Interesse sahen sich die beiden in dem sonnendurchfluteten Raum um. Die Tür zur Terrasse war weit geöffnet, sodass man auch hier drinnen soviel wie möglich von dem strahlenden Frühlingstag genießen konnte. Von der edlen wie funktionalen Einrichtung dieser mehr als geräumigen Landhausküche, die aber sympathischerweise nichts Steriles hatte, sondern offensichtlich auch intensiv genutzt wurde, wie herumstehende Gerätschaften, aufgeschlagene Kochbücher, diverse Zutaten sowie eine riesige Gewürzauswahl bezeugten, war Angermüller sofort angetan. Und zu gerne hätte er gewusst, was da auf dem Herd so leise vor sich hin brodelte und appetitanregenden Duft verbreitete.

Er und Jansen setzten sich an den liebevoll gedeckten Tisch, der bis auf ein Gedeck noch unberührt war. Manche der Lebensmittel, die seit Stunden offen in der ziemlich warmen Umgebung gestanden hatten, hatten schon einiges an Frische und Appetitlichkeit eingebüßt, trotzdem fand Angermüller die Frühstückstafel durchaus gelungen und als er den goldbraun glänzenden Osterzopf in der Mitte entdeckte, der dem seinen glich, wie ein Ei dem anderen, hätte er lieber davon gekostet und die Zeugin nach dem Rezept gefragt, anstatt über das Mordopfer, den Verlauf der vergangenen Nacht und die anwesenden Partygäste zu reden.

»Mein Gott, wie schnell sich hier Nachrichten verbreiten! Das war jetzt schon der dritte Anrufer, der am liebsten bis ins Detail erfahren hätte, was sich bei uns ereignet hat. Er wusste es von einem Taxifahrer …«

Trude schüttelte unwillig den Kopf und legte das Telefon zur Seite.

»Schrecklich, diese Sensationslust!«

Sie nahm auf ihrem Stuhl am Tisch Platz und bot ihren Besuchern eine Tasse Tee an, den diese auch dankbar annahmen und dann begann Angermüller mit der Befragung. Trude antwortete sachlich und präzise. Sie hielt auch nicht damit hinter dem Berg, dass sie von Margots überraschendem Auftauchen am Karfreitag keineswegs begeistert war.

»Das war so eine typische Betty-Idee, also eine Idee von Frau Oppel. Sie ist ein absolut lieber Mensch aber ausgesprochen sentimental und etwas weltfremd. Sie will einfach nicht wahrhaben, dass unsere Clique von vor zwanzig Jahren nicht wiederzubeleben ist. Wir haben uns alle verändert und Margot und ich hatten schon Jahre vor meinem Weggang aus Berlin keinen Kontakt mehr. Irgendwie hatten wir die gemeinsame Basis verloren und uns nichts mehr zu sagen und diese Erkenntnis beruhte auf Gegenseitigkeit. Nun gut – jetzt war Margot hier, Platz für Besuch haben wir genug und es sollte ja nur für die paar Tage sein. Also dachte ich mir, mach's beste draus …«

Dass sie vor Jahren gehofft hatte, Margot nie wieder begegnen zu müssen, tat hier nichts zur Sache. So genau wie möglich schilderte Trude den zeitlichen Ablauf des Festes und verwies bei der Frage nach einer Liste aller anwesenden Gäste auf ihren Mann.

»Franz kann Ihnen da mit Sicherheit eher weiterhelfen. Er kennt hier wirklich jeden und weiß genau, wer da gestern alles bei dem Fest war, wahrscheinlich mit Adresse, Beruf, Familienstand. Für diese Einzelheiten lebe ich noch nicht lange genug hier …«

»Na gut, das machen wir dann. Wo ist Ihr Mann jetzt?«

Trude schaute etwas betreten.

»Franz ist noch im Bett. Es geht ihm nicht besonders. Er hat wohl ein bisschen zu tief ins Glas geguckt gestern …«

Was Trude daran wirklich nicht gefiel, war, dass sie bis jetzt weder wusste, wann genau er nach Hause gekommen, noch wo er gewesen war.

»Und Sie haben Frau Sandner das letzte Mal lebend gesehen, wie sie mit einem jungen Mann tanzte? Wann war das ungefähr?«

»Ja, wann? Ich weiß, dass es mit Ben, Ben Osterholz war, einem Schulfreund meines Stiefsohnes Oliver. Ich habe die beiden nicht weggehen sehen, aber es muss so gegen halb drei gewesen sein, als ich bemerkte, dass sie nicht mehr da waren.«

Jansen notierte sich sogleich den Namen und ließ sich die Adresse geben.

»Glauben Sie denn, dass der Junge mit Margots Tod etwas zu tun hat?«

»Bis jetzt ist das alles nur Routine, Frau Kampmann.«, wiegelte Angermüller ab. Die Frau gefiel ihm, wie sie so klar und sachlich erzählte. Allerdings schien auch sie das Opfer nicht gerade gemocht zu haben. Woher kam ihm diese Zeugin nur so bekannt vor?

»Wie gesagt, wir versuchen nur, die letzten Stunden im Leben von Frau Sandner zu rekonstruieren. – Sagen Sie, was machen Sie beruflich, Frau Kampmann?«

»Ich bin eigentlich Journalistin, aber seit ich hier lebe,

habe ich mich auf das Schreiben von Kochbüchern verlegt ...«, erklärte Trude etwas erstaunt ob des plötzlichen Themenwechsels.

»Mensch!«

Angermüller schlug sich an die Stirn.

»Jetzt weiß ich, wo ich Sie her kenn! Sie haben neulich in einer Talkshow über Ihr Buch »Geschmack und Vorurteil« geredet. Sehr interessant! Ich könnt mir direkt vorstellen, dass ich mir das auch mal kaufe.«

Jansen schaute seinen Kollegen befremdet an. Manchmal war Georgs Leidenschaft für alles was mit Kochen und Essen zusammenhing wirklich peinlich. Er selbst aß, um satt zu werden und auf die Idee, sich selbst hinter den Kochtopf zu stellen, wäre er sein Lebtag nicht gekommen, geschweige denn, einen Blick in ein Kochbuch zu werfen. Und jetzt begann der Kollege auch noch mit einer Zeugin über englische Küche zu fachsimpeln! Doch wer weiß, vielleicht war dies einer der Gründe für Georgs Vertrauensbonus bei den Damen! Wenn's der Wahrheitsfindung diente ...

»Und Sie sind also auch ein Liebhaber der englischen Lebensart in all ihren Facetten?«, fragte Trude gerade den Kommissar.

»Wissen Sie, wenn man aus dem Herzogtum Coburg kommt, zu Füßen von Schloss Rosenau aufgewachsen ist und einen Urgroßvater hat, der einst als junger Bursch die Kutsche von Queen Victoria lenkte, wenn sie in der Heimat ihres geliebten Prinzgemahls weilte, dann bleibt einem gar nichts anderes übrig, als England zu mögen!«

»Ich verstehe! Prinz Albert aus Coburg ...«

Trude nickte.

»Und die Mutter von Queen Victoria stammte auch aus Sachsen-Coburg, Victoria und Albert waren nämlich Cousin und Cousine«, ergänzte Angermüller.

»Ähem!«

Das Abhandeln der Genealogie des britischen Empire ging jetzt aber wirklich zu weit. Jansen räusperte sich auffällig laut und zeigte auf das Aufnahmegerät.

»Ja, ich schweife ab. Aber das ist nun mal das Faszinierendste an meiner alten Heimat: Die Geschichte und ihre vielfältigen Spuren – Burgen, Parks, Schlösser, historische Stadtbilder und nicht zu vergessen: Die fränkische Küche und das Bier!«

Ohne eine Spur von Verlegenheit, aber mit einem Seitenblick auf seinen Kollegen, kehrte Georg Angermüller zum Thema zurück.

»Also, Frau Kampmann: Die letzten zwei Personen, mit denen Sie Frau Sandner gesehen haben, waren dieser Kubaner Felipe Morales und der junge Ben Osterholz. Und als Sie und Ihr Gatte ins Haus sind, wie spät war das?«

»Als Gastgeberin musste ich ja leider bis zum Schluss durchhalten und die Leute hier in Warstedt haben beim Feiern immer sehr viel Ausdauer! Es war ungefähr halb fünf als ich ins Haus bin, Franz kam kurz nach mir.«

Dass sie ihn in den zwei Stunden vorher nicht mehr gesehen hatte, musste sie diesem merkwürdigen Kommissar ja nicht auf die Nase binden, schon gar nicht, so lange sie selbst nicht wusste, wo er gewesen war.

»Und Sie haben Frau Sandner erst wieder gesehen, als der Hund Sie heute Morgen zum Mühlteich holte?«

»Ja, das ist richtig. Bevor ich hinüber zur Mühle ging, habe ich mich nur hier im Haus und im Garten aufgehalten. Als ich dann oben am Gästehäuschen stand, hat Lollo dieses Spektakel am Mühlteich veranstaltet …«

Jemand klopfte an die Scheibe der geöffneten Terrassentür. Auf den Stufen stand Elsbeth, die, als sie der beiden Männer ansichtig wurde, entschuldigend abwinkte.

»Oh Pardon, ich wollte nicht stören. Ich wusste nicht, dass du Besuch hast, Trude.«

»Darf ich vorstellen, das ist Frau Friedrichsen, die Erstschwiegermutter meines Mannes sozusagen. Sie wohnt oben in der Mühle. Die beiden Herren sind von der Kripo, Elsbeth.«

»Guten Tag, Frau Friedrichsen! Ich bin Hauptkommissar Angermüller und das ist mein Kollege, Kommissar Jansen«, erklärte Angermüller, der bei dem Erscheinen der alten Dame aufgestanden war.

»Sie stören überhaupt nicht! Wir waren gerade fertig und würden Ihnen auch gerne ein paar Fragen stellen.«

»Das können Sie gerne tun. Ich fürchte nur, ich werde Ihnen nicht helfen können, denn ich habe weder etwas gesehen noch etwas gehört.«

Da die beiden Beamten mit Elsbeth allein sprechen wollten, verließ Trude die Küche, um nach Franz zu sehen. Sie hoffte inständig, dass es ihm inzwischen so weit besser ginge, dass sie mit ihm über die letzte Nacht und ihre Folgen würde reden können. Schwer genug fand sie es ohnehin, dieses Thema anzuschneiden, ohne ihm den Eindruck völligen Misstrauens zu vermitteln. Natürlich konnte sie nicht glauben, dass Franz irgendetwas mit Margots Tod zu tun haben könnte. Aber wo war er dann gewesen?

Während sie die Treppe zu den oberen Räumen emporstieg, fragte sich Trude, ob Elsbeth die beiden Kommissare nicht mochte. Im Gegensatz zu ihrem sonst so vorurteilsfreien, verbindlichen Wesen, auch fremden Menschen gegenüber, hatte sie sich eben für ihre Verhältnisse ziemlich schroff und unfreundlich verhalten. Als Trude ihr am Vormittag von ihrem Fund im Mühlteich berichtet hatte, hatte sie das ruhig zur Kenntnis genommen und nicht weiter nach Einzelheiten gefragt. Nur um Trudes Wohlergehen hatte sie sich Sorgen gemacht wegen der ganzen Aufregung, die die polizeilichen Ermittlungen und das öffentliche Interesse mit sich bringen würden. Na ja, man durfte eben Elsbeths Alter, das man ihr zwar nicht ansah, nicht einfach ignorieren, manchmal benahm sie sich schon etwas wunderlich.

Vorsichtig öffnete Trude die Schlafzimmertür und spähte durch den Spalt, um zu sehen, ob Franz noch schliefe.

»Moin, moin!«, tönte es ihr munter entgegen, doch gleich darauf war ein Stöhnen zu vernehmen. Franz saß auf dem Bettrand und hielt sich mit beiden Händen den Kopf.

»Na, geht's dir noch nicht besser?«

Trude setzte sich neben ihren Mann, dessen müdes Gesicht von blassgrauer Farbe war.

»Es geht mir beschissen, um genau zu sein. Mein Kopf brummt wie ein Hornissennest und im Magen ist mir etwas flau. Ich habe schon literweise Wasser in mich hineingeschüttet, aber der Teufel Alkohol ist hartnäckig … und schlafen kann ich jetzt auch nicht mehr.«

»War wohl ein bisschen viel gestern, mmh?«

»Aber es hat sich gelohnt! Ein schönes Fest, ich bereue nichts! Auch wenn ich nicht so recht weiß, wann und wie ich nach Hause gekommen bin …« Das war typisch Franz! Im Alltag die Vernunft in Person, wurde er bei solchen Gelegenheiten zum leichtsinnigen großen Jungen, der natürlich mit seinen trinkfesten Freunden bis zum Schluss durchhielt. Anscheinend war so ein Besäufnis fester Bestandteil der Warstedter Festkultur.

»Sag mal, was du mir vorhin über deine Freundin Margot erzählt hast, war leider kein böser Traum?«

»Leider nicht. Die Kripo ist unten und die beiden Kriminalisten wollen auch mit dir sprechen.«

»Oha, wenn ich denen mal viel helfen kann.«

Jetzt, da sie neben Franz saß, empfand Trude ihre Ängste, dass er mit Margots Tod etwas zu tun haben könnte, auf einmal als völlig lächerlich und sie fragte sich, wieso sie in vorauseilendem Eifer der Polizei bestimmte Einzelheiten verschwiegen hatte.

»Franz, ich habe denen nicht erzählt, dass du schon früher das Fest verlassen hast ...«

»Wieso das denn?«

Er sah sie kopfschüttelnd an.

»Denkst du etwa, ich hätte deine Berliner Freundin umgebracht? Wenn du mir man damit nicht einen Bärendienst erwiesen hast ...«

Franz schien ziemlich aufgebracht zu sein.

»Ich habe ja nicht gelogen, habe nur eine Kleinigkeit vergessen zu erwähnen und ich habe ausgesagt, du wärest kurz nach mir ins Haus gekommen ...«, erwiderte Trude kleinlaut.

»Stimmt das denn?«

»Na ja, eigentlich weiß ich nicht genau, wann du gekommen bist, denn ich habe schon geschlafen und irgendwann warst du da. Aber ich dachte ... Wo bist du denn gewesen?«

»Mann, Trude. Was machst du denn für Sachen? Meinst du die Polizei merkt das nicht? Ich bin mit Werner, Ede und noch zwei, drei Leuten über die Felder nach Warstedt gelaufen. Es war so eine schöne Nacht und irgendwer hat dann die Parole ausgegeben, wir gehen jetzt noch im Krug einen zwitschern, weil der Wirt bei Werner noch Schulden hat. Die wollten wir quasi in Naturalien eintreiben. Wir waren auch da. Sofern die anderen sich noch an mich erinnern können, hab ich wenigstens dafür Zeugen.«

Mein Gott! Und darum hatte sie sich Sorgen gemacht und Franz nun womöglich noch in Schwierigkeiten gebracht. Trude fühlte sich nicht wohl in ihrer Haut.

»Hoffentlich gibt's jetzt keine Schwierigkeiten ...«

»Das hoffe ich auch.«

Ganz im Gegensatz zur Stimmung der Menschen auf dem Mühlenhof prunkte dieser Frühlingstag mit der zum Leben erwachenden Natur und verbreitete eine strahlende Heiterkeit, dass es schon fast unverschämt war. Im ersten zarten Grün der Hecken und Sträucher hatte ein Brummen zahlloser Insekten eingesetzt und vereinzelt taumelten Schmetterlinge in Weiß und Gelb durch die laue Luft, scheinbar geblendet von der plötzlich sie umgebenden Helligkeit.

Elsbeth hatte es sich in einem Liegestuhl auf ihrem Balkon im ersten Stock der alten Mühle bequem gemacht. Es war das erste Mal in diesem Frühling, dass sie sich mit einem Buch an ihren Lieblingsplatz zurückzog, von dem man einen überwältigenden Blick bis auf die glitzernde Weite der Ostsee hatte und bei klarem Wetter sogar die mecklenburgische Küste erkennen konnte. Nur von hier oben konnte man so weit sehen. Doch weder genoss Elsbeth ihren privilegierten Ausblick, noch hatte sie bisher ihr Buch zur Hand genommen. Die Bilder der vergangenen Nacht wichen nicht aus ihrem Kopf und sie stellte sich ein übers andre Mal die Frage, ob all dieses wirklich geschehen war. Die Herren von der Polizei hatten ihre Aussage, dass sie nichts gesehen und gehört hatte, kommentarlos aufgenommen. Die fürsorgliche Aufmerksamkeit des großen Kommissars hatte Elsbeth allerdings sehr verunsichert und sie hatte besorgt auf Zwischentöne im so harmlos klingenden Singsang seines fränkischen Dialekts gelauscht.

Ein dröhnendes Motorengeräusch und dann abruptes Bremsen auf dem Kies vor dem Reetdachhaus holten Elsbeth aus der Tiefe ihrer verwirrenden, düsteren Gedanken. Aus einem hochbeinigen Geländewagen, der schwarzsilbern in der Sonne blinkte, sah sie Knut Overbeck springen. Seit er sich vom Großbauern zum Reitstallbesitzer gewandelt hatte, konnte er es sich leisten, noch öfter auf einen Schwatz vorbeigefahren zu kommen und seiner Leidenschaft für Klatsch und Tratsch zu frönen. Wahrscheinlich hatte er – auf welchen Wegen auch immer – von dem schrecklichen Vorfall auf der Mühle erfahren. Schlechte Nachrichten verbreiteten sich hier sehr schnell. Und wie ein trockener Schwamm war er nun begierig, möglichst grausige Details aufzunehmen, um sie anschließend blumig ausgeschmückt in Warstedt und Umgebung zu verbreiten. Trude, die gerade aus der Tür trat, lief ihm direkt in die Arme.

»Ach Trude!«

Elsbeth seufzte. Nach dem frühen Tod ihrer Tochter hätte sie nie geglaubt, dass es einmal wieder einen Menschen geben könnte, der ihr ähnlich viel bedeuten würde. Doch als Trude auf dem Mühlenhof auftauchte, da war es gar keine Frage. Sie war da und hatte ihren Platz in Elsbeths Herz eingenommen. In ihrer natürlichen, offenen Art wirkte sie auf die alte Frau wie ein Jungbrunnen. Nicht dass Franz und Olli sich nicht um Elsbeth gekümmert hätten, doch mit Trude da gab es diese Vertrautheit, diesen Gleichklang, ja eine Art Seelenverwandtschaft, die genauso eng war wie die des Blutes. Und wie eine leibliche Mutter hätte auch Elsbeth alles getan, um Unheil von Trude abzuwenden. Sie würde mit ihr reden müssen. Bald.

»Hallo Knut! Schon wieder auf den Beinen?«

Muss ich ausgerechnet jetzt aus dem Haus kommen, dachte Trude ärgerlich, wo Knut dieser neugierige, alte Geier auf der Jagd nach grausigen Details hier seine Kreise zieht!? Doch sie ließ sich nichts anmerken und versuchte, ein freundliches Gesicht zu machen.

»Da gehört wohl mehr dazu als die paar Bier gestern, so'n alten Wikinger wie mich umzuhauen!«, lachte Knut behäbig.

»Das stimmt! Du bist scheinbar gut im Training, wenn

du mit so einem stadtbekannten Champion wir Krischan mithalten kannst!«, stichelte Trude nicht ohne Spott. Doch Knut ging nicht darauf ein.

»Sech mol, miin Deern!«

Er drängte sich so nah an Trude, dass sich fast ihre Nasenspitzen berührten.

»Was hört man denn für schreckliche Dinge von Eurem Hof? Deine schicke Berliner Freundin ist …?«

Er machte eine eindeutige Handbewegung in Höhe seines Halses. Trude machte einen Schritt zurück, um etwas Abstand zu Knuts aufdringlicher Nähe zu gewinnen.

»Ja, Margot ist höchstwahrscheinlich ermordet worden.«

»Sie wurde erstochen und vergewaltigt habe ich gehört …«

»Dann weißt du wohl mehr als die Polizei. Geh doch ins Haus, da sind zwei Beamte, die können gleich deine Aussage aufnehmen und du gibst ihnen Tipps, wer der Mörder ist.«

»Echt, die sind da drin?«, fragte Knut respektvoll und machte unwillkürlich einen Schritt zurück.

»Die verdächtigen doch nicht den alten Franz, he?«

Diese lustig gemeinte Bemerkung hallte bei Trude äußerst unangenehm nach und sie warf Knut einen genervten Blick zu. Er hob die Hände.

»Nix für ungut, war so einer meiner Witze, kennst mich doch. Aber ich hab da einen echten Verdacht.«

»Ach ja?«

Trude sah ihn skeptisch an. Knut war wie ein großes Kind, immer auf der Suche nach Unterhaltung. Nachdem er sein ganzes Vermögen in Form von Gutshof und Ländereien durch Heirat der einzigen Erbin quasi als Mitgift erhalten hatte, war ihm durch die Umwandlung in einen Reitstall gelungen, es auch noch auf recht unanstrengende Art und Weise zu vermehren. Die Arbeit überließ er seiner Frau und dem Personal und er hatte vor allem eines im Überfluss: Zeit. Das machte ihn manchmal ganz schön lästig.

»Ja, ich habe da jemand Bestimmtes im Sinn: Der kleine mit der Negerkrause und den Knopfaugen. Kubaner oder was der is. Hast du gesehen, wie der mit deiner Freundin getanzt hat? Ausgezogen hat der die mit den Augen dabei und als sie dann mit diesem blonden Jungen rumgemacht hat, wäre er am liebsten mit dem Messer dazwischen!«

»Wie kommst du ausgerechnet auf Felipe?«, fuhr Trude ihn gereizt an. Knut versuchte sich in einer Erklärung:

»Das weiß man doch, dass die so sind, diese heißblütigen Machos! Da sitzt das Messer immer locker!«

»Na klar, wer sonst, der Neger war's! Ich hoffe, du meinst das nicht ernst«, schnaubte Trude wütend, »und du hast Margot nicht angeschaut? Mensch Knut, wenn deine Frau dich nicht wie ein Schießhund bewacht hätte, wärest du doch der erste gewesen, der sich an sie herangemacht hätte. Du bist doch nur neidisch …«

»Neidisch, neidisch … ich bin überhaupt nicht neidisch.«

»Und jetzt kannst du ins Haus gehen, Knut, und deine Theorien zu Protokoll geben. Bestimmt hat die Kripo sofort Zeit für dich.«

»Nein, ich muss jetzt los. Rieke wartet bestimmt schon mit dem Kaffee auf mich, meine Eltern sind nämlich bei uns zu Besuch.«

Plötzlich hatte Knut es eilig von hier wegzukommen.

»Außerdem kann ich sowieso nichts zur Aufklärung beitragen. Ich habe nichts Verdächtiges bemerkt. Tschüß denn und nicht vergessen: Morgen Abend Ostereieressen bei uns!«

Er sprang in seinen Wagen, hob die Hand zum Gruß und preschte so kraftvoll davon, dass der Kies hochflog. Trude sah ihm kopfschüttelnd nach. Typen wie ihn konnte sie nicht ausstehen. Frauen fühlten sie sich unerklärlicherweise überlegen, waren konservativ bis ins Mark, misstrauisch gegenüber allem Fremden, die größten Sprücheklopfer, aber feige, wenn's drauf ankam. Hinter ihrer Maske jovialer Biederkeit verbargen sich kleingeistige Spießer. Franz war zum Glück anders. Doch unter den Freunden, die er schon aus seiner Kindheit kannte, gab es von der Sorte einige. Normalerweise versuchte Trude, ihrem Mann zuliebe, auch mit ihnen auszukommen, doch was zu weit ging, ging zu weit. Sie seufzte bei dem Gedanken an die Einladung bei Knut und Rieke am nächsten Abend. Damit auch sie am alljährlichen Ritual des Ostereieressens teilnehmen konnte, war es extra vom Ostersonntag auf den Montag verlegt worden, wenn ihre Gäste abgereist sein würden. Dabei hätte sie gut auf diese kulinarische Entgleisung und die damit verbundenen Herrenwitze auf Unterprimanerniveau verzichten können. Nun ja, wer wusste was morgen war. Sie machte sich auf den Weg zur Gästewohnung und als sie Elsbeth auf ihrem Balkon sitzen sah, winkte sie zu ihr hoch.

»Na, ist die Polizei noch da?«

Elsbeths Frage war mehr rhetorischer Art, denn sie hätte die Beamten auf jeden Fall gesehen, wenn sie das Haus verlassen hätten.

»Ja, die reden gerade mit Olli.«

»Oliver? Was hat denn das Kind mit der Sache zu tun?«

Für Elsbeth war Oliver trotz seiner zwanzig Jahre immer noch der kleine Junge, den sie großgezogen, dem sie die Tränen getrocknet und die aufgeschlagenen Knie verarztet hatte. Dass er Auto fahren konnte und im Sommer die Schule beenden würde, dass er bis in die frühen Morgenstunden ausging und eine Freundin hatte, bei der er hin und wieder übernachtete, nahm sie mehr am Rande wahr.

Und obwohl er sie längst um Haupteslänge überragte, für sie blieb er ihr kleiner Enkelsohn.

»Oliver hat natürlich nichts damit zu tun. Aber es ist ja klar, dass sie mit allen Leuten reden wollen, die gestern auf dem Fest waren.«

»Da hast du wahrscheinlich recht. Was machst du jetzt?«

»Ich will mal nach den Mädels sehen. Die haben ja noch nicht mal gefrühstückt, ist mir eingefallen. Vielleicht können wir ja später im Garten Tee trinken, es ist noch reichlich Kuchen da. Ich sag Bescheid, ja?«

»Ja, danke, ich komme gerne!«, nickte Elsbeth ihr zu.

Nein, bestimmt hatte Oliver nichts mit Margots Tod zu tun, dachte Trude. Er hatte bei seiner Freundin Anna übernachtet und die Buschtrommeln hatten den Mord auf dem Mühlenhof auch dorthin schon vermeldet. Irgendwer hatte angerufen und die Sensation mitgeteilt. Als er vorhin nach Hause kam und ihn gleich die Kriminalpolizei empfing, machte er einen etwas verstörten Eindruck. Entgegen seinem gewohnten, selbstsicheren Auftreten, begann er herumzustottern und bekam vor Verlegenheit einen hochroten Kopf. Zeuge in einem Mordfall zu sein, war höchstwahrscheinlich auch für einen aufgeweckten Sunnyboy wie Oliver eine aufregende, neue Erfahrung. Was die Beamten mit ihm besprachen, konnte Trude nicht verfolgen, da sie ihn, genau wie alle anderen, allein befragten.

Als Trude um die Ecke bog, sah sie Iris etwas abseits des Häuschens auf einem Liegestuhl unter dem Sonnenschirm liegen, ein Buch aufgeschlagen auf den Knien, die Augen hinter einer Sonnenbrille verborgen. Obwohl man in diese Richtung den attraktiveren Blick in die Landschaft gehabt hätte, war ihre Sitzposition so gewählt, dass der immer noch von den Leuten der Spurensicherung umgebene Mühlteich hinter ihrem Rücken lag.

»Und du versuchst zu entspannen? Das ist gut«, sprach Trude die Freundin an.

»Es will mir nicht so recht gelingen ... Ich kann mich auf meine Lektüre einfach nicht konzentrieren.«

»Das ist doch verständlich! Ich glaube, wir sind alle etwas durcheinander. Was liest du denn da? Zeig mal!«

Trude warf einen Blick auf das Buch und konnte sich ein spöttisches Lächeln nicht verkneifen.

»Na ja, eine Magisterarbeit über Brinkmann ist auch nicht gerade die Urlaubslektüre erster Güte ...«

»Ich finde das außerordentlich spannend. Die Auflösung herkömmlicher Erzählstrukturen, die direkte Übertragung von Eindrücken in Sprache, der Versuch die Komplexität aller Sinneswahrnehmungen nachfühlbar in Worte zu verwandeln, quasi das Wort selbst als sinnlich wahrnehmbares Element ... das ist zurzeit mein großes Thema, weißt du und da gibt es für mich keine anregendere Lektüre. Außerdem ...«

Ein fast verschmitzt zu nennendes Lächeln glitt über Iris' Gesicht, »außerdem erlebt Brinkmann in den Feuilletons gerade eine mächtige Renaissance und da dürfen wir als das neue, ambitionierte Literaturmagazin unseres Senders doch nicht zurückstehen!«

Sie war schon ein kurioses Geschöpf, diese Iris. Ein seltsames Gefühl der Rührung überfiel Trude und sie stellte fest, wie wenig sie von der Frau, die sie immerhin als ihre Freundin bezeichnete, wusste. Sie verkörperte perfekt das, was man früher als einen Blaustrumpf bezeichnet hätte, wenn auch niemand sie angesichts ihrer eleganten Erscheinung heute so würde nennen wollen. Doch sie hatte, zumindest bisher, genügsam und allein gelebt, in einer Art nonnenhafter Askese für die hehre Literaturwissenschaft. Ganz aus freiem Willen war dies wohl nicht immer geschehen, doch der Mangel an Ruhm oder Reichtum schien sie selbst nie ernsthaft zu stören. Dass Iris mit zunehmendem Alter von Existenzängsten bedrängt wurde, hätte Trude nie für möglich gehalten, so hermetisch hatte die Freundin ihre Gefühle stets unter Verschluss gehalten. Nur dank äußerster Disziplin und eisernem Willen musste es der so zerbrechlich wirkenden Iris möglich gewesen sein, ihr bisheriges Leben zu meistern. Was für eine starke Frau!

»Du schaust so abwesend, Trude. Was ist?«

Iris sah sie über ihre Sonnenbrille hinweg fragend an.

»Ach, nichts. Ich freue mich nur so für dich, dass du jetzt diesen Job beim Sender hast!«

»Warten wir es ab, lieber Leser …«, reagierte Iris gewohnt zurückhaltend. Trude fragte:

»Wie geht es Betty?«

»Sie bekam plötzlich starke Kopfschmerzen und hat sich ins Bett gelegt, als die Beamten gegangen waren.«

»Das war wohl alles zuviel für sie. Margots Tod hat sie ja wirklich sehr getroffen …«

Trude, der Heuchelei absolut zuwider war, hatte beschlossen, auch in diesem Fall sich selbst treu zu bleiben.

»Aber offen gesagt, glaube ich, dass Betty die Einzige ist, die so empfindet, oder?«

Sie versuchte, in Iris' Miene hinter den dunklen Sonnengläsern zu lesen, doch Trude konnte nichts erkennen, was Rückschlüsse auf ihre Gefühle und Gedanken erlaubt hätte. Eine spontane Antwort konnte sie natürlich nicht erwarten. Iris wählte stets mit Bedacht und Sorgfalt ihre Worte, so wie sie selbst eine Bestellung im Bäckerladen sprachlich korrekt und ausgefeilt aufgab, womit sie nebenbei bemerkt, die Verkäuferinnen eher verwirrte, als sich die Kommunikation mit dem gemeinen Volk zu erleichtern.

»Vermutlich ist deine Annahme richtig«, war dann allerdings alles, was Iris zu diesem Thema beisteuern wollte. De mortuis nihil nisi bene. Im Grunde war Trude das auch recht, denn sonst hätte sie sich womöglich noch zu irgendwelchen Bekenntnissen ihrer persönlichen Abneigungen verstiegen und das musste angesichts der grausamen Umstände dieses Todes nun wirklich nicht sein.

»Ich habe völlig meine Gastgeberpflichten vernachlässigt und wollte fragen, ob ihr nicht was essen wollt. Wir haben ja durch diese ganze Aufregung heute unser Frühstück verpasst. Ich dachte, ihr hättet vielleicht Lust, bei uns im Garten Tee zu trinken und ein Stück Kuchen oder ein Sandwich zu essen?«

»Das Leben geht weiter und wir müssen jetzt zuerst an uns selbst denken. Das wolltest du doch sagen, nicht wahr?«

Betty stand in der Tür und ihre Stimme schwankte, als ob sie gleich wieder anfangen müsste, zu heulen.

»Ihr braucht euch meinetwegen nicht zu verstellen, besonders du nicht, Trude. Meinst du, ich hätte nicht bemerkt, wie kalt und gefühllos du heute Morgen reagiert hast, als wir sie da im Teich liegen sahen …«

Nicht mehr Verzweiflung sondern unterdrückte Aggression ließ jetzt Bettys Stimme schwanken. Trude fiel aus allen Wolken und sie hätte am liebsten im gleichen Ton eine passende Antwort gegeben. Dass sie Margot nicht eingeladen hatte und nicht ihr Kindermädchen war und dass sie sich nicht im Geringsten verantwortlich fühlte für ihre nächtlichen Eskapaden und deren unangenehme Folge. Doch angesichts Bettys aufgewühlter Gemütslage schluckte sie ihren Ärger hinunter.

»Oh Betty, es tut mir leid! Natürlich ist das entsetzlich, was mit Margot passiert ist, und der Gedanke, dass sich unter den Menschen, mit denen wir hier leben, ein Mörder befindet, ist unerträglich. Aber wir können das nicht ändern und nur hoffen, dass die Polizei gut ihre Arbeit macht ...«

Sie legte Betty eine Hand auf die Schulter und schaute sie an.

»... und es ist ganz bestimmt nicht pietätlos, wenn wir uns jetzt zum Tee zusammensetzen.«

Doch der Blick der Freundin ging an ihr vorbei und Bettys Augen füllten sich mit Tränen.

»Da!«, sagte Betty nur mit tonloser Stimme und deutete in die Ferne. Iris und Trude wandten die Köpfe und sahen, wie zwei Männer in schwarzen Hosen und weißen Hemden einen Metallsarg über das Feld in Richtung der geparkten Autos trugen. Ihre schwarzen Krawatten flatterten in der lauen Frühlingsbrise.

»Ist ja gut!«

Trude hatte ihre Arme um Betty gelegt, die zum wiederholten Mal in diesen Stunden von Weinkrämpfen geschüttelt wurde. Ihr Reservoir an Trauer und Tränen schien wahrhaft unerschöpflich. Nicht dass Trude in gelöster, heiterer Stimmung gewesen wäre, doch für sie hatte die Szenerie eher etwas Unheimliches, Makaberes, das in völligem Gegensatz zu ihrer gewohnten, sonst so friedvollen Umgebung stand. Nur Trauer konnte sie beim besten Willen nicht empfinden. Welcher Art Iris' Gefühle beim Anblick des kalten Gehäuses waren, in dem nun Margot Sandner ihre Reise ins Institut für Rechtsmedizin nach Lübeck antrat, blieb den anderen verborgen. Nach wie vor verhinderte die große Sonnenbrille den freien Blick auf ihre Gesichtszüge und selbst wenn das nicht der Fall gewesen wäre – sie hätten wohl keine Regung erkennen können.

Wenig später machte sich Trude daran, im Garten den Tisch zu decken. Sie hatte Jeans und T-Shirt gegen ein leichtes Sommerkleid getauscht, denn dieser Ostersonntag verwöhnte mit Sonnenschein und Temperaturen wie sie hier im Norden sogar im Juli selten waren. Als sie vor dem geöffneten Kleiderschrank stand und ihre während der vergangenen Monate in Vergessenheit geratene Sommergarderobe sichtete, fiel ihr ein, dass sie wohl besser ein nicht zu lautes, buntes Dessin wählen sollte. Obwohl es ihr widerstrebte, Margots wegen irgendwelche Rücksichten zu nehmen – in Margot Sandners Wortschatz fehlte zeitlebens das Wort Rücksicht – entschied sie sich für ein dunkles Olivgrün, um Bettys Gefühle nicht zu verletzen.

Bei der Tischdecke allerdings war dann Schluss mit ihrem Verständnis und sie legte eine in fröhlichem gelb-grünblauem Karo auf, die perfekt mit dem blaugrünen, handgetöpferten Teeservice harmonierte. Auch die hübschen Papierservietten mit dem Ostermotiv passten ausgezeichnet und Trude überkamen der Eifer und die Vorfreude, die sie stets empfand, wenn sie eine Tafel herrichtete. In aller Eile hatte sie noch eine Platte mit Sandwiches – Käse-Gurke, Schinken-Tomate, Frischkäse-Ei – vorbereitet, die Platenkuchen auf zwei Teller arrangiert und noch eine Schale frische Erdbeeren, die erstaunlicherweise schon wunderbar aromatisch waren, sowie eine Schüssel Schlagsahne dazugestellt. Olli würde bestimmt Hunger haben und sie selbst spürte auch ihren Magen nach mehr verlangen, denn vor ihrem Gespräch mit den Polizisten hatte sie nur schnell ein paar Happen essen können. Sie stellte noch einen Strauß Osterglocken in die Mitte und hoffte, dass die reizvolle Umgebung des Gartens und das traumhafte Wetter das ihre dazu beitrugen, die Gedanken an einen Leichenschmaus zu verdrängen.

Sie war gerade dabei, in der Küche eine große Kanne Tee vorzubereiten, als es klopfte und die beiden Kommissare kamen, um sich zu verabschieden.

»So, Frau Kampmann, wir sind erst mal so weit fertig«,

sagte der große, kräftige, der sich als Angermüller vorgestellt hatte, in seinem gemütlichen Fränkisch, das in Trudes Ohren immer so klang, als wolle ein Arzt einen verängstigten Patienten beruhigen, und das so gar nicht zu dem passte, was sie sich unter einem gerissenen Superhirn bei der Kripo vorstellte.

»Wir haben uns in der Warstedter Polizeistation vorläufig eingerichtet und werden bestimmt noch mal hier vorbeikommen müssen. Wie Sie uns erreichen können, habe ich Ihnen ja gesagt.«

»Im Moment wüsste ich nicht, wie ich Ihnen weiterhelfen könnte ...«

»Das weiß man nie, Frau Kampmann!«, lächelte Angermüller und sagte plötzlich ganz ernst:

»Sehen Sie, da fällt mir ein, eine Frage können Sie mir doch noch beantworten ...«

Gespannt sah Trude ihn an.

»Und das wäre?«

»Ich will ja nicht neugierig erscheinen, aber was ist das Geheimnisvolles, das da auf dem Herd steht und so interessant duftet?«

Als Jansen diese Frage hörte, verdrehte er die Augen. Dass der Kollege Angermüller bei diesem Fall mit einer leibhaftigen Kochbuchautorin zu tun hatte, die ihm offensichtlich auch noch sehr sympathisch war, würde ihm noch den letzten Nerv rauben, nicht zu reden über den Imageverlust. Kommissar Kochlöffel! Doch die Frau fühlte sich natürlich geschmeichelt und gab bereitwillig Auskunft und Jansen wünschte sich, die Aussagen von Zeugen wären auch immer so gut recherchiert wie ihre Hintergrundinformationen über die Holsteiner Aalsuppe.

»Da ich für ein Kochbuch über die ländliche Küche in Holstein recherchiere, koche ich natürlich auch meistens ziemlich norddeutsch im Moment! Grundlage dieser Suppe, die mal Holsteiner mal Hamburger Aalsuppe und ohne den Fisch Specksuppe heißt, ist immer eine Brühe aus Schinkenknochen und gepökeltem Schweinefleisch. In Mary Hahns Illustriertem Kochbuch von 1912 allerdings wird Rindsknochen und Fleisch verwendet, das halte ich für nicht authentisch. Natürlich gibt es unzählige regionale Varianten. Mein Rezept stammt hier aus der Gegend. Ich verwende großzügig Suppenkraut und mindestens fünf Sorten Saisongemüse wie z.B. Wurzeln, Sellerie, Erbsen, Spargel, Blumenkohl, dazu noch eingeweichte weiße Bohnen. Außerdem gehören auch Backpflaumen und Schwemmklöße hinein und zum Würzen Essig, Zucker, Salz, Pfeffer, Bohnenkraut und frische Petersilie. Und die, die mögen, bekommen noch separat gekochten Aal dazu. Angerichtet wird das Ganze dann auf Salzkartoffeln.«

»Vielen Dank für diese ausführliche Erklärung, Frau Kampmann! Hört sich ein bißl ungewohnt an die Kombination – aber ich würd's glatt probieren!«

»Es dauert aber noch etwas, bis die Suppe fertig ist ...«, sagte Trude bedauernd.

»So hab ich das nicht gemeint Frau Kampmann, nur theoretisch natürlich! Komm Jansen, wir wollen der Dame nicht länger die Zeit stehlen.«

5

Dieser Ostersonntag in Warstedt glich keinem Ostersonntag zuvor. Die sonst immer gleichen Kaffeetafeln, deren gesitteter Ödnis die Männer spätestens nach dem zweiten Tortenstück zu entkommen suchten und die für die sich langweilenden Kinder stets die Gefahr bargen, mit den Erwachsenen Ärger zu bekommen, wenn sie auf der Suche nach Unterhaltung über die Stränge schlugen, hatten endlich einmal ein fesselndes Thema: Die Tote auf dem Mühlenhof. Und dazu gab es noch leibhaftige Polizisten, die an manchen Türen klingelten und um Auskunft baten, wie lange man das Kampmannsche Fest besucht und wann man es verlassen hatte und ob man sonstige sachdienliche Hinweise zur Aufklärung des Verbrechens geben könne.

Da die Polizei sich bisher nicht einmal zur Todesursache geäußert hatte und das wenige, was man wusste, eh nur auf Hörensagen fußte, überboten sich alle, von der Oma bis zum Enkel, wohlig schaudernd in den wildesten Spekulationen. Jeder ein Profi durch die Schulung zahlreicher Fernsehkrimis, wucherten in Wohnzimmern und auf Terrassen die abgründigsten Fantasien und Verdächtigungen. In unserem kleinen Gemeinwesen ein brutaler Mord! Und der Mörder ist mitten unter uns! Manche Frau schwor, in der Dunkelheit nicht mehr allein mit dem Hund Gassi zu gehen und die Männer nahmen sich vor, die Sicherungsvorkehrungen an Haus und Hof zu überprüfen.

»Hilfe, ich brauch Sauerstoff! Hier ist's schrecklich stickig!«, stöhnte Angermüller und riss alle drei Fenster zugleich auf. Eben noch hatten fast zwanzig Kollegen die Luft im klein bemessenen Besprechungsraum der Warstedter Dienststelle verbraucht. Die örtliche Polizei war in Räumen eines Teils des Rathauses untergebracht, an einer Ecke des hübschen kleinen Marktplatzes. Auch in diesem schmucken Baudenkmal norddeutscher Backsteingotik lag der vertraute Behördengeruch, eine Mischung aus Bohnerwachs, Papier und Kaffee, und die Ausstattung der Innenräume war im Gegensatz zur beeindruckenden Fassade genauso bescheiden und abgenutzt wie in fast allen Dienststellen. Angermüller, Jansen, die Praktikantin Kruse und Kriminaloberkommissar Thomas Niemann waren nach der soeben abgehaltenen Lagebesprechung allein zurückgeblieben. Bis auf zwei Teams hatte Angermüller die meisten der Kollegen nach Hause entlassen. Es mussten ein paar Leute befragt werden, die man nachmittags nicht zu Hause angetroffen hatte, und einige Zeitangaben waren nochmals zu überprüfen.

»Hach, das tut gut, die frische Ostseeluft!«

Die Sonne strahlte zwar unvermindert hell herein, doch am kühlen Lufthauch war zu erkennen, dass es jetzt Abend wurde. Trotz der Jahre, die Angermüller schon hier oben lebte, faszinierte ihn immer noch das Licht des Nordens, im Frühjahr, wenn die hellen Tage immer länger wurden, bis sie in der Mitte des Sommers gar nicht mehr enden wollten und das Dunkel der Nacht einem milden Dämmerlicht weichen musste.

»Frau Kruse, Sie haben wirklich Glück!«, wandte sich Angermüller an die junge Frau.

»Erstens ist der Kollege Niemann ein wirklich netter Kollege und zweitens der beste Aktenfuchs den wir haben. Da können Sie bestimmt eine Menge lernen!«

Dieser Niemann war wirklich ein Phänomen, er schien ein fotografisches Gedächtnis zu besitzen. Egal wie hoch der Berg aus Papieren, Vernehmungsprotokollen, Beweismittellisten, Tatortfotos, gerichtsmedizinischen Berichten und was sonst noch alles sich auftürmen mochte, er fand Angefordertes auf Anhieb, erinnerte sich an Namen, die nur einmal von Zeugen genannt worden waren, merkte sich Autokennzeichen und Augenfarben. Sein Aktenaufbau war geprägt von penibler Ordnung und intelligenter Logik gemäß seinem Motto: Steht die Akte, fällt der Täter. Außerdem war er von einem freundlichen Naturell und mit Sicherheit für Anja-Lena Kruse ein angenehmerer Partner als der schmierige Ameise. Er bot ihr gleich einen Stuhl an seinem provisorisch eingerichteten Arbeitsplatz an und begann, ihr seine Arbeitsschritte zu erläutern.

»Und, Claus, wie siehst du die Lage?«, wandte sich Angermüller unterdes an seinen Kollegen.

Jansen gähnte und blätterte lustlos in seinem Notizblock.

»Tja, wie immer am Anfang des großen Puzzles: Ein Haufen Informationen und wenig, das uns weiterbringt.«

»Komm Claus, aufwachen!«

Angermüller boxte ihm leicht gegen die Schulter.

»Jetzt geht's los! Bring deine grauen Zellen auf Trab!«

Alle Behäbigkeit war von Georg Angermüller gewichen. Dieser Moment einer Ermittlung, wenn es galt, aus den ersten gesammelten Informationen den Anfang des Fadens zu finden, der ihnen die Richtung ihrer weiteren Arbeit weisen sollte, war für ihn wie ein Startschuss. Er war hellwach und fühlte sich angeregt, wie nach einem Glas Champagner, sogar seinen knurrenden Magen vergaß er.

»Also, phänomenologisch gesehen, ist's erst mal ganz klar, wo wir anfangen müssen.«

»Phänomeno – was?«, knurrte Jansen. Angermüller ließ sich nicht stören:

»Die äußeren Anzeichen sprechen erst mal für ein Sexualdelikt. Gehen wir davon aus, dass wie in fünfundneunzig Prozent solcher Fälle nicht irgendein finsterer Typ zufällig daherkam und sich dachte, die Frau bring ich jetzt um, sondern sie ihren Mörder gekannt hat …«

»Erspare mir diese Binsenweisheiten!«

»Gerne Claus! Aber ich muss dich doch provozieren, um deine Leidenschaft zu wecken!«

»Meine Leidenschaft musste ich heute Morgen allein im Bett zurücklassen, aber das ist ein anderes Thema. – Also, soweit ich das überblicke, haben die meisten Leute, die dieses Fest besucht haben, glaubwürdige Alibis und gesehen hat auch keiner was. Derjenige, den fast alle erwähnt haben, ist dieser Kubaner. Er scheint sich ja heftig um Margot Sandner bemüht zu haben.«

»Ja, ja, aber: Dass der Kubaner soviel Aufmerksamkeit findet, liegt einerseits daran, dass um diese Zeit, als er mit dem Opfer zusammen war, die meisten Gäste noch anwesend waren«, gab Angermüller zu bedenken, »und andererseits ist das der ganz alltägliche Rassismus würde Astrid sagen. Er fällt halt auf mit seiner anderen Hautfarbe und in einem Kaff wie diesem ganz besonders. Und er hat das Fest lange vor Margot Sandner verlassen, dafür gibt es sogar mindestens zwei Zeugen.«

Jansen zuckte mit den Schultern.

»Na und? Er könnte ja zurückgekommen sein. Schließlich wohnt er allein und hat niemanden, der ihn in seinem Bettchen hat schlafen sehen.«

»Aber der letzte, der mit der Frau gesehen wurde, war doch dieser Blonde. Natürlich hätte der Kubaner zurückkommen können und sie mit dem anderen Jungen erwischt haben – wär eine Möglichkeit …«, führte Angermüller den Gedanken fort.

»Dieser andere Junge – wie hieß der noch mal?«

126

Prompt antwortete es aus dem Hintergrund:

»Ben Osterholz heißt der und Reimers und Axmann haben den befragt.«

»Danke!«

Angermüller nickte dem Kollegen Niemann zu, der das mit einem zufriedenen Grinsen registrierte.

»Ben Osterholz, das hätte ich dir auch sagen können«, bemerkte Jansen lahm. Ohne, dass sie es jemals zugegeben hätten, bestand zwischen Jansen und Niemann eine scharfe Konkurrenz, wer wohl den schnelleren Zugriff auf die in seinem Gedächtnis gespeicherten Daten und Fakten hatte. Angermüller, der das sehr wohl beobachtete, konnte es für die Ermittlungsarbeit nur recht sein und er würde sich hüten, diesen Zustand zu ändern.

»Genauer gesagt ist der blonde junge Mann der Sohn vom Chefarzt des Krankenhauses hier und das fand Reimers höchst wichtig zu erwähnen, wie ich mich erinnere«, fügte Jansen hämisch hinzu.

»Für die Pfeife Reimers war bereits die Tatsache, dass dieser Ben der Sohn vom Herrn Professor ist, der Unschuldsbeweis. Der Junge hat angegeben, sich draußen vor dem Zelt von der Frau verabschiedet zu haben …«

»Er ist ja dann auch später noch in dieser Disco bei seinen Freunden aufgetaucht. Also, lass uns noch mal die Zeiten genau überprüfen und dann werden wir beide uns diesen Ben noch mal ansehen und -hören. Schließlich war er der letzte, der mit der Ermordeten gesehen wurde und hatte offensichtlich ja auch starkes Interesse an ihr. Phänomenologisch also erst mal höchst verdächtig.«

»Es sieht ein Blinder mit dem Krückstock, dass der Professorensohn unser erster Ansatzpunkt ist, das willst du mir sagen, ja?«

»Ich tu nur was für deine Bildung, Kollege!«, flachste Angermüller.

»Danke, tut aber nich nötig. Und der Kubaner ist dann das nächste Phänomen, dem wir uns widmen, Companero!«

»Wenn du das so siehst, lieber Claus – Vamos, auf geht's!«

Die tief am Himmel stehende Sonne ließ die Lübecker Bucht wie eine Silberfolie glitzern. Zwischen dem frischen Grün der Wiesen auf den gegenüberliegenden Hügeln drehten sich gemächlich zwei Windkrafträder in der Abendbrise. Eine ganze Armada von hopsenden Motorbooten und majestätisch dahingleitenden Segelyachten bewegte sich auf die Einfahrt des Warstedter Hafens zu, nach einem unvergleichlich schönen Tag auf See auf dem Weg nach Hause.

»Ja, bitte?«, schnarrte eine unfreundliche Männerstimme aus der Gegensprechanlage.

»Guten Abend! Wir sind von der Kriminalpolizei und hätten gern mit Ben Osterholz gesprochen.«

Statt einer Antwort ertönte der Summer und die Gartenpforte sprang auf, als Jansen dagegen drückte.

»Nicht schlecht, Herr Specht!«

Jansen schaute sich bewundernd um. Sie schritten über einen gepflasterten Weg auf ein sehr geräumiges, im Bungalowstil der Sechziger Jahre gebautes Haus zu, das sich am Ende des sanft abfallenden Geländes an den Hang duckte. In den sich anschließenden zwei Garagen standen zwei Autos, ein drittes auf der Einfahrt davor. Für Angermüller, der sich mit Automarken nicht gut auskannte, sahen sie ziemlich exklusiv und teuer aus. Die Ausmaße des Gartens waren mehr als weitläufig. Der gepflegte Rasen wurde hie und da von kleinen Blumenrabatten und niedrigen Büschen unterbrochen und ging links vom Haus in ein Pappelwäldchen über.

»Bissle groß alles hier, findest du nicht Claus?«

Angermüller mochte nichts, was ihm nach Prahlerei, nach Großmannssucht roch. Andererseits spürte er seine Verunsicherung angesichts solcher Insignien der Macht des Geldes und das ärgerte ihn dann umso mehr.

Bevor Jansen antworten konnte, öffnete sich die gläserne Haustür und ein schlanker, großer Mann in einer ausgewaschenen Jeans und einem weißen Hemd stand vor ihnen, an den bloßen Füßen trug er weiße Birkenstocks. Sein Haar changierte zwischen blond und grau und er mochte vielleicht fünfzig Jahre alt sein. Selbst in dieser simplen Freizeitkluft strahlte er eine nachlässige Eleganz aus. Er begrüßte sie mit einem geschäftsmäßigen Lächeln in seinem sonnengebräunten Gesicht.

»Osterholz, mein Name. Ich bin Benjamins Vater. Guten Abend die Herren!«

Er gab Angermüller und Jansen, die sich ebenfalls vorstellten, die Hand.

»Sie wissen aber, dass schon zwei Kollegen von Ihnen heute Nachmittag hier waren?«

Angermüller nickte ergeben.

»Die Polizei will also zum zweiten Mal mit meinem Sohn sprechen. Was hat das zu bedeuten? Verdächtigen Sie ihn? Muss ich etwa gleich unseren Anwalt anrufen?«

Von Lächeln keine Spur mehr. Nicht mal mehr geschäftsmäßig.

»Nein, Herr Professor, natürlich nicht! Wir haben nur noch ein paar kurze Fragen.«

Zum Glück war Jansen in solchen Momenten von einer immer gleichen unverbindlichen Freundlichkeit und ganz der kleine Polizist, der bescheiden seiner Arbeit nachging.

»Kommen Sie dann bitte hier durch. Nach Ihnen. – Benjamin! Kommst du bitte mal!«

Osterholz rief im lauten Befehlston in den weiten Flur

und mit einer lässigen Geste ließ er den Beamten den Vortritt in den Wohnraum, der erst vollkommen die Exklusivität der Lage des Bungalows enthüllte: Die Südwestfront bestand fast nur aus Glas, davor eine Terrasse mit einem Pool und am Fuße des dahinter abfallenden Gartens der Strand, das Meer, die Bucht, nur durch einen Spazierweg vom Grundstück getrennt.

Ich glaube, die Grundfläche unseres Hauses passt zweimal in dieses gigantische Wohnzimmer – wozu brauchen die Leute so was, ging es Angermüller durch den Kopf. Er war nicht im Geringsten neidisch, dachte an sein eigenes, gemütliches Häuschen und an das, was Astrid manchmal von den Wohnverhältnissen der Asylbewerber berichtete, die sie betreute. Und daran, dass er Verbrecher schon in Hütten wie in Palästen gejagt hatte.

Ein junger Mann betrat das Zimmer. Er bewegte sich mit einer faszinierenden Langsamkeit, als wolle er jede unnötige Anstrengung vermeiden. Seine Verwandtschaft zu dem Professor war unschwer zu erkennen, genauso groß und schlank, sehr ähnliche Gesichtszüge, nur dass sein langes Haar noch von reinem Blond war. Unter der ebenfalls sonnengebräunten Haut wirkte er etwas blass und erschöpft.

»Benjamin, die Polizei ist noch einmal hier und will mit dir sprechen. Du brauchst nichts zu sagen, Junge! Ich kann auch sofort Dr. Pfleger anrufen, wenn du willst …«

Nicht Besorgnis lag in Professor Osterholz' Stimme, sondern das Bewusstsein, über Mittel und Wege zu verfügen, alle Probleme jederzeit in seinem Sinne lösen zu können.

Ben schüttelte den Kopf und zog kurz die Augenbrauen hoch, was wohl soviel heißen sollte wie: Bleib cool, Alter! Sein Vater stellte sich mit verschränkten Armen neben ihn.

»Wir würden gern mit Ihrem Sohn allein sprechen, Herr Professor.«

»Aber natürlich …«

Osterholz senior verließ den Raum. Recht war ihm das offensichtlich nicht und ob er außer Hörweite war, ließ sich nicht feststellen – es gab keine Tür zwischen Wohnraum und Flur.

»Setzen wir uns?«

Angermüller wies auf die schwarze Polstergarnitur, die sehr kühn designed aber nicht sehr bequem aussah und sie ließen sich zu dritt auf dem knarzenden, glatten Leder nieder. Die Miene des Jungen drückte absolute Langeweile aus und zwischendurch sah er immer wieder mit zusammengekniffenen Augen in die Türöffnung zum Flur.

»Tolle Aussicht habt ihr hier!«, begann Angermüller, der auf dem niedrigen Sessel die Knie fast an den Ohren hatte und wies noch einmal bewundernd auf das Panorama vor ihnen, doch Ben reagierte nicht auf diese harmlose Gesprächseröffnung und so fuhr er fort:

»Benjamin oder Ben, wie du genannt wirst: du bist neunzehn Jahre alt und du gehst noch zur Schule? Pardon, ich darf doch ›du‹ sagen?«

»Ist o.k.«

»Gut. Du kanntest die Frau, die heute morgen tot auf dem Mühlenhof aufgefunden worden ist, und mehrere Zeugen sagen aus, dass sie Margot Sandner zuletzt lebend mit dir zusammen gesehen haben und zwar, wie ihr gemeinsam das Festzelt verlassen habt. Dann schildere uns doch bitte, was danach geschehen ist. Wir nehmen deine Aussage auf Band auf, einverstanden?«

»Ich kapier's nicht.« Bens Gesicht verzog sich unwillig.

»Das habe ich doch alles schon dem Reimers und seinem Kollegen erzählt …«

Geduldig versuchte Angermüller den Unwillen des Jungen zu überwinden.

»Es ist für uns aber so wichtig, dass wir es gern noch einmal genauer hören würden. Also, das Band läuft.«

»O Mann!«

»Komm, erzähl's uns noch mal!«

»Wenn's sein muss.«

Ben zuckte nachlässig mit den Schultern.

»Wir sind raus aus dem Zelt. Ich habe mich verabschiedet und bin dann ins Laguna. Aus. Ende. Das war's.«

»Jetzt geht's erst los, mein Junge! Könntest du etwas genauer erzählen?«

Jansen platzte angesichts dieser demonstrativen Teilnahmslosigkeit der Kragen.

»Wann hast du dich verabschiedet und wie? Wie bist du in den Laguna Beach Club gekommen und wann warst du da? Das sind nur einige der Fragen, die uns interessieren . . und bei allem, was du sagst, vergiss nicht, hier geht's um Mord und vom letzten Zeugen kannst du ganz leicht zum Hauptverdächtigen werden, wenn du weiter so blockst, kapiert?«

Ben schüttelte seinen Kopf und es sollte halb empört, halb belustigt klingen, als er nur sagte:

»Ich glaub, ich spinne.«

Doch es war ihm anzumerken, dass Jansens Ausbruch ihn deutlich irritiert hatte und Angermüller sagte freundlich:

»Wir können dich auch mitnehmen, wenn es dir lieber ist. In der Dienststelle sind wir ganz ungestört und du kannst in aller Ruhe erzählen.«

Doch diese Vorstellung schien Ben Osterholz überhaupt nicht zu behagen. Angermüller gab ihm eine neue Chance:

»Schau her, Ben! Du brauchst uns nur noch einmal zu erzählen, was genau abgelaufen ist. Das dürfte für dich doch kein Problem sein, da du ja nichts zu verbergen hast, wie ich annehme.«

Man konnte förmlich sehen, wie der junge Mann das Für und Wider abwog und er schien zu begreifen, dass er ernsthafte Schwierigkeiten kriegen könnte, wenn er sich nicht kooperationswillig zeigte. Langsam wirkte er nicht mehr ganz so unbeteiligt und versuchte sogar ein unsicheres Lächeln.

»Stimmt eigentlich. Also: Es war irgendwann nach drei, da habe ich mich von Frau Sandner verabschiedet. Dann bin ich zum Laguna, zu Fuß und ich glaube, es muss etwa vier Uhr gewesen sein, als ich dort ankam.«

Endlich zeigte Ben seinen Willen zur Mitarbeit und war sichtlich bemüht, die Sympathie seiner Gesprächspartner zu gewinnen. Ein hübscher Junge dachte Angermüller bei sich, das ebenmäßige Gesicht, die großen braunen Augen mit den langen Wimpern, das lange, blonde Haar und charmant ist er auch, wenn er will. Bestimmt wird die Damenwelt auf den abfahren.

»Siehst du, da gibt es unser erstes Problem …«, mischte sich Jansen wieder ein.

»Wir haben gehört, dass du an der Disco erst kurz nach fünf angekommen bist. Was hast du in den zwei Stunden gemacht? Könntest du jetzt so freundlich sein, endlich die ganze Geschichte zum Besten zugeben oder willst du doch lieber mit auf's Revier kommen …«

»Na Kollege, so schnell schießen die Preußen net! Denk einfach noch mal kurz nach Ben und dann erzählst noch mal von vorn …«, forderte Angermüller den Jungen auf. Ohne, dass sie dies absprechen mussten, spielten er und Jansen bei Vernehmungen häufig zwei völlig entgegengesetzte Rollen, was schlicht und einfach ihrem unterschiedlichen Naturell entsprach. Während Jansen ungeduldig, barsch und drohend sein konnte, war Angermüller sein gutmütiger, verständnisvoller Widerpart, der das Vertrauen der Befragten zu gewinnen suchte und schon oft hatte sich diese Konstellation als ausgesprochen hilfreich erwiesen.

»Scheiße!«

Wie ein verzweifelter Seufzer brach es aus Ben heraus. Den Kriminalbeamten entging scheinbar keine Einzelheit.

»Ich hab versprochen, nichts zu erzählen …«

»Wem hast du das versprochen?«

»Na ja, Olli.«

»Wer ist Olli?«

»Ein Schulfreund – Oliver Kampmann.«

»Der Junge vom Mühlenhof?«

Ben antwortete mit einem Nicken. Endlich war die zähe Befragung an einem Wendepunkt angelangt. Er redete jetzt einigermaßen flüssig und schien geradezu erleichtert, nicht mehr den eiskalten Burschen mimen zu müssen.

Margot Sandner und er hatten mehrmals zusammen getanzt und sich unterhalten. Ben war augenblicklich von ihr fasziniert, ihr Aussehen, ihr weltläufiges Auftreten, die vielen interessanten Leute, mit denen sie in Berlin zu tun hatte. Sie war so ganz anders als die meisten Menschen in diesem Alter, die er sonst kannte, so locker und unkonventionell und sie nahm ihn trotz seiner Jugend ernst, interessierte sich wirklich für ihn als Person.

»Irgendwann fragte sie mich, ob ich was zu rauchen hätte …«

Ben zögerte plötzlich.

»Also, wenn ich das jetzt erzähle, dann kriege ich doch keine Schwierigkeiten. Sie haben ja gesagt, es geht um Mord und da ist das andere nicht so wichtig, oder?«

Er schaute immer wieder unauffällig zur Tür, wahrscheinlich besorgt, dass sein Vater Dinge mit anhörte, die er besser nicht erfahren sollte.

»Wir können dir natürlich keine Versprechen machen. Aber du hast recht, unsere Ermittlung in der Mordsache hat absolute Priorität«, antwortete Angermüller diplomatisch.

Tatsächlich konnte Ben die Frage von Margot Sandner positiv beantworten und sie verließen zusammen das Festzelt und begaben sich in die alte Scheune, die schon seit der Kinderzeit das geheime Refugium von Olli, Ben und ihren Freunden war, wo sie sich sicher fühlten vor den neugierigen Augen der Erwachsenen.

»Also, wir saßen in der Kutsche, Margot und ich waren ziemlich gut drauf, sie hatte sowieso schon reichlich Wein und so getrunken und auch 'ne Pulle in die Scheune mitgenommen. Ich war gerade dabei uns 'ne Tüte zu bauen, da ist Olli aufgetaucht. Ein Freund hatte ihm seinen neuen Roller geborgt und Olli hatte Bock ein bisschen damit 'rumzuheizen und kam auf die Idee mich abzuholen, weil ich gesagt hatte, ich wollte auch noch ins Laguna. Und dann hat Margot Olli überredet, zu uns in die Kutsche zu kommen und auch mit zu rauchen. Eigentlich wollte er nicht, doch sie sagte immer wieder, was für ein netter Kerl er sei und doch der Stiefsohn ihrer lieben Freundin Trude und so – das sagte sie übrigens immer wieder.«

»Und Oliver Kampmann hat sich dann zu euch gesetzt?«, fragte Jansen nach.

»Ja, und dann haben wir alle drei geraucht und es war richtig gut …Wir haben rumgealbert und so …«

Der Erzählfluss des Jungen geriet ins Stocken.

»Und, wie ging's dann weiter?«

»Olli hatte es eilig, wieder ins Laguna zu kommen, weil seine Freundin dort auf ihn wartete. Margot wollte unbedingt mit, was Olli gar nicht gut fand … Ja und da wurde Margot plötzlich tierisch sauer, fing an, Olli anzupöbeln, er sei ein Spießer, genau wie seine Stiefmutter und seine Freundin täte ihr leid und er solle bloß abhauen und so.«

Was Oliver Kampmann dann wohl auch tat. Ben versuchte Margot, die sehr aufgebracht war, wieder zu beruhigen, doch ihre Wut kehrte sich gegen ihn, als der andere nicht mehr da war, und sie wollte auch mit ihm plötzlich nichts mehr zu tun haben.

»Und dann hat sie mich richtiggehend rausgeschmissen. Es tat mir irgendwie furchtbar leid, denn ich fand sie wirklich sehr sympathisch – zu Anfang jedenfalls. Aber sie wollte mich plötzlich loswerden, schrie, heulte, fluchte, alles durcheinander. Ich hab noch eine Weile versucht, mit ihr zu reden, weil ich irgendwie völlig geplättet von ihrem Stimmungswandel war. Es brachte nichts und da bin ich gegangen.«

»Direkt zum Laguna Beach Club?«, Jansen wollte es genau wissen.

»Ich habe den Weg über den Strand genommen. Ich war'n bisschen abgetörnt, weil Margot sich plötzlich so komisch verhalten hat und dachte, frische Luft würde mir gut tun ... und Sie haben ja gehört: So um fünf war ich wohl da. Ich hab nicht auf die Uhr geguckt.«

»Was hat Margot Sandner gemacht, als du gingst?«

»Sie ist in der Scheune geblieben, saß in der Kutsche, rauchte eine Zigarette und trank aus der Weinflasche, die sie mitgenommen hatte und sie hat mich gar nicht mehr beachtet.«

Der Junge schien immer noch ehrlich betroffen über den plötzlichen Fall aus der Hochstimmung in diesen unschönen Abschied.

»Hast du deinen Freund Oliver noch mal gesehen?«

»Ja. Er kam einige Zeit nach mir ins Laguna.«

»Wenn er vor dir mit dem Roller losgefahren ist, hätte er doch schon lange da sein müssen?«

»Er ist wohl noch so durch die Gegend gefahren, weiß nicht genau. Wir haben kaum was miteinander geredet. Ich hab ihm nur versprechen müssen, nix von dem Joint in der Scheune und von Margot zu erzählen ...«

»Weshalb war ihm das so wichtig?«, hakte Jansen nach.

»Na, einmal wegen seiner Eltern, und wegen Anna, weil die bestimmt ausgerastet wäre.«

»Wer ist Anna?«

»Das ist Ollis Freundin und die ist so was von eifersüchtig, ey!«

Ben verdrehte in gespieltem Entsetzen die Augen.

Er hatte dann in der Disco noch mal so richtig abgetanzt, wie er das ausdrückte, allein, und später hatten ihn Freunde in ihrem Auto nach Hause gefahren, wo er kurz nach sieben anlangte und sich gleich schlafen legte. Irgendwann rief ihn ein Freund an und erzählte, dass Margot tot sei. Der wusste es vom gleichaltrigen Sohn eines Warstedter Streifenpolizisten.

»Ist doch irgendwie krass ... Eben haben wir mit der Frau noch geraucht und gealbert und jetzt ist sie tot.«

Etwas hilflos sah der Junge die Beamten an. Die konnten oder wollten sich dazu nicht äußern. Mit Blicken hatten sie sich verständigt, dass sie erst einmal genug gehört hatten. Angermüller hievte sich aus dem niedrigen Ledersessel nach oben. Offensichtlich hatte er sich während der Befragung vor gespannter Konzentration auf dem unbequemen Sitzmöbel völlig verkrampft und musste nun erst einmal seine Glieder sortieren.

»Ja, Benjamin, das war's fürs Erste. Du hältst dich bitte zu unserer Verfügung. Es ist durchaus möglich, dass wir noch weitere Fragen an dich haben.«

»Klar.«

Vor allem klang Erleichterung aus dieser kurzen Antwort.

Auch Jansen erhob sich und sie wandten sich zum Ausgang. Aus dem Hintergrund der geräumigen Diele tauchte Bens Vater auf, dem nicht anzumerken war, ob er etwas

von dem gehört hatte, was sein Sohn den Beamten erzählt
hatte.

»War's das, die Herren? Konnten Sie Ihre Fragen klären?«

»Vorerst ja, Herr Professor. Aber unsere Arbeit ist erst
am Ende, wenn wir den Täter haben. Einen schönen Abend
noch!«

»Du kannst einsteigen!«, rief Jansen seinem Kollegen zu,
»Die Tür ist offen.«

Angermüller, der selbst einen recht betagten Volvo fuhr,
konnte sich an diese fernbedienten Autoschlösser nicht
gewöhnen und war, wie so oft, abwartend neben der Bei-
fahrertür stehen geblieben.

»Dem alten Osterholz wird auch zu selten gesagt, dass er
ein richtiger Kotzbrocken ist. Aber wahrscheinlich würde
er es sowieso nicht glauben ...«, stellte Jansen fest, nachdem
Angermüller neben ihm Platz genommen hatte. Der schien
die Bemerkung gar nicht zu hören, starrte bloß durch die
Windschutzscheibe und fragte grübelnd:

»Was denkst du? Sagt der Junge die Wahrheit?«

»Tja. Ich weiß nicht. Weil sein Freund Angst vor Eltern
und Freundin hat – sind das wirklich Gründe genug, der
Polizei etwas zu verschweigen, wenn es um einen Mordfall geht?«

»Ich kann mir auch nicht vorstellen, dass so aus heiterem Himmel die Stimmung gekippt sein soll. Die ganze
Geschichte klingt irgendwie unrund ...«, meinte Angermüller und mit Blick auf den Osterholzschen Bungalow
fuhr er fort:

»Bestimmt macht der Professor seinem Sohn jetzt die
Hölle heiß. Ich bin mir fast sicher, dass der irgendwo
gelauscht hat ...«

»Tja, das ist sein Problem ...«

»... aber was wir jetzt ja gar nicht ins Spiel gebracht

haben, sind die beiden benutzten Kondome, die Ameise in der Scheune gefunden hat ...«

Angermüller, der gerade mit dem Sicherheitsgurt kämpfte, antwortete:

»Ich denke, das war auch gut so. Lass den Jungen erst mal mit dem allein, was er uns wahrscheinlich verschwiegen hat. Der kann bestimmt nicht ruhig damit leben und das macht es uns beim nächsten Mal einfacher. Die Kondome stammen zwar von der Toten, aber ob sie auch von ihr selbst genutzt wurden, wissen wir noch nicht. Ist zwar nahe liegend ... Lass uns jetzt mal diesen Oliver Kampmann anhören, vielleicht bekommen wir da ja eine Erklärung. Ich nehme doch an, du bist auch dafür, dass wir zuerst zum Mühlenhof fahren. Der Kubaner muss warten.«

»Natürlich! Ich muss aber vorher unbedingt schnell was essen, sonst bin ich zu nichts zu gebrauchen – du kennst mich!«

»So wie ich dich kenne, denkst du an eins dieser bekannten amerikanischen Schnellrestaurants, deren kulinarische Vielfalt du so liebst und das ich am Ortsausgang gesehen habe ...«

»Und du hast keinen Hunger?«

»Ich habe meine Prinzipien!«

Obwohl er den einerseits abstoßenden, andererseits doch irgendwie anziehenden Geruch von Pommes frites und Ketchup in der Nase hatte, der Jansens brauner Papiertüte entstieg und sich im Innenraum des Wagens breit machte, hörte Georg Angermüller seinen Magen knurren und Jansen hörte es auch.

»Ich geb dir gerne was ab – diese Menuportionen sind immer sehr reichlich.«

Dankend lehnte Angermüller ab. Er aß gerne. Er aß auch gerne viel. Doch es gab ein paar Dinge im großen Kosmos der Speisen – und dazu zählten konfektionierte Hamburger und ihre diversen Beilagen – von denen hielt er sich mit eiserner Konsequenz fern, ebenso wie er nie im Leben sein Essen im Stehen oder Gehen eingenommen hätte. Davon wurde sein Gewicht zwar auch nicht reduziert, doch wenn schon dieser unstillbaren Sehnsucht nach Gaumenkitzel ausgeliefert, dann nur vom Feinsten! Das musste nicht das Teure sein, eher das Echte, Unverfälschte. Eine frische Scheibe Bauernbrot mit goldiger Fassbutter war für ihn auch eine Delikatesse. Er würde lieber noch durchhalten, bis er wieder zu Hause war und sich dann in aller Ruhe an den Resten seines morgendlichen Osterbuffets delektieren, einen schönen Rotspon dazu trinken …

Doch dann hatte er diese Bude am Hafen gesehen und sich erinnert, dass er hier schon einmal ein wunderbar knuspriges Brötchen mit der saftigsten, geräucherten Makrele seines Lebens gegessen hatte. Und so saßen sie dann auf einer Bank am Wasser, Jansen, der den Inhalt seiner braunen Tüte vertilgte und Angermüller, der mit verzücktem Blick in ein Brötchen mit heiß geräuchertem Aal biss. Das Klingeln des Handys unterbrach seine stille Andacht und vorsichtig legte er die Köstlichkeit auf die neben sich ausgebreitete Papierserviette und wischte sich daran umständlich die Finger, bevor er das Gespräch entgegennahm. Sein Freund Steffen, der Gerichtsmediziner, war am Apparat.

»Ja, hallo! – Wir machen gerade einen kurzen Stopp am Warstedter Hafen, essen eine Kleinigkeit.«

Steffen schien die Örtlichkeit samt Fischbude nicht unbekannt zu sein, denn Angermüller nickte:

»Genau! Der heiß geräucherte Aal ist einfach köstlich!«

Und dann mit Blick auf Jansen:

»Nein, der zieht das Fastfood aus der braunen Tüte vor. – Haha! Das find ich auch!«

Was Fragen des guten Geschmacks anbetraf, zogen Angermüller und sein Freund am gleichen Strang.

»Ah, du hast schon erste Ergebnisse, prima! Schieß los!«

Angermüller lauschte aufmerksam.

»Also ich habe richtig verstanden: Todeszeitpunkt zwischen drei und sieben, Todesursache: Strangulation. Sag, Steffen, wann wissen wir, ob die Tote noch kurz vor ihrem Ableben Verkehr hatte und ob die beiden Kondome dabei benutzt wurden? – Leider erst morgen. Na gut – vielen Dank so weit! Du bleibst noch im Institut und machst weiter? – O.k. Vielleicht komme ich nachher noch bei dir vorbei. Bis dann!«

Angermüller tauschte das Handy gegen den Rest seines Aalbrötchens und fragte seinen Kollegen:

»Du hast zugehört?«

»Mmh«, kaute Jansen an seinem letzten Bissen Hamburger, »denn lass uns mal los.«

Auch Angermüller hatte sein Mahl beendet und fuhr sich mit der Papierserviette über den Mund.

»Ja gut, auf zum Mühlenhof! – Einfach köstlich, dieses Aalbrötchen! Du weißt nicht, was du versäumst, wenn du immer dieses Junkfood den Spezialitäten deiner Heimat vorziehst.«

141

6

»Der Aal wird getötet, indem man ihn ganz resolut mit einem Tuche anfasst und mit dem Kopfe kräftig auf die scharfe Tischkante oder einen Stein schlägt oder man gibt ihm einen kräftigen Schlag mit einem Holzhammer auf den Kopf. Leichter ist er zu töten, wenn man ihn in einen Eimer oder Topf legt, ihn mit einer Mischung von Weinessig und Salz – 1/4l Essig, 1 Handvoll Salz – in einem Zuge begießt und blitzschnell den Deckel darauf deckt, den man festhalten muss, damit der Aal nicht herausspringt. Nach einigen Minuten ist er tot und wird herausgenommen …«

Die gute alte Mary Hahn verstand sich auch auf die brutale Seite der feinen Küche und die Hausfrau damals war viel näher am Ursprung der Lebensmittel, mit denen sie arbeitete, als wir heutzutage, dachte Trude. Wie viele mochte es geben, die Fisch nur noch in der praktischen Viereckform aus der Tiefkühltruhe kennen – jegliches Eigenaroma einer Fischsorte ist zwar verschwunden, wird aber mit Geschmacks- und Aromastoffen wettgemacht – kein Fischgestank, keine Schuppen, keine Gräten, kein Fischgeschmack – was will man mehr. Trude beugte sich über das arg mitgenommene Kochbuchexemplar von 1912, nach dem schon ihre Urgroßmutter gekocht hatte. Eigentlich hatte sie keine Anleitung zum Töten gesucht, denn das war bereits erledigt, sondern nur zum Häuten der Fische.

Auch für diese schwierige Prozedur wusste Mary Hahn Rat und zwei Stunden später thronten die gehäuteten, gewürzten und gekochten Aalstücke appetitlich auf der gehaltvollen Suppe, die verlockende Düfte von den Tellern aussandte. Allein, die Runde, die sich um den großen Tisch in Trudes gemütlicher Küche versammelt hatte, schien nicht den rechten Appetit zu haben.

Das Kaffeetrinken am Nachmittag war in einer angenehmeren Atmosphäre verlaufen, was nicht zuletzt dem traumhaften Wetter, über das jeder seine Begeisterung kundtun konnte, und Lollo zu verdanken war. Der Hund hatte nämlich die in der Aufregung vergessenen Osterüberraschungen im Garten aufgestöbert und versucht, sich die schokoladenen Köstlichkeiten heimlich einzuverleiben. Da Lollo gewöhnlich nicht Ruhe gab, wenn die Familie bei Tisch saß, bis sein Deputat für ihn abgefallen war, hatte Trude sofort bemerkt, dass etwas im Busche war. Und so hatte das Tier zum Amüsement beigetragen, indem es mit Klauen und Zähnen seine wertvolle Beute zu verteidigen suchte.

Jetzt lag Lollo, nachdem er sein Stück Brot erbettelt hatte, satt im Körbchen, schlief und hatte kein Husarenstückchen zur Abwechslung zu bieten, sodass man nur recht schweigsam beieinander saß und mehr oder weniger lustlos in den Tellern rührte. Trude als Gastgeberin versuchte vergebens, ein Gespräch in Gang zu bringen, doch Franz, der sie sonst dabei gerne unterstützte, war nach seinem Rausch immer noch etwas angeschlagen und wirkte außerdem irgendwie gereizt. Olli reagierte nur pampig, als sie ihn fragte, wie denn die Nacht im Laguna Beach Club gewesen sei, und die Suppe mochte er nicht, was er auch deutlich zum Ausdruck brachte. Trude fragte sich, was mit dem Jungen los war. Derartig ruppig und unhöflich hatte sie ihn noch nie erlebt. Betty äußerte gleich zu Beginn, sie habe keinen Appetit und dann sagte sie gar nichts mehr, aß nur ein paar Häppchen und stocherte mit unbewegter Miene in ihrer extra kleinen Portion Aalsuppe herum. Und da Iris die Konversation in großen

Runden eh lästig war, da sie gewöhnlich dort das von ihr bevorzugte Niveau vermisste, blieb nur Elsbeth, die Gute, die sich redlich mühte, Trude zu helfen, die bedrückende Stille zu beleben. Doch immer wieder verliefen die Ansätze im Sande.

Trude war richtig froh, als sie die Rote Grütze mit flüssiger Sahne auch noch hinter sich gebracht hatten, von der Olli wortlos zwei große Portionen vertilgte, und sie sich mit Geschirr, Töpfen und Spülmaschine beschäftigen durfte. Da nicht zu erwarten war, dass sich ein gemütlicher Plausch bei einer Flasche Wein entwickeln würde, schlug Trude einen Abendspaziergang vor und zumindest Iris und Betty schlossen sich ihr an.

Mit Lollo an der langen Leine hatten sie den Weg eingeschlagen, der hinter dem Anwesen zwischen Mühlbach und Holunderknicks in die Wiesen und Felder führte, und waren ohne viel zu reden so weit gegangen, bis er an einem tiefen Graben endete. Die Luft war frisch und kühl und roch nach feuchter Erde. Glatt und unbewegt lag der Mühlteich im Dämmerlicht als sie auf ihrem Rückweg daran vorüberkamen. Betty warf nervöse Blicke um sich und sah immer wieder auf die gegenüberliegende Seite des Wassers. Dort hatten sie heute Morgen Margot gefunden.

»Ich habe Angst«, flüsterte Betty, die stehengeblieben war und auf die Stelle starrte.

»Margots Mörder oder Mörderin läuft hier immer noch frei herum …«

»Aber Betty, wovor hast du denn Angst? Ich denke, Margots Tod steht in Zusammenhängen, die du nicht zu befürchten hast, da ist nicht irgendein schwarzer Mann einfach so aus dem Gebüsch gesprungen …«

Es war das erste Mal, dass sie über dieses Thema sprachen und Trude ihre Überlegungen zu Margots Ableben äußerte. Völlig überraschend ging Betty wie eine Furie auf Trude los:

»Was willst du denn damit sagen? Dass Margot selbst schuld war, weil sie sich wieder mit irgendwelchen Kerlen eingelassen hat, oder was? Ja willst du das behaupten?«

Trude, irritiert von dieser heftigen Reaktion, versuchte sich zu verteidigen:

»Nein, natürlich nicht. Ich meine nur, dass du dich jetzt und hier nicht zu fürchten brauchst …«

»So, meinst du, ja?«

Betty wollte sich nicht beruhigen.

»Soll ich keine Angst haben, weil du bei mir bist, ausgerechnet du? Ja?«

Befremdet fragte Trude:

»Was soll das denn heißen?«

»Na ja, so cool wie du dich verhalten hast … Oder willst du jetzt behaupten, du hättest auch nur einen Anflug von Trauer verspürt, einen Funken Mitgefühl? Du warst kalt wie ein Stein!«

»Du denkst doch nicht etwa«, fragte Trude mit tonloser Stimme, »ich hätte etwas mit Margots Tod zu tun?«

Sie sagte sich, dass Betty offensichtlich nicht mehr wusste, wovon sie redete und Bettys Antwort bestärkte sie noch in dieser Annahme:

»So wie du Margot gehasst haben musst, ist ein Mensch zu allem fähig!«

»Entschuldige, aber du bist ja völlig hysterisch, Betty! Ich will dir zugute halten, dass du nicht mehr ganz bei dir bist, weil die Geschichte dich so mitgenommen hat und am besten wir beide vergessen sofort, welche Ungeheuerlichkeiten du eben von dir gegeben hast.«

»Ich weiß, was ich weiß …«, sagte Betty in bedeutungsvollem Trotz und sah an Trude vorbei.

Trude konnte nur noch fassungslos mit dem Kopf

schütteln und schaute Iris an, die jedoch ihrem Blick auswich. Das ließ Trudes Fassungslosigkeit in Wut umschlagen.

»Was ist mit Iris, die sich aus allem so vornehm heraushält? Ist nicht gerade das sehr verdächtig?«

Sie konnte ihre Erregung nicht verbergen und als Betty nicht reagierte, ging sie zum direkten Angriff auf Iris über: »Gib es zu Iris, auch du bist nicht gerade bestürzt über Margots Ende. Schließlich hätte sie deiner neuen Karriere beim Fernsehen durchaus Steine in den Weg legen können!«

Der Blick, den sie von Iris für diese Attacke erntete, irritierte sie. Was sah sie da aufblitzen? Doch nach einer kurzen Schrecksekunde beschied Iris sie knapp:

»Du hast recht – wir sind alle verdächtig.«

»Oh, ihr beiden ihr seid so … so …!«Betty rang um das passende Wort. »…so kaltschnäuzig! Wenn ich das gewusst hätte!« Und sie verfiel wieder in einen jammernden Monolog der Selbstanklage:»Warum hab ich Margot bloß hierher gebracht! Das hätte ich mir doch denken können, dass es nicht gut gehen würde. Ich bin eben einfach zu naiv gewesen und jetzt bin ich schuld an ihrem Tod!«

Bettys Worte gingen in ein leises Schluchzen über und Trude war hin- und hergerissen zwischen Mitleid und Wut. Aber Wut nicht nur auf Betty und ihre unglaublichen Verdächtigungen sondern auch auf Iris, die meinte, sich mit emotionsloser Objektivität aus allem heraushalten zu können. Und ich dachte immer, das sind meine Freundinnen! Ich sollte Babs anrufen – bei ihr kann ich mich über diese beschissene Situation wenigstens mal richtig ausheulen, beschloss Trude. Komisch, dass Babs sich nicht schon längst bei mir gemeldet hat, denn bestimmt hat das Buschtelefon ihr die Nachricht von dem grausigen Vorfall längst mitge-

146

teilt! Na ja, dafür hat mich halb Warstedt heute schon mit neugierigen Fragen genervt!

Sie bogen gerade um die Ecke der Scheune, da kam ihnen Elsbeth schnellen Schrittes aus der Dunkelheit entgegen, trotz der abendlichen Kühle nur mit ihrer leichten Bluse bekleidet.

»Elsbeth, was ist los? Du siehst so aufgeregt aus!«, fragte Trude besorgt. Der immer noch ziemlich volle Mond stand mittlerweile hoch am Himmel und in seinem Licht wirkte die sonst so energiegeladene, kraftvolle Elsbeth plötzlich blass und alt.

»Sie nehmen Oliver mit!«

»Wer nimmt ihn mit?«

»Die Polizei. Sie sind gekommen, kurz nachdem ihr losgegangen wart. Ich hab's von meinem Badezimmerfenster aus gesehen. Es waren die beiden Kommissare, die heute Nachmittag schon mal hier gewesen sind …«

»Und dann?«

»Ich bin hinüber zum Haus gelaufen und Franz sagte mir, dass sie im Herrenzimmer wären und Oliver nur noch ein paar Fragen stellen wollten. Kurze Zeit später kam der größere, dickere von beiden zu uns und eröffnete uns, dass sie Oliver jetzt auf die Dienststelle nach Warstedt mitnähmen …«

Es war offensichtlich, dass Elsbeth Mühe hatte, Haltung zu bewahren. So aufgelöst hatte Trude ihre geschätzte Freundin noch nie erlebt.

»Mach dir keine Sorgen, Elsbeth. Bestimmt bedeutet das nichts Schlimmes, vielleicht soll er jemanden identifizieren oder so. Oder es handelt sich schlicht und einfach um einen Irrtum, den Olli dort sicher aufklären kann.«

Sie konnten gerade noch sehen, wie ein blinkendes Blaulicht sich auf der Zufahrt entfernte, dann war es hin-

147

ter einer Kurve verschwunden. Trude empfand keineswegs die Zuversicht, die sie auszustrahlen versuchte, um Elsbeth zu beruhigen. Wer konnte wirklich wissen, was letzte Nacht vorgefallen war?

»Du musst jetzt was tun, Trude!«

Die Angst um ihren Enkel stand der sonst so stark wirkenden Frau ins Gesicht geschrieben und der Klang ihrer Stimme, konnte nur flehentlich genannt werden.

»Aber Elsbeth, ich fürchte, da kann ich nichts tun ...«, sagte Trude bedauernd und fasste die Hände der Freundin.

»Wirklich nicht, Trude?«

Den verzweifelten Blick der alten Frau würde Trude so schnell wohl nicht vergessen, wenn sie auch nicht verstand, wieso Elsbeth annahm, ausgerechnet sie könne ihrem Stiefsohn aus dieser Situation heraushelfen.

»Uns bleibt nichts als abzuwarten und zu hoffen, dass nichts Schlimmeres hinter dieser Geschichte steckt ...«

Elsbeth zuckte hilflos mit den Schultern und versuchte dann ein Lächeln zustande zu bringen:

»Dann hoffen wir mal, dass das gut geht. Ich sehe wohl einfach zu schwarz ... Gute Nacht, mein Deern! – Gute Nacht Frau Betty und Frau Iris!«

Sie drückte Trudes Hände und ging mühsamen Schrittes Richtung Mühle. Betty und Iris, die die Szene stumm verfolgt hatten, erwiderten den Gruß und alle drei blieben etwas verlegen neben der alten Scheune zurück.

»Habt ihr Lust, noch auf ein Glas Wein mit zu uns zu kommen?«, fragte Trude höflich. Im Grunde hatte sie an einem Zusammensein mit den beiden Frauen gerade jetzt überhaupt kein Interesse.

»Danke, nein!«, antwortete Betty schroff und Iris, der die Situation offensichtlich sehr unangenehm war, sagte entschuldigend:

148

»Ich muß gestehen, ich fühle mich etwas unwohl. Sei mir nicht böse, wenn ich mich auch gerne zurückziehen möchte, ja?«

»Kein Problem! Ich wünsche eine gute Nacht!«

Und so gingen sie ihre getrennten Wege. Trude eilte nach Hause, denn Franz war sicher in Sorge wegen Oliver und wartete schon auf sie. Er würde sie brauchen und ihr Platz war jetzt bei ihm.

7

Der Schein der Straßenlampe fiel auf den kümmerlichen Rasen vor dem achtstöckigen Haus. Obwohl das Alter und der Zustand der drei eng nebeneinander stehenden Mietskasernen dieser Bezeichnung offensichtlich widersprach, wurde die Gegend in Warstedt immer noch als die neue Siedlung bezeichnet. Zwischen den teils zerbrochenen Platten des Gehwegs, der zur Haustür führte, wuchs allerlei Grünzeug, das dort nicht hingehörte. In der unvollkommenen Dunkelheit der vom Mond erhellten Frühlingsnacht waren die Gestalten einer Gruppe Jugendlicher zu erkennen, die rauchend den angrenzenden Spielplatz bevölkerten.

»Ey, ihr seid doch Bullen! – Kommt ihr endlich den Neger verhaften? – Ach nee, der Kampmann? – Warst du etwa auch dabei, Weichei? – So was hätt ich dir gar nicht zugetraut!«, schallte es wie ein Wechselgesang herüber. Ohne darauf zu reagieren, gingen Angermüller und Jansen mit Oliver in ihrer Mitte auf die Haustür zu, die sich durch einfachen Druck öffnen ließ. Sie betraten den Flur, dessen Wände die Spuren eines aussichtslosen Kampfes gegen Graffiti trugen. Wer hätte gedacht, dass es so eine Skala an unterschiedlichen Weißtönen gab, mit denen wahrscheinlich ein unermüdlicher Hausmeister immer wieder versuchte, der Schmierereien Herr zu werden. Auf ihn wartete schon wieder Arbeit. Vom Treppenlicht nur spärlich beleuchtet, prangte neben »Susi ich liebe dich« und »Madonna forever« in frischem Rot die Aufforderung »Neger ab nach Kuba!«

»Morales wohnt im fünften Stock, laut Klingelbrett.«
Jansen deutete in den Hintergrund des Flurs.

»Da ist sogar ein Aufzug!«

Es roch nach Essen, Waschpulver und Zigarettenrauch und hinter den Wohnungstüren konnte man Fernseher und auch ein Baby plärren hören, hinter einer anderen stritten ein Mann und eine Frau. Das ist die andere Seite der Idylle, dachte Angermüller. Hätte gedacht, in Warstedt gibt es nur nette, saubere Häuschen mit eben solchen Bewohnern – endlich einmal der Beweis, dass es in unserem Land keine Armut mehr gibt. Aber was heißt überhaupt arm? Essen, Kleidung, Farbfernseher, Auto – haben die Leute alles – wenn sie auch nicht freiwillig in dieser Schäbigkeit wohnen, die sich ironischerweise Sozialbau nennt. Und sieht es hier so verlottert aus, wegen der Menschen die hier wohnen oder verlottern die Menschen, weil sie hier wohnen müssen? Fragen auf die auch Astrid, die beruflich an den so genannten sozialen Brennpunkten zu Hause war, bis heute keine Antwort eingefallen war.

Der Knopf, der den Aufzug holen sollte, leuchtete zwar, aber sonst tat sich nichts. Ein Mann in einem türkisfarbenen Jogginganzug betrat den Hausflur, rechts und links zwei Tragen mit Dosenbier. Er schlurfte auf die Treppe zu.

»Da braucht ihr nicht auf warten – das Scheißding ist mal wieder in Arsch«, brummelte er im Vorbeigehen.

»Danke!«, rief ihm Jansen nach.

»Da nich für, Mann«, war die großzügige Antwort und die drei machten sich auf den Fußmarsch nach oben. Von Stockwerk zu Stockwerk atmete Angermüller schneller und im dritten musste er erst einmal verschnaufen. In diesem Moment verfluchte er all die kulinarischen Verführungen, denen er in seinem Leben erlegen war, und jedes Quäntchen Alkohol, das er in vollen Zügen genossen hatte, und er schwor sofortige Askese – wohl wissend, was dieser Schwur wert war.

Während er sich weiter langsam nach oben quälte, musste er über Oliver Kampmanns Sturheit nachdenken.

Der Junge war durch nichts zu bewegen gewesen, zuzugeben, dass er in der ersten Befragung offensichtlich gelogen hatte. Obwohl Angermüller ihm wahrlich goldene Brücken baute, behauptete er, die Wahrheit gesagt zu haben, und machte sich damit natürlich höchst verdächtig. Nachdem Jansen ihm auf den Kopf zugesagt hatte, dass sie genau wussten, dass er in der Nacht noch einmal auf den Hof zurückgekommen war, sagte er gar nichts mehr. Jansen war überzeugt, dass er, wenn er nicht der Täter war, zumindest etwas zur Tat wissen musste, so wie er sich verhielt.

Also nahmen sie ihn mit auf die Dienststelle und ließen ihn eine Viertelstunde allein in dem kahlen, engen Vernehmungszimmer schmoren. Dann kündigte Jansen ihm an, ihn über Nacht dazubehalten, wenn er sich nicht endlich zu einer erneuten Aussage entschließen würde. Dass der Junge litt, war nicht zu übersehen. Die Frage war nur, litt er, weil er schuldig war, oder weil er es nicht war, aber jemand anderer gefährdete, wenn er redete? Nachdem Jansen mit seiner harten Methode den Boden bereitet hatte, nahm sich Angermüller wieder des Zeugen an.

»Magst du vielleicht was trinken, Oliver?«

»Ja bitte, gerne.«

Diese höfliche Bitte waren die ersten Worte, die Oliver Kampmann von sich gab, seit er die Dienststelle betreten hatte. Er schien eigentlich ein recht sympathischer Junge zu sein und seine hübschen, weichen Gesichtszüge unter dem lockigen Haar standen ganz im Gegensatz zu seinem verbohrten Schweigen. Angermüller ließ sich von Jansen zwei Gläser und eine Flasche Wasser bringen, die dieser auf den

Tisch zwischen ihnen stellte und sich dann, soweit das der kleine Raum zuließ, diskret in eine Ecke zurückzog.

Oliver leerte sein Glas in einem Zug.

»Das tut gut, gell?«, fragte Angermüller in seinem fürsorglichen, fränkischen Tonfall und goss ihm nach. Der Junge nickte.

»Hör mal, Oliver, kannst du dir denn denken, wer uns gesagt hat, dass du später in der Nacht noch einmal zurück auf den Hof gekommen bist?«

Oliver zuckte mit den Schultern.

»Dein Freund Ben war das.«

Wieder zuckte der Junge mit den Schultern. Das hatte er sich wohl wirklich denken können.

»Wenn dein Freund eh schon alles ausgeplaudert hat, versteh ich nicht, wieso du so beharrlich schweigst! Weißt du, in welche Lage du dich bringst? Du kannst eines Mordes verdächtigt werden! Eines Mordes verstehst du?«

Oliver blickte Angermüller mit seinen klaren, blauen Augen an und ganz langsam schienen die Worte in sein Bewusstsein zu dringen. Von der Coolness, die sein Freund Ben an den Tag gelegt hatte, war bei ihm nichts zu spüren. Dieser Junge war eine viel sensiblere Natur.

»Bestimmt machen sich deine Eltern große Sorgen, meinst du nicht ...«, mühte sich Angermüller, bei dem Jungen eine Saite zum Klingen zu bringen, »... und Anna wahrscheinlich auch!«

Bei der Nennung dieses Namens senkte Oliver den Kopf und sackte irgendwie auf seinem Stuhl zusammen. Angermüller, dem das natürlich nicht entging, hakte sofort ein.

»Tu's nicht für uns, tu's für Anna. Erzähle uns, was letzte Nacht passiert ist. Anna wäre bestimmt nicht froh, wenn wir dich hier behalten würden, oder?«

Traurige Resignation lag in Olivers Blick, als er schließlich sagte:

»Ben hat Ihnen doch schon alles erzählt. Dann wissen Sie ja Bescheid.«

»Es tut mir leid, mein Junge, aber wir müssen das schon alles auch von dir selbst noch einmal hören …«, bedauerte Angermüller und endlich, nach einer langen Minute, in der man es in Olivers Kopf förmlich arbeiten hörte, begann er stockend zu reden. Ja, er war mit dem Motorroller zum Hof zurückgekommen, um Ben ins Laguna abzuholen und hatte ihn mit Margot Sandner in der Scheune angetroffen. Die beiden wollten gerade einen Joint rauchen und obwohl er eigentlich keine Lust darauf hatte, redete Frau Sandner so lange auf ihn ein, bis er auch in die Kutsche stieg und mittat. Angermüller konnte sich vorstellen, dass dieser gutmütige Junge damit Probleme hatte, sich zu behaupten, wenn jemand ihn bedrängte.

»Und dann … Ich kann mir das jetzt selbst nicht mehr erklären, wieso ich da mitgemacht habe … Es tat mir auch sofort schrecklich leid, wegen Anna …«

Oliver redete nicht weiter.

Jansen warf Angermüller einen alarmierten Blick zu, der soviel heißen sollte, wie: Dranbleiben!

»Was geschah dann?«

Unter den Augen der beiden Beamten wand sich der Junge vor Verlegenheit.

»Aber das wissen Sie doch schon alles … muss ich denn das auch noch mal erzählen …?«

Angermüller ließ sich seine angespannte Neugier nicht anmerken und nickte nur wortlos.

»Frau Sandner fing an, uns anzufassen und zu küssen und dann …«

Seine Stimme wurde immer leiser, »dann hatten wir Sex zusammen …«

»Ihr alle drei?«, fragte Angermüller nach und Jansen sandte unauffällig ein Nicken in seine Richtung.

»Ja.« Oliver sagte das mit ganz kleiner Stimme und gesenktem Kopf und sah Angermüller verzweifelt an:

»Es tut mir so leid! Ich liebe doch Anna! Deshalb wollte ich auch auf keinen Fall, dass sie was erfährt ... und jetzt ist es zu spät!«

»Na, na!«, versuchte Angermüller den Jungen zu beruhigen, »es gibt für fast alles einen Ausweg! Jetzt erzähle erst einmal weiter!«

»Also, wegen Anna wollte ich dann auch schnell zurück zum Laguna und auf einmal wollte diese Margot mitkommen. Das fand ich natürlich gar nicht gut und habe ihr das auch gesagt ... da wurde sie total sauer! Sie fing an, mich zu beschimpfen, schrie herum ... Da bin ich einfach abgehauen.«

»Du hast die Scheune also vor Ben verlassen?«

»Ja, Ben ist noch geblieben.«

»Und du bist mit dem Motorroller gefahren und trotzdem später am Laguna Beach Club gewesen, obwohl Ben den Weg zu Fuß über den Strand gemacht hat. Wie erklärst du das?«

»Thimo, der von dem ich den Roller hatte, hatte sich den Kilometerstand und die Tankfüllung aufgeschrieben, wegen Sprit und so. Da wäre es ja aufgefallen, wenn ich nach fast zwei Stunden mit nur 4km auf dem Tacho zurückgekommen wäre. Deswegen bin ich noch eine ganze Weile so durch die Gegend gefahren.«

Jansen in seiner Ecke räusperte sich:

»Das ist ja gut und schön, aber es wäre natürlich durchaus möglich, dass du dann noch einmal zur Mühle zurückgefahren bist. Es war ja zu befürchten, dass diese Margot Sandner die Geschichte mit euch nicht sehr diskret behandeln würde und schließlich hattest du ein großes Interesse daran, das zu verhindern ...«

Erschrocken sah Oliver den Kommissar an. Er stotterte:

»Aber ... nein ... ich bin nicht noch einmal zurückgefahren ... Denken Sie etwa ich ...?«

Er wagte es nicht einmal, diesen Gedanken auszusprechen. Neben den Gewissensbissen, die ihn gegenüber seiner Freundin quälten, der Angst, seine Beziehung kaputt gemacht zu haben, sah er sich nun, nachdem er endlich sein Schweigen gebrochen hatte, dem Verdacht des Mordes ausgesetzt.

»Wir denken erst mal gar nichts«, beschwichtigte Angermüller.

»Hast du denn Beweise für das, was du sagst?«

Zusammengesunken saß der große Junge auf dem Hocker, starrte angestrengt vor sich hin und fuhr sich ein ums andere Mal mit der Hand durch die blonden Locken.

»Mann, Mann, Mann!«, stöhnte er, »was für Beweise hab ich?«

Er sah konzentriert auf seine Füße, die in Turnschuhen von mindestens Größe achtundvierzig steckten.

»Na ja halt der Kilometerstand, der Benzinverbrauch!«

»Das sagtest du bereits.«

»Sie können Thimo fragen, der hat nämlich sofort bei mir abkassiert ...«

»Thimo – und weiter?«

»Thimo Rohde.«

»Wo können wir den erreichen?«

»Der wohnt Am Eichenwald 13 ... Und da fällt mir ein, mir ist auch jemand begegnet!«

Für einen Moment entkam Oliver seiner Niedergeschlagenheit und er sagte lebhaft:

»Felipe, der kennt mich, der macht bei uns öfter Gartenarbeit und der muss mich gesehen haben!«

»Ist das der Kubaner, der auch auf dem Fest war?«, wollte Angermüller wissen.

»Ja, genau! Der wohnt irgendwo in der neuen Siedlung …«

»Gut. Das finden wir raus. Ich hätte da noch eine andere Frage: Erinnerst du dich, wie Margot Sandner gekleidet war?«

Oliver dachte kurz nach: »Sie trug ein graues Kleid, glaube ich … rote Schuhe …«

Angermüller hüstelte.

»Ähem. Ich meinte eigentlich mehr, was sie darunter trug, Strümpfe, Unterhose und so weiter.«

Es war deutlich zu sehen, wie eine kräftige Röte über Olivers Gesicht bis zum Haaransatz kroch.

»Ja, also die Strümpfe, die Strümpfe waren so schwarz …«

»Und die Unterwäsche?«

»Die Unterwäsche, ja … ich weiß nicht mehr …«

Oliver wand sich vor Verlegenheit.

»So genau habe ich nicht hingesehen … ich kann mich jedenfalls nicht mehr daran erinnern …«, stammelte er und wusste nicht, wo er dabei hinschauen sollte. Auch Angermüller fühlte sich peinlich berührt beim Forschen nach diesen pikanten Details. Nur Jansen hing lässig auf seinem Stuhl in der Ecke und grinste hämisch vor sich hin.

»Muss ich noch mehr über die Kleidung erzählen?«

Oliver sah nicht sehr glücklich aus bei dem Gedanken daran.

»Nein danke. Ich denke, das war's. Was meinst du, Jansen?«

Angermüller schaute seinen Kollegen an. Der schüttelte den Kopf: »Keine weiteren Fragen, Euer Ehren!«

»O.k. Dann werden wir jetzt gemeinsam euren kubanischen Gärtner besuchen!«

Und so standen sie nun in diesem Zimmer von sehr bescheidener Größe, mit niedriger Decke und schmalem Fenster, in dem alles sehr ordentlich aufgeräumt war. Die Raufasertapete schien gerade geweißt worden zu sein und die Einrichtung bestand aus nicht viel mehr als einem Bett, einem Tisch mit einem alten Fernsehapparat, einem Schrank und einem Stuhl. Unangenehm grell war das Licht der Glühbirne, die ohne Schirm von der Decke baumelte und an der Wand auf die einzige Dekoration fiel, die des Bewohners ganze Sehnsucht zeigte: Die morbide Eleganz der alten Seepromenade von Havanna im Glanz der untergehenden Sonne.

»Gut Herr Morales, Sie haben diesen jungen Mann heute Nacht beziehungsweise am frühen Morgen gesehen. Wo war das und wann?«

Felipe Morales war ein Mann von ungefähr dreißig Jahren, die Haut kaffeebraun, die schwarzen Haare fast bis zur Glatze abrasiert, so dass sie nur einen dunklen Schatten auf seinem Kopf bildeten. Seine Zähne strahlten so weiß wie das T-Shirt unter dem sich die starken Muskeln seiner Oberarme und sein kräftiger Oberkörper abzeichneten. Er war ein freundlicher Mensch und lachte nach jedem seiner Sätze.

»Ja, hab ich gesehen. War ungefähr zehn nach vier erste Mal, auf Landstraße Richtung Stadt, alles klar?«

Morales sprach so wie man spricht, wenn man sich mühsam eine Fremdsprache im Alltag selbst beibringen muss und rollte das R und das L mit der unnachahmlichen Eleganz seiner spanischen Muttersprache.

»Kam er Ihnen entgegen oder sahen Sie ihn von hinten?«

»Hab ich erste Mal von hinten gesehen und dann jede Mal von vorne, alles klar?«

»Er ist also nicht nur einmal an Ihnen vorbeigefahren?«

»Sí! Ist auf jede Fall dreimal, vielleicht mehr vorbeigefahren. Hab ich gerufen dann, aber Olli hat nix gehört – alles klar, Olli, Kumpel?«

Felipe Morales hielt ihm seine rechte Handfläche hin, die im Gegensatz zu seiner sonstigen Hautfarbe von einem zarten Rosa war. Der Junge lächelte verlegen und schlug dann in die ihm dargebotene Hand ein. Noch drei Treffpunkte konnte Morales präzise benennen: Die Gartenstraße, den Marktplatz und die große Brücke. Auch wenn die Kriminalbeamten diese Angaben mit den örtlichen Gegebenheiten und den genannten Zeiten noch abklären mussten, schien sich damit das Alibi von Oliver Kampmann ziemlich genau zu bestätigen.

»Aber sach mal, Amigo! Wieso warst du eigentlich erst so spät auf dem Heimweg? Du hattest bei den Kollegen ausgesagt, dass du schon um zwei Uhr ...«

Jansen hielt zwei Finger in die Höhe, »dass du die Party schon um zwei verlassen hast?«

»Kollege, wir sind mit dem Herrn immer noch per Sie!«, raunzte Angermüller dazwischen. Felipe Morales, der den Rüffel offensichtlich verstanden hatte, lachte nur und sagte gutmütig:

»Macht nix du!«

Dann verdüsterte sich seine Miene und er fuhr fort:

»Wollte ich nix Problem mit Polizei. Wenn kleine Cubano hat was gesehen, wer glaubt ihm? Alle denken, Felipe böse auf schöne Señora und ...«, er machte eine eindeutige Handbewegung quer über seinen Hals.

»Mit anderen Worten: Du ...«, und mit einem Seitenblick auf Angermüller korrigierte sich Jansen, »Entschuldigung: Sie haben also den Mühlenhof nicht um zwei Uhr verlassen?«

Mit einem halb verlegenen, halb spitzbübischen Grinsen bestätigte der Kubaner Jansens Feststellung.

»Und was haben Sie in der Zeit danach gemacht?«

»Hab ich gewartet draußen auf schöne Señora. Vielleicht später noch neue Chance für Felipe, alles klar?«

»Und?«

»Nix Chance für Felipe – da, blonde Jungs, alles klar?«, und er zeigte auf Oliver, der offensichtlich am liebsten im Erdboden versunken wäre vor Scham, da nun klar wurde, dass sie bei ihrem intimen Beisammensein mit Margot Sandner nicht einmal unbeobachtet gewesen waren.

»Blonde Jungs und schöne Señora …, maldito!«

Felipe verdrehte die Augen und mit großer Eleganz bewegte er zwei-, dreimal sein Becken vor und zurück. Der Blick, den er dabei zu Oliver sandte, drückte fast so etwas wie Bewunderung aus. Der Junge wusste nicht, wo er hinsehen sollte vor Peinlichkeit.

Das Klingeln von Angermüllers Handy war zu hören und er zog sich in den winzigen Flur zurück, um den Anruf entgegenzunehmen. Niemann, der sich immer noch in der Warstedter Dienststelle befand, war am Apparat.

»Na, kommt ihr vorwärts?«

»Das kann ich nicht sagen. Gerade eben haben sich zwei Alibis, von dem jungen Kampmann und dem Kubaner, unerwarteterweise gegenseitig bestätigt – schön für die Zeugen, schlecht für uns. Vorerst jedenfalls sieht es so aus, als seien die beiden raus aus dem Spiel. Was gibt's?«

»Mir ist bei den Vernehmungsprotokollen aufgefallen, es gibt da einen gewissen Krischan Lage, den auch viele der Gäste erwähnenswert fanden. Er stammt aus Warstedt und ist so was wie ein Penner, gefallener Sohn aus gutem Hause. Er war zwar bei Kampmanns nicht eingeladen, aber wenn es irgendwo umsonst was zu saufen gibt, ist er da.«

»Und warum findest du das auch bemerkenswert?«, wollte Angermüller wissen.

»Erstens war dieser Lage wohl auch bis ganz zum Schluss auf dem Fest und hat sich ordentlich volllaufen lassen und zweitens weiß keiner, wo er seitdem abgeblieben ist. An den Orten, an denen er sich gewöhnlich aufhält, war er bis heute Abend nicht anzutreffen.«

»Stimmt, das ist nicht uninteressant, das sollten wir im Hinterkopf behalten. Ihr gebt mir Bescheid, sobald ihr diesen Krischan Lage aufgestöbert habt.«

»Ja, klar. Und nun noch das Thema neue Besen kehren gut: Also, unsere Frau Kruse hat bei der Durchsicht der Aussagen was festgestellt, aber das will sie dir gleich selbst sagen. Im Übrigen machen wir dann hier Schluss für heute, wenn du einverstanden bist ...«

»Eins könnt ihr noch tun: Den jungen Kampmann nach Hause fahren – wir müssen noch mal zu der Osterholz-schen Villa, ein letztes Mal hoffentlich, um da Unklarheiten zu beseitigen!«

»Na, wart's erst mal ab, wo du jetzt hinfahren musst ... Aber klar, machen wir! Wo ist der junge Mann?«

»In dieser so genannten neuen Siedlung, Drosselweg 5.«

»O.k. – dann übergebe ich an die neue Kollegin!«

»Ja, mach's gut!«

»N'Abend, Herr Hauptkommissar!«

Der Stimme von Anja-Lena Kruse war eifrige Ungeduld anzuhören.

»Guten Abend, Frau Kruse – was haben Sie herausgefunden?«

»Wir haben die Zeiten von den Alibis noch einmal verglichen, vor allem von denen, wo mehrere Leute zusammen waren und dabei ist mir was aufgefallen: Der Kampmann ...«

»Welcher Kampmann?«

»Also, der Franz Kampmann hatte angegeben, dass er bis halb fünf in dieser Kneipe war. Aber seine Freunde haben übereinstimmend ausgesagt, dass er kurz nach drei dort schon wieder gegangen ist und laut seiner Frau ist er frühestens gegen fünf zu Hause gewesen. Da klafft eine Riesenlücke, der man vielleicht einmal auf den Grund gehen müsste.«

»Stimmt! Das haben Sie sehr gut beobachtet, Frau Kruse! Ein guter Anfang – weiter so! Dann sehen wir uns gleich. Und wenn Sie uns zum Mühlenhof gefahren haben, machen Sie erst mal Feierabend für heute, das haben Sie sich verdient!«

Dann musste Jansen eben allein zu Ben Osterholz fahren, aber das war auch kein Problem und er würde sich um Kampmann senior kümmern. Zwei Ansätze waren im Sande verlaufen, da ergab sich fast wie von selbst ein neuer Anfang, wo sie den Faden wieder aufnehmen konnten. Manchmal glich Ermittlungsarbeit eben der des alten Sysiphos … Angermüller ging ins Zimmer zurück, wo Jansen die Vernehmung beendet hatte und gerade den kleinen Recorder abschaltete. Während Felipe schuldbewusst bei Oliver Kampmann um gut Wetter buhlte, unterrichtete Angermüller seinen Kollegen leise über die neueste Entwicklung.

»Ja, Kumpel – alles klar?«, fragte der Kubaner immer wieder fast ängstlich besorgt den jungen Kampmann, der erst zögerte, sich dann aber von diesem Drängen geschlagen geben musste und seufzte:

»O.k.!«

Ein glückliches Strahlen breitete sich in Felipes Gesicht aus und er wiederholte ununterbrochen:

»O.k. Kumpel, alles klar, Kumpel, o.k.«

Mehr gab sein deutscher Wortschatz nicht her, um die große Erleichterung zu beschreiben, dass er Oliver so eine Art Absolution abgerungen hatte.

Obwohl es dafür keinen Grund gab – schließlich hatte der Kubaner bei seiner ersten Befragung nicht die Wahrheit gesagt und deshalb hatten sie ihn hier in seinen vier Wänden aufsuchen müssen – hatte Angermüller das Gefühl, ihm eine freundliche Geste zu schulden. Das war sein altes Problem: Er spürte das Gewicht der ganzen Welt auf seinen Schultern und fühlte sich verantwortlich für die unreife Fremdenfeindlichkeit der dummen Jungs auf dem Spielplatz und die dumpfe Aggressivität der Parolen im Hausflur. Also fragte er, ob sich Morales denn in Deutschland wohl fühle und legte sich dabei schon eine gut formulierte Erklärung für das Verhalten engstirniger Zeitgenossen sowie eine Solidaritätsbekundung im Namen aller aufgeklärten Bürger zurecht. Allein, zu seinem großen Erstaunen: Morales war begeistert! Er war in seiner Lobeshymne auf die Wohn- und Arbeitsverhältnisse hier, die Behörden und die Ordnung, auf Deutschland und die Deutschen nicht mehr zu stoppen, so dass Angermüller nur ernüchtert sagte: »Na, das ist ja schön zu hören, Herr Morales … aber wir müssen jetzt leider weiter.«

Sie verabschiedeten sich und der Kubaner wünschte ihnen von ganzem Herzen: »Und schöne Abend noch, Señores!«

»Wir werden uns bemühen, Danke ebenfalls!«, antwortete Angermüller und im Flur fragte er Jansen: »Würdest du dich hier wohl fühlen an seiner Stelle?«

»Auch nicht an meiner Stelle, in dieser Miefkaserne … Aber für so'n armen Kubaner ist das hier der totale Luxus!«

Natürlich hatte Angermüller die Frage anders gemeint, doch Philosophieren über das Leben als Ausländer in Deutschland war nicht Jansens Thema.

»So, ich leg dann mal einen Zahn zu«, rief er und sprang in langen Schritten die Treppe hinunter.

»Wir sehen uns später!«

Angermüller wandte sich an Oliver, der immer noch einen sehr unglücklichen Eindruck machte:

»Kollegen fahren uns beide jetzt zu dir nach Hause. Wir haben sowieso noch bei euch zu tun. Falls sich neue Fragen ergeben, wissen wir ja, wie wir dich erreichen können.

Und wenn ich dir noch einen ganz persönlichen Rat geben darf«, er legte dem Jungen, der betreten zu Boden sah, seine Hand auf die Schulter:

»Erzähl deiner Freundin alles, wenn sie dir wichtig ist ...«

8

Makellos und akkurat wie die Beine einer Revuetanztruppe reihten sich sechs Hasenkeulen mit elegant angewinkelten Läufen in dem Weidenkorb aneinander und harrten ihres Auftritts. Diese sechs mageren, zarten Wildteile aus bestem Muskelfleisch waren quasi Linas Passierschein auf dem Weg in Trudes Küche gewesen, um dort so nah wie nur möglich am Ort desselben, Informationen aus erster Hand über das grausige Verbrechen zu erlangen, das seit den Mittagsstunden die Einwohner von Warstedt beschäftigte.

Lina Erichsen war die Bäuerin vom Nachbarhof, eine lebhafte Sechzigjährige, ebenso redselig wie neugierig und so wohlhabend wie geizig. Sie und ihr Mann, Erich, hatten vor einiger Zeit ihre großen Ländereien in stadtnaher Lage bestens verkaufen können und genossen seitdem ihr Leben auf Reisen, beim Tennis, auf der Jagd oder beim Golf. Aber letztendlich langweilte sich Lina unendlich ohne die gewohnte Arbeit, was sie natürlich nie zugegeben hätte und war immer auf der Suche nach Abwechslung. Und so hatte sie sich nach dem ostersonntäglichen Kaffeetrinken mit dem Korb unterm Arm zu ihrer Nachbarin aufgemacht.

»Der Erich het secht, bring man die paar S-tücke Fleisch zu unsern Nachbars – für uns zwei alte Lüüt is dat ja man zuviel. Und ihr hebt ja auch Besuch. Nu ja, ihr seid jetzt zwar ein Esser weniger ...«

So hatte Lina versucht, ihr Auftauchen am späten Nachmittag zu erklären und gleichzeitig hatte sie geschickt ihr eigentliches Thema zur Sprache gebracht. Natürlich stimmte kein Wort, denn wenn Trude sonst einmal wegen Wildfleisch aus Erichs Jagd nachfragte, hatte es meist geheißen, dass sie gerade genug für den Eigenbedarf hätten. Wie dem auch sei, man konnte Lina Erichsen nicht einfach so aus der Küche schmeißen, denn auch sie gehörte zu dem Kreis der Damen, die in Warstedt den Ton angaben und über Daumen oben – Daumen unten entschieden.

»Wenn ich bedenke, dass ich gestern noch mit der Toten ges-prochen habe ... Und sie war ja man eine schöne Person, deine Freundin ...«

Wohlig schaudernd hatte die Nachbarin, die S von T oder P getrennt sprach, sich an das Fest in der Scheune erinnert und dabei versucht, Trude weitere Einzelheiten zu entlocken.

»Es tut mir leid, Lina. Ich weiß selbst kaum etwas ...« hatte diese sich jedoch immer wieder entzogen. Freundlich aber bestimmt.

»Aber hast du sie nicht gefunden?«

So war das eine ganze Weile gegangen, bis Lina endlich gemerkt hatte, dass sie Trude zu keiner Spekulation über den Mörder würde verleiten können und sie mit ihrer Neugier auf Granit biss. Und indem sie hier einen Topfdeckel angehoben hatte – Aalsuppe! Heb ich dir schon mal unser altes Familienrezept geben? – dort einen Vorhangstoff befühlt hatte und da einen Blumenstrauß bewundert, hatte Lina langsam den Rückzug von ihrer erfolglosen Mission angetreten. Mit einem letzten, bedauernden Blick auf den Korb mit den Hasenkeulen, hatte sie sich von Trude verabschiedet und wahrscheinlich schon in dieser Minute ihre unüberlegte Großzügigkeit, die so ohne jede Gegenleistung geblieben war, von Herzen bereut.

Als traditionsbewusste Köchin hatte Trude für den Ostermontag ein Lamm geplant und wollte diese unverdient über sie gekommenen Hasenkeulen gleich in ihre Tiefkühltruhe packen. Doch irgendwie war sie nicht mehr dazu gekommen und erinnerte sich nun erst spätabends, dass das Wild noch in einem Korb in ihrer Speisekammer stand. Zerstreut wühlte Trude in den Schubladen nach passenden Plastikbeuteln, um darin die Hasenkeulen zu verpacken. Ihre Gedanken waren woanders. Zwischen Gelassenheit und Verärgerung, Besorgnis und Erleichterung waren ihre Gefühle den ganzen Tag schon Achterbahn gefahren und jetzt kam dazu noch Verwirrung und Angst.

Vor einer halben Stunde war einer der Kriminalbeamten, der große Franke mit der ruhigen Art, auf den Hof gekommen und hatte Oliver zurückgebracht. Der machte zwar nicht gerade einen glücklichen Eindruck, doch der Kommissar sagte, sie hätten nur noch einmal seine Aussage überprüfen müssen und vorerst sei alles erledigt. Olli hatte sich sofort in sein Zimmer zurückgezogen, das »Do not disturb« Schild an die Tür gehängt und Trude hörte ihn kurz darauf telefonieren. Das war natürlich eine große Erleichterung und sie hatte die Neuigkeit sofort Elsbeth mitgeteilt, der vor Freude die Tränen kamen.

Was sie jetzt jedoch beunruhigte, war die Tatsache, dass dieser Kommissar schon seit einer halben Stunde mit Franz im Herrenzimmer war, um noch ein paar Fragen zu klären, wie er das ganz harmlos ausdrückte. Natürlich befürchtete sie vor allem, dass ihre unklare Aussage von heute Mittag Franz jetzt Schwierigkeiten bereitete. Doch viel schlimmer war, dass ihr immer wieder Zweifel kamen, ob Franz ihr die Wahrheit gesagt hatte und ob er nicht doch etwas mit Margots Tod zu tun hatte. Und für dieses Misstrauen, für diesen ungeheuerlichen Verdacht, auch wenn er noch so leise war, schämte sie sich gleichzeitig über die Maßen. Wie konnte sie nur annehmen, dass der Mensch mit dem sie jetzt schon seit fünf Jahren unter einem Dach lebte, den sie liebte und dem sie doch vertrauen wollte, mit dieser grässlichen Tat etwas zu tun haben könnte? Und doch, es gelang ihr nicht, den bohrenden Zweifel ganz beiseite zu schieben.

Ohne ihren sich im Kreis drehenden Gedanken entkommen zu können, hatte Trude nebenbei das Fleisch verpackt, beschriftet und in die Tiefkühltruhe gelegt. Nun musste sie sich um das Lamm für den morgigen Tag kümmern und war froh, sich damit ablenken zu können. In Rezepten zu schmökern, mit duftenden Zutaten zu arbeiten, ihre unterschiedliche Beschaffenheit in den Händen zu spüren und daraus wohlschmeckende Speisen zu bereiten, war für Trude immer noch die beste Therapie gegen jede Art von Befindlichkeitsstörungen. Sie griff ins Regal über der Arbeitsplatte und nahm »Geschmack und Vorurteil« heraus, ihren Bestseller über die englische Landhausküche, um sich noch einmal anzuschauen, was sie sich vorgenommen hatte. Weder Betty noch Iris hatten geäußert, dass sie aufgrund der Ereignisse ihre Pläne ändern wollten und so ging Trude davon aus, dass sie wie geplant erst am morgigen Abend abreisen würden, man also noch ein gemeinsames Mittagessen vor sich hatte – mit welchem Appetit und welcher Stimmung auch immer …

Der kräftige, säuerliche Geruch eines guten Malzessigs mischte sich bald mit den intensiven Aromen von Knoblauch, Gewürznelken, Rosmarin und Thymian und die beiden zartrosa Lammkeulen tauchten ein zum Bad in die kräftige Beize. Da Trude gerne so früh wie möglich mit den Vorbereitungen für ein etwas aufwendigeres Essen begann und jetzt eh nach Ablenkung suchte, holte sie sich anschließend die frischen Gemüse aus der Speisekammer, die sie morgen zum Fleisch reichen wollte. Sie saß am Tisch, putzte weiße und gelbe Rübchen und fädelte zarte Schoten ab, als es klopfte und auf ihr »Herein« der Kommissar den Kopf durch die Tür steckte.

»Frau Kampmann, darf ich eintreten?«

Was wollte er von ihr? Trude musste sofort an ihre ziemlich unvollständigen, wenn nicht gar falschen Angaben zu Franz' Verbleib in der letzten Nacht denken. Sie schrapte weiter ihre Möhren und sagte so freundlich wie möglich:

»Natürlich«, und bot dem Kommissar einen Platz bei sich am Küchentisch an. Umständlich schälte er sich aus seinem grünen Lodenmantel, setzte sich und sah interessiert auf ihre Hände, die flink und geschickt mit den zarten Gemüsen umgingen.

»Sie sind schon wieder fleißig für Morgen? Was gibt's denn?«, fragte er und hob dabei neugierig schnuppernd seine Nase in die Luft. Mit dieser Frage hatte Trude eigentlich nicht gerechnet, doch sie antwortete gerne:

»Ich bin sehr traditionell in solchen Dingen: An Ostern gibt es natürlich Lamm, nach einem alten englischen Rezept mit Kapernsauce und dazu Frühlingsgemüse und Röstkartoffeln.«

»Ach ja, bestimmt nach einem Rezept aus ihrem Buch – toll!«

»Sie kochen auch viel selbst?«, fragte ihn Trude.

»Viel zu selten! Mein Beruf, wissen Sie, die Überstunden … Ich will aber nicht jammern – ja, Kochen ist eine meiner Lieblingsbeschäftigungen, wenn ich mal die Zeit habe …«

Seltsam dieser Kriminalbeamte, dieser Kommissar – wie hieß er noch, dachte Trude? Ach ja, Angermüller. Mit seinen dichten, braunen Locken und dem Vollbart hätte sie sich ihn als Kneipenwirt oder Ökobauer vorstellen können, dazu noch die Jeans und der Lodenmantel – er passte jedenfalls nicht in das übliche Klischee. Außerdem prangte auf seinem weißen Hemd ein ziemlich auffälliger Fleck, aber so etwas bemerkte er wahrscheinlich gar nicht. Vielleicht

169

schätze ich ihn aber auch vollkommen falsch ein und er will mit seiner seltsamen Art die Leute verunsichern, indem er erst mal vom Thema ablenkt und ist ein ganz Hinterlistiger, überlegte Trude und fragte munter:

»Na, konnten Sie Ihre noch offenen Fragen mit meinem Mann klären?«

»Im Prinzip, ja. Ich muss nur noch auf meinen Kollegen warten und dann sind wir erst mal fertig für heute. Aber, was ich noch gerne von Ihnen wissen würde…«

Angermüller sah sie aufmerksam an, »warum haben Sie uns nicht gesagt, dass Ihr Mann das Fest auch früher verlassen hat?«

Obwohl sie sich gegen diese Frage gewappnet hatte, war Trude nun doch davon überrascht.

»Hab ich das nicht? Oh, das tut mir leid … dann hatte ich es wohl vergessen …«

Unter dem forschenden Blick aus seinen durchaus freundlich blickenden, braunen Augen fühlte sie sich ausgesprochen unwohl und kam fast ins Stottern.

»Na ja, es ist jetzt auch nicht mehr wichtig. Wann war Ihr Mann wieder zu Hause?«

Trude hatte beschlossen, so nah wie möglich an der Wahrheit zu bleiben, denn anderes hatte Franz ja nicht erwartet und so gab sie zu:

»Ich kann das so genau gar nicht sagen. Ich weiß nur, ich war so um fünf Uhr im Bett und Franz kam dann später, ich habe es leider nur im Halbschlaf mitbekommen …«

»Ah so …«, brummte Kommissar Angermüller und sah in seine Notizen. Ihre Antwort schien ihn kaum noch zu interessieren. Es klingelte an der Tür.

»Das wird mein Kollege sein!«

Angermüller stand auf und griff nach seinem Mantel.

»Schade, ich hätt gerne noch ein bissl mit Ihnen geplaudert. Vielleicht ein andermal!«

Trude brachte ihn zur Tür, wo sein Kollege ihn erwartete. Was hat er nun eigentlich von mir gewollt, überlegte sie, als sie hinter ihm abschloss. Das Klingeln des Telefons holte sie aus ihren Gedanken.

»Hallo Babs! Wie gut dass du anrufst! Ich brauche jetzt wirklich jemanden zum Ausheulen! Du kannst dir nicht vorstellen, was ich heute schon alles mitgemacht habe ...«

»Trude, ich wollte eigentlich mit Franz sprechen ...«

»Ach so.«

Trude nahm das Telefon vom Ohr und warf einen verwirrten Blick darauf.

»Moment, ich gebe ihn dir.«

Sie brachte Franz, der schon den Kopf aus der Tür des Herrenzimmers steckte, als ob er darauf gewartet hätte, das Telefon.

»Für dich – Babs.«

»Danke.«

Franz nahm den Apparat entgegen, ging zurück uns Herrenzimmer und schloss die Tür hinter sich.

»Rot oder weiß, was darf ich dir anbieten Georg? Ich habe hier einen Gewürztraminer aus dem Elsass in ordentlicher Qualität und einen ganz ausgezeichneten Barbera d'Asti.«

Steffen von Schmidt-Elm tat alles mit Stil, auch wenn er seinen Freund in der armseligen Teeküche des rechtsmedizinischen Instituts empfing und nun zu seinem Entsetzen feststellen musste, dass die letzten beiden unbeschädigten Weingläser auch noch verschwunden waren.

»Ich nehme eine Tasse von dem Barbera, bitte!«, antwortete der Kommissar. Steffen, der auch in seinem grünen Kittel und den weißen Clogs eine ausgezeichnete Figur machte und wie aus dem Ei gepellt wirkte, schlug die Hände zusammen.

»Hach, wenn ich das gewusst hätte! Natürlich hätte ich die Flasche längst entkorkt. Jetzt hat dieser edle Tropfen noch gar nicht atmen können …«

Georg Angermüller, dem man ansah, dass er nicht mehr der Frischeste war – sein Hemd zerknautscht, die Haare wild im Einsteinstil und das Gesicht müde – beruhigte seinen Freund:

»Ich lass den Wein einen Moment stehen.«

In diesem Bau konnte er Essen und Trinken ohnehin nicht so recht genießen. Man war sich immer bewusst, dass der Sektionsraum gleich um die Ecke lag und die großen Kühlschränke ein paar Räume weiter auch nicht leer waren. Ständig meinte er, den Geruch der chemischen Mittel, mit denen hier gearbeitet wurde, in der Nase und einen eigenartigen Geschmack auf der Zunge zu haben. Bisher hatte er es aber nicht gewagt, Steffen seine diesbezüglichen Vorbehalte zu gestehen …

»Seid ihr weitergekommen?«, fragte Steffen seinen Freund. Der rieb sich müde die Augen.

»Wie man's nimmt. Drei Leute, die in der ersten Reihe als in Frage kommende Täter standen, sind wieder weit nach hinten gerückt – vorerst … Ben Osterholz hat die Aussage seines Freundes Oliver Kampmann bis ins Detail bestätigt und auch ihre Zeitangaben scheinen plausibel. Und der Kubaner hat die Richtigkeit ihrer Angaben noch einmal bekräftigt. Jetzt interessieren wir uns für einen seit gestern Nacht abgängigen Festbesucher, so eine Art stadtbekannten Penner, aber den müssen wir erst einmal finden …«

Er schilderte in groben Zügen die Ereignisse der Tatnacht, wie sie sich nach den Aussagen der beiden Jungen und des Kubaners darstellten. Angermüller seufzte.

»Wie unangenehm das manchmal ist, im Beziehungsgestrüpp der Leute herumzuwühlen und irgendwelche Dinge ans Licht zu zerren, die dann jemandem schaden oder weh tun, der mit der Tat gar nichts zu tun hat …«

Steffen schaute ihn fragend an und Georg versuchte zu erklären:

»Oliver, der Junior vom Mühlenhof, hat Schiss, seine Freundin zu verlieren, wenn sie von der Geschichte mit Margot Sandner hört und natürlich wird das Mädel todunglücklich sein. Sein Vater, der Kampmann senior, hatte bei seinem Alibi falsche Angaben gemacht und als ich ihn noch einmal dazu vernommen hab, sagt er mir ganz gelassen, er sei noch bei einer alten Freundin gewesen und ich könnte doch sicher verstehen, dass er nicht möchte, dass seine Frau das erfährt. Deshalb habe er nicht die korrekten Zeiten genannt. Sie sei sehr sensibel in solchen Dingen!«

»Ich schätze mich ja so glücklich, dass ich nicht in diese grausamen Mann-Frau-Spiele involviert bin!«, grinste Steffen und machte dazu mit ironischer Affektiertheit eine wegwerfende Handbewegung.

»Darüber sprechen wir ein andermal, mein lieber Steffen! Jedenfalls ist Jansen gleich zu der Freundin gefahren und die hat die Angaben glaubhaft bestätigt. Aber weißt du, diese Frau Kampmann ist eine ausgesprochen sympathische Person und eine sehr interessante dazu und sie tut mir einfach leid. Ich habe ihr ja dann noch mal auf den Zahn gefühlt und die weiß wirklich nichts davon, dass ihr Mann da was laufen hat. Sie hat sogar versucht, ihn mit ihrer Aussage zu schützen.«

»Und du hast ihr nichts gesagt?«

»Warum? Für unsere Ermittlungen ist es – wenigstens bisher – unerheblich und du weißt, dass der Überbringer schlechter Nachrichten immer damit identifiziert wird. – Auf die Liebe, Prost!«

Sie hoben ihre Tassen und Steffen ergänzte:

»Auf noch viele Lieben, hoffentlich!«

Angermüller stellte seine Tasse ab.

»Sagt dir der Name Gertrud Kampmann nichts? Die Frau ist die Autorin des Kochbuchs »Geschmack und Vorurteil«, das einen Überblick über die englische Landhausküche seit Jane Austen liefert ...«

»Nein, wie interessant! Bei meinem nächsten Besuch in einer Buchhandlung werde ich mein Augenmerk darauf richten. Du kennst meine leidenschaftliche Zuneigung zum British Empire!«

»Ja, dann kannst du dich beim Kochen fühlen, wie Charles auf seinem Landgut oder besser: Du stellst dir vor, du erwartest ihn nach der Fuchsjagd zum selbst bereiteten Dinner!«

»Du sagst es! So lange es mir verwehrt ist, His Royal Highness persönlich kennen zu lernen, immerhin ein kleiner Trost!«

Steffen hatte ein Faible für den englischen Prinzen und geriet allein in Verzückung, wenn er dessen näselnde, vorbildhafte Aussprache zu hören bekam und es gelang Georg Angermüller nicht, ihn damit aufzuziehen, denn Steffen stand zu seiner Marotte.

»Aber zurück zum Thema, Herr Doktor, hast du noch interessante Erkenntnisse für mich?«

Steffen drehte sich auf seinem Stuhl und langte nach einer Klarsichthülle mit verschiedenen Papieren auf dem Tisch hinter sich.

»Ob es für dich interessant ist, musst du dann entscheiden. Soll ich dir meine Ergebnisse am Objekt erläutern? Wollen wir in den Sektionsraum wechseln?«

»Ich denke, das wird nicht nötig sein. Ich vertraue voll und ganz deinen Erklärungen.«

»Nun denn. Dann bleiben wir heute hier.«

Steffen wusste genau, dass sein Freund nur wenn es absolut unvermeidbar war, seinen eigentlichen Arbeitsplatz betrat, doch schien es ihm Freude zu bereiten, ihn jedes Mal wieder zu einer Ausrede zu zwingen. Er rückte seine elegante Brille zurecht.

»Also, als Todesursache haben wir die Strangulation ermittelt, das Opfer ist erstickt. Ich schildere dir kurz, wie ich mir die Abfolge vorstelle: Die Frau versuchte, über den Weidezaun zu klettern und ist dabei gestürzt und gefallen – und zwar auf den Hinterkopf, wie man an einer dort vorhandenen Platzwunde feststellen kann. Ob sie dabei bewusstlos wurde, kann ich leider nicht mehr feststellen. Von dem Zaun hing ein loses Stück Draht herunter, lang genug, um es mehrmals um einen menschlichen Hals zu schlingen und das hat dann auch jemand getan und kräftig daran gezogen, während die Frau auf dem Boden lag. Aber sie hat sich wahrscheinlich heftig zur Wehr gesetzt: In ihrer linken Hand fanden wir Stofffasern ...«

»Welche Farbe?«

»Schwarz. Wahrscheinlich Leinen oder grob gewebte Baumwolle, das werden wir noch genau eruieren. Und wir hatten das Glück, dass ihre rechte Hand nicht die ganze Zeit unter Wasser lag, sondern zufällig auf einem großen Stein, denn ...«

Steffen zog das nächste Blatt Papier aus seiner Mappe und führte weiter aus:

»Unter vier ihrer Nägel, nicht unter dem Daumen, haben wir blutige Hautpartikel gefunden. Danach zu urteilen, muss jemand vier kräftige Schrammen haben – im Gesicht, am Hals, am Arm? Das können wir leider nicht lokalisieren. Ihr müsst herausfinden, wessen Haut es ist und ob sie dem Täter gehört. Und ihr solltet euch sputen, bevor die Kratzer verheilt sind.«

Georg musste gähnen und sah auf die Uhr.

»Nach elf schon! Entschuldige, nicht dass du denkst, ich langweile mich! Ich bin ziemlich fertig. War ein langer Tag heute!«

»Dabei hat er doch mit deiner reizenden Schwiegermutter so überaus angenehm angefangen!«, zog Steffen seinen Freund auf.

»Das hatte ich schon völlig verdrängt! Aber mach weiter. Das ist hochinteressant!«

»Also, der Fundort ist nicht der Tatort. Die Tote wurde erst anschließend an den Armen, auf dem Bauch liegend in den Weiher geschleift …«

»Das heißt …«, sinnierte Georg Angermüller, »der oder diejenige, der das gemacht hat, hat höchstwahrscheinlich nasse Füße bekommen.«

»Es sei denn, er hatte Gummistiefel an, wie auf dem Lande in Schleswig-Holstein üblich«, gab Steffen zu bedenken.

»Und der Todeszeitpunkt, Steffen: Du sagtest zwischen drei und sieben. Geht's nicht ein bisschen präziser?«

»Du weißt, dass ich mich da nicht genau festlegen will. Höchstens würde ich noch sagen, eher später als früher in dieser Spanne … Wenn du eine private Einschätzung hören willst: um fünf Uhr herum.«

»Na gut. Zusammen mit dem, was mir unsere Jungs von der Spurensicherung morgen hoffentlich noch erzählen werden, ist das doch eine gute Grundlage für unsere weitere Arbeit!«

»Sind eigentlich die Kondome, die in der Scheune gefunden wurden, noch von Bedeutung für euch?«, wollte Steffen von Schmidt-Elm wissen. Angermüller wiegte unentschlossen seinen Kopf hin und her.

»Wir wissen ja inzwischen, dass die beiden Jungens sie benutzt haben. Einerseits. Eine offene Frage ist aber nach wie vor die fehlende Unterhose des Opfers. Ich bin ziemlich sicher, dass keiner von den beiden jungen Männern sie als Souvenir eingesteckt hat und das kann zum Beispiel heißen, dass noch jemand letzte Nacht der Margot Sandner ziemlich nahe kam. Also könnten die Kondome beziehungsweise ihr Inhalt doch noch von Bedeutung sein. Dieser Penner? Oder doch irgendein anonymer Perverser, der die Frau beobachtet hat? Wir werden sehen …«

Der immer dringlichere Ton eines Handys erklang und Angermüller begann hektisch in seinen Hosentaschen zu fummeln. Sein Freund beobachtete ihn mit süffisantem Lächeln, bis Georg endlich in einer Tasche seines Mantels, der über der Stuhllehne hing, fündig wurde. Er meldete sich und statt eines Anrufers hörte er die freundliche Stimme seiner Mobilbox.

Trude war in ihre Küche zurückgekehrt und putzte das Gemüse zu Ende. Als sie damit fertig war, suchte sie nach einer anderen Tätigkeit, aber es gab nichts mehr zu tun. So löschte sie das Licht, bis auf eine Röhre über der Spüle, setzte sich mit einem Glas Rotwein an den Küchentisch und beobachtete Lollo, der in seinem Körbchen lag und schlief und wahrscheinlich im Traum den einen oder anderen Hasen jagte, denn ab und an zuckten seine Läufe aufgeregt und er gab ein leises Knurren von sich. Die Stimmung war ausgesprochen friedlich, die Schafe hatten sich in ihren Unterstand zurückgezogen und in dem kleinen Weiher, der in der Mitte ihrer Koppel lag, spiegelte sich die runde Scheibe des Mondes. Bis auf Lollos Schnaufen und das Ticken der großen, alten Uhr war es im Raum ganz still.

Aber, dachte Trude, mein Herz klopft so laut wie ein Vorschlaghammer – weshalb bin ich nur so aufgeregt? Als sie die Tür vom Herrenzimmer hörte, wurde ihre Spannung fast unerträglich. Ja, sie hatte Fragen. Fragen an ihren Mann. Eigentlich nichts Besonderes. Doch sie fürchtete sich vor den Antworten.

Franz kam herein und legte das Telefon in die Ladeschale. Er sah nicht zu ihr hin und sie dachte, was ist nur los hier?

Verdammt, er muss mir doch jetzt etwas zu sagen haben! Endlich trat er zu ihr an den Tisch.

»Worüber hat dieser Kommissar Angermüller mit dir gesprochen?«

»Genau das wollte ich dich auch fragen!«

Franz ging darauf nicht ein und wiederholte:

»Was wollte er von dir?«

»Das kannst du dir ja denken: Es ging natürlich noch einmal um meine Angaben von heute Morgen. Aber zum Glück schien ihm das gar nicht mehr so wichtig zu sein, denn du hast ihm wohl jetzt gesagt, wo du warst, oder?«

Franz sah sie zwar aufmerksam an, aber sehr gesprächig schien er nicht.

»Hmm«, brummte er und wollte dann wissen, ob der Kommissar mit ihr über seine Aussage gesprochen hatte.

»Er hat nur gesagt, dass so weit alles in Ordnung ist.«

Franz nickte zufrieden, zupfte an seinem grauen Schnauzer und sagte dann mit einem spöttischen Ausdruck im Gesicht:

»Na siehst du. Jetzt weißt du aus erster Hand, dass du keinen Mörder durch falsche Aussagen decken musst!«

Fast wäre Trude errötet, als Franz ihre heimlichen Ängste so offen aussprach, doch er bemerkte nichts von ihrer Verlegenheit und fuhr nachdenklich fort:

»Aber ich würde doch gerne wissen, wer deine Freundin auf dem Gewissen hat. Man kann sich ja eigentlich nicht vorstellen, dass es irgendeiner hier aus unserer Gegend war, jemand, der als Gast auf unserem Fest war …«

Trude hob nur resignierend ihre Schultern und sagte:

»Ach weißt du, ich glaube man bekommt nie alle Seiten eines Menschen zu sehen und wenn man ihn noch so lange kennt. Wer weiß, welche Abgründe in uns allen verborgen sind und welche Überraschungen wir noch erleben werden.«

Trude konnte nicht wissen, wie recht sie hatte. Franz gähnte:

»Ich sag dir Gute Nacht, ich muss mich auf's Ohr legen. Ich bin noch etwas geschädigt von gestern ...«

»Dann schlaf gut und erhole dich! – Sag, was wollte eigentlich Babs von dir?«

Franz wandte sich zum Gehen:

»Ach, nichts Wichtiges.«

»Nichts Wichtiges? Entschuldige bitte, aber wenn Babs hier mitten in der Nacht anruft und dich sprechen will, was sonst nicht mal tagsüber vorkommt, dann ist das nichts Wichtiges? Was wollte sie denn?«

Trude sprach etwas lauter als nötig, denn sie fühlte sich irgendwie auf eine dumme Art abgewiegelt. Gut, sie hatte einen Fehler gemacht, als sie es zuließ, dass dieser ungeheuerliche Verdacht gegenüber Franz von ihr Besitz ergriff, aber wollte er sie dafür jetzt ewig strafen, indem er sie einfach ausschloss? Franz stand in der Tür und die Art wie er sie ansah, war ihr völlig neu, so distanziert und abwehrend. In einem sachlichen Tonfall, in dem ein bisschen Angriffslust mitschwang, sagte er:

»Es ist wirklich überhaupt nicht wichtig. Aber wenn du es unbedingt wissen musst, ist es wahrscheinlich besser, du erfährst es von mir: Die Polizei war vorhin auch noch einmal bei Babs, um sich mein Alibi bestätigen zu lassen.«

»Aber was hat sie denn damit zu tun?«

»Nach dem Besuch in der Kneipe, bin ich heute Nacht noch bei ihr gewesen.«

»Was?«

Trude fühlte, wie sich ihr Magen zusammenkrampfte und ihr Gehirn zum Brummkreisel wurde. Sie konnte nichts sagen, ihn nur ungläubig anschauen. Wie sehr hätte sie sich gewünscht, dass Franz zu ihr käme, sie in die Arme nähme und sie beruhigte. Doch er stand nach wie vor mit der Hand am Türgriff und resümierte mit kalter Logik:

»Ich habe befürchtet, dass du falsche Schlüsse ziehen würdest, wenn du das hörst, deshalb wollte ich auch nicht, dass du es erfährst. Und wenn das mit Margot nicht passiert wäre, hätte sich dieser völlig harmlose Besuch mit betrunkenem Kopp auch nicht zu so einer Staatsaffäre ausgewachsen. Es war nur ein ziemlich bekloppter Ausflug in die Vergangenheit und die wollten wir ja in beiderseitigem Interesse ruhen lassen …«

Das Brausen in ihren Ohren wurde leiser und langsam konnte sie wieder klar denken.

»Aber hier geht es doch nicht um Vergangenes, wenn du heute Nacht bei Babs warst …«

»Doch. Ich versichere dir noch einmal, dass es nichts mit jetzt und heute und dir zu tun hat. Und ich hoffe, du glaubst mir. Dass du ernsthaft annehmen konntest, ich hätte etwas mit dem Tod deiner Berliner Freundin zu tun, war für mich heute ein sehr deutlicher Beweis wie stark dein Vertrauen in mich ist …«

Oh Gott! Ihr dämliches Misstrauen hatte Franz offensichtlich viel schwerer getroffen, als er gezeigt hatte. Wohl oder übel würde sie jetzt keine weiteren Fragen stellen, auch wenn ihr das ziemlich schwer fiel. Wie sehr fühlte sie sich an die Zeit damals in Berlin erinnert. Und sie hatte so gehofft, so etwas nie wieder erleben zu müssen.

»Gute Nacht, Trude!«

Mit ernstem Gesicht verließ Franz die Küche und Trude blieb zurück mit dem Gefühl, dass es nicht so einfach sein würde, den Graben, der sich zwischen ihnen aufgetan hatte, wieder zuzuschütten. War das ihre Schuld? Sie erhob sich, kippte den Rest Wein in den Ausguss, stellte das leere Glas in die Spülmaschine, öffnete die Terrassentür und rief Lollo, um ihn noch mal kurz in den Garten zu lassen. Fröstelnd stand sie vor der Tür und beobachtete das Tier, wie es im Schein der Hoflampe hier schnüffelte, dort sein Bein hob, aufmerksam lauschte, im Dunkel verschwand und wieder zurückkehrte und schließlich vor ihr stand und, da sie sich nicht rührte, kläffend Einlass begehrte.

»Ja, komm rein Lollo! Gehen wir schlafen. Wir lösen alle Probleme morgen, einverstanden?«

9

So vorsichtig, wie es ihm nur möglich war, drehte sich Georg Angermüller auf die linke Seite. Er wollte Astrid, deren ruhige Atemzüge leise aus dem Bett neben dem seinen zu hören waren, auf keinen Fall stören. Er war schnell eingeschlafen, aber vor einer halben Stunde aus dem Schlaf hochgeschreckt, nass geschwitzt und von einer inneren Unruhe beherrscht. Der Wecker auf seinem Nachttisch zeigte vier Uhr. Er spürte seinen überladenen Magen und war wütend auf sich selbst.

Als er um Mitternacht nach Hause gekommen war, lag seine ganze Familie schon in tiefem Schlummer. Sein erster Weg führte ihn in die Küche und dort zum Kühlschrank und als er die Gaumenfreuden vor sich sah, die noch reichlich vom Festtagsfrühstück übrig geblieben waren, und ihre wunderbaren Aromen in seine Nase stiegen, gab er sich hemmungslos seinem Heißhunger hin. Nach einem langen Tag endlich in aller Ruhe nichts weiter tun als genießen! Über die unangenehmen Erlebnisse bei der Ermittlungsarbeit eine bunte Decke aus lukullischen Köstlichkeiten legen. Noch einmal diesen zarten Graved Lachs mit dem hausgemachten Dressing auf der Zunge zergehen lassen, von dem pikanten, roten Heringssalat naschen, der ihm wieder hervorragend gelungen war, in das kräftige Bauernbrot mit dem herzhaften Deichkäse beißen und eine Scheibe mürben Katenschinkens mit einem Hauch frisch gemahlenen Pfeffers verzehren – wider besseres Wissen wähnte Georg sich im Paradies. Dazu noch ein paar Gläschen von dem neuen

Rotspon, den er in einem altehrwürdigen Weinhandelskontor an der Trave entdeckt hatte – viel zu spät bemerkte er, dass er die Menge an Essen und Trinken, die ihm wohl tat, wieder einmal überschritten hatte und er ekelte sich vor sich selbst. Der Teufelskreis schloss sich: Er trank noch einen Digestif und ging mit dem vollen Bauch ins Bett, wo er sofort in unruhigen Schlaf fiel.

Und nun war auch das vorbei. Zwanzig nach Vier. Herrgott, alle paar Minuten schaute er jetzt auf diese dämliche Uhr und wälzte sich von einer Seite auf die andere. Er musste sich das abgewöhnen, diese ungezügelte Fresserei mitten in der Nacht und heute würde er schon mal auf das Frühstück verzichten …und überhaupt, er musste endlich abnehmen! Für seine Figur, seine Gesundheit und für Astrid. Doch die hatte anscheinend kein Problem damit und nannte ihn nur zärtlich »Starker Bär«. So wie jetzt auch wieder:

»Na, kann mein starker Bär nicht schlafen?«

Sie streichelte seine Schulter.

»Einfach Schäfchen zählen, Schorsch«, murmelte sie noch und gleich darauf hörte man sie leise schnarchen. Georg drehte sich auf die rechte Seite, dachte an den Mühlenhof und die Menschen dort und an den Anruf, der ihn bei Steffen auf seiner Mailbox erreicht hatte. An der Stimme hatte er sie gar nicht erkannt, denn die Frau flüsterte nur. Sie bat ihn um ein Treffen am nächsten Morgen um zehn im Café am Markt in Warstedt, sie hätte ihm etwas mitzuteilen in der Mordsache Margot Sandner. Erst als sie ihren Namen nannte, wusste er, dass es Betty Oppel war. Sie musste versucht haben, ihn zu erreichen, als er gerade in einem Funkloch steckte. Über das Rätseln, was diese Frau wohl so Wichtiges zu erzählen hatte, übermannte ihn dann doch irgendwann wieder der Schlaf.

Und nun war Ostermontagmorgen. Eigentlich hatten

sie heute Freunde besuchen wollen, die eine alte Kate an einem kleinen See im Lauenburgischen liebevoll restauriert hatten und dort jetzt in idyllischer Abgeschiedenheit lebten. Er war Maler und seine Frau, eine ehemalige Lehrerin, stellte einen fantastischen Ziegenkäse aus der Milch ihrer eigenen Herde her, der auf Märkten und in Feinkostgeschäften verkauft wurde. Georg war auf die neuen Bilder des Freundes gespannt und hatte sich mit der ganzen Familie auf einen Spaziergang um den See, eine gemütliche Fahrradtour längs des Kanals und ein Festessen auf der Terrasse oder im Wintergarten gefreut. Nun würden sie den Besuch ohne ihn machen müssen, was er vor allem wegen Astrid und der Kinder sehr bedauerte. Doch die Arbeit in einer Mordsache konnte man nicht auf die lange Bank schieben. Erfahrungsgemäß war alles, was in den ersten achtundvierzig Stunden geschah, richtungweisend für die weitere Arbeit und im Idealfall stand nach dieser Zeitspanne der Täter fest. Je länger sich die Ermittlungen hinzogen, in desto weitere Entfernung rückte die Lösung eines Falles.

Und während Astrid und die Zwillinge sich für ihre Fahrt aufs Land vorbereiteten und lebhafte Diskussionen über die passende Garderobe führten, saß Georg Angermüller in der Küche, vor sich eine Tasse kräftigen, englischen Tees mit viel Milch und Zucker und telefonierte mit dem Kollegen Friedemann von der Kriminaltechnik, berichtete Staatsanwalt Lüthge, was er jetzt vorhatte und erinnerte seinen Partner Jansen, dass er ihn gleich abholen sollte. Von seinem Platz am runden Holztisch konnte er nur ein kleines Stück Himmel über dem eingefriedeten Garten sehen und es war offensichtlich, dass es mit dem gestrigen, strahlenden Sommerwetter vorbei war. Bereits in der Nacht hatte es geregnet und die dahinjagenden Wolken in hellem Weiß bis bedrohlichem Dunkelgrau und ab und zu ein Fetzchen Blau dazwischen bewiesen, dass der hier heimische kräf-

tige Wind seine Arbeit wieder aufgenommen hatte und für
etwas mehr Abwechslung sorgen wollte.

Erst als Angermüller die beiden Stücke selbstgebackenen Osterzopf mit Butter und Vogelbeerkonfitüre, die seine
Mutter wie keine zweite herstellen konnte, fast gänzlich mit
großem Genuss verzehrt hatte, fiel ihm ein, dass er schon
wieder einen Eid gebrochen hatte. Doch satt und zufrieden wie er sich jetzt fühlte, verschob der Kommissar seine
geplante Askese auf einen späteren Zeitpunkt. Er wünschte
seiner Familie einen schönen Tag mit den Freunden und
bald darauf hockte er neben Jansen in dessen schwarzem
Lieblingsspielzeug und sie flogen über die um diese Stunde
noch leere Autobahn in Richtung Warstedt.

Auf dem Mühlenhof ließen die Umstände auch an diesem
Morgen kein gemütliches Frühstück in großer Runde zu.
Franz und Olli nahmen lustlos nur eine Kleinigkeit zu sich,
um schnell zu ihrem Segelboot zu kommen, dessen saiso-
nale Jungfernfahrt die Ereignisse am Vortag hatten ausfallen lassen. Es lag ein Schweigen über dem Tisch, das für
Trude von all dem Unausgesprochenen erfüllt war, das es
zwischen ihr und Franz noch zu klären gab. Olli, der bisher
nichts über seine Begegnung mit der Polizei hatte verlau-
ten lassen, bekam auch die Zähne nicht auseinander. Über
allen lag eine gedrückte Stimmung oder jedenfalls empfand Trude das so.

Betty ließ ausrichten, sie hätte irgendetwas in der Stadt
zu erledigen und Trude fragte sich genervt, was das wohl
Wichtiges sein konnte, zumal an einem Feiertag. Zwar hatte
sich Iris kurz zu ihr an den Tisch gesellt, aber mit dem Hinweis auf leichte Kopfschmerzen und Appetitlosigkeit nur
eine Tasse Tee getrunken und sich wieder in die Ferienwohnung zurückgezogen.

Also hatte Trude, die ohnehin keinen Gedanken an Essen

verschwendete, da sie ganz andere Fragen beschäftigten, den liebevoll gedeckten Tisch wieder abgeräumt, sich ins Auto gesetzt und war in die Stadt gefahren. Auf dem Marktplatz entdeckte sie Bettys Wagen, aber von der Freundin war nichts zu sehen. Sie schloss ihr Auto ab und machte sich auf den Weg zu dem Sträßchen hinter dem Rathaus. Sonst freute sie sich immer beim Gang über das urige Kopfsteinpflaster auf den niedlichen Anblick des geweißten Häuschens mit den roten Fenstersprossen und den liebevoll bepflanzten Kübeln davor, doch heute hatte sie dafür keinen Blick übrig. Beklommen bewegte sie den Messingklopfer an der rotweiß gestrichenen Haustür. Hier zu stehen und Nachforschungen über den Verbleib des Ehemannes anzustellen – nie hätte sich Trude das träumen lassen. Doch auch wenn ihr diese Situation schrecklich peinlich war, sie brauchte Gewissheit.

Babs öffnete. Sie trug einen langen Morgenmantel aus schwarzer Seide mit einem Muster aus roten Drachen und das dunkle Haar fiel lang über ihre Schultern. Als sie Trude sah, lächelte sie erfreut und schloss sie wie üblich einfach in ihre Arme.

»Schrecklich, was da bei euch passiert ist. Da musst du dich mal wieder richtig ausquatschen, was, meine Kleine?«, fragte sie in ihrer herzlichen Art und wirkte kein bisschen verlegen. Trude hatte nicht erwartet, so begeistert empfangen zu werden und entzog sich mit einem schiefen Lächeln der Umarmung.

»Ich bin eigentlich gekommen, um mit dir über Franz zu reden.«

»Soso«, sagte Babs und wirkte amüsiert.

»Dann komm doch erst mal rein. Willst du einen Kaffee, ich habe gerade frischen gekocht?«

Trude bejahte und als sie den gemütlichen Wohnraum betrat, umfing sie eine Geruchsmischung aus Zigaretten,

Kaffee und Babs' Parfum, die ihr wohl vertraut war. Wie oft hatten sie schon auf den bunten Polstern zusammengesessen und über Gott und die Welt beziehungsweise Warstedt gequatscht oder sich ihren Ärger über typisch männliche Eigenheiten von der Seele geredet, die jede Frau zur Weißglut bringen konnten. In dem vollgestopften Zimmer mit seinen vielen Teppichen, den seidenen Kissen, den Leuchtern, Skulpturen und Pflanzen fühlte sich Trude immer wie in einem orientalischen Palast.

Babs balancierte auf ihrem ägyptischen Messingtablett die Kaffeekanne, einen Topf Milch und zwei Tassen ins Zimmer und stellte alles auf dem Mosaiktisch vor Trude ab.

»Ich habe sowieso nicht verstanden, wieso Franz seinen Besuch bei mir um diese, zugegeben, etwas ungewöhnliche Uhrzeit als Top Secret behandeln wollte. Meine Erfahrung hat mir gezeigt, dass durch Geheimniskrämerei belanglose Kleinigkeiten zu riesigen Affären werden und eine Menge Missverständnisse und Ärger hervorrufen, die man durch Offenheit von Anfang an hätte vermeiden können. Na ja, das ist meine Sicht der Dinge ...«

Sie goss Trude einen Kaffee ein.

»Ihr beide scheint das ja etwas anders zu sehen ...«

»Wie meinst du das?«, fragte Trude abwehrend. Babs griff nach ihren Zigaretten und zündete sich eine an.

»Hattet Ihr, du und Franz, als ihr euch damals kennenlerntet, nicht beschlossen, eure Vergangenheit ruhen zu lassen? Du hattest wohl ziemlich unschöne Erfahrungen hinter dir und wolltest sozusagen ein neues Leben anfangen und alles, was vorher war, einfach vergessen ... Leider habe ich feststellen müssen, dass das so einfach nicht geht. Besser man stellt sich seinen Erinnerungen, irgendwann holen sie einen sowieso wieder ein.«

Babs bemerkte sofort, dass Trude dieses Thema äußerst

unangenehm war und legte ihr beruhigend eine Hand auf die Schulter.

»Ich habe dich ja nie danach gefragt und werde es auch nicht tun. Aber ich werde dir jetzt aus meiner Vergangenheit erzählen. Mein Gott!«

Babs lachte, »wie sich das anhört! Meine Vergangenheit! Also, Franz und ich haben es vor langer Zeit mal miteinander versucht. Das war kurz nach dem Tod von Ollis Mutter. Ich war neu in Warstedt, kannte kaum jemanden und Franz stand ja auch ganz plötzlich allein. Da hat es sich so ergeben – aber wie für dieses Kaff üblich, natürlich inoffiziell, weil Franz Angst hatte vor dem Getratsche, auch mit Rücksicht auf seine Schwiegermutter. Er ist hier eben unheimlich verwurzelt und akzeptiert sogar diesen verlogenen, kleinstädtischen Sittenkodex ... Es ging auch nicht lange gut mit uns – wir passen einfach nicht zusammen. Der honorige, brave Eingeborene und die zugereiste Exotin, manche sagen auch Schlampe ...«

Trude schüttelte abwehrend den Kopf.

»Lass man Trude. Heutzutage ist Warstedt ein weltoffenes, tolerantes Gemeinwesen im Vergleich zu dem geistigen Klima vor zwanzig Jahren! Und du weißt, wie spießig hier heute noch viele sind. Wie dem auch sei, wir waren dann nur noch gute Freunde, wie man so sagt, aber das war fast noch schwieriger, weil's hier keiner glauben will, so eine schmutzige Fantasie haben nämlich die guten Leutchen. Irgendwann war dann auch das zu Ende und wir haben uns nur noch zufällig auf irgendwelchen Festen gesehen. Und bei einer solchen Gelegenheit hat Franz mich dann auch um Diskretion über unsere frühere Beziehung gebeten, nachdem er dich kennengelernt hatte. Ich hab's zwar nicht nachvollziehen können, wozu das gut sein sollte, aber bitte, kein Problem!«

»Trotzdem frage ich mich, was Franz vorgestern mitten

in der Nacht hier wollte …«, stellte Trude nach dieser ausführlichen Erklärung ihrer Freundin fest.

»Ehrlich gesagt …«

Babs strich sich die langen Haare aus dem Gesicht, »ehrlich gesagt, frage ich mich das auch. Dein Mann war wirklich sternhagelvoll und konnte kaum noch stehen. Erst dachte ich, es sei irgendwas passiert und nachdem er nicht abzuweisen war, habe ich ihm eine Flasche Wasser hingestellt und er hat in einem fort erzählt wie glücklich er ist, wie froh, dich gefunden zu haben und wie schön er es findet, dass wir beide befreundet sind. Entschuldige, wenn ich das so sage, aber es war der klassische Sermon, den harmlose, besoffene Typen bei der Barfrau abspulen. Ich war hundemüde. Nach einer guten Stunde ist es mir dann endlich gelungen, ihn hinauszukomplimentieren. Und da machte er dann immerzu: Psst! Kein Wort zu Trude! Und wankte von dannen. Das war die ganze Geschichte.«

An der Zigarette, die sie sich angezündet hatte, hing gefährlich lang die Asche. Babs strich sie in einem Alabasteraschenbecher ab und setzte noch hinzu:

»Hätte dir Franz, so unwichtig es auch war, einfach alles erzählt, wäre uns allen viel Aufregung erspart geblieben. So geriet er sogar kurzfristig unter Verdacht, etwas mit dem Tod deiner Freundin zu tun zu haben. Mich hat gestern spätabends noch ein Polizist besucht und ausgefragt und du hast dir wahrscheinlich auch so deine Gedanken gemacht … und alles nur wegen dieser sinnlosen Geheimniskrämerei!«

Natürlich genierte sich Trude der Gedanken, die sie hierher getrieben hatten, aber sie war auf der anderen Seite auch erleichtert, denn sie wusste, dass Babs sie nicht belügen würde und sie versuchte um Verständnis für ihr Handeln zu werben:

»Sagen wir mal so: Erst die Geschichte mit dem fehlenden Alibi und dass Franz tatsächlich verdächtig schien und dann hörte ich, dass er in den frühen Morgenstunden noch hier bei dir gewesen ist – du kannst dir vielleicht vorstellen, dass das nicht so einfach wegzustecken ist. Die Stimmung bei uns auf dem Hof ist seit dem Fund von Margots Leiche ohnehin völlig gestört. Stell dir vor: Zwischendurch hatte die Polizei auch noch Olli mit aufs Revier genommen! Und meine Freundin Betty behandelt mich, als ob ich Schuld an Margots Tod hätte!«

»Du brauchst dich nicht bei mir zu entschuldigen, Trude. Wir sind doch Freundinnen!«

Sie sprachen dann über Margot und ihr grausames Ableben, rätselten über ihren Mörder und Trude beklagte das unsolidarische Verhalten ihrer Berliner Freundinnen. Und sie redeten natürlich über Franz und wieso Männer immer die Tendenz haben mussten, die einfachsten Dinge des Lebens so zu verkomplizieren. Als Trude das gemütliche Reich ihrer Freundin verließ, war sie doch froh, dieses Gespräch gesucht zu haben und fühlte sich deutlich erleichtert. Nur die Abbitte bei Franz für ihre Zweifel, ihren Vertrauensbruch stand ihr noch bevor und das war keine einfache Aufgabe.

Als Trude zurück zum Marktplatz kam, war das Berliner Auto nicht mehr da. Sie verspürte plötzlich das Bedürfnis nach Weite, Wind und frischer Luft. Ein Blick zur Uhr zeigte ihr, dass sie sich noch ein halbes Stündchen gönnen konnte, bis sie sich an die Vorbereitung des Mittagessens machen musste und so lenkte sie ihren Wagen hinaus aus der Stadt, dorthin, wo entlang eines Bächleins ein Weg durch einen kleinen Laubwald zum Steilufer führte. Gleich als sie aus dem Auto stieg, begann der Wind an ihrer Kleidung zu zerren und sie schloss ihre grüne Wachsjacke, mit der sie gegen jedes Wetter gefeit war, das die vielfältigen Wolkenformationen an diesem Tag bereithalten konnten, und marschierte los. Dann kann ich auch schauen, wie es mit der Brunnenkresse in diesem Frühjahr steht, dachte sich Trude. Das kleine Gewässer, das hier glucksend und kristallklar über die Steine sprang, barg gewöhnlich dort, wo es ruhiger dahinfloss, einige üppige Felder des würzig-scharf schmeckenden Krautes.

Der Weg, den Trude nahm, war kein belebter Touristen-pfad und nur ganz selten begegnete man einem Spaziergän-ger. Der Wind rauschte mächtig in den Kronen der Buchen und Eichen und hin und wieder fiel knackend ein trocke-ner Ast herunter. Trude folgte dem kleinen Bach, mit den Augen nach dem begehrten Wassergewächs Ausschau hal-tend, ab und zu niederhängende Zweige von Holunder und Knöterich beiseite schiebend oder über einen umgestürzten Baumstamm kletternd. Sie liebte diesen kleinen Urwald und genoss es, einmal nicht den ungeduldig zerrenden Lollo an der Leine dabei zu haben. Die unangenehmen Ereignisse der vergangenen Tage waren weit weg und hocherfreut hockte sie sich auf einer Lichtung in eine kleine Senke, wo satt-grüne Brunnenkressebüschel das Wasser säumten. Sie holte das Schweizer Messer, das sie auf Spaziergängen nie ver-gaß, aus ihrer Tasche und schnitt ein paar Stängel ab, die sie prüfend zu zerkauen begann. Es schmeckte pfeffrig und nach Senf, bitterwürzig – und begeistert machte sie sich an die Ernte und füllte das Kraut in die vorsorglich mitge-brachte Plastiktüte.

Hinter sich im Gebüsch hörte Trude ein Knacken. Bestimmt irgendein Tier dachte sie sich und ließ sich beim Schneiden nicht stören. Als das gleiche Geräusch wieder zu vernehmen war, richtete sie sich auf und sah sich um, konnte aber zwischen den Stämmen in dem Spiel aus Licht und Schatten nichts erkennen. Sie hatte ohnehin genug von dem köstlichen Grün gesammelt und setzte ihren Marsch in Richtung Steilufer fort. Jetzt säumten hauptsächlich Pappeln ihren Weg und das Rauschen ihrer Blätter im Wind vermischte sich mit dem Rauschen des Meeres, das nicht mehr weit war. Immer öfter vermeinte Trude nun so etwas wie Schritte zu hören und sie fühlte, wie eine Unruhe in ihr aufstieg. Auch wenn der Hund nicht dabei war, sie hatte sich hier immer sicher gefühlt. Unwillkürlich musste sie an die tote Margot denken und plötzlich bemächtigte sich ihrer eine Angst, wie sie sie seit Jahren nicht mehr gekannt hatte.

Damals, nach Gerhards Tod, als ihr der Boden unter den Füßen wegrutschte, fürchtete Trude jede Tür, die sie öffnen musste, da sie nicht wusste, was dahinter war. Das Durchqueren eines Parks, mit Büschen und Bäumen, die den Blick verstellten, war eine Mutprobe und das nie ganz helle Treppenhaus erstieg sie im Eiltempo bis sie mit wild klopfendem Herzen und völlig außer Atem ihren sicheren Hort im vierten Stock erreichte. Zum Schluss traute sie sich kaum noch allein auf die Straße und erst nach monatelanger Therapie war sie wieder zu einem normalen Alltagsleben fähig. Seit sie mit Franz zusammen war und hier im Norden lebte, hatten diese Ängste sie in Ruhe gelassen, sie hatte sie völlig vergessen. Und das sollte auch so bleiben.

Trude hielt ihr kleines Messer aufgeklappt in der Jackentasche. Auch wenn sie ein leises Zittern verspürte, sie würde sich zu wehren wissen. Und als ihr ein dichtes Gebüsch den Weg versperrte, duckte sie sich nach Indianerart, wechselte flink ein paar Meter neben den Pfad und schlich so vorsichtig wie möglich weiter, ihre Umgebung aufmerksam beobachtend. Sie war sich jetzt fast sicher, dass sie verfolgt wurde. Nur noch wenige Meter und der Wald endete, dann würde sie wissen, ob es irgendein Finsterling auf sie abgesehen hatte, ein Wildschwein sie verfolgte oder nur ein harmloser Spaziergänger den gleichen Weg hatte.

Trude hatte das Steilufer erreicht. Der Bach stürzte

sich zwischen Weißdornhecken als kleiner Wasserfall zum Strand und das Fremdenverkehrsamt hatte hier oben eine Bank aufgestellt, von der aus man die ganze Weite der Lübecker Bucht genießen konnte. Ein großer Findling lag neben der Bank und dahinter kauerte sich Trude, immer noch fest das Taschenmesser umklammernd, in der Hoffnung ihrem Verfolger aus dem Blick entwischt zu sein. Und tatsächlich, wenige Augenblicke später konnte sie zwischen den ersten Bäumen eine Gestalt ausmachen, die vorsichtig um sich äugend näher kam. Vor Spannung wagte Trude kaum zu atmen und sie versuchte angestrengt zu erkennen, mit wem sie es da zu tun hatte.

Ihre Überraschung war so groß, dass sie vor Staunen tatsächlich auf ihr Hinterteil plumpste und in ein irres Lachen ausbrach. Sie rappelte sich hoch und musste immer noch kichern, als Betty sie endlich entdeckte und sogleich in ein hysterisches Geschrei ausbrach.

»Betty, ich bin's! Trude!«, rief sie der Freundin zu, da sie glaubte, sie hätte sie vielleicht in ihrer übergroßen Jacke nicht erkannt und wollte zu ihr hin laufen.

»Bleib mir vom Leib! Lass mich in Ruhe! Du Mörderin!«

Bettys Stimme war in ein angstvolles Kreischen übergegangen und sie hielt abwehrend beide Hände vor sich gestreckt.

»Bist du völlig übergeschnappt? Was redest du da für einen Blödsinn?«, rief Trude aufgebracht und machte ein paar schnelle Schritte zu ihr hin. Betty wich zurück und zischte dabei Trude zu:

»Du weißt genau, was ich meine! Im Gegensatz zu dir bin ich noch nie übergeschnappt. Und die Polizei sieht das genauso.«

»Tut mir leid – ich verstehe kein Wort«, sagte Trude nur und versuchte begütigend ihre Hand auf Bettys Schulter zu legen. Da sah Betty das Messer, das Trude immer noch in ihrer Hand hatte, und fing wieder laut an zu schreien.

»Hilfe! Hilfe!«

Zu spät sah Trude das Unheil kommen. Im Eifer des Gefechts hatten sie sich immer näher auf den Abhang des Steilufers zu bewegt. In ungläubigem Staunen die Augen aufgerissen, die Arme wie zwei Flügel ausgebreitet, fiel Betty hintenüber. Trude sah sie wie in Zeitlupe fliegen. Dann schlug der kompakte, runde Körper auf dem letzten Teil der Schräge auf festgebackenem Erdreich auf, rollte noch ein paar Meter und blieb dann regungslos am Strand liegen.

Trude stand wie festgeklebt an derselben Stelle. Grau und aufgewühlt rauschte die Ostsee und der kalte Wind ließ ihre Augen tränen. Sie klappte mechanisch das Taschenmesser zusammen und versenkte es in ihrer Jackentasche. Dann holte sie sich ihren Beutel Brunnenkresse, den sie hinter dem Findling hatte liegen lassen, und begann vorsichtig den Abstieg zum Strand.

10

Eben noch hatte die Sonne zwischen den Wolken hervorgelugt und ein paar helle Flecke auf das aufgewühlte, graue Meer gemalt, doch jetzt gingen dichte Vorhänge aus Regen über Wasser und Land nieder. Der Wind warf sich mit solcher Macht gegen das Auto, dass es einiger Aufmerksamkeit bedurfte, die Spur zu halten und trotz höchster Betriebsgeschwindigkeit kämpften die Scheibenwischer vergeblich gegen die Wassermassen. Viel Verkehr herrschte bei diesem Wetter naturgemäß nicht auf der sonst bei den Urlaubern wegen des unverstellten Blicks über die Ostsee beliebten Straße.

Trude fuhr langsam und vorsichtig. Immer wieder musste sie an die arme Betty denken. Dass sie sich über die Freundin und ihren ungeheuerlichen Verdacht maßlos geärgert hatte, war jetzt nicht mehr wichtig. Betty lag mit mehreren Knochenbrüchen im Krankenhaus und es war noch nicht klar, welcher Art ihre Kopfverletzungen waren. Seit dem Sturz war sie noch nicht wieder ansprechbar gewesen. Irgendwie musste Trude diese Nachricht auf möglichst schonende Weise der sechzehnjährigen Tochter der Freundin beibringen. Eine kräftige Bö ließ den Wagen kurz nach rechts schlingern. Erschrocken steuerte Trude gegen und versuchte, sich besser aufs Fahren zu konzentrieren. Vorhin hatte sie die Abreise von Betty und Iris am heutigen Abend noch herbeigesehnt. Sie hatte wenig Lust verspürt, die nach Margots gewaltsamem Ende zwischen Misstrauen, Aggression und Schwermut schwankende Stimmung länger zu ertragen und außerdem wartete sie ungeduldig auf eine Gelegenheit zur Aussprache mit Franz. Jetzt aber hoffte sie inständig, dass sie Betty bei ihrem nächsten Besuch im Krankenhaus bei Bewusstsein und auf dem Weg der Genesung vorfinden würde.

Der Regen hatte nachgelassen und wehte nur noch in feinen Schleiern über Wiesen, Felder und Knicks. Trude schaltete den rechten Blinker ein, um auf die Allee einzubiegen, die zum Mühlenhof führte, da sah sie im Rückspiegel das rhythmische Blinken eines Blaulichts. Die Steine knirschten auf der unbefestigten Zufahrt unter den Reifen und trotz recht langsamen Fahrens, spritzte rechts und links der Modder. Es herrschte wieder Gummistiefelwetter, wie meist hier auf dem Lande. Erstaunt registrierte Trude, dass das Blaulicht ihr folgte und als sie ausstieg erkannte sie den Wagen der Kommissare aus Lübeck, der schließlich neben dem ihren zum Stehen kam.

»Grüß Gott Frau Kampmann!«, begrüßte sie der bärtige Kommissar im Lodenmantel und sein schmächtiger Kollege in Jeans, Turnschuhen und Lederjacke schloss sich mit einem weniger aufwendigen »Moin!«, an.

»Guten Tag! Wollen Sie zu mir?«

Trude war ungehalten. Sie musste doch Iris informieren und die Telefonnummer der Freunde herausfinden, bei denen Annick, Bettys Tochter zu erreichen war und sich um irgendeine Art Mittagessen kümmern, sofern überhaupt jemand zugegen und hungrig war. Angesichts der fortgeschrittenen Uhrzeit, konnte sie wahrscheinlich ihr Osterlamm vergessen. Sie wollte auch bald wieder ins Krankenhaus fahren. Und jetzt stand dieser umständliche Kriminalbeamte mit seinem muffeligen Kollegen auf der Matte.

»Ja, wir haben schon den ganzen Vormittag versucht, Sie zu erreichen. Sie waren unterwegs?«, fragte Angermüller.

»Ja. Ich hatte verschiedenes zu tun und meine Freundin

Betty – Frau Oppel, wissen Sie – hatte einen Unfall. Sie liegt im Krankenhaus ...«

»Das ist uns bekannt. Auch darüber wollen wir mit Ihnen reden.«

»Na gut. Viel Zeit habe ich nicht. Aber vielleicht kommen sie trotzdem erst mal rein«, schlug Trude vor und deutete zum Himmel, aus dem immer noch Nässe sprühte.

Auch oder gerade bei diesem trüben Wetter hatte die große Wohnküche im Bauernhaus mit den vielen Fenstern ihren Reiz, da man sich zwar geschützt drinnen aufhielt und trotzdem den Himmel, die Wolken und den Wind ungehindert im Blick hatte. Trude hatte den beiden Männern Platz am großen Tisch angeboten, auch einen Tee, doch den lehnten sie ab. Eigentlich wollte sie sich um die gesammelte Brunnenkresse kümmern, die immer noch in der Plastiktüte steckte und nebenbei etwas zum Essen vorbereiten, doch Kommissar Angermüller bat sie, sich auch zu setzen.

»Wo waren Sie heute Vormittag, Frau Kampmann?«

Trude erzählte vom Besuch bei Babs, allerdings ohne den Grund zu nennen, und dass sie dann die Zeit genutzt hatte, um einen Spaziergang zu machen und gleichzeitig nach Brunnenkresse zu schauen.

»Und bei diesem Spaziergang habe ich dann zufällig Betty getroffen ...«

»Sie haben Sie zufällig getroffen?«

Trude schaute verwirrt. Worauf wollte der Polizist hinaus?

»Natürlich! Ich wusste ja gar nicht, wo sie heute Vormittag war. Ich hatte zwar das Auto auf dem Marktplatz gesehen, aber sie selbst war mir in der Stadt nicht begegnet.«

Angermüller und Jansen wechselten einen Blick. Erst jetzt entdeckte Trude das kleine Aufnahmegerät auf dem Küchentisch.

»Sagen Sie, ist das eigentlich ein Verhör?«

Angermüller nickte vorsichtig.

»Sie sind doch einverstanden, dass wir Ihre Aussage so wie neulich mitschneiden? Frau Kampmann ...«, begann er und machte dann eine Pause. Mit einem Schulterzucken gab Trude ihr Einverständnis und stellte fest: »Ich verstehe nur nicht, was das alles mit Margots Tod zu tun haben soll.«

Angermüller hatte sichtlich Schwierigkeiten, die richtigen Worte zu finden und bewegte sich unruhig auf seinem Stuhl hin und her. Geduld war Jansens Stärke nicht und Hemmungen oder Zurückhaltung gegenüber Zeugen waren ihm fremd.

»Ihre Freundin Betty Oppel hat sich heute Morgen mit uns getroffen – konspirativ sozusagen, und Sie des Mordes an Margot Sandner verdächtigt, zumindest hätten Sie ihrer Meinung nach ein ganz klares Motiv. Und kurze Zeit später fällt sie das Steilufer hinab, wobei Sie auch anwesend sind, und landet schwer verletzt im Krankenhaus. Verstehen Sie jetzt den Zusammenhang?«

Nach dieser Klarstellung sackte Jansen wieder in eine eher unbeteiligte Haltung auf seinem Stuhl zurück. Trude traute ihren Ohren nicht. Betty hatte ihre wahnwitzigen Fantasien tatsächlich der Polizei mitgeteilt! So langsam wurde ihr das ganze Ausmaß dieser Verdächtigung klar: Jetzt glaubten die Kriminalbeamten natürlich, der Sturz vom Steilufer war kein Zufall, sondern sie wollte ihre Freundin zum Schweigen bringen! Sie konnte nur ungläubig den Kopf schütteln.

»Sie glauben doch nicht etwa, dass ich Betty da hinuntergestoßen habe?«

»Frau Kampmann«, begann Angermüller wieder in seiner bedächtigen Art, »wir glauben erst mal gar nichts. Jetzt schildern Sie uns doch erst einmal den Vorfall am Steilufer aus Ihrer Sicht.«

»Wie gesagt, ich machte einen Spaziergang durch das Wäldchen und nutzte die Gelegenheit, dabei Brunnenkresse für einen Salat zu sammeln.«

»Wie haben Sie die Kräuter gesammelt?«, wollte Jansen wissen.

»Ich hatte ein Taschenmesser zum Abschneiden und eine Plastiktüte zum Sammeln. Und dann hatte ich plötzlich das Gefühl, mir folgt jemand und nach den Geschehnissen hier, war mir ein bisschen mulmig so ganz allein in diesem unübersichtlichen Gelände. Ich ging also sehr vorsichtig Richtung Steilufer, schaute mich immer wieder um und habe mich dort dann hinter einen Findling gehockt, um zu sehen, ob tatsächlich jemand aus dem Wäldchen kommt. Als ich dann Betty erkannte, fand ich das sehr überraschend und lustig …«

Trude machte eine Pause und schien über die Entwicklung dieser Begegnung immer noch zu staunen.

»Fahren Sie fort«, forderte Angermüller sie auf.

»Ja. Bettys Reaktion kam für mich völlig unerwartet. Sie wurde total hysterisch, war voller Angst und wollte nicht, dass ich in ihre Nähe komme. Ich habe das in dem Moment überhaupt nicht kapiert, aber jetzt, nachdem Sie mir Bettys Anschuldigung mitgeteilt haben, wird mir natürlich einiges klar …«

»Wie ist es zu dem Sturz gekommen, Ihrer Meinung nach?«

»Nun, wie ich sagte, Betty wich vor mir zurück. Ich versuchte immer wieder, sie zu beruhigen, aber bewirkte das genaue Gegenteil.«

»Und Sie hielten die ganze Zeit Ihr Messer in der Hand?«

Trude sah Jansen verständnislos an.

»Das kann schon sein, ja wahrscheinlich. Da ich mich im Wäldchen verfolgt fühlte, hatte ich mein kleines Schweizer

Messer aufgeklappt in der Jackentasche gehalten und wahrscheinlich hielt ich es nach wie vor in der Hand, als ich Betty dann winkte und auf sie zu gehen wollte ... Jetzt begreife ich langsam, wie all das passieren konnte ...«

Offensichtlich störten Jansen Trudes ständige Erzählpausen und ungeduldig fragte er:

»Und wie ist das dann passiert?«

»Na ja, ich ging auf Betty zu, sie versuchte mir auszuweichen, ging dabei rückwärts und weder sie noch ich bemerkten, dass sie schon an der Kante des Abhangs angekommen war. Jedenfalls strauchelte sie plötzlich und fiel rücklings hinunter. Ich bin natürlich fürchterlich erschrocken und gleich zum Strand hinuntergeklettert. Da lag sie dann und war bewusstlos. Zum Glück hatte ein Tourist mit einem Handy ihren Sturz beobachtet und wir konnten sogleich Hilfe holen. Wissen Sie, wie es ihr geht? Darf sie schon Besuch empfangen?«

»Sie hatte Glück im Unglück. Mit einer Gehirnerschütterung, einer verrenkten Hüfte, einem Armbruch und gebrochener Schulter sowie einer Platzwunde am Kopf ist sie noch ganz gut weggekommen, wenn man das so sagen darf. Ob sie Besuch empfangen kann, müssten Sie im Krankenhaus nachfragen«, antwortete Angermüller auf Trudes Frage.

»Ja, Frau Kampmann. So weit dieses Thema. Aber Sie können sich vielleicht denken, dass sich noch eine Menge anderer Fragen stellen, mit deren Beantwortung Sie uns helfen können.«

»Fragen Sie.«

Kerzengerade setzte sich Trude auf ihrem Stuhl zurecht, die Arme abwehrend verschränkt und schaute dem Kommissar ins Gesicht. Ihr war klar, dass jetzt erst der wirklich unangenehme Teil des Verhörs bevorstand.

»Wussten Sie vor unserem jetzigen Gespräch, dass Frau

Oppel Sie mit dem Tod von Margot Sandner in Verbindung bringt?«

»Betty hat sich nicht konkret mir gegenüber geäußert, aber sie hat schon Andeutungen in diese Richtung gemacht. Allerdings habe ich sie nicht ernst genommen. Margots Tod hat sie sehr mitgenommen und ich hielt das für eine hysterische Reaktion darauf. Dass sie zur Polizei geht und mich beschuldigt, hätte ich nie für möglich gehalten.«

»Frau Oppel behauptet, Sie wollten sich an Margot Sandner rächen, weil sie die Geliebte ihres verstorbenen Mannes war und weil Sie womöglich befürchteten, sie würde ihre jetzige Ehe gefährden.«

»Das ist ziemlich absurd. Die Geschichte mit meinem ersten Mann liegt jetzt fast zehn Jahre zurück. Wenn ich mich an ihr hätte rächen wollen, meinen Sie nicht, das hätte ich längst getan? Das ist alles Vergangenheit. Heute Abend wäre Margot wieder abgereist und die Vermutung, ich hätte meine jetzige Ehe durch sie bedroht gefühlt, ist einfach lächerlich.«

Angermüller betrachtete Trude aufmerksam, die so sachlich und emotionslos wie möglich zu argumentieren versuchte. Da er eine große Sympathie für diese Frau empfand, fiel es ihm besonders schwer, in ihre persönliche Sphäre einzudringen und Dinge, die sie scheinbar in ihrem Innersten bewahren wollte, ans Licht der Öffentlichkeit zu zerren.

»Frau Oppel hat uns auch gesagt, dass Sie damals Ihr Baby verloren haben und sehr krank waren, so krank, dass Sie eine Weile in einer psychiatrischen Klinik verbringen mussten.«

Mit großem Erstaunen und auf eine Art verletzt sah Trude den Kommissar an. Es war offensichtlich, dass sie um Fassung rang.

»Woher weiß sie das? Und warum erzählt sie Ihnen das alles? Ich dachte, wir wären Freundinnen …«

»Entspricht es denn der Wahrheit, Frau Kampmann?«

»Wahrheit?«, wiederholte Trude abwesend und schüttelte immer nur ungläubig den Kopf. Und dann begann sie, als ob sie sich selbst die Dinge erklären wollte, zu erzählen:

»Ich war mit Gerhard sieben Jahre verheiratet. Unsere Ehe war nicht der siebte Himmel, aber nicht schlecht. Wir hatten beide unsere Jobs, Gerhard musste beruflich sehr viel reisen und obwohl wir ganz gut verdienten, hatten wir nie Geld. Gerhard schmiss es mit beiden Händen raus. Ich kümmerte mich darum nicht, denn ich vertraute ihm und wenn ich doch mal meckerte, brachte er mir keinen Strauß sondern einen Ring mit und sein Auto musste natürlich ein teurer Sportwagen sein. Da er beruflich so viel unterwegs war, führten wir eine richtige Wochenendehe. Und wenn er nicht noch zu einem Golfturnier fuhr, schien er es zu genießen, dass ich ihn dann umsorgte, wenn er von seinen Reisen zurückkam, wir meist zu Hause blieben und er von der großen Welt erzählte. Ich hielt das für eine normale Beziehung auf der Basis gegenseitigen Vertrauens. Ich war Mitte Dreißig, da wünschte ich mir plötzlich Kinder. Gerhard wollte nie welche, er war ja selber so egozentrisch wie ein verzogenes Kind. Wunderlicherweise wurde ich aber trotz Verhütung schwanger – die Natur setzt sich eben durch, wenn man sich etwas so sehr wünscht …«

Versonnen blickte Trude durch die Fenster nach draußen, wo zwischen den schweren Regenwolken ein Stück blauer Himmel sichtbar wurde und zu wachsen begann. Ihr Blick richtete sich wieder auf den Kommissar:

»Und dann kam dieser Sommertag vor neuneinhalb Jahren, den ich nie vergessen werde. Der Anruf aus dem First Class Hotel in Hamburg: Es tut uns leid Ihnen mitteilen zu müssen, dass Ihr Mann heute Nachmittag einem Herzinfarkt erlegen ist. Ich bin sofort hingefahren und konnte an seinem Tod natürlich nichts mehr ändern. Ich bezahlte die sündhaft teure Hotelrechnung, doch das war erst der Anfang. Wir hatten getrennte Konten und die Schulden, die mein Mann angehäuft hatte, beliefen sich einschließlich offener Rechnungen auf fast fünfzigtausend Mark. Schmuck, Kleider, Parfum, Restaurants, Flugtickets, weitere Luxusherbergen – er hatte es sich richtig gut gehen lassen und eine Frau rundum verwöhnt. Nur dass diese Frau nicht ich war, sondern Margot. Wie ich aus seinem Nachlass erfuhr, ging das schon seit vier Jahren so …«

Scheinbar immer noch über diese Tatsache erstaunt, merkte sie an: »Ich hatte nichts davon gemerkt.«

Sie machte eine Pause, als erwarte sie irgendeinen Kommentar von ihren beiden aufmerksamen Zuhörern, doch Angermüller bedeutete ihr mit einer Geste fortzufahren.

»Dann fand ich ihre Briefe, die er feinsäuberlich geordnet in seinem Schreibtisch aufbewahrte. Darin war zu erkennen, dass er scheinbar alles über mich erzählte, und damit prahlte, wie praktisch meine Existenz für ihn war, wie gerne ich für ihn kochte und putzte und wie leichtgläubig ich ihn über mein Geld verfügen ließ. Und dass er es offensichtlich sehr unpassend fand, dass ich ihn nun bald mit Kindergeschrei und Windelgeruch belästigen wollte!«

Trude verstummte. Angermüller wusste nicht, wo er hinsehen sollte. Die ganze Enttäuschung über das missbrauchte Vertrauen schien in der Erzählerin wieder lebendig zu werden und sie schaute ihn dabei so unendlich traurig an, dass er sich sofort mitverantwortlich für ihren Schmerz fühlte. Trotzdem versuchte er, sie zum Weiterreden zu bewegen und fragte:

»Und Sie wurden dann krank?«

»Ich konnte nicht mehr essen. Ich versuchte es immer wieder, doch ich behielt nichts bei mir und nahm in kürzester Zeit rapide ab. Ich litt unter Angstträumen und Panikattacken, wagte mich nicht mehr auf die Straße. Das Kind in mir wurde genau wie ich immer schwächer. Und dann verlor ich es …«

Offensichtlich setzte Trude die Schilderung dieser Ereignisse unter große Spannung und sie atmete hin und wieder hörbar tief durch, sprach aber tapfer weiter. Hatte sie bisher mehr für sich selbst erzählt, wendete sie sich jetzt direkt an Angermüller:

»Ich war drei Monate in einer psychiatrischen Klinik und dort half man mir wieder ins Leben zurück. Außer mit den Ärzten dort, habe ich nie mit jemandem über das verlorene Baby und warum es dazu gekommen ist, gesprochen, nicht einmal mit Franz. Ich habe sozusagen ganz von vorne angefangen, ohne den Ballast dieser schwärzesten Zeit meines alten Lebens. Können Sie das verstehen?«

»Ich weiß nicht … also, wie ich mich verhalten hätte …«, stotterte Angermüller, dem diese sehr persönliche Frage unangenehm war. Trude wartete nicht auf eine Antwort.

»Seit damals kann ich keine Kinder bekommen. Das habe ich meinem jetzigen Mann natürlich erzählt. Und nur ihm. Frau Oppels Wissen muss von Margot stammen, die ja durch Gerhard zumindest von meiner Schwangerschaft wusste …«

Jansen, der sich die ganze Zeit im Hintergrund gehalten hatte, fragte: »Und diese Person, der Sie die schwärzeste Zeit Ihres alten Lebens verdanken, wie Sie das nannten, ist jetzt hier überraschend aufgetaucht. Wie war das für Sie?«

»Natürlich bin ich im ersten Moment erschrocken, als Margot plötzlich vor mir stand, denn ich hatte schon gehofft, ihr nie wieder begegnen zu müssen. Aber dann habe ich nicht anders reagiert, als ich Ihnen in unserem ersten Gespräch geschildert habe. Ich mochte sie nicht, aber ich hielt sie auch nicht für das personifizierte Böse und was mir damals widerfuhr, war höchstens zum Teil ihre Schuld. Ich hatte keine Angst, dass sie eine Gefahr für mein jetziges Leben darstellt, falls Sie das meinen. Ich fühlte mich auf jeden Fall stark genug diese drei Tage ihres Hierseins unbeschadet zu überstehen. – Ob das so ist, wird sich noch herausstellen. Jedenfalls habe ich Margot Sandner nicht umgebracht.«

Angermüller räusperte sich.

»Ich danke Ihnen sehr für Ihre Offenheit, Frau Kampmann.«

»Bitte. Ich kann nicht behaupten, dass es gern geschehen ist und ob ich für Sie jetzt weniger verdächtig bin, weiß ich auch nicht ... Doch angesichts dieser ungeheuren Vorwürfe von Frau Oppel ...«

Entgegen ihren Befürchtungen spürte Trude, dass es ihr gut getan hatte, den beiden Beamten die ganze Geschichte zu erzählen. Sie fühlte sich irgendwie gestärkt und befreit und wusste die Qualität ihrer jetzigen Lebensumstände umso mehr zu schätzen. Der Kommissar aus Franken warf ihr einen bewundernden Blick zu. Was für eine kluge und starke Frau! Sein Kollege Jansen blätterte in seinen Notizen und kam auf die profane Ermittlungsebene zurück:

»Frau Kampmann, wir hätten da noch ein paar kleine, praktische Fragen ...«

»Entschuldigen Sie mich einen Moment!«

Trude, die mit Blick in den jetzt von der Sonne erhellten Garten saß, sprang auf und lief zur Terrassentür, an der sie Elsbeth hatte kommen sehen. Elsbeth schaute etwas irritiert, als sie die Polizisten in der Küche wahrnahm. Im Chaos der Ereignisse des Vormittags hatte Trude völlig vergessen, dass Elsbeth ja zum traditionellen Osterlamm zu Mittag eingeladen war. Sie entschuldigte sich für ihr Versäumnis und versprach, sich später bei ihr zu melden. Mit einem hoheitsvollen Nicken zu den beiden Beamten hin, zog sich die alte Dame wieder zurück.

Bedauernd betrachtete Angermüller die Töpfe und

Schüsseln, die auf der Arbeitsplatte herumstanden. Um wie vieles lieber hätte er mit der sympathischen Frau über ihr Osterlamm gefachsimpelt. Und als das Wörtchen Brunnenkresse im Verhör gefallen war, hatte das sofort sein Interesse geweckt, da dieses Kraut heutzutage eine wirklich seltene Delikatesse war. Wie oft hatte er als Kind zu Hause mit seiner Mutter in den klaren Bächen des Coburger Landes den aromatischen Salat geerntet! Doch er war sich natürlich bewusst, dass dies der völlig unpassende Moment für derartige Fraternisation mit einer Verdächtigen war. Er durfte sich nicht von seiner Vorliebe für Speis und Trank bei der Arbeit leiten lassen und nicht glauben, dass wer gut kochte auch automatisch ein guter Mensch war. Doch solange er Jansen dabei hatte, brauchte er sich darum keine Sorgen zu machen, der Kollege fand immer wieder zum Thema zurück.

»Können wir dann wieder Frau Kampmann?«

Die Ungeduld in Jansens Stimme war nicht zu überhören. Trude setzte sich wieder.

»Ja, bitte – fragen Sie!«

»Sie sind in den frühen Morgenstunden am Sonntag, unmittelbar nachdem Sie die letzten Gäste verabschiedet hatten, ins Haus gegangen? Wann war das?«

»Das war ungefähr um halb fünf, wie ich Ihnen schon bei unserem gestrigen Gespräch gesagt habe. Ich habe den Hund noch mal kurz rausgelassen und bin dann ins Haus und gleich schlafen gegangen …«

»Sie sind noch mit dem Hund spazieren gegangen? Das haben Sie gestern nicht erwähnt.«

»Ich bin nicht mit dem Hund spazieren gegangen, sondern in der Haustür stehen geblieben, während er draußen herumschnüffelte und sein Geschäft machte – das fand ich nicht erwähnenswert, ehrlich gesagt.«

Der genervte Tonfall in Trudes Antwort war nicht zu

überhören, doch Jansen ließ sich davon nicht aus dem Konzept bringen:

»Und während Sie da so standen, haben Sie niemanden gesehen und nichts Ungewöhnliches bemerkt?«

Trude schüttelte den Kopf.

»Können Sie uns sagen, was Sie am Abend des Festes für Kleidung getragen haben?«

»Ja, ich hatte ein grünes Seidenkleid an und schwarze Wildlederpumps.«

»Keinen Pullover, keine Jacke?«

»Doch, jetzt wo Sie fragen: Ich habe mir irgendwann nach Mitternacht noch mein Leinenjackett geholt, weil mir plötzlich kalt wurde ...«

»Welche Farbe?«

»Schwarz.«

»Welche Schuhgröße haben Sie, Frau Kampmann?«

»Vierzig.«

»Und Sie haben bestimmt auch Gummistiefel, dürfte ich die mal sehen?«

»Ich kann Ihnen zwar die Gummistiefel zeigen, die ich heute Morgen getragen habe, als ich mit dem Hund raus bin, aber das ist nicht unbedingt mein persönliches Paar.«

»Was heißt das?«

Irgendwie empfand Trude die Situation als ziemlich absurd. Margot war hier uneingeladen aufgetaucht, hatte sich achtlos zwischen die Beziehungen der anderen gedrängt und nichts als einen Scherbenhaufen und eine Menge Ärger hinterlassen und dieser Polizist verhörte sie jetzt, als ob sie eine Schwerverbrecherin wäre. Fehlte nur noch, dass er ihre Fingerabdrücke nehmen wollte!

Trude ging zur Terrassentür und deutete auf vier Paar gleich aussehende Gummistiefel.

»Da diese Dinger in unseren Breiten auf dem Lande unverzichtbar sind, haben wir vor ein paar Jahren gleich ein Dutzend oder so angeschafft. Die eine Hälfte in Größe vierzigeinundvierzig und die andere in vierundvierzigfünfundvierzig. So haben wir an jeder Tür nach draußen welche stehen – hier und in der Gästewohnung und man muss nicht jedes Mal nach einem Paar suchen.«

»Das ist ja sehr praktisch«, murmelte Jansen und es war ihm anzuhören, dass ihn diese Tatsache nicht freute.

»Dann können Sie uns also jetzt nicht sagen, welches Paar Sie vorgestern Nacht getragen haben?«

So langsam spürte Trude, wie die plumpe Art, ihr Fangfragen zu stellen, sie reizte, entsprechende Antworten zu geben. Diese Erkenntnis beglückte sie auf eigentümliche Weise: Nie mehr würde sie das verängstigte Mäuschen von vor zehn Jahren sein, nie wieder würde sie jenen dunklen Ängsten erlauben, Besitz von ihr zu ergreifen – davon hatte sie sich ein für allemal befreit.

»Auch wenn Ihnen das sicher die Arbeit erleichtern würde, muss ich Ihnen leider sagen, dass ich vorgestern Nacht überhaupt keine Gummistiefel getragen habe, sondern meine schwarzen Wildlederpumps. Möchten Sie dann vielleicht die sehen?«

Tatsächlich bejahte Jansen die ironisch gemeinte Frage und Trude holte die Schuhe, die im Flur standen, herein. Ein paar dicke, anthrazitfarbene Wolken verdunkelten den Himmel und Trude schaltete das Licht ein.

»Damit Sie besser die Spuren lesen können, Herr Kommissar!«

Der ergriff plötzlich ihre rechte Hand, deutete auf ein paar rote Striemen auf dem Handrücken und fragte ohne eine Regung im Gesicht:

»Was haben Sie da gemacht, Frau Kampmann?«

Verblüfft schaute Trude auf die Male auf ihrer Hand und überlegte:

»Also, ehrlich gesagt, ich weiß es nicht. Gestern oder

vorgestern habe ich die Kratzer bemerkt. Vielleicht ist es beim Blumenschneiden im Garten passiert oder bei der Hausarbeit, in der Küche – ich kann es Ihnen nicht sagen. Ist das schlimm?«

Jansen überhörte den Spott in Trudes Stimme.

»Das werden wir sehen. Ich denke, das waren unsere Fragen.«

Er blickte zu Angermüller, der sich die ganze Zeit über still verhalten hatte und zustimmend nickte, doch dann fiel ihm noch etwas ein:

»Nur eines noch: Wir bräuchten das schwarze Jackett, das Sie vorgestern Nacht getragen haben. Sie bekommen es wieder, sobald wir unsere Untersuchungen abgeschlossen haben.«

»Kein Problem. Ich hole es Ihnen.«

Und schon hörte man Trude die Stufen ins obere Stockwerk springen, wo sich das Schlafzimmer und die Kleiderschränke befanden.

»Also, ich find, du übertreibst ein bissle. Bist du wirklich der Meinung, sie war's?«

Angermüller sah seinen Kollegen fragend an.

»Sie könnte es gewesen sein. Sie hätte ein Motiv und wir werden die Beweismittel überprüfen. Ich kann sie doch nicht einfach übergehen, nur weil sie Kochbücher schreibt ...«

Die Häme in Jansens Worten war nicht zu überhören.

Trudes Schritte kamen die Treppe herunter und Angermüller sagte schnell:

»O.k., dieses Gespräch führen wir später weiter.«

11

Der Regen klatschte wieder in dicken Tropfen gegen die Scheiben. Endlich waren die beiden Kommissare abgezogen, nicht ohne Trude darauf aufmerksam zu machen, dass sie sich zur Verfügung halten solle, da sie eventuell noch einmal wiederkommen müssten. Froh, diesen lästigen Besuch losgeworden zu sein, war sie gerade im Begriff, sich gegen das nasse Wetter zu wappnen, um Iris und Elsbeth zu besuchen und zu einem kleinen Mittagsimbiss zu bitten, als das Telefon klingelte. Olli meldete sich über Handy vom Segelboot, um mitzuteilen, dass sein Vater und er den guten Wind noch für einen Törn nach Travemünde nutzen wollten und nicht vor Spätnachmittag zurückkämen.

»Ich bewundere euch, bei diesem Schietwetter! Mir reicht es schon, jetzt über den Hof zur Mühle zu müssen!«, bekannte Trude.

»Bei diesem tollen Wind ist einem der Regen egal und außerdem weißt du doch, dass einen echten Seemann nichts erschüttern kann!«

Trude zog es vor, nichts von Bettys Unfall und dem neuerlichen Besuch der Kripo zu erzählen und wünschte den beiden stattdessen einen schönen Nachmittag. Bestimmt war es gut, dass Olli mit seinem Vater wieder einmal ungestört zusammen war. Der Junge hatte ihr in den letzten Tagen gar nicht gefallen, irgendwas schien ihm auf der Seele zu liegen. Vielleicht würde er sich ja bei dieser Gelegenheit seinem Vater öffnen und erzählen, was ihn so belastete.

In Regenjacke und Gummistiefeln eilte sie aus der Tür

und hinderte den kläffenden Lollo daran, sie zu begleiten, da sie ihn bei dem Wetter sonst zum zweiten Mal an diesem Tag von oben bis unten hätte vom Modder befreien müssen. Auf dem Weg zur Gästewohnung überlegte Trude, mit welchen Worten sie Iris die Nachricht vom Unfall der Freundin am besten mitteilen konnte. Wie sollte sie vor allem ihre eigene Rolle in dem Geschehen darstellen?

Sie traf Iris in der gemütlichen Wohnküche an, am rohen Holztisch sitzend und über aufgeschlagene Bücher und Papiere gebeugt, die Lesebrille auf der Nase und einen Kugelschreiber in der Hand. Sie arbeitete und schaute unwillig hoch, ob der Störung. Doch als sie Trude erblickte, hellte sich ihre Miene auf. Wie immer war sie in Schwarz gekleidet, das ihr zu dem kurzen grauen Haar sehr gut stand, und strahlte eine dezente Eleganz aus. Das trübe Licht, das heute herrschte, ließ ihr Gesicht noch blasser als sonst erscheinen.

Trude ließ sich in Jeans und ihrem schlabberigen Sweatshirt auf die Küchenbank fallen.

»Ich muss dir was erzählen. Es ist was passiert. Betty hatte einen Unfall und liegt im Krankenhaus.«

Wenn diese Nachricht Iris überraschte oder schockierte, ließ sie sich zumindest nichts anmerken. Sie nahm nur ihre Lesebrille ab und sagte:

»Erzähle.«

Trude berichtete ihr so genau wie möglich, was passiert war und ließ auch ihren Part in dieser Verkettung unglücklicher Zufälle nicht aus. Dass die Kommissare sie noch einmal aufgesucht hatten, erwähnte sie nur mit einem Nebensatz und dass sie des Mordes an Margot verdächtigt wurde, behielt sie lieber für sich. Ihre Sorge, wie Iris wohl auf diese Neuigkeiten reagieren würde, stellte sich als völlig überflüssig heraus. Die so zerbrechlich wirkende Freundin blieb ganz ruhig und man konnte nur rätseln, ob sie überhaupt etwas empfand. Trude hatte schon wieder verdrängt, dass Haltung und Selbstbeherrschung die Rüstung bildeten, mit der Iris ihr Leben meisterte.

»Wenn Betty nicht so hysterisch reagiert hätte, wäre überhaupt nichts passiert. Aber sie ist ja seit Margots unseligem Ende völlig mit den Nerven runter und scheint tatsächlich der Meinung zu sein, ich hätte sie umgebracht.«

Jetzt, da Trude wieder über das unmögliche Verhalten der Freundin nachdachte, siegte die Empörung über das Mitgefühl für die verunglückte Betty.

»Denkst du eigentlich auch, ich wäre es gewesen?«

Iris sah sie aus ihren dunklen Augen unbewegt an und antwortete kühl, als ob es um irgendein wissenschaftliches Problem ginge:

»Was Margot dir getan hat, entzieht sich meiner genauen Kenntnis, da Betty nur punktuell Andeutungen machte. So wie ich Margot kennen gelernt habe, hättest auch du sicherlich einen guten Grund gehabt, sie zu töten …«

»Ja, denkst du denn, ich war's?«

»Nein«, sagte Iris schlicht und Trude war ihr dafür richtig dankbar. Da sie wusste, dass es nicht die Art der Freundin war, irgendwelche Spekulationen über den Täter anzustellen, wechselte sie das Thema und brachte die Sprache auf Bettys Tochter. Iris kannte glücklicherweise den Namen der Freunde, bei denen Annick die Ostertage verbrachte und auch die Straße, in der sie in Berlin wohnten, sodass Trude die Telefonnummer leicht herausbekommen konnte.

An einem Mittagessen hatte Iris kein Interesse. Zwei Äpfel, die sie als Reiseproviant eingepackt hatte, reichten ihr vollkommen, meinte sie. Am späteren Nachmittag, so verabredeten sie, wollten sie gemeinsam ins Krankenhaus, um nach Betty zu sehen. Trude verabschiedete sich von der Freundin, die sofort wieder ihre Lesebrille aufsetzte und sich konzentriert über die vor ihr ausgebreiteten Papiere beugte. Kaum war Trude aus ihrem Blickfeld verschwunden, wich die kühle Selbstsicherheit von Iris wie die Luft aus einem kaputten Luftballon und sie stützte den Kopf schwer in beide Hände auf die Tischplatte.

»Wie konnte das alles nur geschehen?«, flüsterte sie tonlos. »Ich glaube, ich halte das nicht mehr lange aus …«

Als Trude die schwere alte Holztür zur Mühle öffnete, schlug ihr der kräftige Geruch von gebratenem Speck mit Zwiebeln entgegen. Sie klopfte an die Tür zu den Wohnräumen und als Elsbeth öffnete und sie erblickte, lächelte sie erfreut:

»Schön, dass du mich besuchen kommst, min Deern! Ich habe ein Glas von meinem Sauerfleisch aufgemacht und mache mir gerade ein paar Bratkartoffeln dazu – du weißt ja, in meinem Alter ist man an regelmäßige Essenszeiten gewöhnt … Möchtest du vielleicht mit mir essen? Es ist reichlich da!«

»Warum nicht? Ich wollte dich gerade fragen, ob du bei mir ein paar belegte Brote speisen möchtest. Aber dein köstliches Sauerfleisch ist natürlich eine konkurrenzlose Alternative!«

Trude betrat die geräumige Wohnküche, die nur auf ihrer Südseite durch ein Fenster und eine Glastür erhellt wurde und dadurch vor allem bei solch regnerischem Wetter ein wenig dunkel wirkte, was ihrer wohnlichen Behaglichkeit jedoch überhaupt nicht schadete. Als Elsbeth damals aus dem Reetdachhaus auszog, um Trude als neuer Hausherrin Platz zu machen, hatte Franz die Idee, in die leer stehende, über hundertfünfzig Jahre alte Mühle eine Wohnung einzubauen. So hatte Elsbeth ihr eigenes Reich, blieb aber in unmittelbarer Nähe auf dem Hof. Man hatte Fenster einsetzen lassen und im oberen Stockwerk einen Balkon angefügt, denn der weite Blick übers Land bis zur Ostsee verlangte förmlich danach. Im Parterre gab es neben der großen Wohnküche mit den Terrakottafliesen, den grob verputzten Wänden und der Mischung aus moderner Küchentechnik und den honigfarben gewachsten Rohholzmöbeln noch ein Gästezimmer, eine Dusche und eine Toilette. Über eine Freitreppe gelangte man in das obere Stockwerk. War es im Erdegeschoß relativ dunkel, so war der Wohnraum im ersten Stock, der sich über fast die gesamte Fläche der Mühle erstreckte und Fenster nach Norden und Süden hatte, von hellem Licht durchflutet. Geschickt hatte der Architekt das dunkle, mächtige Gebälk der Mühle in den Umbau integriert und so einen Raum von ganz eigener, faszinierender Atmosphäre geschaffen. Elsbeths alte Möbel und Teppiche und ihre prächtigen Grünpflanzen kamen hier wunderbar zur Geltung und in der kalten Jahreszeit verbreitete ein großer Kamin gemütliche Wärme, bei entsprechendem Wetter lockte der sonnige Balkon. Hier oben lagen außerdem Elsbeths Schlafzimmer und das Bad.

Trude machte es sich an dem runden Küchentisch bequem, denn Elsbeth bestand darauf, für sie den Tisch zu decken und zu servieren.

»Ich freu mich doch, wenn ich dich auch mal verwöhnen kann, Trudchen!«, sagte die alte Frau und brachte die schwere Eisenpfanne, in der die golden glänzenden Bratkartoffeln mit den braun gerösteten Krüstchen dampften.

»Was wollte die Polizei denn schon wieder bei dir?«

»Mein Gott! Du weißt ja noch gar nicht, dass Betty einen Unfall hatte! Unter anderem bin ich doch auch gekommen, um dir davon zu erzählen.«

In wenigen Worten schilderte Trude die Ereignisse des Vormittags und machte sich dann mit erstaunlichem Appetit über das pikante Sauerfleisch her, dessen Zubereitung eine von Elsbeths besonderen Spezialitäten war. Sie verwendete nur bestes, mageres Schweinefleisch und guten Weinessig und gab neben Lorbeerblatt und Zwiebeln auch Nelken, Piment und Möhren dazu, sowie einen Hauch Zucker. So schmeckte es mild und würzig zugleich und bildete zusammen mit den mit Speck und Zwiebeln zubereiteten Bratkartoffeln einen echten Genuss. Trude aß einen großen Teller voll, denn trotz der Anspannung, die Bettys Unfall und das Verhör durch die Polizei in ihr ausgelöst hatten, war sie richtig hungrig.

»Du hast mir noch nicht gesagt, warum die beiden Beamten vorhin bei dir waren, Trude«, stellte Elsbeth fest und Trude wusste, dass nicht Neugier sondern Sorge hinter dieser Frage stand. Sie versuchte so unbekümmert wie möglich zu antworten, dass es wegen Betty und einiger allgemeiner Nachfragen gewesen sei, doch Elsbeth war so leicht nicht zu täuschen.

»Liebe Trude, ich bin zwar alt, aber noch nicht verkalkt. Außerdem kenne ich dich, glaube ich, ganz gut – du verschweigst mir etwas.«

Trude kratzte die letzten Krümel von ihrem Teller und überlegte, wie sie Elsbeth am unverfänglichsten von dem ungeheuerlichen Verdacht der Polizei erzählen konnte.

»Du wirst doch nicht verdächtigt, diese Margot getötet zu haben, oder?«, kam ihr aber die kluge Elsbeth zuvor – nein, sie konnte man wirklich nicht täuschen!

»Doch, ich bin offensichtlich sehr verdächtig. Betty hat sich heute Morgen in der Stadt mit den beiden Beamten getroffen, deshalb war sie auch zum Frühstück nicht hier. Sie hat denen erzählt, dass sie mich für die Täterin hält beziehungsweise, dass ich ihrer Meinung nach ein Motiv hätte …«

»Wie entsetzlich! Und was für ein Motiv sollte das sein?« Trude sah ihre alte Freundin offen an.

»Das ist eine lange Geschichte, die ich eigentlich nie

jemandem erzählen wollte. Die Polizei kennt sie jetzt schon und ich denke, ich werde sie jetzt auch den Menschen erzählen, die mir wichtig sind. Inzwischen glaube ich auch fast, es wäre von Anfang an besser für mich gewesen, darüber zu sprechen. Vielleicht hätte ich Margot dann sofort bei ihrer Ankunft auf dem Mühlenhof die Tür gewiesen ...«

Den Blick nach draußen gerichtet, wo die Wolkenberge, angeschoben von einem kräftigen Westwind über die sanften Hügel zur See trieben, erzählte Trude von der größten Enttäuschung, der größten Verletzung in ihrem Leben und dass sie geglaubt hatte, nie wieder jemandem vertrauen zu können, bis sie Franz traf und hierher kam.

»Du weißt, dass ich hier sehr glücklich bin. Ich glaubte, alles vergessen zu haben. Durch Margots Auftauchen wurde die Vergangenheit plötzlich wieder lebendig ...«

Elsbeth hatte ihre Hand auf Trudes gelegt und streichelte sie zärtlich.

»Du Arme, mein armes Mädchen! Was musst du durchgemacht haben!«

»Ach weißt du, Elsbeth: Es ist nicht mehr schlimm, es tut nicht mehr weh. Ich bin sogar irgendwie froh, dass ich jetzt darüber reden kann. Wer weiß wozu es gut ist, dass sich die Dinge so und nicht anders entwickelt haben ...«

Elsbeth sah sie besorgt an und sagte dann:

»Aber dass die Polizei dich für eine Mörderin hält, finde ich schon sehr beunruhigend!«

»Die müssen erst einmal beweisen, dass ich es war und das wird ihnen mit Sicherheit nicht gelingen!«

»So a Sauwetter!«, schimpfte Angermüller und schaute missmutig auf den Marktplatz, über den der Wind gerade wieder einen kräftigen Regenschauer blies. Jansen klopfte seinem Kollegen tröstend auf die Schulter:

»Reg dich nicht auf, Schorsch! Auf Schietwetter folgt Sonnenschein und es kann keiner was dafür, dass das von dir so geschätzte Küchenwunder momentan unsere Hauptverdächtige ist.«

Sie hatten vor einer Viertelstunde ihre tägliche Teamsitzung beendet. Die Mordkommission für den Fall Sandner bestand jetzt nur noch aus sechs Leuten vor Ort und den Kriminaltechnikern in Lübeck. Nun saßen die beiden Hauptkommissare in einem Etablissement neben dem Rathaus, das sich sinnigerweise Rathaus-Bistro nannte, wollten eine Kleinigkeit essen und bei der Gelegenheit noch einmal ihre ganz persönliche Sichtweise des Falles diskutieren.

In wahlloser Mischung dudelten französische Chansons aus den Boxen und während Angermüller die Speisekarte studierte, die sich mit Croissants, Crêpes, Quiches und Croques Monsieur auch bemüht französisch gab, resümierte Jansen:

»Die überprüften Festbesucher hatten, wenn keiner getürkt hat und wir es nicht übersehen haben, alle klare Alibis. Da, wo's unklar war, wie bei den beiden Jungs, haben wir noch einmal nachgehakt. Kann natürlich sein, dass da noch was zu holen ist. Na ja, die fleißigen Kollegen gehen ja ohnehin noch einmal alle Aussagen durch. Und wenn es die Kampmann nicht war, die ja ein Motiv hätte und niemanden, der ihr Alibi bestätigen kann, dann bleibt nur der große Unbekannte, der mitten in der Nacht aus den Büschen gesprungen ist ...«

Angermüller schaute aus der Speisekarte hoch.

»Wenn du so willst, gibt es den ja. Bis heute ist dieser Penner, der sich uneingeladen auf dem Fest durchgesoffen hat, noch nicht wieder aufgetaucht ... Für mich ist ein sexuelles Motiv in diesem Fall überhaupt noch nicht vom Tisch: Wie diese Margot Sandner geschildert wurde, ihr Verkehr mit den beiden Jungs, dass man sie mit nacktem

Unterleib gefunden hat … vielleicht hat dieser Typ sie beobachtet und wollte es auch bei ihr probieren!«

Angermüller hatte sich in Fahrt geredet und seine Stimme war immer lauter geworden. Beschwichtigend hob Jansen die Hände.

»Man ganz ruhig, Schorsch! Es wird ja auch intensiv nach Krischan Lage gefahndet. Dass wir ihn bisher nicht vernehmen konnten, ist allerdings das Einzige, was gegen ihn spricht, denn uns wurde mehrfach erzählt, dass es nichts Ungewöhnliches ist, wenn er mehrere Tage abgängig ist, um seinen Rausch auszuschlafen.«

Diese Feststellung freute Angermüller offensichtlich nicht und er murmelte eine unverständliche Antwort und vertiefte sich dann wieder in die Speisekarte.

»Also, ich nehm einen großen Milchkaffee und zwei Buttercroissants. Was nimmst du?«, fragte er zwei Minuten später aufgeräumt seinen Kollegen, unbelastet von den düsteren Gedanken der letzten Nacht über den Zusammenhang zwischen Nahrungsaufnahme und Gewicht. Jansen musste lachen.

»Man braucht dich nur vor eine Speisekarte setzen und du vergisst das Elend um dich herum! Ich möchte einen schwarzen Kaffee und einen Croque Monsieur Vienne, oder wie das heißt.«

»Na, ob das echt französisch ist? Ein Croque mit Wiener Würstchen?«, mokierte sich Angermüller.

»Weißt du was?«

Jansen winkte dem jungen Mädchen im bauchfreien Top, das hier bediente.

»Das ist mir wurscht, wie man in deiner Heimat sagt! Jetzt erzähle mir lieber mal, was dir vorhin im Kopf herumgegangen ist. Das Gesicht, das du gemacht hast, als sich alle auf die Kampmann als Hauptverdächtige stürzten, war nicht gerade fröhlich.«

Von freundlichem Bemühen weit entfernt, schob sich die große, solariumgebräunte Blondine Kaugummi kauend heran, hielt ihnen ihren gepiercten Bauchnabel vors Gesicht, nahm ihr Kellnerblöckchen in die Hand und sah sie gelangweilt an. Stumm nahm sie die Bestellung entgegen, ging davon zum Tresen und gab dabei den Blick auf ein Drachentattoo auf ihrer linken Schulter frei. Fasziniert sah ihr Jansen hinterher und bemerkte: »Bekommen die hier eigentlich Zuschüsse, wenn sie stumme Mitarbeiterinnen einstellen?«

Angermüller grinste und wurde dann wieder sachlich: »Also, ich finde, du fährst zu eingleisig in diese Richtung Mord aus Rache oder Eifersucht. Was ist mit der nach wie vor verschwundenen Unterhose? Vielleicht taucht die ja zusammen mit dem Penner auf! Mir geht das alles zu schnell. Ihr habt die Verdächtigungen dieser Betty Oppel sofort für bare Münze genommen. Da verdächtigt eine Frau, die offensichtlich den Mord an einer Freundin in nächster Nähe nicht verkraftet und völlig überreagiert, eine angeblich ebenfalls gute Freundin dieser Tat. Für mich übrigens nach dem Zufallsprinzip. Warum kann es eigentlich nicht diese Dr. Iris Schulze gewesen sein?«

»Die hat kein Motiv!«

»Woher weißt du das? Die Oppel muss ja nicht über alles und jedes bei ihren Freundinnen Bescheid wissen.«

»Aber der Unfall am Steilufer ist schon ein merkwürdiger Zufall, findest du nicht?«, hielt Jansen dagegen. Angermüller wiegte seinen Kopf hin und her.

»Noch haben wir diese Betty Oppel nicht einmal vernehmen können. Vielleicht bestätigt sie ja die Angaben von Frau Kampmann, dass es ein Unfall war …«

»Da bin ich aber echt gespannt! Wenn ich mal ganz ehrlich etwas sagen darf: Du lässt dich für meine Begriffe in diesem Fall zu sehr von deinen ganz persönlichen Sympathien leiten.«

Jansens offene, persönliche Kritik löste bei Angermüller nur ein Achselzucken aus.

»Ach weißt du, Claus, ich glaub schon, dass auf meine Menschenkenntnis Verlass ist, du wirst es erleben ...«

»Ich verlasse mich lieber auf die Tatsachen.«

»Kannst du haben: Da sind noch die Faserspuren in der Hand der Toten und die Haut unter den Nägeln. Friedemann hat das Jackett und die Haare darauf, die er für eine DNA-Analyse braucht, schon bekommen. Er sagte vorhin am Telefon, dass wir spätestens morgen Abend wissen, ob das alles Frau Kampmann zuzurechnen ist. Und wenn das so ist, dann müsste ich mich solchen Indizien natürlich geschlagen geben ... und deshalb heißt es erst einmal abwarten.«

»Ich denke, wir sollten trotzdem schon jetzt noch einmal mit den Menschen aus der Umgebung von der Kampmann reden«, schlug Jansen vor. Die hochbeinige Bedienung brachte ein Tablett, stellte lustlos die dampfenden Schalen mit Kaffee vor den Beamten auf den Tisch und entfernte sich wieder ohne ein Wort. Angermüller hielt die Nase über seinen Milchkaffee und fächelte sich das Aroma zu.

»Mmh! Net amal schlecht! – Ja, gut. Es ist bestimmt kein Fehler, noch einmal mit ihrem Mann und der alten Dame zu sprechen und auf jeden Fall auch noch einmal mit dieser Frau Doktor.«

»Und wir müssen einen Besuch bei Betty Oppel im Krankenhaus machen, sobald sie vernehmungsfähig ist!«

»Ruf am besten gleich noch mal in der Klinik an!«, meinte Angermüller und setzte sich zurück, weil die stumme Blonde gerade lustlos die beiden Teller mit den bestellten Speisen auf den Tisch schob. Jansen holte sein Handy heraus und Angermüller fragte die Bedienung:

»Avez-vous un peu de la confiture?«

Sie sah ihn verständnislos an und fragte dann unwillig:

»Kannste kein Deutsch oder wat?«

»Oh wie schön, Sie sprechen Deutsch! Das habe ich bisher nicht bemerkt. Könnten Sie mir etwas Konfitüre bringen?«

»Und mir bitte Ketchup!«, fügte Jansen schnell hinzu und feixte hinter ihrem Rücken, als sie auf ihren Plateauschuhen missmutig zum Tresen stakste. Während Jansen mit dem Krankenhaus telefonierte, tunkte Angermüller sein Croissant in den Milchkaffee und biss dann erwartungsvoll hinein. Leider blieb das Aha-Erlebnis aus, denn es war das übliche schwere, pappige, nach kaltem Fett schmeckende deutsche Hörnchen, das mit einem luftigen, knusprigen französischen Croissant nichts zu tun hatte. Er hätte es eigentlich schon am Gewicht spüren müssen. Da inzwischen die Konfitüre gekommen war, nahm er sich davon einen dicken Klecks und hoffte, das Hörnchen damit etwas aufpeppen zu können. Wie so oft, wenn er beim Essen war, klingelte sein Handy und als er den Anruf entgegennahm, stand ihm die Überraschung ins Gesicht geschrieben.

Leise, doch irgendwie fordernd summte der Laptop, der in der Mitte des Schreibtisches vor dem Fenster in Trudes kleinem Arbeitszimmer stand. Sie saß davor und ihre Augen starrten den blinkenden Cursor an, ohne ihn wirklich wahrzunehmen. Draußen veranstalteten Wind und Wolken ihr beliebtes Spiel aus Licht und Schatten und Trude bemühte sich um Konzentration auf ihre Arbeit an den Rezepten ostholsteinischer Gutshöfe. Immer wieder wanderten ihre Gedanken zu Betty im Krankenhaus, zu Margot, die, wenn nicht auf dem Seziertisch, dann in einem Kühlfach im Institut für Rechtsmedizin in Lübeck lag, und zu den Ereignissen, die damit zusammenhingen. Sie hatte sich so auf diese

Ostertage mit Iris und Betty gefreut und Margot hatte, wie schon so oft, alles kaputt gemacht.

Mit einem beleidigten Geräusch schaltete sich der Laptop aus, da Trude noch keinen einzigen Buchstaben geschrieben hatte, und der Bildschirm wurde schwarz. Ihr Blick fiel auf das zerfledderte Notizheft mit der steilen, altmodischen Handschrift der letzten Gutsköchin, das ihr netterweise die Gräfin Berkenthin für ihre Recherchen überlassen hatte. Überbackenes Kalbshirn stand da. War dieses Rezept überhaupt zeitgemäß? Wer wollte schon in den Zeiten einer Seuche namens Rinderwahnsinn ausgerechnet das Hirn der Tiere verspeisen?

»Nein, das nehmen wir nicht«, murmelte Trude vor sich hin und strich das Rezept von ihrem vorläufigen Entwurf, der ausgedruckt rechts neben dem Computer lag. Sie würde sich ohnehin beschränken müssen, allein die verschiedenen Sorten von Klößen hätten ein Buch füllen können: Mehlklöße, Mehlmusklöße, Kartoffelklöße, süße Weißbrotklöße, Schwemmklößchen, Schinkenklöße, Speckklöße, Hefeklöße – es gab sie natürlich auch noch in zahllosen Varianten und es waren längst nicht alle. Sie spürte deutlich, dass heute nicht der Tag war, zu entscheiden, welchen Klößen letztendlich die Ehre zuteil würde, in ihrem neuen Buch zu erscheinen. Ungeduldig wartete sie auf Franz' Rückkehr. Sie wollte ihm so viel erzählen und sie brauchte seinen Beistand, jetzt da sie sich absurderweise im Visier der Kriminalpolizei fand. Wenn er nicht bald kommen würde, müsste sie allerdings erst wie verabredet mit Iris zum Krankenhaus fahren, um Betty zu besuchen.

Sie hörte das Geräusch eines Wagens auf dem Hof und sprang ungeduldig auf, um im gegenüberliegenden Zimmer aus dem Fenster zu sehen, wer gekommen war. Doch es war nicht Franz. Zu ihrem Erstaunen erblickte sie schon wieder die beiden Kriminalbeamten. Aber sie kamen nicht, wie Trude eigentlich erwartet hatte, ins Haus herüber, sondern gingen zielstrebig auf die Mühle zu und zogen an dem Band, das hell die altmodische Glocke ertönen ließ, die rechts neben der schweren Eichentür hing.

Kopfschüttelnd ging Trude in ihr Zimmer zurück, fuhr den Laptop herunter und klappte ihn zu. Sie würde heute ohnehin nichts mehr zustande bringen. Da es im Moment trocken war, drehte sie lieber noch eine Runde mit Lollo zwischen den Knicks, bevor sie mit Iris zum Krankenbesuch fuhr.

Kein Mensch, und wenn er sich noch so sehr bemühte, war in der Lage, dieses Maß an Dankbarkeit zu zeigen, dass Lollo verströmte, wenn man ihn zu einem Spaziergang mitnahm. Wie ein schwarzer Blitz raste der Hund voraus, blieb stehen, sah sich um und wartete auf Trude, bis sie nah genug war, seine quasi lächelnde Schnauze zu erkennen, um erneut mit fliegenden Ohren davonzutoben. Dann verschwand er rechts oder links in die Felder, in der Hoffnung, ein altersschwaches Kaninchen liefe ihm direkt vor die Schnauze und kam in einem großen Bogen wieder zurück, immer darum bemüht, seiner Begleiterin trotz aller Eskapaden Gesellschaft zu leisten. Blieb Trude einmal stehen, setzte er sich mit schief gelegtem Kopf vor sie hin und fixierte sie mit einem so ergebenen Blick, dass ihr gar nichts anderes übrig blieb, als ein Stöckchen für ihn zu werfen.

Trude ließ sich den Wind um die Nase wehen und genoss die frische, kühle Luft, die nach der vom Regen feuchten Erde roch. In den Hecken rechts und links des Weges war das lebhafte Zwitschern der Vögel zu vernehmen und von etwas weiter entfernt das leise Gluckern des Baches, der den Mühlteich speiste. Nach einem Blick auf die Uhr, wollte sie umkehren, denn es wurde langsam Zeit für den Besuch im Krankenhaus. Natürlich war Lollo gerade eben eifrig schnüffelnd zwischen den Büschen verschwunden und es würde sie einige Anstrengung kosten, ihn auf den Heimweg zu lotsen. Vor allem war das Tier inzwischen so taub, dass es kein noch so lautes Rufen und Pfeifen mehr hörte.

Doch diesmal dauerte es nicht lange, da hörte sie Lollo, wie er angerannt kam. Sie sah sich um und es schien so, als ob er heute bei der Jagd erfolgreich gewesen war: In seinem Maul hielt er ein schwarzes Etwas, das gut ein ziemlich großes Kaninchen sein konnte. Doch als der Hund näher kam, stellte sich das als Irrtum heraus. Es schien irgendetwas aus schwarzem Stoff zu sein, ein alter Sack oder eine Decke. Stolz wie Oskar legte Lollo sein Fundstück vor Trude ab und als sie sich danach bücken wollte, ließ er ein gefährliches Knurren hören. Sie kannte dieses Spiel schon – sie musste jetzt mit ihm um die Beute kämpfen und natürlich würde der Hund wie stets daraus als Sieger hervorgehen, um anschließend sein Desinteresse daran zu demonstrieren und ihr großmütig das Anfassen zu gestatten.

»Oh Mann, Lollo! Du und deine Spielchen! Ich habe keine Zeit und dieses dreckige Stück Stoff interessiert mich nicht die Bohne! Jetzt gib schon her!«, schimpfte sie, doch Lollo ließ sich davon naturgemäß nicht beeindrucken und spielte sein Spiel. Sobald sie den Kampf aufgeben wollte, sprang er um sie herum und bellte und tobte wie ein Verrückter. Endlich hatte er aber genug, setzte sich friedlich zur Seite und beobachtete Trude, wie sie ihren Part übernahm und mit spitzen Fingern das schmutzige Teil anfasste.

»Ja Lollo, das hast du fein gemacht! Iih, wie ist das eklig, voller Matsch und Modder und ich will gar nicht wissen, was da sonst noch dran klebt … Aber das ist ja …«

Als Trude es vom Boden hob, erkannte sie erstaunt, dass sie eine schwarze Jacke beziehungsweise ein Jackett in den Händen hielt und als sie die rote Fliege mit den weißen

Punkten erblickte, die aus einer der Taschen gefallen war, da wusste sie auch, wem es gehörte.

»Donnerschock, Hund! Was hast du denn aufgegabelt?«

Sie sah sich um und fühlte sich plötzlich nicht mehr wohl, so ganz allein auf dem einsamen Weg zwischen den Hecken. Was hatte dieses Fundstück hier zu bedeuten? Entweder war seinem Träger etwas passiert oder aber er selbst hatte … sie wollte lieber nicht weiter denken. Gestern noch fand sie Betty hysterisch, die sich hier beim Spaziergang gefürchtet hatte und jetzt war sie sich auch nicht mehr sicher, ob da nicht doch ein Unhold zwischen den Büschen hocken könnte. Obwohl – Betty hatte ja wohl eher Angst vor ihr, Trude, gehabt. Bei diesem Gedanken musste sie plötzlich laut auflachen.

»Wir sind wohl alle ein bisschen verrückt, was Lollo? Na, komm!«

Den unappetitlichen Zustand des Jacketts ignorierend, klemmte Trude es unter den Arm und rannte los in Richtung Mühlenhof. Lollo nahm die Herausforderung zum Wettlauf natürlich an und konnte ihr einmal mehr beweisen, dass er der Schnellere war. Als sie endlich um die Ecke der Scheune bog, sah sie zu ihrem Erstaunen, wie Elsbeth mit den beiden Polizisten ins Auto stieg. Alles Rufen half nichts, man bemerkte sie nicht und der Wagen fuhr ziemlich schnell über die Allee davon. Kopfschüttelnd blieb Trude zurück und zermarterte sich vergeblich das Hirn mit der Frage, was wohl die Kriminalpolizei mit Elsbeth vorhatte.

12

Selten hatte Angermüller sich in seiner Haut so wenig wohl gefühlt wie jetzt und das war ihm deutlich anzusehen. Unruhig rutschte er auf dem harten Holzstuhl hin und her, der für sein beträchtliches Körpermaß ohnehin viel zu knapp ausfiel, um bequem zu sein, er atmete schwer und kraulte sich pausenlos den dunklen Vollbart. Jansen konnte das Sitzen schon lange nicht mehr ertragen und maß das enge Vernehmungszimmer der Warstedter Polizeiwache wie ein Tier im Käfig immer wieder mit langen Schritten ab – vier hin, vier zurück. Dabei warf er nervöse Blicke auf die alte Dame, die bewegungslos hinter dem primitiven Holztisch saß und den Blick starr auf die propere Polizistin gerichtet hatte, die strahlend von einem Plakat für die Partnerschaft von Bürgern und Polizei in Schleswig-Holstein warb.

»Frau Friedrichsen«, setzte Angermüller wieder an, dessen Ohren von der Stille im Raum mittlerweile zu rauschen schienen, »Sie haben uns bisher nur erzählt, dass Sie Frau Margot Sandner am frühen Ostersonntagmorgen durch Ertränken im Mühlteich getötet haben. Sie müssten aber schon etwas genauer werden. Wieso waren Sie um diese Uhrzeit überhaupt draußen unterwegs? Wo sind Sie Frau Sandner begegnet?«

Nur an ihrem beschleunigten Wimpernschlag und den unablässig ein weißes Spitzentaschentuch knetenden Händen war zu erkennen, dass sich Elsbeth unter höchster Anspannung befand. Wie stets hielt sie sich sehr aufrecht und strahlte die ihr eigene natürliche Würde aus. Umso schwerer fiel es den Kriminalbeamten, sie zum Reden zu bringen, denn außer sich selbst der Tat zu bezichtigen, hatte sie ihnen bisher nichts mitgeteilt.

»Es tut mir leid, aber Sie müssen uns die Ereignisse, die zum Tod von Frau Sandner geführt haben, schon ganz detailliert schildern, sonst müssen wir annehmen, Sie wollen sich hier nur wichtig machen«, fuhr Angermüller fort. Als die alte Dame sie zur Mühle einbestellt hatte, um sich ihnen als Täterin zu offenbaren, waren die beiden Polizisten aus allen Wolken gefallen. Doch viel mehr als »Nehmen Sie mich mit, ich bin es gewesen«, wollte sie ihnen nicht sagen und so beschlossen Angermüller und Jansen, das Verhör in der Dienststelle fortzusetzen, auch wenn sie sich nicht allzu viel davon versprachen. Und wie sie ihnen jetzt gegenüber saß, in ihrer dunkelblauen Bluse mit der Perlenkette, das silberblonde Haar wohl frisiert, schien es schier unmöglich, sie sich als Mörderin vorzustellen. Sicherlich sah man ihr ihre fünfundsiebzig Jahre nicht an und sie wirkte körperlich durchaus kräftig und fit, doch einen Menschen umbringen, könnte sie das?

Elsbeths starre Haltung löste sich etwas und mit klarer Stimme erklärte sie:

»Ich habe nicht schlafen können und dachte, etwas frische Luft würde mir vielleicht gut tun. Ich gehe des Öfteren nachts ein bisschen spazieren. Am Mühlteich kam mir diese Person entgegen. Sie war betrunken.«

»Und weiter? Haben Sie miteinander gesprochen?«

»Ich sagte höflich ›Guten Morgen‹, worauf sie nicht antwortete. Sie verhielt sich mir gegenüber sehr ungehörig …«

Die von Elsbeth ohnehin stockend vorgetragenen Worte kamen ganz zum Stillstand. Obwohl Angermüller kein Wort von dem glaubte, was die alte Dame vorgab, in der Tatnacht gesagt oder getan zu haben, fragte er geduldig nach:

»Was genau hat denn Frau Sandner getan?«

Elsbeth sah ihn voller Unwillen an, doch dann nahm sie einen neuen Anlauf, das Geschehen wiederzugeben.

»Sie war sehr ... sehr aggressiv ... und ja, sehr ordinär in ihrer Ausdrucksweise ... Mein Gott, so genau erinnere ich mich auch nicht mehr ...«

»Sie behaupten, Sie erinnern sich nicht mehr«, sagte Jansen mit einer nicht zu überhörenden Schärfe in der Stimme, »doch scheint ja dieses Verhalten, wenn nicht der Grund, so doch zumindest der Anlass gewesen zu sein, dass Sie Margot Sandner ermordeten, wie Sie behaupten. – Dann schildern Sie uns jetzt bitte ganz genau, wie Sie dabei vorgingen!«

»Ich habe Ihnen doch bereits gesagt, dass ich sie in den Mühlteich stieß und dann ihren Kopf so lange unter Wasser hielt, bis sie sich nicht mehr bewegte ...«

Man konnte ganz klar spüren, welche Überwindung es die Frau kostete, diesen grausamen, gewalttätigen Akt zu beschreiben. Angermüller schaute sie prüfend an und sagte dann:

»Ich hatte gehofft, Sie würden uns etwas anderes erzählen und damit alle unsere Probleme lösen. Schade!«

»Ich verstehe nicht, was Sie meinen, Herr Kommissar. Ich kann nur erzählen, was passiert ist.«

»Eben. – Frau Sandner ist nämlich nicht durch Ertrinken gestorben.«

Einen Augenblick schien Elsbeth Friedrichsen irritiert zu sein, doch dann erklärte sie:

»Ich habe vergessen, zu erwähnen, dass ich dieser Person erst einen schweren Stein auf den Kopf geschlagen habe. Und weil ich dachte, sie ist noch nicht tot, habe ich sie in den Mühlteich gezogen und ihren Kopf unter Wasser gedrückt.«

Angermüller und Jansen warfen sich einen Blick zu. Sie wussten, dass es auch so nicht gewesen sein konnte und jeder für sich beglückwünschte sich innerlich, dass die

Ergebnisse der Obduktion bisher nicht an die Öffentlichkeit gedrungen waren. Beiden war absolut klar, dass die alte Dame niemals die Täterin sein konnte, doch warum wollte sie partout die Schuld auf sich nehmen? Angermüller ließ sich nicht anmerken, dass ihn auch diese Tötungsvariante nicht befriedigte und setzte an einem anderen Punkt an:

»Warum haben Sie Margot Sandner getötet? Doch nicht einer etwaigen Ungehörigkeit wegen. Was war Ihr Motiv, Frau Friedrichsen?«

Diese Antwort kam schneller als Angermüller erwartet hatte.

»Die Frau war böse. Sie sah nur ihren eigenen Vorteil und zerstörte rücksichtslos das Glück anderer Menschen. Ich habe sie von Anfang an nicht gemocht …«

»Sie haben uns bei Ihrer ersten Zeugenvernehmung gesagt, dass Sie Frau Sandner so gut wie nicht kannten – woher wissen Sie dann, was für ein Mensch sie war?«

Elsbeth blickte Angermüller gerade heraus an und sagte in überzeugtem Ton:

»Wissen Sie, in meinem Alter hat man schon eine gewisse Menschenkenntnis erworben und außerdem hat mir die Frau meines Schwiegersohnes einige Dinge erzählt …«

»Sie verstehen sich gut mit Frau Kampmann?«

»Sie ist für mich wie eine Tochter.«

Das ist der Punkt, dachte Kommissar Angermüller und der Gedanke war ihm ausgesprochen unangenehm. Die alte Frau hatte von dem ungeheuren Verdacht gegen ihre angenommene Tochter erfahren und würde nun alles tun, um Trude Kampmann zu schützen, vor wem oder was auch immer. Diese Tatsache freute ihn gar nicht, sprach sie doch gegen die Frau, von der ihm sein Gefühl immer noch und immer wieder sagte, sie ist es nicht gewesen.

»Frau Friedrichsen, es tut mir leid, Ihnen sagen zu müssen, dass wir immer noch glauben, dass Sie uns nicht die

Wahrheit gesagt haben über das, was Sie über Frau Sandners Tod wissen ...«

Unter anderen Umständen hätte jemand wie Elsbeth Friedrichsen einen solchen Vorwurf nicht auf sich sitzen lassen und vehement widersprochen, doch sie fühlte sich scheinbar überhaupt nicht davon betroffen. Jansen hatte seine Wanderung von Wand zu Wand abgebrochen und wippte mit unverhohlener Ungeduld von den Fersen auf die Fußspitzen. Für ihn war das Maß an vornehmer Zurückhaltung schon lange voll.

»Sie haben uns jetzt schon eine Menge Zeit gekostet mit all den Märchen, die Sie uns erzählt haben, Frau Friedrichsen! Wenn Sie geglaubt haben, wir warten nur, bis jemand ›hier!‹ schreit und verhaften ihn, ohne nach dem genauen Hergang zu fragen, Hauptsache, wir haben einen Täter, haben Sie sich gewaltig getäuscht. Es ist mir klar, dass es Ihnen egal ist, wenn ich Ihnen mit Strafe für Falschaussagen drohe, wenn Sie sogar bereit sind, unschuldig für jemand anderen ins Gefängnis zu gehen ...«

Sein aufgebrachter Ton bewirkte zumindest, dass Elsbeth seinen Worten sehr aufmerksam folgte.

»... aber vielleicht gibt es Ihnen zu denken, wenn ich Ihnen sage, dass Sie dem Täter oder der Täterin mehr schaden als nützen. Je länger unsere Suche sich hinzieht, desto härter wird die Strafe ausfallen. Und eines kann ich Ihnen versichern: Wir geben nicht auf, bevor wir den Mörder oder die Mörderin gefunden haben.«

Es war nicht schwer zu erkennen, dass Elsbeth dieser rüde Ton gar nicht gefiel.

»Mein Kollege hat recht, Frau Friedrichsen. Wenn Sie jemandem helfen wollen, dann tun Sie das am ehesten mit der Wahrheit«, sagte Angermüller freundlich und Jansen bekräftigte:

»Wir finden es sowieso heraus. Also, was wissen Sie?«

Elsbeth Friedrichsen erwiderte nichts, ihre Fingerknöchel traten weiß hervor, so presste sie das Taschentuch in ihren Händen. Gespannt beobachteten sie die beiden Kommissare. Schließlich holte sie tief Luft und sagte dann leise: »Es tut mir leid, etwas anderes habe ich nicht zu sagen.«

Jansen konnte seine Frustration nicht länger zurückhalten und sprang von seinem Stuhl hoch. Mit einem kurzen Wink bedeutete er Angermüller, ihm vor die Tür zu folgen.

»Müssen wir uns das eigentlich noch lange bieten lassen?«, knurrte er draußen auf dem Flur.

»Die weiß irgendwas und will jemanden schützen und wir wissen beide, wer das ist!«

Angermüller hob resigniert die Schultern.

»Was willst du machen? Willst du die alte Dame in Beugehaft nehmen? Was ja auch nichts nützen würde, wie wir wissen. Ich fürchte, wir haben kein Druckmittel in der Hand …«

Laut hörbar atmete Jansen aus.

»Oh Mann, deine Ruhe möchte ich haben! Denkst du, die Kampmann weiß davon, dass ihre mütterliche Freundin sich als brutale Mörderin ausgibt?«

»Auf gar keinen Fall!«, äußerte Angermüller bestimmt. »Selbst wenn Trude Kampmann unsere Täterin sein sollte – was ich nach wie vor nicht glaube, wohlgemerkt – würde sie es nie akzeptieren, dass die alte Dame für sie ins Gefängnis ginge!«

Er wusste nicht, woher er die Gewissheit nahm, jetzt, wo sogar die alte Frau nicht an die Unschuld ihrer Ersatztochter zu glauben schien, aber Georg Angermüller sah ganz klar, dass sie auf einer falschen Fährte waren. Er spürte es immer deutlich, wenn er einem Täter nahe kam, als ob ein innerer Seismograph ganz feine Vibrationen abfangen würde, die die Chemie zwischen ihm und dem Verdächtigen störten. In diesem Fall war es bisher in seinem Inneren absolut ruhig geblieben, wenn er mit Trude Kampmann zu tun hatte.

»Ich denke, wir sollten ihr jetzt erst mal ganz klar sagen, dass wir glauben, dass sie uns nur diese Lügengeschichten auftischt, um den Verdacht von Trude Kampmann abzulenken, vielleicht knickt sie dann ja ein«, bemerkte Jansen. Da er auch keinen besseren Vorschlag hatte, stimmte Angermüller zu und sie gingen zurück zu Elsbeth Friedrichsen, die immer noch in derselben geraden Haltung auf dem unbequemen Holzstuhl saß.

»Frau Friedrichsen«, begann Angermüller, »ich will ganz offen sein: Wir glauben leider kein Wort von dem, was Sie uns erzählt haben. Wir wissen, dass Sie nicht die Täterin sein können. Wir glauben, Sie nehmen die Schuld am Tod von Margot Sandner auf sich, um den Verdacht von Frau Kampmann abzulenken.«

Angermüller achtete aufmerksam auf ihre Reaktion. Ein kleines Zucken mit den Lidern vielleicht, aber sonst war Elsbeth nicht anzumerken, dass diese Behauptung sie irgendwie tangierte.

»Das Einzige, was ich dazu sagen kann, ist, dass Trude keine Schuld trifft.«

Jansen versuchte, so ruhig wie möglich zu bleiben, als er sagte: »Ich wiederhole noch einmal: Wir wissen definitiv, dass Ihre Aussage von vorhin die reine Fantasie war. Warum haben Sie uns diese Geschichten erzählt? Ich sage es Ihnen: Weil Sie etwas wissen und jemanden schützen wollen! Und dieser Jemand ist Trude Kampmann.«

»Und ich kann nur wiederholen, dass ich Frau Kampmann niemals für eine Mörderin halten kann.«

Zum Erstaunen der Kriminalbeamten erhob sich Elsbeth plötzlich.

»Es tut mir leid, Ihre Zeit in Anspruch genommen zu

haben. Wenn meine Aussage für Sie ohnehin nicht von Belang ist, dann kann ich jetzt wohl gehen ...«

»Moment mal, so einfach ist das ja nicht!«, protestierte Jansen, doch mit einem Blick auf seinen Kollegen verstummte er.

»Gut Frau Friedrichsen.«

Angermüller blieb ruhig und sagte:

»Brechen wir hier erst mal ab. Der Kollege von der Streife draußen fährt Sie heim und Sie denken über alles noch einmal gründlich nach. Morgen werden wir wieder miteinander reden, halten Sie sich zu unserer Verfügung. Vielleicht ist Ihnen dann ja einiges klarer geworden.«

»Wie Sie meinen, Herr Kommissar. Guten Tag, die Herren!«

Und hoch erhobenen Hauptes verließ die alte Dame das Vernehmungszimmer.

»So etwas habe ich noch nicht erlebt! Die alte Schachtel erzählt uns einen vom Pferd und geht dann seelenruhig nach Hause! Nee, nee ...«

Jansen griff sich an den Kopf. Doch Angermüller meinte:

»Täusch dich da mal nicht: Von Seelenruhe kann mit Sicherheit keine Rede sein. Wenn nicht morgen, so doch übermorgen wird sie schon mitteilsamer sein. Die alte Frau ist kein abgebrühter Gangster und das Verhör hier hat sie ganz schön Kraft gekostet. Und du bist ja wohl meiner Meinung, dass keine Fluchtgefahr besteht ...«

Oberhalb des Dünenstrandes auf mehrere höchstens zweistöckige Gebäude verteilt, lag das Warstedter Krankenhaus etwas außerhalb der Stadt, zwischen Feldern und Wiesen. Von der architektonischen Gestaltung und den Gartenanlagen her hätte es sich auch um eine weitläufige Feriensiedlung handeln können. Trude und Iris betraten die helle, freundliche Lobby, die mit ihrer Rezeption, den geschmackvollen Sitzecken und den vielen Pflanzen durchaus einer Hotelhalle glich. Es war der Nachmittag vom Ostermontag und Hauptbesuchszeit, Familienangehörige und Freunde saßen um Leute in Bademänteln, tranken Kaffee, manche auch schon Bier und packten Blumen, Pralinenschachteln und Zeitschriften aus.

Auch Trude hatte für Betty im Garten einen Strauß geschnitten, eine Schale mit selbstgebackenem Shortbread eingepackt und am Zeitungsstand in der Lobby noch zwei Zeitschriften erstanden, von denen sie glaubte, sie könnten Betty interessieren. Die freundliche Dame am Empfangstresen wies ihnen den Weg zu Bettys Zimmer im zweiten Stock und wie bei jedem Besuch im Krankenhaus spürte Trude die Spannung, was sie wohl hinter der Tür an die sie klopfte, erwarten würde. Das auffordernde ›Ja bitte!‹ klang aber schon wieder recht kräftig und so drückte sie mutig auf die Klinke.

Den rechten Arm bis zum Hals in Gips, um den Kopf einen Verband und im Rücken zwei dicke Kissen, sah Betty ihrem Besuch entgegen. Beim Näher Kommen waren unter beiden Augen leichte, blaue Verfärbungen zu entdecken. Wahrscheinlich würden sich daraus zwei kräftige Veilchen entwickeln. Munter trat Trude an das Krankenbett, legte ihre Mitbringsel ab und fragte mitfühlend:

»Na, wie geht's dir, du Arme? Tut es sehr weh?«, während sie Bettys heile Schulter zu streicheln versuchte.

»Geh weg, du falsche Schlange!«, zischte diese plötzlich und wendete sich mit einem Ruck, der sie vor Schmerzen das Gesicht verziehen ließ, von ihr ab. Resigniert zog Trude ihre Hand zurück.

»Bist du immer noch nicht vernünftig geworden?«

Bettys Reaktion ließ nicht auf sich warten:

»Vernünftig!? Was soll das denn heißen? Was erwartest

du? Ich werde die Klippen hinuntergestürzt und breche mir nicht den Hals, wie du gehofft hast ...«

»Betty! Das war ein Unfall und du weißt das auch«, unterbrach Trude den wütenden Ausbruch der Freundin, »und eigentlich freut es mich, dass es dir schon wieder so gut geht ...«

Trude hatte vorschlagen wollen, noch einmal in aller Ruhe über die Vorkommnisse der vergangenen Tage zu sprechen, doch dazu kam sie nicht. Betty ließ sie nicht ausreden und zum ersten Mal verspürte Trude so etwas wie Hass hinter ihren Worten.

»Was willst du noch von mir? Reicht es dir nicht, dass Margot tot ist? Warum hast du uns überhaupt hierher eingeladen? Um uns deine schöne, heile Welt vorzuführen?«

Trude traute ihren Ohren nicht und nach einer Schrecksekunde entgegnete sie: »Betty, ich bitte dich! Es war doch vor allem auch dein Wunsch einmal mein neues Zuhause kennen zu lernen, wie oft haben wir davon gesprochen, jedes Mal, wenn ich bei euch in Berlin war! Aber warum musstest du Margot mitbringen, wenn du die ganze Geschichte von ihr und mir kanntest? Hast du wirklich gemeint, das würde mir überhaupt nichts ausmachen? Oder wolltest du mir wehtun?«

Es war wohl zu erkennen, dass es in Bettys Gesicht oder dem, was davon zu sehen war, arbeitete, doch sie blieb stumm und sah stur an Trude vorbei.

»Tja, jetzt wird mir klar, warum du so eine panische Angst vor mir hattest: Du hast angenommen, ich wüsste, dass du alles weißt, die ganze Geschichte von Margot, Gerhard und mir und dass ich deiner Gemeinheit, uns hier im Laborversuch aufeinander zu hetzen, auf die Spur gekommen bin ... was bist du doch für ein bedauernswertes Wesen.«

Trude wandte sich an Iris, die auf Abstand bedacht am

Fenster lehnte und der Szene als stumme Beobachterin beigewohnt hatte.

»Ich warte draußen auf dich!«

Auch wenn sie äußerlich ruhig geblieben war – natürlich hatte Trude diese Auseinandersetzung aufgewühlt und entsprechend geladen stürmte sie zur Tür und lief dem großen Kommissar direkt in die Arme, der gerade mit seinem Kollegen den Flur entlang kam.

»Frau Kampmann! Sie hier?«

Angermüller klang leicht erstaunt.

»Ist es nicht normal, einen Krankenbesuch bei einer Freundin zu machen?«, blaffte Trude ihn gereizt an und fuhr dann etwas gelassener fort, »Das dachte ich jedenfalls bis vor einer Minute, dass es sich um eine Freundin handelt. Aber ich bin offensichtlich nicht erwünscht da drin. Wollten Sie noch etwas von mir?«

Angermüller schüttelte den Kopf.

»Nicht, dass ich wüsste …«

»Aber ich habe noch eine Frage.«

Im Zwielicht des langen Krankenhausflurs schob sich Jansen vor seinen Kollegen:

»Ist Ihnen bekannt, dass die Schwiegermutter Ihres Mannes, Frau Elsbeth Friedrichsen, sich des Mordes an Margot Sandner bezichtigt?«

»Wie bitte?«

Ungläubig starrte Trude den Mann in Lederjacke, Jeans und Turnschuhen an, der vorgab so etwas Seriöses wie Polizeibeamter zu sein und ihr nun diesen Unsinn erzählte. Hilfe suchend wandte sie sich an seinen massigen Kollegen, den sie für ziemlich vertrauenswürdig hielt.

Angermüller bestätigte Jansens Darstellung und ärgerte sich insgeheim über dessen Vorpreschen. Sie hatten das nicht abgesprochen, dass sie überhaupt jemandem von der Selbstbezichtigung berichten würden. Wahrscheinlich erhoffte sich Jansen, dass die von ihm verdächtigte Trude Kampmann jetzt zusammenbrechen und gestehen würde, um ihre mütterliche Freundin auf der Stelle von dem bösen Verdacht rein zu waschen. Zumindest hatte Jansen erreicht, dass die Frau ziemlich durcheinander war.

»Ja, aber sie war es doch nicht, oder?«, fragte sie Angermüller irritiert. Die Antwort gab ihr Jansen mit einem schneidenden Unterton in der Stimme:

»Wenn Elsbeth Friedrichsen nicht die Täterin ist, wie Sie zu glauben scheinen, dann nimmt sie wohl Schuld auf sich, weil sie jemanden schützen will, oder? Haben Sie eine Idee, wer das sein könnte?«

Mit hörbarem Pusten stieß Trude die Luft aus. Sie konnte plötzlich nicht mehr klar denken und in ihren Ohren summte ein Bienenschwarm. Elsbeth! Die Gute! Oh Gott, sie musste baldigst mit ihr sprechen.

»Wo ist sie jetzt?«, konnte sie endlich fragen.

»Wir haben sie ungefähr vor einer Stunde nach Hause bringen lassen«, gab Angermüller Auskunft. Mehr zu sich selbst murmelte Trude: »Ich muss sofort zu ihr.«

Sie wandte sich an die Beamten: »Sagen Sie Iris bitte, dass ich sofort nach Hause fahren möchte und sie sich beeilen soll, wenn sie mit mir mitkommen will.«

Die Plastiktüte mit Lollos merkwürdigem Fund, die in ihrem Auto lag und die sie der Polizei hatte übergeben wollen, war in völlige Vergessenheit geraten.

Auf keinen Fall sollten die Patienten in ihren hellgrünen, hauseigenen Hemden frieren und deshalb war das freundliche Zweibettzimmer, in dem Betty allein lag, auch gut geheizt. Obwohl Angermüller schon seinen Lodenmantel abgelegt hatte, fühlte er sich wie in einer Sauna und hatte Mühe, sich auf die Fragen nach dem Hergang des Vorfalls am Steilufer zu konzentrieren.

»Also, Frau Oppel, Sie haben zufällig gesehen, wie Frau Kampmann den Spazierweg zum Steilufer einschlug und beschlossen, ihr zu folgen. Warum?«

Betty verzog vor Schmerzen das Gesicht, als sie versuchte mit den Schultern zu zucken.

»Ich weiß auch nicht genau. Ich dachte, vielleicht würde ich irgendwas über Margots Tod herausfinden ... Es war eine blöde Idee, glaube ich ...«

Angermüller enthielt sich eines Kommentars und ermunterte sie, weiter zu erzählen.

»Trude hat wohl etwas gemerkt. Jedenfalls habe ich sie aus den Augen verloren und als ich aus dem Wäldchen ans Steilufer kam, stand sie plötzlich vor mir und bedrohte mich mit einem Messer.«

»Wie ging das vor sich? Was genau hat Frau Kampmann getan?«

Unruhig rutschte Betty hin und her und sah immer wieder nervös zur Tür: »Was hat sie getan? Ja, was? Sie versuchte natürlich, mich irgendwie einzuwickeln, dass ich ihr vertrauen sollte und hielt eben dieses Messer in der Hand ...«

»Hat sie Sie angefasst, geschlagen, mit dem Messer verletzt?

Betty lachte bitter auf.

»Gott sei Dank nicht! Was denken Sie? Ich bin natürlich ausgewichen. Aber sie kam immer näher und dann ...«

»Was ist dann passiert?«

»Sie wollte mich gerade zu fassen kriegen, da habe ich einen großen Schritt rückwärts gemacht und ich habe geschrieen. Ja, und dann bin ich gefallen ... erst im Krankenwagen bin ich wieder aufgewacht.«

Angermüller sah sich um. Ihm war unerträglich heiß und er hätte sich gerne gesetzt. Doch auf dem einzigen Stuhl im Raum hatte sich Jansen niedergelassen und ein Schild wies darauf hin, dass es Besuchern nicht erlaubt war, auf unbenutzten Betten Platz zu nehmen – Hygienevorschriften! Aus dem Fenster konnte man über die Dünen zum Strand blicken, an den die aufgewühlte, graue Ostsee heute erstaunlich große Wellen rollte. Da draußen war es bestimmt angenehm frisch und kühl! Betty Oppels Einlassungen erhöhten sein Gefühl des Unwohlseins. Jansen verbuchte natürlich alles, was gegen Frau Kampmann zu sprechen schien, im Plus. Für Angermüller war die Frau hier schlicht hysterisch und der vermeintliche Messerangriff die reine Einbildung. Was half's, auch die wohlmeinende Falschaussage der alten Dame hatte die Vorwürfe gegen Frau Kampmann erhärtet statt sie zu entkräften. Der Kreis des Verdachts um die Frau, die er trotz allem nach wie vor für unschuldig hielt, zog sich immer enger. Angermüller wiegte seinen Kopf hin und her und sagte ernst:

»Das sind ja wirklich schwere Anschuldigungen, die Sie da gegen Ihre Freundin vorbringen, Frau Oppel! Sie sind sich bewusst, dass Sie unsere Hauptbelastungszeugin sind?«

Ein hoheitsvolles Nicken war die Antwort – Betty Oppel stand zu ihrer Verantwortung.

»Erst durch Ihre Hinweise haben wir unsere Ermittlungen in diese Richtung gelenkt«, fuhr Angermüller fort. Er wusste selbst nicht, was er sich davon versprach, die Zeugin so in seine Überlegungen zu diesem Fall einzubeziehen. Ungewöhnliche Wege führen manchmal zu ungeahnten Zielen, sagte er sich, darauf hoffend, dass es doch noch zu einer Wendung kam.

»Wir sind eigentlich von einem Sexualdelikt ausgegangen. So ganz haben wir diese Spur auch noch nicht aufgegeben. Es gibt da verschiedene Anhaltspunkte, zum Beispiel hatte Frau Sandner in der Mordnacht Geschlechtsverkehr, ein männlicher Zeuge ist seither verschwunden und bisher ist auch der Slip, den Frau Sandner in jener Nacht getragen hat, nicht wieder aufgetaucht ...«

Bei der Erwähnung des Slips sah Betty den Kommissar erstaunt an.

»Woher wissen Sie so genau, dass Margot überhaupt einen getragen hat?«

Angermüller war vierzig Jahre alt und nichts Menschliches war ihm fremd, doch auf diese Idee war er bisher nicht gekommen. Er ließ sich seine Verblüffung über diese einfache Erklärung für das Fehlen des Slips nicht anmerken und antwortete ganz selbstverständlich: »Wir können natürlich gar nicht wissen, ob Frau Sandner mit einem Slip bekleidet war, aber es ist ja nicht ganz unüblich, denke ich. Doch Sie scheinen da anderer Meinung zu sein?«

Er warf einen Seitenblick auf Jansen, der plötzlich auf diese lüsterne Art interessiert schaute, die Angermüller überhaupt nicht leiden konnte. Betty Oppel nahm von seinem Kollegen keine Notiz und in dem ehrfürchtigen Tonfall, in den man im Andenken an einen hochgeschätzten Verstorbenen verfällt, antwortete sie:

»Damit Sie sich kein falsches Bild von Frau Sandner machen: Margot war kein sexhungriges Monster! Sie war im Grunde ein ziemlich verzweifelter Mensch, weil sie so verdammt illusionslos war und je älter sie wurde, desto mehr wurde Sex für sie zu einer Bestätigung, dass sie noch da ist, dass sie lebt. Von Männern erwartete sie nicht viel und um guten Sex zu haben, sagte sie immer, muss man bei sich selbst anfangen und da sie es erregend fand, keinen Slip unterm Rock zu tragen, hat sie damit eben angefangen ... ach Margot, sie war schon eine ganz besondere Frau!«

Wehmütige Bewunderung lag in Bettys Stimme und trotz der Intimität des Themas zeigte sie keine Spur von Verlegenheit, sodass Angermüller nachfragte: »Und wie war das am Samstagabend? Wissen Sie definitiv, dass Margot Sandner da auch keinen Slip trug?«

»Wir haben darüber nicht gesprochen, aber so ein Fest gehörte nach Margots Maxime auf jeden Fall zu den ‚slipfreien Terminen', da bin ich mir ganz sicher! Und sie stand ja auch an dem Abend im Mittelpunkt des Männerinteresses und hat es in vollen Zügen genossen – die Blicke, das Begehren, die Berührungen. Sie hat mit fast allen getanzt und ganz offensichtlich ihren Spaß gehabt ...«

Es war wirklich bemerkenswert, mit welchem Eifer sich diese kleine, unauffällig Person in das lebenshungrige Wesen ihrer toten Freundin versetzte. Sie schien alles gehabt zu haben, was sie an sich selbst zu missen glaubte. Sogar das Entsetzen über Margot Sandners Tod trat hinter die grenzenlose Bewunderung zurück, die Betty Oppel ihrem Vorbild entgegen brachte. Es war einer jener Momente, in denen das Innenleben eines fremden Menschen wie ein offenes Buch vor einem lag und Angermüller spürte das Bedürfnis, es ganz schnell zuzuklappen. Er wollte nicht gezwungen werden, über die Einsamkeit, den Frust, die Enttäuschungen dieser nicht mehr ganz jungen Frau nachzudenken, wenn ihm auch langsam klar wurde, dass hierin die Triebfeder für die schlimmen Anschuldigungen gegen Trude Kampmann zu suchen war.

Was dem Kommissar überhaupt nicht gefiel, war die Tatsache, dass die Frage nach dem nicht vorhandenen Slip nun beantwortet schien und damit eine noch offene Spur sich in Wohlgefallen aufgelöst hatte. Jansen würde mit Sicherheit diesen Punkt gegen die Verdächtigte buchen. Angermüller nahm seinen Mantel.

»Ich denke, wir haben keine Fragen mehr, Frau Oppel. Vielen Dank, dass Sie trotz Ihres Gesundheitszustandes unsere Fragen beantwortet haben und baldige Genesung natürlich! Wir melden uns, wenn wir noch einmal Ihre Unterstützung brauchen.«

»Ich hoffe, ich konnte Ihnen weiterhelfen! Sie geben mir Bescheid, wenn Sie wissen, wer's getan hat. Und Frau Kampmann sagen Sie bitte, sie soll mich nicht mehr besuchen«, bat Betty, um deren Augen sich im nachlassenden Licht des frühen Abends mittlerweile zwei dunkelviolette Ringe legten.

»Machen wir.«

Jansen erhob sich.

»Und ich wünsche auch gute Besserung! Wie lange müssen Sie denn hier noch liegen?«

»Die Ärzte haben gesagt, noch zwei, drei Tage wegen der Gehirnerschütterung und dann darf ich zurück nach Berlin fahren oder besser gefahren werden. Iris, Frau Dr. Schulze, will netterweise noch so lange hier bleiben und mich dann mitnehmen. Ich werde auch sehr froh sein, wieder daheim zu sein. Vor allem fehlt mir meine Tochter!«

»Na dann, alles Gute noch mal!«

13

Eine ungemütlich feuchte Kälte herrschte im Auto, als Trude und Iris durch den nieselig grauen Aprilnachmittag vom Krankenhaus zurückfuhren. Ihr Atem ließ die Autoscheiben beschlagen und die beiden wechselten kaum ein Wort. Die schlanken Arme um den Oberkörper geschlungen, der Teint blass und durchscheinend, saß Iris auf dem Beifahrersitz und erinnerte mehr denn je an ein frierendes Vögelchen. Doch der Impuls, liebevoll den Arm um sie zu legen, sie zu wärmen und zu verwöhnen, überkam Trude nicht mehr. Die Ereignisse der letzten Tage hatten ihr Verhältnis zu der Freundin verändert. Trude fühlte sich nicht mehr bemüßigt, die Mauer von Zurückhaltung und Distanz, dieses abwehrende Rührmichnichtan, das die Frau wie einen Schutzschild vor sich her trug, um jeden Preis zu durchbrechen. Irgendwie war ihr in den schlimmen Stunden auch das Vertrauen abhanden gekommen. Ihr scheinbares Desinteresse am Schicksal anderer, der Mangel an sichtbarem Mitgefühl hatte in Trudes Augen ein nicht mehr entschuldbares Maß erreicht. Und sollte die Ursache dafür krankhafte Angst vor Nähe sein, fühlte sich Trude momentan wahrlich nicht berufen, die Therapeutin zu spielen. Trotzdem verspürte sie jetzt das Bedürfnis, von Elsbeths absurder Selbstbezichtigung zu erzählen. Ständig kreisten ihre Gedanken darum und sie hatte nur den dringenden Wunsch so bald wie möglich nach Hause zu kommen, mit Elsbeth zu reden, zu erfahren, was sie zu dieser Wahnsinnshandlung treiben konnte. Trude musste einfach ihre Gedanken einmal aus sich herauslassen, auch wenn von Iris kein Echo zu erwarten war.

»Elsbeth nimmt die Schuld auf sich, um mich zu schützen. Das ist bestimmt ihr Motiv. Aber das heißt ja andererseits, dass sie glaubt, ich könnte es wirklich gewesen sein … Das ist schon irgendwie eigenartig …«, schloss Trude grübelnd ihren kurzen Monolog und achtete schon gar nicht mehr darauf, dass Iris ihren Überlegungen sehr interessiert gefolgt war, auch wenn sie letztlich dann wieder stumm blieb.

»Ich muss so bald wie möglich mit Elsbeth reden.«

Trude trat etwas kräftiger auf das Gaspedal. Nur einmal ergriff Iris das Wort, um zu fragen, ob sie noch zwei, drei Tage auf dem Mühlenhof wohnen dürfe, bis Betty aus dem Krankenhaus entlassen wäre und sie gemeinsam nach Berlin zurückfahren würden.

»Kein Problem. Du kommst ja wohl allein zurecht«, beschied Trude knapp, denn große Lust oder gar Verpflichtung, für Iris die bemühte Gastgeberin zu spielen, verspürte sie bei Gott nicht mehr.

Auf dem Hof angekommen, gingen sie nach einem kurzen »Tschüß« ihrer Wege. Die Nässe, die den ganzen Tag immer mal wieder vom Himmel sprühte, hatte den Boden an der Oberfläche schon wieder aufgeweicht und Iris setzte in großen Sprüngen hoch zur Gästewohnung hinter der Mühle. Eigentlich wollte Trude gleich Elsbeth aufsuchen, doch als schon vor dem Haus Lollos steinerweichendes Jaulen zu hören war, eilte sie erst einmal hinein, um zu sehen, was der Hund wohl wieder angestellt hatte.

Als sie den Hausflur betrat, hörte sie das Telefon klingeln und sie lief, um das Gespräch anzunehmen, bevor der Anrufbeantworter ansprang. Riekes nölige Stimme drang aus dem Hörer und sie ärgerte sich, dass sie es zum Telefon geschafft hatte.

»Trude, meine Liebe, wie geht's dir denn? Das ist ja schrecklich, was da bei euch passiert ist! Kriegst du überhaupt nachts noch ein Auge zu? Hat die Polizei denn schon eine heiße Spur?«

»Hallo Rieke! Mir geht's ganz gut. Den Mörder haben sie noch nicht, aber die Polizei ist fleißig am Arbeiten.«

»Ja also, ich wollte noch mal hören: Ihr kommt doch heute, oder? Vielleicht tut dir ein bisschen Ablenkung ja ganz gut ...«

Das Ostereieressen bei Rieke und Knut! Das hatte Trude tatsächlich völlig vergessen. Eigentlich hatte sie gehofft, diesen Abend mit Franz verbringen zu können. Auch wenn es sie Überwindung kostete, sie musste mit ihm reden, auch über die Dinge, die sie meinte für immer aus ihrem Leben verbannt zu haben. Nicht zuletzt musste sie ihm sagen, dass sie jetzt von der Polizei des Mordes an Margot verdächtigt wurde. Sie hatte ihm so viel zu erzählen, zu erklären, hoffte für ihr Handeln sein Verständnis zu finden, um mit sich und ihm wieder ins Reine kommen. Natürlich wären die aktuellen Ereignisse eine plausible Ausrede für das Fernbleiben von dem traditionellen, meist ziemlich magenschädigenden und seltenst genussvollen Eieressen gewesen. Andererseits lag Franz an diesen regelmäßigen Ritualen mit seinen alten Kumpels sehr viel und er wäre wahrscheinlich enttäuscht, wenn sie nicht mitkäme. Sie hatte sowieso einiges bei ihm gut zu machen und etwas Ablenkung war vielleicht wirklich nicht schlecht. Nach dem Fest, so nahm sie sich vor, würde sie mit ihm reden.

»Wir kommen gerne Rieke. Ich bin schon gespannt, was du wieder Leckeres aus den Ostereiern gezaubert hast«, log Trude ohne rot zu werden.

»Ach du, so wie du krieg ich das ja doch nicht hin«, wehrte diese geschmeichelt ab und fragte dann:

»Könntet ihr vielleicht auch eine halbe Stunde früher

kommen? Alle anderen können. Knut meinte nämlich, wir sollten früher anfangen, weil die meisten ja morgen wieder arbeiten müssen. Und unser Ostereierfest ist doch immer nett, dolle S-timmung und so. Kein Wunder bei unseren Jungs, nich?«

»Bis jetzt ist Franz noch gar nicht vom Segeln zurück. Wann sollen wir denn kommen?«

»Wir dachten so um sieben.«

»Ich will sehen, ob wir das schaffen, ja?«

Auf jeden Fall muss ich vorher noch mit Elsbeth sprechen, dachte Trude bei sich, während Rieke sich in Vorfreude über den bevorstehenden Abend verbreitete.

»Also bis nachher, Rieke!«, schnitt Trude ihr energisch das Wort ab.

»Ich muss jetzt wirklich Schluss machen! Lollo, der jault und bellt, wie ein Verrückter, wer weiß, was da wieder los ist!«

Als Trude die Küche betrat, verstummte das Gebell sofort und ganz fleischgewordenes Schuldbewusstsein, verzog sich der Hund mit eingeklemmtem Schwanz in die Ecke neben der Terrassentür. Ein Blick und ihr war klar, das Tier musste an die frische Luft, denn wahrscheinlich war ihm ziemlich schlecht. Kein Wunder nach dem Genuss eines halben Pfundes reiner Butter! Sie war im Grunde selbst schuld daran: Auf dem Fußboden lagen die Tischdecke und die völlig sauber geleckten Scherben der Butterdose – sie hatte vergessen, sie in den Kühlschrank zu stellen und da Lollo gelernt hatte, dass er vom Tisch nichts fressen durfte, hatte er sich an diesem einsamen, langweiligen Nachmittag die Dose eben auf den Boden geholt.

Sie schickte das Tier in den Garten und tatsächlich verzog sich Lollo schnurstracks unter den Pflaumenbaum und würgte die ganze fette Ladung wieder heraus.

»Jetzt komm wieder rein Lollo! Du verfressenes Untier!

Und ruh dich von deinen Schandtaten aus«, rief Trude, als der Hund mit sämtlichen Geschäften fertig zu sein schien. Folgsam trottete das Tier in die Küche, ließ sich die nassen Pfoten abwischen, plumpste schwerfällig in sein Körbchen und schloss ermattet die Augen. Bedauernd sammelte Trude die Trümmer der meergrünen, handgetöpferten Butterdose vom Boden und fragte sich, ob sie dieses schöne Teil wohl noch einmal in der kleinen Keramikwerkstatt am Markt anfertigen lassen könnte.

»Ja Lollo, das muss ich dir dann wohl vom Taschengeld abziehen«, murmelte sie drohend und legte die Tischdecke beiseite, um sie in den Schmutzwäschekorb mitzunehmen. Bei der Nennung seines Namens spitzte der Hund zwar die Ohren, aber die Augen öffnete er nicht. Es schien ihm wirklich nicht sehr gut zu gehen.

»Oh Schiete! Schon halb sechs! Ich muss jetzt endlich mit Elsbeth reden, sonst schaff ich das nicht mehr bevor wir weggehen …«, schimpfte Trude nach einem Blick auf die Uhr, warf sich ihre Regenjacke über, stieg in die Gummistiefel und sprang durch die nasse Dämmerung hoch zur Mühle.

Nachdem sie mehrmals an Elsbeths Wohnungstür geklopft hatte, ohne eine Antwort zu bekommen, trat Trude durch die schwere Eichentür wieder ins Freie. Sie war enttäuscht, ihre geschätzte Freundin nicht angetroffen zu haben, gerade jetzt, wo ihr so viele Fragen auf der Seele brannten. Ein Blick um die Ecke zeigte, dass in der Mühle alles dunkel war. Wahrscheinlich unternahm Elsbeth einen ihrer ausgedehnten Spaziergänge, auf die sie auch bei noch so widriger Witterung nicht verzichtete, und Trude entschied, sich erst ausgehfertig zu machen und es dann noch einmal zu versuchen, wenn die Zeit reichte. Sie sah, dass auch in der Gästewohnung kein Licht brannte. Doch sie hatte beschlossen,

sich über Iris' Wohlergehen nicht mehr den Kopf zu zer-
brechen. Wenn Iris meinte, sich immer aus allem heraushalten zu können, immer ihre sichere Distanz wahrte, dann
wollte Trude sich auch nicht mehr aufdrängen.

Gegen Abend schauten Angermüller und Jansen noch einmal in der Warstedter Dienststelle vorbei, nur um festzustellen, dass es nichts verwertbares Neues gab. Anja Lena
Kruse, die aufgeweckte Praktikantin, war mit der ersten
Auswertung der Hinweise aus der Bevölkerung betraut
worden und ihr jugendlicher Eifer hatte bei dieser Tätigkeit einen ziemlichen Dämpfer bekommen. Außer einer
Menge Klatsch und Tratsch, übler Nachrede und selbstverständlich anonymen, meist obszönen Selbstbezichtigun-
gen, die von irgendwelchen beschränkten Zeitgenossen als
Scherz gemeint waren, gab es keinerlei konkrete Erkenntnisse. Der Aktenfuchs Niemann hatte trotz seiner penib-
len Vorgehensweise keine neuen Anhaltspunkte entdecken
können und die beiden Kollegen, die den Tipps nachgegan-
gen waren, die wenigstens einen Hauch von Erfolg versprachen, meldeten auch Fehlanzeige.

Angermüller beschloss, sich und seine Kollegen in den
Feierabend zu schicken. Sie konnten heute ohnehin nichts
mehr tun. Dafür gab es einige Dinge, auf die sie warteten
und die vielleicht am nächsten Tag den Durchbruch bei
ihrer Arbeit bringen würden: Die Ergebnisse der Faserpro-
ben und DNA-Analysen, das weitere Verhalten der Elsbeth
Friedrichsen, das Auftauchen dieses abgängigen Alkoholi-
kers, Jansen wartete auf das Zusammenbrechen von Trude
Kampmann und außerdem war immer noch Feiertag und
draußen kam die Abenddämmerung. Eine kleine Entspan-
nungsphase würde ihnen allen gut tun.

Als sie in Jansens Wagen in eine der kleinen Lübecker
Straßen einbogen, die auf die Wakenitz zuliefen, seine

Straße, fühlte Georg Angermüller wie sich innerer Frieden in ihm auszubreiten begann. Der Anblick der schmucken, Wand an Wand stehenden Bürgerhäuschen, der ihn an englische Stadtbilder erinnerte, vermittelte ihm augenblicklich das Gefühl von Heimat und Geborgenheit.

Das war nicht immer so. Als die Zwillinge unterwegs waren und sie eine größere Wohnung suchten, hatten seine Schwiegereltern darauf bestanden, für die junge Familie eine Immobilie zu erwerben. Beim Anblick des Hauses meinte er damals jedes Mal, ihm würde seine Unfähigkeit vor Augen geführt, der Tochter aus gutem Hause nicht den ihr gebührenden Lebensstandard bieten zu können. Es hatte Astrid viel Überzeugungsarbeit gekostet, bis ihr Dickschädel Georg das großzügige Geschenk anzunehmen bereit war, das sie sich von ihrem eigenen Geld in dieser bevorzugten Lübecker Wohnlage niemals hätten leisten können. Astrid mahnte ihn auch, sich emanzipiert zu zeigen. Schließlich müsse auch ein Mann annehmen können. Er hatte trotzdem darauf bestanden, wenigstens die Instandsetzungsarbeiten ohne fremde Hilfe durchzuführen und dank Astrids gestalterischer Begabung war mit wenig finanziellem Aufwand aus dem Haus ein echtes Juwel geworden.

Es dauerte dann gar nicht so lange und Angermüller hatte seine Anfangsskepsis vergessen. Entgegen seinen Erwartungen verlangten seine Schwiegereltern keine ständigen Dankbarkeitsbezeugungen und Astrid, er und die Kinder lebten seither glücklich und zufrieden in den geschenkten vier Wänden. Mittlerweile hätte er diese Oase familiärer Harmonie, diesen Ort des Rückzugs von seinem manchmal recht harten Berufsalltag nicht mehr missen wollen. Als er jetzt in keinem der Fenster Licht brennen sah, war er ein wenig enttäuscht. Er hatte gar nicht mehr daran gedacht, dass Astrid und die Mädchen heute ihren Ausflug aufs Land unternommen hatten und so wie er die Freunde dort kannte, nötigten sie ihre Gäste bestimmt, zum Abendessen zu bleiben.

»Gute Nacht, Claus! Bis morgen früh in alter Frische!«

»Tschüß, Schorsch! Ich hol dich ab. Gleiche Stelle, gleiche Welle?«

»Ich hab nicht vor, heute woanders zu übernachten.«

Die gute Stube des Overbeckschen Gutshauses mit ihrer unbescheidenen Ansammlung exquisiter Stilmöbel und goldgerahmter Ölgemälde glänzte im Licht des mächtigen Kronleuchters und der vielen Kerzen in den schweren Silberleuchtern. Über allem schwebte eine Duftwolke teurer Parfums, vermischt mit dem fauligen Geruch hartgekochter Eier. Zu zwölft saß man an der damastgedeckten Tafel, das Dessert stand bereit und der Hausherr füllte die Gläser der Gäste bereits zum sechsten oder siebten Mal mit einem Kornschnaps, den er seit Jahren aus einer kleinen Privatbrennerei bezog und den zumindest er für eine Delikatesse hielt.

Trude hatte an dem scharfen Getränk nur genippt und erfolgreich verhindern können, dass Knut ihr erneut eingoss, denn erstens wollte sie sich noch ans Steuer setzen und zweitens lohnte dieses Gebräu auch nicht den Rausch, den es unwiderruflich verursachte. Nach einer wohlschmeckenden Kraftbrühe mit Eierstich, gefolgt von kleinen Speckomeletts mit Käse, waren Verlorene Eier auf Toast mit Crevetten und Champignons serviert worden, die zwar nicht zu höheren Gaumenfreuden beitrugen aber angesichts ihrer Bezeichnung das hervorriefen, was Rieke als dolle S-timmung zu bezeichnen pflegte.

»Na Knut, verlorene Eier – schreckliche Vorstellung, was?«

Ede Bartels, der Landmaschinenhändler glänzte normalerweise nicht durch geistreiche Konversation, aber zu diesem Thema konnte er endlich auch seinen Teil beitragen. Der angesprochene Knut ließ den erwarteten Lacher hören und fragte zurück:

»Hast du entsprechende Erfahrungen? Lass doch mal sehen!«

Die Mehrzahl der Damen am Tisch schrie in wohligem Entsetzen auf. Auf diesem Niveau plänkelte sich die Gesellschaft bis zum Hauptgang, riesige Platten mit Bergen hartgekochter Eier, dazu diverse Dips, eingelegte Gemüse und Salate. Obwohl die männlichen Gäste sämtlich das jugendliche Alter überschritten hatten – vielleicht gerade deswegen –, konnten sie es nicht lassen, darum zu wetteifern, wer von ihnen denn nun die meisten Eier verzehren konnte. Trude kannte ihre dämlichen Witze über den Zusammenhang zwischen dem Genuss dieses Lebensmittels und der männlichen Potenz mittlerweile auswendig. Sie fand die sich jährlich wiederholenden Rituale nicht mehr peinlich sondern sterbenslangweilig. Auf der anderen Seite war sie froh, dass nicht mehr der Mord an Margot und die Polizeiarbeit im Mittelpunkt des Interesses stand. So wenig spektakulär und so zurückhaltend wie möglich hatte sie die neugierigen Fragen beantwortet, die zu Anfang des Abends auf sie einstürmten. Zum Glück war Franz ihr Unbehagen bei dem Thema nicht verborgen geblieben und er hatte mit ein paar launigen Worten die inquisitorische Ausfragerei beendet.

Immer wieder wanderten Trudes Gedanken zu Elsbeth. Nun war sie doch beunruhigt, denn sie hatte Elsbeth leider nicht mehr angetroffen, bevor sie hierher gefahren waren und sie hoffte jetzt, sie vielleicht beim Nachhausekommen noch kurz sprechen zu können. Jedes Mal, wenn ihre Augen gedankenverloren durch den Raum schweiften, wurde Trude von Lina Erichsens lauerndem Blick in die Gegenwart zurückgeholt. Lina und Erich saßen ihr gegenüber und wahrscheinlich hoffte Lina immer noch auf eine angemessene Vergütung für die voreilig geschenkten Wildhasenkeulen. Ein paar wertvolle Informationen über dieses einmalige, schreckliche Verbrechen, das sich endlich einmal vor ihrer Haustür ereignet hatte, müssten doch wirklich drin sein.

Auch Rieke schien Trudes zeitweilige geistige Abwesenheit zu bemerken und fragte sie besorgt:

»Na min Deern, geit di dat auch gut?«

»Danke, bestens! Ich träume manchmal ein bisschen, das ist aber kein Grund zur Sorge!«, antwortete Trude und lächelte ihre aufmerksame Gastgeberin an, der es einfach nicht gelingen wollte, sich geschmackvoll zu kleiden und ihr glattes, dünnes Haar in Form zu bringen. Das blaue, strassbestickte Kleid, das sie heute trug und das bestimmt ein Vermögen gekostet hatte, betonte wenig schmeichelhaft ihren kräftigen, knochigen Körperbau und ließ sie wie einen als Frau verkleideten Mann erscheinen. Aber wenn auch das Ostereierfest ein ziemlich barbarischer Brauch und Riekes Küche nicht gerade ein Hochgenuss war, Rieke war eine herzliche Person, manchmal vielleicht ein bisschen anstrengend, weil sie so entsetzlich langweilig war, aber lieb und nett. Dass sie mit diesem Knut als Ehemann gestraft war, hatte sie eigentlich nicht verdient, schien ihr persönlich aber zum Glück am wenigsten auszumachen.

Der Name Overbeck galt in dieser Gegend etwas: Auch das kleine Dorf, das sich an den Gutshof mit dem noblen Herrenhaus anschloss, wurde so bezeichnet. Sowohl den Namen als auch den Besitz hatte Rieke in die Ehe mitgebracht. Wie Franz ihr erzählt hatte, waren Riekes Eltern damals strikt gegen eine Verbindung mit Knut, der aus einer nach dem Krieg zugewanderten, kinderreichen Familie stammte und außer seinem guten Aussehen und seinem flotten Mundwerk nicht viel vorzuweisen hatte. Leider hatte sich ihre einzige Tochter und Erbin unsterblich in ihn verliebt und haute sogar mit ihm zusammen ab, um sich im schottischen Gretna Green vom Dorfschmied trauen zu lassen. Sie drohte, erst wieder zurückzukommen, wenn ihre hartherzigen Eltern den unerwünschten Schwiegersohn akzeptierten. Es war wahrscheinlich die einzige Entscheidung in ihrem Leben, bei der Rieke nicht das tat, was von ihr erwartet wurde.

Natürlich wollten auch Overbecks ihr Kind nicht verlieren und gaben klein bei. Von Knut forderten sie, den Namen Overbeck bei der Heirat anzunehmen – für ihn eine Kleinigkeit, wurde er doch damit Nutznießer der umfangreichen Besitztümer der Familie. Mit Kindern war die Verbindung leider nicht gesegnet und Knut war auch nicht der Fleißigste, doch immerhin war der Reiterhof seine Idee und von achtbarem Erfolg gekrönt und für die tagtägliche Kleinarbeit hatte er ja die geschäftstüchtige Rieke. Die bewahrte immer noch die Illusion ihrer großen Liebe und verschloss die Augen vor sämtlichen jungen Stallmädchen und Reitschülerinnen, die man häufig auf dem Beifahrersitz neben Knut in seinem Geländewagen umherfahren sah.

»Dann wollen wir jetzt man mit der Süßspeise weitermachen. Hat jeder sein Schälchen bekommen?«, fragte Rieke ihre Gäste.

»Das ist eine S-pezialität meiner Urgroßmutter, ein ganz altes Familienrezept. Himmlische Eier haben wir das immer genannt. Dreißig S-tück sind da drin!«

Unter einer dicken Sahnehaube verbarg sich eine hellgelbe, schaumige Creme und erwartungsvoll versenkte Trude ihr Löffelchen, um zu probieren. Es schmeckte sehr süß, mit einer leicht säuerlichen Zitrusfruchtnote, gar nicht schlecht. Allerdings war das Ganze wohl mit Gelatine gefestigt und beim Unterrühren nicht aufgepasst worden. Verstohlen sammelte Trude die gummiartigen Klümpchen

253

auf den Rand ihres Kristallschälchens und sah die meisten anderen Gäste ähnliches tun. Auch Rieke schob die kleinen Fremdkörper mit der Zungenspitze heraus und machte dabei ein ganz unglückliches Gesicht. Im Nebenraum klingelte das Telefon und Rieke bedeutete Knut, bitte das Gespräch anzunehmen. Doch der blieb sitzen.

»Wer stört denn jetzt wieder? Kann doch nur irgend so'n dämlicher Hamburger Herrenreiter sein ...«

Seine Kunden mochte Knut nicht besonders. Natürlich stand Rieke vom Tisch auf und lief zum Telefon.

»Franz, ist für dich – dein Sohn ist dran«, rief sie dann von nebenan.

Trude vibrierte vor Unruhe, als sie das Auto in halsbrecherischem Tempo über den glänzenden Asphalt die fünf Kilometer von Overbeck zurück zur Mühle jagte. Nach Ollis Anruf, dass er Elsbeth auf dem Küchenboden liegend gefunden hatte, waren sie und Franz sofort aufgebrochen. Oh Gott, Elsbeth – was war nur passiert? War sie plötzlich ohnmächtig geworden? War sie gestürzt? Hatte sie einen Herzinfarkt erlitten? Tausend Szenarien malte Trude sich aus und wünschte, obwohl sie bereits mit verbotenen hundertfünfzig Stundenkilometern über die Landstraße schossen, sie kämen noch schneller vorwärts.

Olli hatte den Hausarzt angerufen und als Franz und Trude atemlos in die Wohnküche geeilt kamen, kniete er gerade neben Elsbeth, um sie zu untersuchen. Ihre Freundin lag auf dem Rücken am Fuß der steilen Treppe, die von der Küche in den oberen Wohnraum führte. Das silberblonde Haar hatte nicht die gewohnte, wohlfrisierte Façon, sondern lag in wirren Strähnen um den Kopf. Die Augen in dem immer leicht gebräunten Gesicht waren geschlossen und Trude wartete ängstlich auf ein Zucken der Lider, eine Kopfbewegung, irgendein Lebenszeichen. Ob Elsbeth vielleicht einen Unfall gehabt hatte? Von Anfang an hatten Trude und Franz Elsbeth zugeredet, die Treppe, die so nicht geplant war, bei den Handwerkern zu reklamieren, doch Elsbeth betrachtete die steilen Stufen als Teil ihres Fitnessprogramms und wollte nichts daran ändern lassen.

Doktor Bach war ein bedächtiger, ruhiger Mann Ende Fünfzig und als Arzt sehr gewissenhaft. Gesunder Menschenverstand, die Bevorzugung alter Hausmittel vor Hightech Medizin und ein offenes Ohr für die menschlichen Nöte seiner Klientel, ließen seine Patienten ihn sehr schätzen. Als er seine Untersuchung beendet hatte, erhob er sich. Er machte ein sehr ernstes Gesicht und Trude fühlte plötzlich, wie ihr sämtliches Blut aus dem Kopf wegsackte. Reflexartig griff sie nach Franz' Arm.

»Es tut mir sehr leid, Ihnen das sagen zu müssen, aber ich kann für Frau Friedrichsen nichts mehr tun. Mein Beileid Frau Kampmann, Herr Kampmann, Oliver.«

Der Arzt hatte Elsbeth nicht nur als Patientin gekannt, sie spielten seit Jahren auch gemeinsam Theater in der örtlichen Laienspielgruppe. Mit sichtlicher Bewegung drückte Doktor Bach ihnen allen fest die Hand. Franz, der seinen Arm um Trude gelegt hatte, die nun heftig zitterte, zog sie enger an sich und murmelte seinen Dank. Oliver sah nur stumm auf seine tote Großmutter und kämpfte mit den Tränen

»Was ist passiert Doktor, woran ist sie gestorben?«, fragte Franz mit rauer Stimme.

»Wahrscheinlich ist sie von der Treppe gestürzt und hat sich dabei den obersten Halswirbel gebrochen …«

Es war Doktor Bach anzusehen, dass er sorgfältig seine Worte wählte, als er fortfuhr: »Nicht dass Sie denken, meine Fantasie treibt Blüten, weil ich um den Mord an der Berlinerin auf dem Mühlenhof weiß und ich möchte man auch nicht die Pferde scheu machen, aber etwas kommt mir seltsam vor. Ich bin natürlich kein Gerichtsmediziner, aber …«

»Worauf wollen Sie hinaus, Herr Doktor?«, fragte Franz irritiert. Doktor Bach kniete sich wieder neben die Tote und zeigte mit dem Finger an ihren Hals.

»Tja, sehen Sie hier diese roten Streifen? Vielleicht Kratzspuren, vielleicht aber Würgemale ... jedenfalls etwas, das bestimmt nicht vom Sturz über die Treppe herrührt. Ich denke, wir sollten besser die Polizei benachrichtigen ...«

Während seiner Worte hatte Trude sich von Franz losgemacht und war, entschlossen gegen den Schmerz ankämpfend, der sie zu lähmen drohte, langsam die Stufen emporgeklettert, um einen Blick in den oberen Wohnraum zu werfen. Es sah aus wie immer. Die beiden über Eck stehenden Biedermeiersofas mit ihrer bunten Kissensammlung, dazwischen das zierliche Tischchen und an der Wand die Vitrine mit den alten Weingläsern und Mokkatassen. Auch Elsbeths zahlreiche Topfpflanzen standen an ihren gewohnten Plätzen. Eines allerdings passte nicht ins Bild: Die Spuren von Blumenerde auf dem Teppichboden, die offenbar jemand hastig mit den Händen zusammengefegt hatte. Trude sah genauer hin. Mehrere Blätter der großblättrigen Calla, die in der vordersten Reihe stand, waren abgeknickt und in dem großen Tontopf klaffte ein Sprung.

»Ich denke, Sie haben recht Doktor Bach. Wir sollten die Polizei benachrichtigen«, bestätigte Trude während sie die Stufen herabstieg. In ihrem Gesicht zeichneten sich Kummer und Anspannung deutlich ab, aber sie zitterte nicht mehr. Sie war fest entschlossen, alles zu tun, um herauszufinden, was mit Elsbeth geschehen war.

14

Ein Wohlgeruch aus Knoblauch und Olivenöl erfüllte die Luft und erstaunlich leichtfüßig für seine massige Figur tänzelte Georg Angermüller zwischen Spüle, Anrichte und Herd hin und her. Zwar fand er es bedauerlich, dass er den freien Abend jetzt allein verbringen musste, doch er machte das Beste daraus. Draußen war es dunkel, nasskalt und regnerisch und das machte Lust auf ein warmes Essen, das schön leicht den Magen füllte und von innen wärmte. Mit gekonnter Routine bereitete er sich eine große Schüssel Spaghetti aglio, olio, peperoncino, schön scharf und mit extra viel Knoblauch. Darüber rieb er noch reichlich frischen Parmesan, öffnete eine Flasche Barolo und legte eine CD von Paolo Conte ein. Augenblicklich fühlte er sich angenehm entspannt, vergaß die Tote vom Mühlenhof, sämtliche Rätsel, die der Lösung des Falles noch im Wege standen, und die Sorgen, die er sich um die sympathische Kochbuchautorin machte, die seine Kollegen für die Täterin hielten.

Nach dem Essen machte Angermüller es sich mit einem Buch auf dem Sofa im Erker bequem und ahnte schon im Voraus, dass die Horizontale seiner Aufmerksamkeit wenig zuträglich sein würde. Es war kurz nach zehn, als ihn die Melodie seines Handys aus dem Schlummer schreckte. Wenig später war es mit der Beschaulichkeit vorbei und er zog im Flur seufzend seinen Lodenmantel über. Als er das Haus verließ, kamen ihm im Vorgarten Astrid und die Kinder entgegen.

»Papi, Papi! Es war so toll heute! Schade, dass du nicht dabei warst!«, schrieen Julia und Judith begeistert, hängten sich an seinen Hals und fingen beide gleichzeitig an, über ihren aufregenden Tag auf dem Lande ins Detail zu gehen.

»Mädels, tut mir leid, aber ich verstehe kein Wort, wenn ihr beide gleichzeitig auf mich einquasselt! Außerdem habe ich jetzt keine Zeit, denn ich muss leider noch einmal weg …«

Er warf einen entschuldigenden Blick in Astrids Richtung, die spöttisch sagte:

»Ich bin sowieso erstaunt, dass du schon zu Hause bist. Habt ihr den Fall gelöst und du gehst jetzt feiern?«

»Schön wär's«, seufzte ihr Mann.

»Ich hatte uns heute Abend frei gegeben, weil ich dachte, wir könnten alle eine kleine Atempause vertragen. Tja … und jetzt kriege ich einen Anruf, dass es auf dem Mühlenhof wohl ein weiteres Opfer gibt …«

»Wer ist ermordet worden, Papi?«, fragten die Zwillinge wie aus einem Munde und ziemlich laut in die stille Straße.

»Das geht euch nun wirklich nichts an, ihr neugierigen Mäuse Sagt Papa gute Nacht und dann ab mit Euch!«, trieb Astrid energisch ihre enttäuscht maulenden Töchter an. Ein Blaulicht zuckte in der Dunkelheit auf. Jansen kam seinen Kollegen abholen. Angermüller gab seiner Frau einen Kuss auf die Wange.

»Tut mir leid, Schatz! Ich hatte mir diesen angebrochenen Abend auch netter vorgestellt … Wart nicht auf mich, es wird bestimmt spät.«

»Manchmal denk ich schon, es wäre netter, wenn ich einen Grundschullehrer geheiratet hätte. Der wäre jeden Nachmittag zu Hause und die Ferien erst … Machs gut mein Bär!«

Die sonst so gemütlich schummrige Wohnküche in der Mühle wurde von den aufgestellten Scheinwerfern in ein unangenehm grelles Licht getaucht. Regungslos saß Trude zwischen Franz und Olli an dem runden Holztisch und nahm die vielen fremden Leute, die plötzlich den Raum füllten, wie hinter einer Glasscheibe wahr. Der Anblick der am Boden liegenden, toten Freundin blieb ihr erspart, da die Holztreppe nach oben die Sicht behinderte. Immer wieder ließ Trude die Ereignisse der vergangenen Stunden vor ihrem inneren Auge Revue passieren und fragte sich, was sie hätte tun können, um nicht geschehen zu lassen, was jetzt geschehen war. Seit sie von dieser lächerlichen Selbstbezichtigung erfahren hatte, wollte sie mit Elsbeth reden, doch sie hatte sie nie angetroffen. Vielleicht hätte sie einfach Elsbeths Wohnung betreten sollen, auch wenn sie keine Antwort auf ihr Klopfen erhalten hatte. Ihre Türe schloss die alte Frau ja nie ab. Vielleicht hätte Trude dann irgendetwas verhindern oder ihr irgendwie helfen können.

Das Auftauchen des nicht unsympathischen, großen Kommissars und seines weniger charmanten Kollegen riss sie aus ihren Gedanken.

»Guten Abend. Es tut mir leid, dass wir uns jetzt unter diesen Umständen hier schon wieder treffen, Frau Kampmann«, bemerkte mitfühlend der Franke in seiner ruhigen Art. Ihm war natürlich Trudes blasses, angespanntes Gesicht nicht entgangen. Er gab ihr, Franz und Olli die Hand und wenn er auch keine entsprechenden Worte machte, so erweckte diese Geste doch den Eindruck einer persönlichen Beileidsbezeugung. Der andere Kommissar hielt sich im Hintergrund und schwieg.

»Und leider müssen wir Ihnen allen dreien jetzt natürlich ein paar Fragen stellen ...«

»Das geht schon in Ordnung, Herr Kommissar. Ich, oder besser: wir alle drei haben großes Interesse daran, zu erfahren, was mit Elsbeth geschehen ist und wenn es wirklich Mord war, dann will ich auch wissen, wer ihr das angetan hat ...«

Etwas brüchig klang Trudes Stimme, aber der Unterton von fester Entschlossenheit war nicht zu überhören. Oliver, Franz und sie gaben nun zu Protokoll, wann sie Elsbeth zuletzt gesehen hatten, wann und wie sie gefunden worden war und beantworteten eine Menge weiterer Fragen. Zwischendurch stellte Angermüller ihnen den leitenden Gerichtsmediziner vor, einen eleganten Mann von unaufdringlicher Freundlichkeit, der Doktor Bachs Umsicht lobte und bestätigte, dass Elsbeth am Hals Spuren von Gewalteinwirkung trug, die nicht auf den Sturz von der Treppe zurückzuführen waren. Die genaue Todesursache würde er allerdings erst nach einer gründlichen Untersuchung im Institut nennen können.

»Ja, ich denke, das war's für heute. Sie sind bestimmt froh, wenn Sie sich jetzt endlich zurückziehen können. Ich danke jedenfalls für Ihre Geduld«, beendete Kommissar Angermüller die Befragung. Jansen, der sich die ganze Zeit nicht zu Wort gemeldet hatte, fügte hinzu: »Wenn Ihnen noch etwas einfällt, von dem Sie glauben, es ist wichtig: Sie wissen ja, wie Sie uns erreichen können …«

Beim Anblick von Jansens übernächtigter, missmutiger Miene fiel Trude schlagartig ein, was ihr beim letzten Zusammentreffen mit diesem unangenehmen Menschen ebenso schlagartig entfallen war. Er war es gewesen, der ihr von Elsbeths absurder Selbstanzeige erzählt hatte und damit war ihr ursprüngliches Vorhaben völlig in Vergessenheit geraten. Trude gab Oliver die Wagenschlüssel.

»Sei bitte so freundlich! Im Kofferraum liegt eine voll gestopfte Plastiktüte. Holst du die bitte herein?«

Kurz darauf brachte Oliver das Gewünschte und zog sich dann zurück. Trude drückte die Tüte dem überrascht dreinschauenden Jansen in die Hand.

»Das habe ich, oder besser: mein Hund heute Nachmittag da hinten in den Knicks gefunden.«

»Und was ist da drin?«, fragte Jansen mürrisch.

»Die Jacke, die Krischan am Sonnabend auf dem Fest getragen hat. Und seine rotweiße Fliege mit den Punkten.«

»Wer ist Krischan?«

Es war Jansen anzumerken, dass seine Geduld um diese späte Stunde noch engere Grenzen als gewöhnlich hatte.

»Krischan ist ein Schulkamerad meines Mannes, den es aus der Bahn geworfen hat. Eigentlich ein netter Kerl, aber leider mittlerweile ein Sozialfall und schwerer Alkoholiker …«

Jansen schien immer noch nicht zu wissen, was daran für ihn interessant sein sollte, doch Angermüller fragte plötzlich lebhaft:

»Der Mann heißt Christian Lage? Und er war auf dem Fest am Sonnabend, sagen Sie?«

Trude bejahte.

»Mensch Jansen, der Zeuge, der uns noch fehlt! Das ist doch der Mann, der seit Sonnabendnacht abgängig ist und den kein Mensch seitdem gesehen hat!«

Endlich schien Jansen zu wissen, wovon sein Kollege sprach, und er reagierte, wie man es nicht anders von ihm erwarten konnte: »Warum haben Sie uns Ihren Fund denn nicht früher übergeben? Das kann ein wichtiges Beweismittel sein.«

Trotz ihrer Trauer ärgerte sich Trude über diese unfreundliche Rüge, hatte sie sich doch selbst deswegen schon Vorwürfe gemacht. Wenn sie sich auch nicht vorstellen konnte, dass ausgerechnet der harmlose Krischan etwas mit Elsbeths Tod zu tun hatte, wer weiß, wie der Alkohol eine Persönlichkeit verändern konnte … Sie blieb Jansen die Antwort schuldig. Schließlich war er es, der sie am Nachmittag mit der überfallartigen Mitteilung von Elsbeths Selbstanzeige völlig durcheinander gebracht hatte.

»Vielen Dank, Frau Kampmann. Es ist gut, dass Sie in

der ganzen Aufregung jetzt noch an Ihren Fund gedacht haben«, sagte Angermüller freundlich.

»Jetzt in der Dunkelheit können wir natürlich nichts mehr unternehmen, aber dann werden wir Sie morgen früh noch einmal benötigen, damit Sie uns die Stelle zeigen, wo Ihr Hund die Sachen gefunden hat.«

»Selbstverständlich, Herr Kommissar, Sie wissen ja, wo Sie mich finden.«

Als sie auf den Stufen vor der Mühle in die kalte Dunkelheit hinaustraten, konnte Trude nicht umhin, noch einen kurzen Blick zur Gästewohnung zu werfen. Sie hatte mitbekommen, dass mittlerweile auch bei Iris zwei Beamte gewesen waren und sie als Zeugin vernommen hatten. Trude hatte zwar nicht nachgefragt, doch sie konnte sich denken, dass Iris weder etwas wusste noch sonst wie zur Aufklärung würde beitragen können. Ihre Umwelt und ihre Mitmenschen interessierten sie einfach nicht. Punkt. Wie zur Bestätigung ihrer Gedanken, sah sie die Freundin jetzt im Schein der Lampe am Küchentisch sitzen und in ihren literaturwissenschaftlichen Papieren blättern. Gegen ihren Willen fühlte sie immer noch irgendwie Verantwortung für diese spröde, zu Gefühlsäußerungen nicht fähige Person.

»Eigentlich müsste ich ihr anbieten, zu uns ins Haus umzuziehen, wo offensichtlich ein Mörder hier frei herumläuft«, dachte Trude bei sich, »oder sie wenigstens anhalten, alles gut abzuschließen und sofort bei uns anzurufen, wenn sie irgendetwas Verdächtiges bemerkt ...«

Iris hatte es bisher nicht für nötig befunden, wenigstens einmal kurz herüberzukommen und Trude und ihrer Familie ihre Anteilnahme auszudrücken. Nicht dass Trude darauf Wert gelegt hätte, aber wäre es nicht normal, sich so zu verhalten? Wie weit hatte sich Iris eigentlich schon aus dem profanen, menschlichen Miteinander verabschiedet?

»Sie ist ein erwachsener Mensch und wird selbst wissen, was jetzt zu tun ist«, schloss Trude ihre Überlegungen ab, »Ich bin schließlich nicht ihre Gouvernante.«

Franz hatte sie untergehakt und sie spürte, wie wohl ihr seine Nähe tat. Als sie dann im Flur ihres Hauses standen, die Mäntel auf die Haken hängten, Lollo überglücklich an seinen Herrschaften schnüffelte und alles so vertraut war wie immer, lösten sich bei Trude endlich die Tränen, die sie die ganze Zeit tapfer zurückgehalten hatte. Als Franz ihr nasses Gesicht sah, schloss er sie in seine Arme und Trude spürte, wie auch er von seinem Kummer überwältigt wurde und ihn ein leises Beben durchlief. Lange Zeit standen sie so eng umschlungen und gaben sich still ihrer Trauer hin.

»Sie wird mir so fehlen, Franz«, durchbrach schließlich Trude das Schweigen und wischte sich die Tränen von den Wangen, »Elsbeth war mir wie eine Mutter, aber eigentlich mehr als das. Meine Freundin, meine Vertraute, Ratgeberin, Helferin in allen Lebenslagen ... Wer hat ihr das nur angetan?«

Franz schüttelte den Kopf.

»Mir wird sie auch fehlen, glaube mir. Schließlich hat sie meinen Sohn groß gezogen und fast zwanzig Jahre für uns beide gesorgt in ihrer unaufdringlichen, herzlichen Art. Ich kann noch gar nicht glauben, was da geschehen ist. Sicherlich ist sie nicht um ihrer selbst Willen ermordet worden ...«

»Das glaube ich auch. Bestimmt gibt es einen Zusammenhang mit dem Mord an Margot.«

Und die Wut der Verzweiflung stieg in Trude hoch.

»Wenn Margot nicht hier aufgetaucht wäre ...«

Franz versuchte, sie zu beruhigen.

»Trude, das hat doch keinen Sinn. Wenn du jetzt mit dem Zufall haderst, machst du dir alles nur noch schwerer.«

»Ach Franz, wenn du wüsstest! Ich könnte dir so viel

erzählen … Dann würdest du vielleicht auch meine Wut verstehen …«

»Das möchte ich auch, also lass uns gleich damit anfangen. Oder bist du müde? Ich kann jetzt ohnehin nicht schlafen.«

Sie setzten sich bei gedämpftem Licht an den großen Holztisch in die warme Küche, Lollo schnarchte in seinem Körbchen und hin und wieder, wenn Trude in ihrem Redefluss eine Pause einlegte, hörte man das leise Knacken der Heizung. Sie saßen vor ihren Tassen, in denen der Tee dampfte, das Getränk, das Trost und Geborgenheit in allen Lebenslagen schenkte, wie Trude von ihren englischen Freunden gelernt hatte, und sie redete sich von der Seele, was sie viel zu lange versteckt und verleugnet hatte und was die Ereignisse der letzten Tage mit Macht an die Oberfläche gespült hatten.

Sie begann bei ihrer so harmonischen Ehe mit Gerhard, die sich nach dessen Tod als ein Luftschloss erwies und den Folgen dieser Erkenntnis, das verlorene Kind, die Psychiatrie und beschrieb ihm ihren Irrtum, all das einfach vergessen zu wollen, um es durch Nichterinnern ungeschehen zu machen. Sie schilderte ihre zwiespältigen Gefühle, als Margot plötzlich auf dem Mühlenhof auftauchte und kam schließlich zu dem Verdacht, den Betty in die Welt gesetzt hatte und den mittlerweile zumindest ein Teil der Polizei gegen sie hegte. Sie griff nach Franz' Hand.

»Es tut mir so leid, dass ich auch nur einen Moment denken konnte, du hättest etwas mit Margots Tod zu tun, und ich hoffe wirklich, du kannst mir diese Idiotie verzeihen!«

Franz sah sie ruhig an, dann sagte er:

»Du hast böse Erfahrungen mit Menschen aus deiner nahen Umgebung gemacht. So etwas habe ich nie erlebt. Insofern war dein Verhalten mir gegenüber wahrscheinlich nur logisch …«

Trude spürte, dass er ihren Vertrauensbruch noch nicht ganz überwunden hatte, aber er versuchte zumindest ihre Beweggründe zu verstehen.

»Wahrscheinlich, nein – ach, ich weiß nicht. Auf jeden Fall kann ich jetzt gut nachvollziehen, dass ich dich damit sehr verletzt habe. Es ist ein solch absurdes Gefühl plötzlich in Verdacht zu geraten, und bestimmt noch schlimmer, wenn es durch den Menschen geschieht, der dir am nächsten steht. Schlimm genug, wenn die Polizei dir nicht glaubt. Nur du selbst weißt dann noch, dass du es nicht gewesen sein kannst, und du bist damit sehr allein. Sie bleiben immerzu misstrauisch und glauben nichts, was du sagst. Und langsam fängst du an, an deiner eigenen Wahrnehmung zu zweifeln ...«

In der Erinnerung daran schüttelte Trude langsam den Kopf.

»Und dann habe ich Elsbeth erzählt, dass ich verdächtigt werde und wenig später geht sie zur Polizei und macht diese absolut lächerliche Selbstanzeige ...«

Trude schilderte Franz, was ihr die Kommissare mitgeteilt hatten.

»Ich bin überzeugt, dass sie nur mir damit helfen wollte. Und nun ist sie selbst zum Opfer geworden ...«

Mit einem hörbaren Seufzer atmete sie ein.

»Natürlich fühle ich mich jetzt auch irgendwie schuldig. Hätte ich doch nur mit Elsbeth über ihr verrücktes Schuldbekenntnis reden können! Warum war ich nur so verdammt zurückhaltend und bin nicht einfach hineingegangen, als sie auf mein Klopfen nicht öffnete? Bestimmt war sie da und in Gefahr und vielleicht hätte ich ihr helfen können!«

Das Teelicht unter dem Stövchen war mittlerweile verglommen und die Reste des Getränks in den Tassen waren kalt.

»Hör auf dich zu quälen, Trude! Außer demjenigen, der

Elsbeth das angetan hat, ist niemand schuldig an ihrem Tod. Du hast dich verhalten, wie du dich immer verhalten hast. Warum soll es diesmal falsch gewesen sein?«

Franz streichelte beruhigend ihre Hand.

»Ich bin froh, dass du mir jetzt all das erzählt hast. Wie muss dich diese Vergangenheit belastet haben! Du weißt, ich bin kein Schnacker, aber vielleicht sollten wir grundsätzlich mehr miteinander reden.«

Trude nickte erleichtert und dankbar. Franz war wirklich kein Freund vieler Worte und deshalb wusste sie den Wert dieses Vorschlags erst recht zu schätzen. Und sie hatten den Anfang gemacht, das Urvertrauen wieder zu gewinnen, das bisher immer zwischen ihnen geherrscht hatte. Die Uhr zeigte halb vier, Franz erhob sich.

»Komm, min Deern! Jetzt sollten wir versuchen noch ein bisschen zu schlafen, bevor die Polizei hier mit ihrem Suchtrupp anrückt.«

Auch Georg Angermüller sah um halb vier auf seinen Wecker. Bestimmt zum zwanzigsten Mal drehte er sich im Bett von einer Seite auf die andere und wurde immer wacher. Obwohl er versuchte, an etwas anderes zu denken, stieg immer wieder der Ärger über Jansen in ihm hoch. Jansen, dieser norddeutsche Sturkopp, der auch nach Elsbeth Friedrichsens Tod immer noch glaubte, Trude Kampmann habe ihre Berliner Freundin auf dem Gewissen. Er ging sogar so weit, an der Theorie zu feilen, Trude Kampmann hätte auch die alte Frau beseitigen müssen, weil sie von ihr bei der ersten Tat beobachtet worden sei.

»Mensch, du bist doch olber!«, blaffte Angermüller den Kollegen im Dialekt seiner Heimat an, was dieser zwar nicht wortwörtlich verstand, aber anhand der eindeutigen Geste des an den Kopf tippenden Fingers zumindest sinngemäß erfasste. Daraufhin sagte Jansen nichts mehr. Obwohl er selbst oft mehr als deutlich wurde in ihren Diskussionen und Auseinandersetzungen, legte er hin und wieder eine mimosenhafte Empfindsamkeit an den Tag. Stumm hatten sie die letzte Wegstrecke im Auto zurückgelegt und als Angermüller ausstieg und sagte:

»Alsdann: Um acht im Hochhaus. Ade Claus«, war die Antwort nur ein unartikuliertes Brummen. Hochhaus – so nannten sie das Verwaltungsgebäude in dessen siebten Stock die Mordkommission ihre Räumlichkeiten hatte. Bis zum Morgen würde sich der Kollege wieder beruhigt haben, da war Angermüller sicher. Vielleicht würde ihm bis dahin ja auch endlich klar, wie hanebüchen sein Verdacht gegen Frau Kampmann war und wie sehr er mit seinem Beharren ihre Ermittlungen blockierte. Und sie waren ohnehin noch nicht sehr weit gekommen, alle ihre recherchierten Ergebnisse hatten sich in Wohlgefallen aufgelöst. Umso mehr hoffte Angermüller, sie würden diesen Krischan Lage auftreiben. Wenn er nicht sogar für eine oder beide Taten verantwortlich zu machen war, dann hatte er vielleicht wenigstens etwas gesehen und konnte ihnen wertvolle Hinweise geben. Dass der Tod der alten Frau in unmittelbarem Zusammenhang mit dem Mord an Margot Sandner stand, schien auch Jansen nicht zu bezweifeln. Wahrscheinlich hatte sie etwas beobachtet. Mit Sicherheit aber nicht das, was Jansen unbedingt glauben wollte. In Angermüller stieg wieder der Unmut über die Scheuklappen seines Kollegen hoch, die der in diesem Fall angelegt zu haben schien. Größer jedoch als der Ärger über Jansen, war der über sich selbst, denn wieder einmal war er seiner Fresslust erlegen und weder fühlte sich der volle Bauch gut an, noch ließ er ihn ruhig schlafen.

Wie häufig, wenn er so spät in der Nacht von einem Einsatz nach Hause kam, war er trotz der späten Stunde hellwach und hatte einen Bärenhunger – zumindest empfand er es so. Wider alle guten Vorsätze führte ihn sein erster Gang in die Küche, wo er die essbaren Vorräte im Kühlschrank sondierte. Da Astrid eher intuitiv den Haushalt führte, dadurch ständig Überschüsse an abgelaufenen Joghurts oder Milchtüten produzierte, Fehlendes dagegen nicht auffüllte und einer Systematik in der Lagerhaltung ihrer Lebensmittel völlig abgeneigt war, fühlte sich Georg berufen, den Überblick im Kühlschrank zu behalten. Und da betrachtete er es als seine Pflicht, Reste oder Dinge, die zu verderben drohten, gehorsamst zu vertilgen.

Heute gab es wahrhaft viel zu tun, denn er hatte in der Nacht zuvor nur einen Bruchteil der köstlichen Überbleibsel vom Ostersonntagsbrunch geschafft. Die Kinder rührten das meiste ohnehin nicht an und Astrid war morgen wieder den ganzen Tag außer Haus, also fügte er sich in seine Aufgabe und er tat es mit Eifer und Genuss. Sogar den Backofen setzte er in Gang, um sich die verbliebenen beiden Krabbenschiffchen und ein Stück Baguette aufzubacken. Schon während er mit den Vorbereitungen zu seinem nächtlichen Mahl beschäftigt war, fiel alle Anspannung von ihm ab, er summte selbstvergessen eine Melodie und es gab nur noch Duftendes, Salziges, Pikantes, Mildes, Cremiges, Knuspriges, das zu einer Steigerung des Wohlgefühls beitrug.

Als das letzte Scheibchen Lachs und der letzte Krümel Heringssalat verspeist waren, machte er sich über den Rest Räucheraal her und zum Nachtisch gönnte er sich noch eine gute Portion Käse auf gebuttertem Baguette. Danach allerdings gelüstete ihn nach Süßem und ein dickes Nougatei in bester Confiseriequalität musste daran glauben. Langsam fühlte er sich befriedigt, hatte mit all den genussreichen Kalorien eine weiche Barriere um sein Inneres gelegt, sah die ungerechte Welt mit dem milden Blick des Satten und Zufriedenen und konnte aufhören, Gaumen und Zunge stets neue Reize anzubieten. Der Rest Barolo, den er sich zu seinem späten Mahl gegönnt hatte, schmeckte plötzlich sauer und er holte sich eine Flasche Mineralwasser, die er vorsorglich mit ins Schlafzimmer nahm, da er schon ahnte, dass es eine sehr durstige Nacht würde.

Schläfrig vom Essen und Trinken ging Angermüller zu Bett, doch sein voller Magen hinderte ihn am Einschlafen. Nachdem er es eine Weile versucht hatte, wanderte er in die Küche, nahm eine ordentliche Portion Bullrichsalz, doch auch die darauf folgenden Eruptionen verschafften ihm nur wenig Erleichterung und er wurde immer munterer. Als er es endlich geschafft hatte, die ärgerlichen Gedanken an Jansen zu verdrängen, hielt ihn die Wut auf sich selbst und seine Disziplinlosigkeit wach. Um sieben klingelte der Wecker. Ihm war, als sei er gerade erst in einen erschöpften Schlaf gefallen. Astrid war schon aufgestanden, er hörte aus dem Badezimmer die Dusche plätschern und roch den Kaffee, den sie immer als erstes zubereitete. Ihm wurde schlecht.

Am liebsten wäre er gar nicht aufgestanden, doch an einem Tag wie diesem, mitten in einem schwierigen Fall, gab es kein Schlappmachen und er war ja an seinem Zustand selbst schuld.

Anderthalb Stunden später befand sich Angermüller mit Jansen und den Kollegen im Fahrstuhl des Hochhauses auf dem Weg nach unten und sein Magen rebellierte aufs heftigste gegen die Abwärtsbewegung des engen Gefährts. Für die Suche nach Krischan Lage war ihnen eine Hundertschaft Bereitschaftspolizei mit Suchhunden zur Verfügung gestellt worden, die bereits aus Kiel unterwegs war. Steffen hatte eine Nachtschicht eingelegt und teilte ihnen die Erkenntnisse seiner Obduktion mit. Zwar konnte man von einem Kampf ausgehen: Jemand hatte Elsbeth Friedrichsen gewürgt und ihr dabei die Kratzer am Hals beigebracht, doch letztendlich war es der Sturz von der Treppe, der zum Tode geführt hatte durch Bruch des obersten Halswirbels. Den Zeitpunkt des Todes legte der Gerichtsmediziner mit ›fünfundneunzigprozentiger‹ Wahrscheinlichkeit auf die Zeit zwischen siebzehn und neunzehn Uhr am gestrigen Abend fest, was Jansen mit einem selbstzufriedenen Nicken quittierte. Angewidert wich Angermüller seinem Blick aus, zeigte ihm diese Reaktion doch, dass Jansen immer noch auf derselben Schiene in die Irre fuhr. Die Lagebesprechung im Beisein des stets ungeduldig auf Ergebnisse wartenden Chefs, der sich höchstens vor Ort begab, wenn es den Medien einen überführten Täter zu präsentieren galt, kostete ihn ohnehin größte Selbstbeherrschung. Mehr als einmal drehte sich ihm fast der Magen um und nicht nur aufgrund seiner Völlerei, sondern weil er die Ignoranz seines obersten Behördenhüters manchmal schlicht zum Kotzen fand.

Wie immer fegte ein kräftiger Wind um das Hochhaus, als sie aus der Tür traten, und Angermüller fröstelte unangenehm trotz des dicken Lodenmantels. Er quetschte sich in Jansens Wagen, schob sich ein Pfefferminz in den Mund, in der Hoffnung, damit seinen Magen anzuregen, dem Klumpen, der sich darin befand, zu Leibe zu rücken und unterließ es ganz gegen seine Gewohnheit, Jansen um eine gemäßigte Fahrweise zu bitten. Das hatte nichts mit ihrer Auseinandersetzung vom Vorabend zu tun. Jansen benahm sich ohnehin wieder so, als sei nichts gewesen. Angermüller fühlte sich einfach total schlapp und kraftlos und wollte im Moment nur seine Ruhe haben.

Mehrmals kurbelte er die Seitenscheibe ganz herunter und ließ sich den kalten Fahrtwind um die Nase wehen. Mit seinen Augen versuchte er konzentriert den Horizont festzuhalten, der wie in einem rasant geschnittenen Film an ihm vorbeiflog. Über den Himmel schoben sich heute dicke

Wolken von einem dunklen Blaugrau, was aber nicht heißen musste, dass sie ihre feuchte Ladung hier auch abregnen ließen. Bisher war es wenigstens trocken geblieben. Jansen sagte nichts und fragte nichts. Mit eingeschaltetem Blaulicht jagte er genussvoll BMWs und Mercedes von der linken Spur und in rekordverdächtiger Zeit hatten sie die Ausfahrt Warstedt erreicht.

Nach dem Klingeln an der Tür des reetgedeckten Hauses waren erst Schritte und anschließend das bereits bekannte, wilde Gebell des Hundes zu vernehmen. Trude Kampmann öffnete, von einem aufgeregten Lollo umtänzelt. Sie sah blass und müde aus. Nach der Begrüßung erkundigte sie sich sofort, ob es neue Erkenntnisse darüber gab, wie Elsbeth zu Tode gekommen war.

»Tja, gestorben ist sie an dem Sturz von der Treppe. Aber ob sie aus Versehen da hinuntergefallen ist oder ob sie gestoßen wurde, das kann uns nur der – oder die – sagen, der dabei war …«, antwortete Jansen gedehnt und beobachtete Trude dabei scharf. Angermüller hätte ihn dafür schütteln mögen, doch ihm fehlte momentan selbst für einen Einspruch die Energie.

Jansen fuhr fort: »Fest steht, dass zuvor ein Kampf stattgefunden hat und insofern liegt der Schluss nahe, dass der Treppensturz Absicht war …«

Mit einem traurigen Nicken hörte sich Trude Jansens Ausführungen an.

»Noch einmal zu Ihrer Aussage von gestern Nacht, Frau Kampmann«, fuhr er fort, während er seinen kleinen Notizblock aus der Tasche zog, »Sie bleiben dabei, zwischen fünf und sechs Uhr abends hier gewesen zu sein?«

Überrascht sah Trude ihn an und auch Angermüller fragte sich, was Jansen damit bezweckte.

»Wieso sollte ich jetzt etwas anderes erzählen. Ich war hier und wie ich Ihnen bereits sagte, habe ich zweimal an Frau Friedrichsens Tür geklopft, sie aber nicht angetroffen und werfe mir jetzt noch vor, nicht einfach die Klinke heruntergedrückt zu haben ... Ich wusste ja, dass sie ihre Türe nie abschloss und vielleicht hätte ich ihr helfen können ...«

»Ja, vielleicht ...«, wiederholte Jansen, sah Trude mit einem nicht interpretierbaren Blick an und kritzelte etwas auf seinen Block. Angermüller fragte sich, ob sein Kollege denn überhaupt keine Augen im Kopf hatte und wie er so vernagelt sein konnte, seinen Verdacht gegen diese Frau weiterzuverfolgen, ja, ihn sogar auf eine weitere Gewalttat auszudehnen.

»Bist du dann fertig, Kollege?«, fragte er Jansen, ohne seinen Unmut zu verbergen. Dort wo er das obere Ende seines Magens vermutete, begann es zu brennen, als ob er Salzsäure geschluckt hätte. Jansen schob sich den Notizblock in die Brusttasche seiner abgeschabten Lederjacke und hob beschwichtigend die Hand.

»Aber ja, Kollege. Alles reine Routine.«

Trude war zum Heulen. Mitten in die Trauer über ihre hochgeschätzte Freundin platzte dieser Bulle mit dem Feingefühl einer Brechstange und schien sie tatsächlich noch zu verdächtigen. Was hatte dieser Typ nur für eine Sicht von der Welt? Wie konnte er die Wahrheit herausfinden, wenn sein Horizont so beschränkt war? Er meinte es wahrscheinlich nicht persönlich, er tat seinen Job – aber wie? Jedenfalls würde sich Trude ihm gegenüber nicht die Blöße eines Gefühlsausbruchs geben. Sie schob ihren Kummer und den Ärger über Jansen beiseite und sagte sich, auch sie wolle ja herausbekommen, wer Elsbeth das antun konnte. Also richtete sie sich noch ein bisschen gerader auf und sah die beiden Polizisten an.

»Soll ich Ihnen jetzt die Fundstelle zeigen?«

Die beiden bejahten. Trude zog sich ihre Regenjacke und einen Schal über und stieg an der Tür in die unvermeidlichen

Gummistiefel. Auch Jansen trug dieses praktische Schuhwerk. Angermüller hatte natürlich nicht daran gedacht solche Vorsorge zu treffen, war er doch schon froh, überhaupt
wach und anwesend zu sein. Durch den Flur kam ein appe-
titlicher Weißbrotduft gezogen, der an jedem anderen Tag
bestimmt seine Neugier geweckt hätte, heute jedoch empfand er ihn als lästig, ja aufdringlich. Diesmal hatte er seinem robusten Magen wirklich zuviel zugemutet.

»Soll der Hund auch mitkommen?«, erkundigte sich
Trude. Nach einem kurzen Blick auf Jansen nickte Angermüller zustimmend.

»Schließlich hat das Tier ja die Kleidungsstücke des Ver-
missten gefunden und vielleicht hilft uns seine Spürnase
jetzt auch weiter.«

Als sie auf den Hof traten, der inzwischen voller Poli-
zeifahrzeuge stand, beendete Lollo den Freudentanz, in
den er beim Anblick der Leine ausgebrochen war. Gesittet
trabte er neben seinem Frauchen her und beäugte sichtlich
beeindruckt und aufmerksam die Belagerung seines sonst
so ruhigen Reviers.

Trude führte die beiden Beamten und den Leiter des
Suchtrupps am Mühlteich vorbei, den auf beiden Seiten
von hohen Büschen gesäumten Weg, den sie fast jeden
Tag einmal mit Lollo entlang spazierte. Die ungewohnte
Gesellschaft und das durch die dicke Wolkendecke sehr
eingeschränkte Licht, ließ die vertraute Landschaft fremd,
ja unheimlich wirken. Düster und leblos lagen die Felder
und Wiesen vor ihnen, ihre kräftigen Farben hatte der blei-
erne Himmel verschluckt. Kaum vorstellbar, dass hier vor
zwei Tagen die Lerchen über dem frischen Grün in die
herrlich milde Frühlingsluft gestiegen waren. Trude fand
das Wetter durchaus ihrer Stimmung und auch dem Grund
ihres Hierseins angemessen, denn wer konnte schon wissen,
was die Polizei noch Schreckliches entdecken würde. Sie

hatte Lollo von der Leine gelassen und wie üblich rannte er schnüffelnd und schnuppernd voraus und hin und her, doch Trude glaubte eigentlich nicht, dass er den Polizeihundkollegen die Arbeit abnehmen würde.

In den Weg hatten im Lauf der Zeit die mächtigen Treckerreifen zwei breite Spuren gegraben und bei der jetzt herrschenden, feuchten Witterung stand darin zum Teil noch das Wasser. Das Gras war nass und dort, wo es nicht wuchs, war es matschig. Angermüllers schwarze Lederschuhe waren bereits lehmverschmiert und auch seine Jeans hatte schon reichlich Matschspritzer abbekommen. Das war ihm alles ziemlich egal. An der frischen Luft zu sein empfand er als wohltuend, wenn ihm auch die feuchte Kälte langsam durch sämtliche Kleiderschichten kroch. Sein Kreislauf war noch zu stark damit beschäftigt, in seinem überlasteten Magen Ordnung zu schaffen und nicht in der Lage, gleichzeitig für eine angemessene Körpertemperatur zu sorgen. Außerdem strengte ihn das Gehen auf dem unwegsamen Pfad mehr an als sonst und er atmete schwer.

»Es ist nicht mehr weit«, versicherte Trude und es klang fast so, als ob sie Angermüller Mut machen wollte.

»Da vorne, wo der Weg sich nach rechts wendet und ein Stück parallel mit dem Mühlbach läuft, da muss es gewesen sein, wenn ich mich recht erinnere.«

Sie hatten die bezeichnete Stelle erreicht. Trude blieb stehen. Der Mühlbach war von hier aus deutlich zu hören, wie er gluckernd dahin floss und hie und da über die großen Wackersteine sprang, die in seinem Bett lagen. Sehen konnte man ihn allerdings nicht, dazu war die Böschung zu hoch und zu steil.

»Den genauen Fundort kann ich Ihnen leider nicht zeigen, aber hier in der Gegend hat der Hund herumgestöbert, bevor er ankam und mir seine Beute präsentierte.«

Ihre Begleiter sahen sich um und der Uniformierte zückte sein Funkgerät.

»Na gut, da wär'n wir also. Vielen Dank Frau Kampmann, das hilft uns erst einmal weiter. Ich denke, Sie können dann gehen. Wir melden uns noch einmal bei Ihnen, wenn wir hier fertig sind. Sind Sie zu Hause?«, fragte Angermüller. Trude nickte.

»Vorerst ja. Es gibt einiges, um das ich mich kümmern muss, wegen … nachdem Elsbeth …«

Sie verstummte. Jansen tippte sich an den Kopf.

»Ich habe ja ganz vergessen, Ihnen zu sagen, dass die Leiche morgen frei gegeben wird. Sie können dann also …«

Trude sah ihn nicht an. Ein Funkgerät knarzte, der Einsatzleiter rief seine Truppe heran und Angermüller sagte etwas hilflos:

»Alsdann Frau Kampmann – bis später.«

Langsam machte Trude kehrt und nahm Lollo wieder an die Leine, als er von einem seiner Ausflüge mit hechelnder Zunge zu ihr zurückgelaufen kam. Auf dem Rückweg kamen ihr in breiter, grüner Formation die jungen Männer und Frauen entgegen, die den Suchtrupp bildeten. Manche grüßten freundlich. Zum Teil waren sie mit langen Holzstangen ausgerüstet und stocherten gewissenhaft im Boden zu ihren Füßen, einige führten Schäferhunde an der Leine. Mit eingeklemmtem Schwanz drängte sich Lollo an sein Frauchen und wäre wohl am liebsten unsichtbar gewesen. Als Trudes Blick zufällig hoch zur Mühle schweifte, sah sie eine kleine, schmale Gestalt vor dem Gästehäuschen stehen. Schnell wendete sie den Kopf ab, um nur aus den Augenwinkeln hinüberzuspähen. Die Schultern hochgezogen, die Arme verschränkt, beobachtete Iris das Geschehen auf den Feldern. Ihre schwarze Jacke und die weite, schwarze Hose flatterten im Wind. Eine einsame, frierende Norne vor stürmischer Nordlandschaft.

15

Auf den ersten Blick nahm Angermüller nur schemenhaft die Umrisse einer schmutziggrauen Masse wahr. Nach Atem ringend stand er über der vielleicht zweieinhalb Meter hohen Böschung des Mühlbaches. Er war gerade auf dem Weg zu einem der Mannschaftswagen gewesen, um sich etwas aufzuwärmen vom untätigen Herumstehen in der feuchten Kälte, als man ihn zurückgerufen hatte. Angestrengt starrte er jetzt nach unten und machte schließlich ein sackartiges Gebilde aus, an dessen einem Ende ein helles Etwas, vom Wasser umspült, aus dem Bach ragte. Er brauchte eine ganze Weile, bis er das Teil als nackten, linken Fuß einordnen konnte und schließlich begriff er, dass es sich bei dem lehmverschmierten Gegenstand um einen auf dem Bauch liegenden menschlichen Körper handelte, der zur Hälfte im Wasser, zur Hälfte am Ufer lag. Unter einem großblättrigen Klettengewächs verborgen, erkannte er den Kopf, auf einen breiten Wackerstein gebettet, die Haare von Blut, Schmutz und Wasserpflanzen verklebt.

»Na, dat ging ja man schneller als gedacht! Das isser bestimmt. Sehr viel mehr Leute werden wohl nicht in dem Bach hier herumliegen.«

Triumphierend hieb Jansen auf Angermüllers Rücken, der sich darauf konzentrierte, ruhig durch die Nase zu atmen und hoffte, im weiteren Verlauf keinem allzu Ekel erregenden Anblick ausgesetzt zu werden.

»Ist er tot?«, fragte er knapp.

»Das werden wir gleich feststellen.«

Jansen klang regelrecht aufgeräumt, zog sich ein Paar Latexhandschuhe über und stieg vorsichtig die steile Böschung hinab in den Graben. Zum Glück kannte der Kollege in der Hinsicht keine Berührungsängste und nahm Angermüller in solchen Fällen ganz selbstverständlich die Arbeit ab. Gesprochen hatten sie über diese Arbeitsteilung noch nie. Jansen beugte sich über die Gestalt und fuhr erst einmal wieder hoch.

»Mann oh Mann! Nach Veilchen duftet der nicht gerade ...«, stöhnte er, tastete mit seiner Hand am Hals des Liegenden nach dem Puls und blickte dabei gespannt zu seinem Kollegen.

»Ruf sofort den Notarzt. Mehr tot als lebendig, aber immerhin ... es tut sich noch was.«

Immer noch schoben sich dunkle Wolkenberge über das Land, doch hie und da fraßen sich kleine, helle Flecke durch das Grau und blendeten auf wie Bühnenscheinwerfer. Es war früher Nachmittag und Trude saß an ihrem Lieblingsplatz in der Küche, den Blick irgendwo zwischen den vor ihr liegenden Feldern und Wiesen verloren. Sie hatte noch so viel zu erledigen, doch sie konnte sich einfach zu nichts aufraffen. Die Trauer über den Verlust von Elsbeth hatte sich wie eine Lähmung über sie gelegt. Es hatte sie nie gestört, allein im Haus zu sein, im Gegenteil, sie hatte, in der Gewissheit, hier endlich eine Heimat gefunden zu haben, immer einen tiefen, inneren Frieden verspürt und daraus die Energie zu all ihren Aktivitäten gezogen. Sie war auch nie wirklich allein gewesen. Brauchte sie Rat oder Hilfe oder hatte sie keine Lust allein zu Mittag zu essen oder wollte ein Schwätzchen halten, Elsbeth war immer in der Nähe. Freundlich, unaufdringlich, hilfsbereit.

Irgendwie konnte und wollte Trude nicht glauben, dass

sie nicht mehr da war und rief sich die Bilder der vergangenen Nacht ins Gedächtnis, wie um sich zu bestätigen, dass das Schreckliche wirklich passiert war. Und dann versuchte sie sich die Zukunft ohne Elsbeth vorzustellen. Sie fehlte ihr schon jetzt. Nach der Scheidung von ihrem vergötterten Vater vor zehn Jahren, der inzwischen verstorben war, hatte Trudes Mutter auch den Kontakt zu ihrer Tochter abgebrochen. Ohne dass sie dies je benannt hätten, nahm Elsbeth ganz automatisch ihren Platz ein. Jetzt klaffte eine große Lücke in Trudes Leben. Sorgen und Freuden hatte sie mit ihr geteilt. Wie oft war Elsbeth am Nachmittag einfach auf einen Tee herübergekommen oder Trude hatte sie in der Mühle besucht und mit ihr über Warstedts Vergangenheit, Geschichten aus Franz' Jugend oder die schleswig-holsteinische Küche geplaudert. Der Tod war eben endgültig. Nie wieder würde sie die mütterliche Freundin um Rat fragen können, nie wieder von ihren Geschichten und Erfahrungen profitieren, nie wieder ihre herzliche Zuneigung spüren können. Trudes Augen füllten sich mit Tränen. Sie leistete dieser Regung keinen Widerstand, legte den Kopf auf die Tischplatte und ließ ihrer Trauer freien Lauf. Während es aus ihr herausströmte, fühlte sie ihre Lebensgeister zurückkehren und gleichzeitig auch ihre Wut auf den Menschen, der Elsbeths Tod zu verantworten hatte. Was sie dazu beitragen konnte, würde sie tun, um denjenigen zu finden und seiner gerechten Strafe zuzuführen.

Das Geräusch der Gartenpforte ließ sie den Kopf heben und sie sah Iris' schlanke Gestalt auf die Terrassentür zukommen. Trude hatte sich bereits erhoben, doch ganz wie es ihre Art war, klopfte Iris dennoch dezent an die Glastür, bevor sie eintrat.

»Guten Tag, Trude. Ich wollte dir mein Beileid aussprechen ...«

In der ihr eigenen distanzierten Höflichkeit hielt sie

Trude die Hand hin. War es das Gefühl des Alleinseins oder hatte die Trauer sie weich gemacht? Trude jedenfalls übersah die ausgestreckte Hand und schlang gegen alle zuvor gefassten Vorsätze die Arme um die Freundin.

»Danke, Iris. Ich bin sehr traurig, wie man vielleicht sieht … aber ich freue mich auch sehr, dass du gekommen bist«, und mit einem schiefen Lächeln hielt sie Iris ihr verheultes Gesicht entgegen, was diese ebenfalls mit dem Anflug eines Lächelns quittierte. Iris war also doch nicht so ein herz- und gefühlloser Mensch, wie Trude angenommen hatte, sonst wäre sie nicht gekommen zu diesem Zeitpunkt.

»Weißt du, mir tut es eben gut, einfach alles herauszulassen, meinen Kummer und auch meine Wut, dass ich das nicht verhindern konnte. Ich fühle mich jetzt schon viel besser. Darf ich dir einen Kaffee, Tee oder sonst irgendwas anbieten?«

»Ein Tee wäre gut.«

Bald darauf saßen sie zusammen am Küchentisch, es duftete nach geröstetem Weißbrot und Trude aß davon zwei Scheiben mit Butter und Orangenmarmelade. Sie hatte seit dem Vorabend noch nichts wieder zu sich genommen und verspürte, nachdem sich ihr Gefühlssturm gelegt hatte, plötzlich heftigen Hunger. Iris trank ihren Tee, sie wollte nichts essen und lauschte Trude, die wieder und wieder über Elsbeths Tod rätselte und von der polizeilichen Suchaktion am Morgen berichtete.

»Und irgendwann sind dann die beiden Kommissare zu mir gekommen, um mir zu sagen, dass sie Krischan gefunden haben, in ziemlich heiklem Gesundheitszustand. Sie haben ihn sofort in die Klinik bringen lassen. Zum Glück musste nicht ich ihn identifizieren, da ortsansässige Beamte ihn gleich erkannt haben. Drei Tage hat er da im Bach gelegen, schwer verletzt, wie es scheint und deshalb scheidet er in Elsbeths Fall ...«

Trude mühte sich um eine sachliche, emotionslose Sprache.

»Also da scheidet er jedenfalls als Täter aus. Man weiß noch nicht, ob er durchkommt. Die Polizei scheint sehr gespannt zu sein, was er zu erzählen hat. Wenn er es nicht gewesen ist, so vermuten sie zumindest, dass er Zeuge des Mordes an Margot war.«

Und schon war es wie immer: Trude erzählte, Iris schwieg und es war nicht festzustellen, ob sie wirklich mit Interesse zuhörte oder das Ganze nur höflichkeitshalber über sich ergehen ließ.

»Aber weißt du, was das heißt, Iris?«

Trude sah die Freundin ernst an und legte ihr eine Hand auf die Schulter.

»Das heißt, dass hier immer noch ein Mörder frei herumläuft. Also, pass auf dich auf, Iris! Wenn es dir lieber ist, kannst du auch zu uns ins Haus umziehen.«

»Danke für das Angebot, aber das wird nicht nötig sein, denke ich. Wahrscheinlich wird Betty übermorgen entlassen und dann treten wir sofort die Heimreise an. Ich will übrigens jetzt einen Besuch bei ihr machen. Hättest du Lust, mich zu begleiten?«

»Nein, ich denke nicht, dass ich das möchte nach meinen gestrigen Erfahrungen mit Bettys Hysterien. Vielleicht verstehst du das ...«

»Sicher. Dann mache ich mich jetzt auf den Weg ...«

Iris erhob sich.

»Iris!«

Der alte Impuls, die Freundin zu umsorgen und zu beschützen, war wieder da. Trude musste einfach aufspringen und sie umarmen.

»Komm wenigstens heute Abend zum Essen herüber,

ja? Damit du nicht die ganze Zeit so allein da drüben herumsitzt …«

»Du vergisst, dass ich es gewöhnt bin, allein zu sein. Mir fällt es manchmal eher schwer, Gesellschaft zu ertragen … Aber heute Abend komme ich gerne.«

Iris entwand sich der Umarmung, die ihr wie immer unangenehm zu sein schien und verließ die Küche durch die gläserne Terrassentür.

Der Ficus Benjamini war hoch gewachsen und von sattem Grün und auch die Dieffenbachie strotzte nur so vor Kraft und Frische. Kein gelbes Blättchen störte an diesen kerngesunden Grüngewächsen.

»Wirklich beneidenswert!«, brummte Angermüller. Jansen gähnte und hob fragend die Brauen. Schon viel zu lange saßen sie jetzt in diesem Krankenhausflur und warteten auf den Bericht der Ärzte, die sich um Krischan Lage bemühten, hofften, vielleicht auch mit ihm reden zu können.

»Na, die Pflanzen hier sind super gepflegt! Schau dir das an, wie gerade die gewachsen sind und diese kräftigen, grünen Blätter. Von solchen Prachtexemplaren kann man doch nur träumen!«

»Ach so, die Pflanzen.«

Jansen hätte sein Desinteresse nicht deutlicher ausdrücken können. Sein Beruf und sein unstetes Junggesellendasein ließen ihn meist nur zum Schlafen in seine Wohnung kommen und oft nicht einmal das. Häufig übernachtete er bei einer seiner Freundinnen, denn seine Räumlichkeiten waren nicht der Ort, um dort Gäste, geschweige denn weibliche, zu empfangen. Einmal hatte Angermüller die heiligen Räume betreten, als Jansen mit einer Grippe im Bett lag. In der Küche gab es kaum Geschirr, dafür reichlich leere und halbleere Fastfood Packungen, einen Stapel Getränkekästen voller leerer Flaschen und die Einrichtung der beiden

Zimmer war auf das Notwendigste beschränkt: Bett, Stereoanlage, Fernseher, Kleiderschrank, ein Schreibtisch mit PC, zwei Sessel und eine ziemliche Unordnung. Einziger Wandschmuck war ein Playboykalender von vor fünf Jahren. Nein, für eine liebevolle und verantwortungsbewusste Beziehung zu einer Zimmerpflanze war Jansen trotz seiner dreißig Jahre einfach noch nicht reif genug.

Ein kräftiger Luftzug ließ die Blätter des Ficus erzittern, als schwungvoll die große Glastür geöffnet wurde, hinter der die Intensivstation lag. Angermüller und Jansen erhoben sich erwartungsvoll von den blauen Kunststoffstühlen und Professor Osterholz war mit ein paar großen, federnden Schritten bei ihnen, begleitet von einem ganzen Tross in Weiß, der sich respektvoll mit zwei Metern Abstand hinter ihm hielt.

»Tag die Herren! So sieht man sich wieder! Und jetzt dürfen wir hier Ihren Mörder zusammenflicken, was? Aber vertrauen Sie uns. Wir tun, was wir können – wir sind nämlich Profis!«

Offensichtlich hatte der Professor ihren Besuch bei seinem Sohn Ben in schlechter Erinnerung behalten.

»Guten Tag Herr Professor! Bisher ist leider noch nicht klar, welche Rolle Ihr Patient in dem Fall spielt. Deshalb würden wir gerne so bald wie möglich mit ihm sprechen. Er ist ein sehr wichtiger Zeuge.«

Jansen reagierte in ungewohnt zurückhaltender Manier, während Angermüller versuchte, den bissigen Unterton in der Begrüßung des Professors zu ignorieren. Sein verdorbener Magen ließ ihn sich elend genug fühlen, er musste nicht auch noch eine Portion Ärger darauf packen. Doch trotz ihres moderaten Auftretens kamen sie bei Osterholz nicht zum Zuge.

»Das ist momentan ganz ausgeschlossen!«, beschied er sie. »Neben einem Bruch des rechten Hüftgelenks und der rechten Schulter, hat sich der Patient eine Schädelverletzung zugezogen. Das müssen wir erst eine Zeit lang beobachten, um zu sehen, ob das Gehirn dadurch in Mitleidenschaft gezogen wurde.«

»Wann dann?«, fragte Jansen nur. Mit auffordernden Blicken sah sich der Professor in der Runde seiner Mitarbeiter nach einer Antwort um, die blieben jedoch stumm. Also sagte er selbst:

»Morgen früh, würde ich denken.«

»Morgen früh …?«, wiederholte Angermüller entsetzt, behielt aber den Rest seines Protestes für sich, nachdem Jansen nur gottergeben mit den Schultern zuckte. Sie mussten den Professor in diesem Fall seine Entscheidungsallmacht wohl auskosten lassen.

»Der Patient steht zur Zeit unter dem Einfluss starker Medikamente, Sie würden sowieso nichts aus ihm herauskriegen«, lenkte Professor Osterholz dann erklärend ein und fügte hinzu:

»Vielleicht kann ich es verantworten, Sie heute am späten Abend zu ihm zu lassen. Rufen Sie später noch einmal in meinem Büro an. Guten Tag!«

Nach einer flotten Kehrtwendung marschierte die weiße Truppe geschlossen hinter ihrem Chef den Flur entlang in die andere Richtung und verschwand hinter der nächsten Glastür.

»Und was machen wir jetzt?«, fragte Angermüller seinen Kollegen, der gerade sein Handy aus der Jacke holte.

»Ich rufe jetzt erst mal an, dass die einen Kollegen schicken, der hier Wache schiebt. Nachdem die alte Dame schon dran glauben musste, man kann ja nie wissen…«

Angermüller nickte zustimmend.

»Und wie wär's mit Mittagspause?«, meinte Jansen anschließend. »Ist spät genug. Ich könnte was Ordentliches zwischen die Kiemen vertragen, mein Magen hängt schon in den Kniekehlen.«

»Na gut. Ein Pfefferminztee würde mir wahrscheinlich auch gut tun.«

»Hä? Machst du 'ne Diät oder bist du krank?«

Jansen schaute seinen Kollegen wahrscheinlich zum ersten Mal an diesem Tag etwas genauer an.

»Bisschen blass um die Nase siehst du aus.«

Einerseits war Georg Angermüller leicht gekränkt, denn er hatte gedacht, jedem müsse sein schlechter Zustand gleich ins Auge fallen, doch keiner hatte von seinem Leiden bisher Notiz genommen, geschweige denn ihn bedauert. Nun gut, sie hatten heute Vormittag Wichtigeres zu tun gehabt. Andererseits war es ihm natürlich peinlich zuzugeben, dass er sich schlicht und einfach überfressen hatte. Oft genug stand seine Leidenschaft für gute Küche, deren Herstellung und Genuss und seine daraus resultierende, barocke Figur im Mittelpunkt des Kollegenspotts. Auch wenn er die kleinen Sticheleien brillant parierte, sie trafen immer ihr Ziel. Irgendwann würde er wohl doch mit einer Diät anfangen …

»Ich hab mir den Magen verdorben.«

»Doch wohl nicht mit deinen selbst gekochten Köstlichkeiten! Tss, tss, tss.«

Jansen sah ihn mit gespieltem Entsetzen an.

»Ich habe eben einen empfindlichen Magen.«

»Entschuldige, aber das ist mir wirklich noch nicht aufgefallen …«

Jansen grinste. So war das eben. Einmal zum verfressenen Dicken abgestempelt, für immer in der Schublade. Aber er war ja selbst schuld. Angermüller übersah das Grinsen einfach und fragte nur:

»Können wir jetzt los?«

Gerade als sie vom Krankenhausparkplatz rollten, kam ihnen ein Wagen mit Berliner Kennzeichen entgegen.

»Die Frau Schulze besucht ihre Freundin, allein. Die Kampmann ist nicht dabei …«

»Wundert dich das?«, brummte Angermüller, »so wie diese Betty Oppel sich ihr gegenüber verhalten hat? Außerdem hat Frau Kampmann im Moment bestimmt andere Sorgen, nach dem Tod eines Familienmitgliedes ...«

Vereinzelt hatten schon den ganzen Tag über Freunde und Bekannte auf dem Mühlenhof angerufen, die von dem traurigen Ereignis erfahren hatten, und ihre Betroffenheit und Trauer geäußert. So war das in einem kleinen Gemeinwesen wie Warstedt, wo jeder jeden kannte. Neuigkeiten verbreiteten sich wie ein Lauffeuer und alle nahmen Anteil an Freud wie Leid. Eigentlich ein sympathischer Zug, diese Anteilnahme, doch manchmal auch etwas anstrengend. Am Nachmittag dann rissen die Anrufe überhaupt nicht mehr ab und jedes Mal, das Trude aufgelegt hatte, klingelte es von neuem. Alle Menschen waren schockiert und konnten gar nicht glauben, dass die allseits beliebte, für ihr Alter noch so aktive Elsbeth mitten aus dem Leben gerissen worden war.

Das Beantworten der immer gleichen Fragen und die ständige Wiederholung ihrer Eindrücke und Gefühle der vergangenen Nacht hatte zur Folge, dass Elsbeths Schicksal Trude immer vertrauter wurde, sie immer mehr akzeptierte, dass Elsbeth nicht mehr da war. Natürlich würde das Leben weitergehen, auch ohne sie. Natürlich konnte man nicht wissen, was Elsbeth durch diesen plötzlichen Tod erspart geblieben war – Trude wusste um die Angst der Freundin, hilflos und pflegebedürftig zu sein und erst nach langem Leiden erlöst zu werden. All dies war trotzdem kein Trost, sondern nur der vergebliche Versuch, sich das Schicksal zu erklären. Und schließlich hatte kein Mensch das Recht, einen anderen so brutal aus dem Leben zu stoßen. Die Frage wurde immer drängender, wer das getan hatte und warum. Bisher hatte Trude keine plausible Erklärung gefunden. Ihre

Gedanken begannen sich im Kreis zu drehen und irgendwann wurde es ihr zu viel. Sicher, es war gut gemeint, dass jeder versuchte, auf seine Art Trost zu spenden, doch ungefähr nach dem fünfundzwanzigsten Anruf schaltete sie einfach den Anrufbeantworter ein. Außerdem wurde es langsam Zeit, sich ums Abendessen zu kümmern.

Aus dem Bedürfnis heraus, am heutigen Abend Leute um sich haben zu wollen, hatte Trude außer Iris auch ihre Freundin Babs eingeladen, Olli und Anna würden da sein, sie und Franz – eine kleine, vertraute Runde. Bei wie vielen Gelegenheiten hatte sie Elsbeth eines ihrer Lieblingssprichwörter zitieren hören: »Speis und Trank halten Leib und Seele zusammen«. Und das galt für diese schweren Zeiten ganz bestimmt. Trude spürte sofort eine gewisse Entspannung, als sie sich den Gedanken ans Kochen überließ. Im Umgang mit den Lebensmitteln, ihrer Verwandlung in wohlschmeckende Speisen lag eine tröstende Sicherheit und die konnte sie jetzt gut gebrauchen.

Das einzig Gute, was von ihrer folgenschweren Wanderung vom Vortag noch übrig war, war die große Tüte mit der gesammelten Brunnenkresse im Kühlschrank. Daraus ließ sich ein schöner frischer Salat als Vorspeise bereiten und anschließend würde sie einen Großen Hans auf den Tisch bringen, ein ausgesprochenes Lieblingsgericht aller Bewohner auf dem Mühlenhof. Es war eines von Elsbeths alten Familienrezepten und so in gewisser Weise auch ein Stück lebendige Erinnerung an die verlorene Hausgenossin. Außerdem hatte sie für diese einfache, für die Region typische Speise alle Zutaten im Haus und brauchte nicht den Spießrutenlauf durchs Städtchen zu machen, wo jeder und jede sie auf die Ereignisse der vergangenen Tage ansprechen würde.

Trude ließ kaltes Wasser über die saftig grünen Pflänzchen laufen, schnitt, wo nötig, die feinen Wurzelhaare ab und ließ den Salat in einem Sieb abtropfen. Die Soße bereitete sie aus wenig Essig, etwas Senf und Öl, würzte mit Salz, Pfeffer und einer Prise Zucker und gab schließlich noch ein zerdrücktes, hart gekochtes Ei dazu. Sie stellte beides auf die Seite, um es erst kurz vor dem Essen zu mischen und holte noch ein herzhaftes Schwarzbrot aus der Tiefkühltruhe, das, mit frischer Butter bestrichen, wunderbar den scharfen, pfeffrigen Brunnenkressesalat begleiten würde.

Mit dem Großen Hans hatte Trude sich auch schon bei den Recherchen für ihr neues Buch auseinandergesetzt. Es war ein in vielen Gegenden Schleswig-Holsteins bekanntes Gericht, doch was unter ein und demselben Namen serviert wurde, unterschied sich oft ganz erheblich.

Manche Rezepte nannten altbackenes Weißbrot als Grundlage, andere basierten auf einem Mehl-Grieß-Gemisch. Elsbeths Großer Hans wurde ausschließlich aus Grieß gekocht. Allen Zubereitungsarten war aber gemeinsam, dass man das Endprodukt mit geräuchertem Schweinespeck und einem süßen Saft oder Sirup verzehrte. Trude stellte Milch, Butter, Grieß, Eier und Rosinen bereit, um daraus den Teig zu mischen und holte die Speckseite aus der Speisekammer, die einen angenehm kräftigen Rauchgeruch verströmte.

Jetzt fehlte noch die große Puddingform, um den Teig darin im Wasserbad zu garen. Trude fiel ein, dass sie eigentlich noch nie allein diese Speise zubereitet hatte, sondern Elsbeth zumindest immer in der Nähe gewesen war und natürlich ihre schon ziemlich verbeulte, von kalkiger, grauer Patina überzogene Metallpuddingform mitgebracht hatte, da sie selbst kein solches Behältnis besaß. Also würde sie wohl in die Mühle gehen müssen, um die Form zu holen. Der Gedanke daran rief heftige Gefühle in ihr hervor, eine Art ängstlicher Neugier, wie es wohl sein würde, den Ort zu betreten, an dem sie am Abend zuvor Elsbeths leblosen

Körper hatte liegen sehen. Einerseits schreckte sie vor dem Gang dorthin zurück, andererseits drängte sie irgendetwas, die Wohnung der toten Freundin zu betreten. Unkonkret und nebulös und ohne dass sie gewusst hätte, wonach sie überhaupt suchen sollte, war da die Vorstellung in ihrem Hinterkopf, auf irgendetwas zu stoßen, etwas zu finden, das ihr einen Hinweis auf den Schuldigen an Elsbeths Tod geben könnte.

Trude sah nach draußen. Eine dunkle Wolkenwand schob sich langsam näher und heftige Böen zausten die Bäume und Sträucher im Garten. Bestimmt gab es gleich wieder eine kräftige Dusche. Am besten, sie sprang sofort hoch zur Mühle, eh das Unwetter da war.

»Du bleibst hier, Lollo!«, wies sie den Hund an, der eifrig mit dem Schwanz wedelnd vor ihr stand, als sie die Regenjacke überstreifte.

»Es reicht, wenn einer von uns nass wird und du hast keine Gummistiefel!«

In der Mühle war es still, nur das Brausen des Windes, der draußen um das Gebäude tobte, war zu hören. Sofort umgab Trude der vertraute Geruch nach frisch gebügelter Wäsche und selbst gebackenem Kuchen, der so lange sie denken konnte über Elsbeths Wohnküche schwebte. Sie vermied es, nach der Stelle zu sehen, an der gestern Nacht noch die leblose Freundin gelegen hatte, und ging zu dem alten Schaukelstuhl, der vor dem Fenster stand. Bei schlechtem Wetter hatte Elsbeth sich gern in diesem Stuhl ein Päuschen gegönnt. Trude nahm Platz. Von hier hatte man einen weiten Blick über Felder und Wiesen, konnte die Bäume sich im Wind biegen und am Horizont die Wolkenberge ziehen sehen.

Auf dem kleinen Nähtischchen hatte Elsbeth immer einen Pott Tee mit viel Milch stehen gehabt und ihr Brillenetui und die Zeitung lagen daneben. Sie war ziemlich kurzsichtig aber auch ziemlich eitel und setzte die Brille nur auf die Nase, wenn es sich überhaupt nicht vermeiden ließ. Da Elsbeth in der Nähe noch sehr gut ohne Lesehilfe auskam, blieb die lästige Brille meist im Etui und wenn sie jemand deswegen ansprach, sagte sie nur, dass sie ja nicht alles sehen müsse.

Trude sah nach draußen, wo der Himmel sich gerade wieder verdunkelte und den Mühlteich in ein tiefes Tintenblau tauchte. Sie musste an den Ostersonntagmorgen denken, an dem das Verhängnis seinen Anfang genommen hatte. Dort unten lag die Stelle, an der die unselige Margot zu Tode gekommen sein musste. Es war Trude nicht bewusst gewesen, dass man diesen Ort von hier oben so gut einsehen konnte. Mit Margots Tod hatte es begonnen und sich mit Bettys Anschuldigungen und ihrem Sturz von den Klippen fortgesetzt, was dazu führte, dass sie plötzlich im Brennpunkt der polizeilichen Ermittlungen stand. Und Elsbeth, die gute, um ihr zu helfen, war sie sogar bereit gewesen, die Schuld auf sich zu nehmen. Und nun war sie tot. Trudes Blick wanderte zurück zu dem kleinen Nähtischchen, auf dem immer noch Elsbeths Brille im Etui lag, und in diesem Augenblick begann sie, den Zusammenhang der Dinge zu begreifen, die sich in den letzten Tagen hier zugetragen hatten.

»Ich mach jetzt erst noch mal einen schönen Kaffee für alle, was meint ihr, Kollegen?«

Thomas Niemann stand von seinem Computer auf und sah in die Runde.

»Könnt ich vielleicht einen Tee bekommen?«

Georg Angermüller hielt sich instinktiv schützend die Hand über seinen lädierten Magen.

»Tee? Gibt's hier, glaube ich, nicht.«

»Wenn Sie grünen Tee mögen – ich hab immer welchen dabei!«, sagte die Praktikantin eifrig, wühlte in ihrem Rucksack und hielt dann eine Packung Teebeutel in die Höhe.

»Ist viel gesünder als Kaffee und all so was, macht munter und mir schmeckt er auch.«

Zusammen mit den strahlenden blauen Augen und den leicht geröteten Wangen unter ihrem dicken blonden Haar wirkte Anja-Lenas Aussage überzeugender als jeder Werbespot und Angermüller nahm ihr Angebot dankbar an.

Schon eine ganze Weile saßen sie in der Warstedter Dienststelle zusammen und warteten darauf, dass etwas geschah. Lustlos versuchten sie ihre bruchstückhaften Erkenntnisse in dem Fall zu einem logischen Ganzen zusammenzufügen. Aber maßgebliche Teile fehlten ihnen einfach dazu und außerdem gingen zumindest seine und Jansens Vermutungen immer noch nicht in eine Richtung. Auf der großen Wandtafel an der Stirnseite des Raumes hatten sie wieder einmal versucht, die Beziehungen der beiden Toten zueinander und zu allen anderen bekannten Personen aufzuzeichnen. Hatten die beiden Todesfälle wirklich etwas miteinander zu tun? Wenn ja, wo lag die Überschneidung?

Unzufrieden wühlte Angermüller in seinem Bart. Der Klumpen in seinem Magen war auch immer noch da und ließ ihn sich plump, schwer und unbeweglich fühlen. Sogar das Denken schien er zu behindern. Das Klingeln seines Handys riss ihn aus den düsteren, kreisenden Gedanken. Hoffentlich das Krankenhaus! Sie mussten endlich mit diesem Krischan reden.

»Hallo Steffen! Was gibt's?«

Daran hatte Angermüller überhaupt nicht mehr gedacht.

»Ja. – Mmh. – Ja.«

Aufmerksam lauschte er dem Bericht des Rechtsmediziners, während Jansen, der natürlich sofort wusste, dass es um die Ergebnisse der Untersuchung von Trude Kampmanns Jackett ging, ihn nicht aus den Augen ließ.

»Danke dir Steffen. Das ist ja eine klare Aussage.«

Anja-Lena stellte einen dampfenden Becher mit grünem Tee vor den telefonierenden Kommissar auf den Tisch, was dieser mit einem angedeuteten Nicken als Dank quittierte.

»Nein, Steffen – Aalbrötchen gibt's heute nicht. Erst mal ist das Wetter nicht so, um draußen an der Bude zu essen und mir geht's heut auch nicht so gut.«

Wie Angermüller das eigentlich auch von seinem Kollegen Jansen erwartet hätte, fragte wenigstens der Freund besorgt nach dem Grund seines Unwohlseins.

»Nur eine kleine Magenverstimmung, geht bestimmt bald vorbei. – Ja, wird scho wieder, vielen Dank! Und Danke für die Information! Ade!«

Ohne Jansen anzublicken, steckte Angermüller sein Handy ein, griff mit beiden Händen nach seinem Teebecher und nahm vorsichtig einen kleinen Schluck von dem heißen Getränk. Es schmeckte irgendwo zwischen nussig und ölig und leicht bitter, nicht schlecht und würde ihm bestimmt nicht schaden. Wie hatte seine Großmutter immer gesagt: Nützt's a nix, so schad's a nix.

»Mensch Meister! Muss ich erst grob werden, damit du uns auch an den Informationen deines Freundes Steffen teilhaben lässt?«

Jansens Ton war ungehalten. Aufgeräumt antwortete Angermüller:

»Aber keineswegs, Kollege! Das Ergebnis ist nicht anders, als ich es erwartet habe: Weder die Fasern des Jacketts noch die DNA- Befunde der Haare von Trude Kampmann stimmen mit den Partikeln, die in den Händen und unter den Nägeln der Toten gefunden wurden, überein. Wie findest du das, Claus?«

»Tja, was soll ich dazu sagen? Es scheint also, als ob mein Verdacht falsch war. Wo doch die Kampmann ein astreines Motiv gehabt hätte ... – schade eigentlich. Dann muss ich wohl meine Theorie noch einmal überdenken ...«

So hartnäckig wie Jansen manchmal bereit war, sich in seine ganz eigenen Vorstellungen zu verbeißen, so leicht fiel es ihm dann aber auch, zuzugeben, dass er auf dem Holzweg gewesen war, wenn unumstößliche Tatsachen das Gegenteil bewiesen. Er erhob sich von seinem Stuhl, ging an die Wandtafel, nahm den von Kreide schon ganz weißen Lappen und mit einem entschlossenen Schwung löschte er das hinter Trude Kampmanns Namen stehende Ausrufezeichen, das seinen dringenden Tatverdacht gegen sie symbolisiert hatte.

»Trude Kampmann ist raus. Ich – oder in dem Fall sogar wir – haben ja angenommen, dass die alte Frau«, Jansen zeigte auf den Namen Elsbeth Friedrichsens, »dass sie versucht hat, mit ihrer Selbstbezichtigung jemanden zu schützen, weil sie in der Tatnacht etwas beobachtet hat. Genau wie ich, hat sie sich allerdings geirrt. Es war nicht Trude Kampmann, die sie gesehen hat.«

Der grüne Tee schien tatsächlich ein Lebenselixier oder vielleicht war es auch Jansens plötzlicher Aktivitätsschub, der ihn mitzog. Angermüller nahm jedenfalls sofort den Faden auf: »Wo war sie, als sie ihre Beobachtungen gemacht hat? So mitten in der Nacht befand sie sich bestimmt im Haus, also in der Mühle. Da war sie vom Tatort ziemlich weit entfernt. Wie weit ist die Entfernung vom Weiher zur Mühle, Thomas?«

»Luftlinie neunundachtzig Meter.«

»Ganz schön weit weg. Es war dämmrig draußen und ihre Augen waren nicht mehr die jüngsten. Benötigte sie manchmal eine Brille?«

»Muss ich passen«, murmelte Thomas Niemann nach einem kurzen Blick in seine Unterlagen.

»Haben wir hier nichts notiert.«

»Das sollten wir auf jeden Fall noch einmal überprüfen.«, sagte Angermüller und sah seine Kollegen an: »Unter diesen äußeren Bedingungen konnte die alte Frau so ziemlich jeden mit Trude Kampmann verwechseln.«

Das Klingeln des Telefons unterbrach sie in ihrer konzentrierten Denkarbeit. Aber Angermüller war über die Störung nicht böse.

»Das geht jetzt Schlag auf Schlag! Bestimmt das Krankenhaus!«

Gespannt nahm er das Gespräch entgegen. Die anderen konnten seinen Gesprächspartner nicht hören, vernahmen nur seine knappen Antworten und sahen seinen Gesichtsausdruck immer ernster werden.

»O.k. So weit möglich, fassen Sie nichts an, um keine Spuren zu verwischen. Es kommt sofort jemand von uns vorbei.«

Angermüller legte den Hörer auf die Gabel des nicht gerade sehr neuzeitlichen Dienstapparates.

»Im Krankenhaus hat jemand versucht, den Krischan Lage umzubringen, hat ihm ein Kissen aufs Gesicht gedrückt und sämtliche Schläuche rausgezogen«, informierte er die Kollegen und fügte genervt hinzu:

»Der Dienst habende Kollege war nur mal kurz zum Pinkeln…«

»Hat jemand anders was gesehen?«, wollte Jansen wissen.

»Eine Ärztin im Raum nebenan hörte die Alarmtöne der Apparate und als sie nachsehen wollte, sah sie das Kissen auf dem Gesicht von Lage und gerade noch den Rücken von jemandem, der durch die halb geöffnete Tür flüchtete. Sie kann nicht mal sagen, ob es ein Mann oder eine Frau war …«

Angermüller lief auf Hochtouren. Lädierter Magen hin

oder her, davon spürte er nichts mehr. Ruhig und klar gab er seine Anweisungen. Das Knäuel begann sich zu entwirren.

»Niemann, Frau Kruse! Ihr schnappt euch Reimers und Axmann und fahrt zum Krankenhaus. Nehmt noch zwei Streifenbeamte mit, von wegen Absperren und so. Und wenn du denkst, was ich denke, Kollege Claus, dann sollten wir zwei Hübschen mal wieder zum Mühlenhof fahren!«

»Und zwar hurtig, Kollege Schorsch! – Zwei Seelen, ein Gedanke!«

16

Wie lange sie schon so regungslos in Elsbeths Wohnküche im Schaukelstuhl gesessen und auf den Mühlteich gestarrt hatte, wusste Trude nicht mehr. Sie merkte nur, dass sie fröstelte. Der Grund ihres Hierseins war völlig in Vergessenheit geraten. Der Vorhang hatte sich gehoben und den Blick auf eine Tragödie freigegeben, die sie leider nicht nur als Zuschauer erlebte, sondern in der sie unfreiwillig eine der Hauptrollen spielte. In ihrem Kopf hatte sich ein Akt zum anderen gefügt und sie glaubte jetzt zu wissen, was sich in der Nacht von Margots Tod zugetragen hatte, nur über das Warum gab es noch keine Klarheit.

Als sie das leise Öffnen der Wohnungstür vernahm und jemand in höflichem Ton um Einlass bat, war ihr, als hätte sie nur darauf gewartet.

»Bitte, komm herein«, antwortete sie ruhig. »Was führt dich her?«

»Kannst du dir das nicht denken?«

Trude drehte sich vom Fenster weg und sah zur Tür, konnte aber im mittlerweile herrschenden Dämmerlicht nur schemenhafte Umrisse ausmachen.

»Der Täter kehrt immer an den Ort des Verbrechens zurück? Bist du deswegen hier?«, fragte sie. Ein bitteres Lachen war die Antwort.

»Vielleicht willst du mir erzählen was passiert ist? Dann kann ich vielleicht auch besser verstehen …«

»Du musst nicht alles verstehen, Trude, auch wenn du

in einer Welt lebst, in der alles so schön übersichtlich ist, alles seinen Platz hat. Das ändert nichts. Margot hatte nichts anderes verdient und so wie es gekommen ist, ist es gut.«

»Bitte, Iris! Ich habe ein Recht darauf! Schließlich habe ich auch einen mir sehr nahe stehenden Menschen verloren und ich denke, das eine hängt mit dem anderen wohl zusammen ...«

»Das stimmt und es tut mir wirklich sehr leid ...«

Iris machte ein paar Schritte in den Raum hinein und Trude bemerkte, dass sie noch blasser war als sonst und tiefe Ringe um ihre Augen lagen, die fiebrig glänzten.

»Dreh dich bitte wieder um. Ich möchte nicht, dass du mich dabei ansiehst. Ich erzähle es dir ja.«

Trude verspürte den leisen Luftzug, als Iris hinter ihren Schaukelstuhl trat. In ihrer klaren, anschaulichen Sprache begann Iris mit der Schilderung der Dinge, die sich in der Nacht zum Ostersonntag zugetragen hatten.

»Betty war sofort nachdem wir das Fest verlassen hatten, nach oben ins Schlafzimmer verschwunden. Ich benötige nicht viel Schlaf und die Nacht ist meine bevorzugte Arbeitszeit. Mit Sicherheit hat mich auch der ungewohnte Alkoholgenuss zusätzlich munter gemacht. Ich verspürte überhaupt keine Müdigkeit und nachdem ich eine Weile gesessen und gelesen hatte, sehnte ich mich nach frischer Luft, hatte das Bedürfnis, mich zu bewegen und verließ das Haus. Draußen war es herrlich. Der Mond stand noch blass am Himmel, feiner, weißer Nebel lag über den Wiesen, es herrschte ein fahles, unwirkliches Zwielicht ...«

Sie machte eine kleine Pause.

»Bevor ich sie sehen konnte, hörte ich sie.«

Verstohlen drehte Trude den Kopf nach hinten und erkannte an Iris' Blick, der sich irgendwo in der Ferne verlor, dass die Freundin sich nicht hier befand, sondern ganz im Banne ihrer Erinnerung ...

»Wenn ihr glaubt, es macht mir irgendwas aus, ihr kleinen Wichser, dann habt ihr euch geschnitten! – ihr könnt mich alle mal ... Ich brauch euch sowieso nicht mehr. – Ich hab meinen Spaß gehabt – obwohl: so doll war der auch nicht, darauf braucht ihr euch überhaupt nichts einbilden, ihr kleinen Macker. – War halt nix Besseres da in diesem abgefuckten Kaff!«

In ihren hochhackigen roten Schuhen stolperte Margot über das umgepflügte Feld, wütende Flüche ausstoßend, in die sich immer wieder kleine Schluchzer mischten. Sie lief genau auf Iris zu.

»Margot, kann ich dir irgendwie helfen?«

Abrupt unterbrach Margot ihre Tirade und blieb stehen. Die blonden Locken hingen ihr wirr um den Kopf und sie schwankte ein wenig. Irritiert hob sie den Blick.

»Kann ich irgendetwas für dich tun?«, fragte Iris, auf die sie einen verzweifelten, verwirrten Eindruck machte, noch einmal. Erst jetzt schien Margot klar zu erkennen, wen sie vor sich hatte. Auf ihrem vom verschmierten Makeup grotesk gezeichneten Gesicht breitete sich ein amüsiertes Grinsen aus.

»Ach nee! Was macht denn unsere vergeistigte Frau Doktor mitten in der Nacht so ganz allein hier draußen? Etwa hinter den Büschen 'ne kleine Nummer geschoben?«

Margot ließ ein gekünsteltes Lachen hören. Dann schüttelte sie den Kopf und brachte ihr Gesicht so dicht an Iris, dass diese den alkoholisierten Atem deutlich roch.

»Du nicht. Nein, du machst so was nicht, was Iris? Kleines vertrocknetes Jüngferlein, du! Willst du mal hören, was ich gerade so getrieben habe mit den zwei süßen Jungs? Der

Stiefsohn unserer reizenden Gastgeberin war auch dabei. Aber ich will dich ja nicht neidisch machen ...«

»Entschuldige Margot, es interessiert mich nicht und außerdem bist du total betrunken. Lass uns schlafen gehen.«

Iris versuchte, Margot am Arm zu fassen und sanft in Richtung Ferienwohnung zu bugsieren.

»Lass mich los, verdammt noch mal! Ich brauche keine Hilfe, von dir schon gar nicht, du neunmalkluge Ziege! Meinst du, ich würde nicht bemerken, wie abfällig du mich behandelst, Frau Doktor? Bin wohl keine würdige Gesprächspartnerin für deinen strahlenden Intellekt?«

Als kein Widerspruch kam, schlug Margot endgültig die Hand weg, die Iris auf ihren Arm gelegt hatte, und setzte stolpernd ihren Weg über den holperigen Acker fort.

»Aber was hat dir die Weisheit genutzt, die du mit Löffeln gefressen hast, meine kleine, graue Büchermaus? Sag es mir!«, fragte Margot über die Schulter, während die hohen Absätze ihrer roten Pumps bei jedem Schritt zentimetertief ins Erdreich sanken. Sie kam nur langsam voran, während Iris sie schweigend beobachtete.

»Willst du nicht mit mir reden, oder was ist los?«

Margot blieb stehen und sah sich nach Iris um. In ihrer Stimme lag eine unterschwellige Angriffslust.

»Ich wüsste nicht, worüber ich mit dir reden sollte.«

In einem plötzlichen Anfall von Wut riss Margot sich das behindernde Schuhwerk von den Füßen und schleuderte es in Iris' Richtung, allerdings ohne sie zu treffen. Iris war stehen geblieben und sah zu, wie Margot genau auf einen Zaun zusteuerte, der das Feld von einer angrenzenden Weide trennte. Anstatt das Hindernis zu umgehen, versuchte sie mit dem unverrückbaren Willen der Besoffenen, es zu überwinden, während sie weiter ihre Ansichten über Iris herausließ.

»Ich will dir sagen, was dir deine ganze Weisheit genutzt hat: Nischt.«

Obwohl sie offensichtlich große Mühe hatte, sich auf dem hin und herschwankenden Zaundraht zu halten, fuhr Margot gestikulierend fort in ihren unfreundlichen, ja beleidigenden Äußerungen zu Iris' Person.

»Eine arme, alte Jungfer bist du geworden! Arm, alt, unattraktiv, verbittert ... Aua!«

Plötzlich verlor sie das Gleichgewicht und in einer unkontrollierten Vorwärtsrolle gelangte sie auf die andere Seite, wo sie unsanft auf dem Rücken landete. Sie hielt sich eine Hand an den Kopf.

»Au, mein Kopf! Ich glaube, ich habe mich verletzt!«

Ihre Stimme schwankte jetzt zwischen Selbstmitleid und Wut.

»Willst du mir nicht vielleicht mal helfen kommen? Worauf wartest du?«, rief sie gereizt in Iris' Richtung, die sich nicht von der Stelle gerührt hatte. Langsam setzte sich Iris in Bewegung und ging auf den Drahtzaun zu, bis sie die Stelle erreicht hatte, an der Margot auf der anderen Seite lag. Margot drehte ihr das Gesicht zu.

»Na endlich.«

Margot begann zu kichern. Sie sah Iris an und konnte das unkontrollierte Glucksen einfach nicht stoppen, Tränen liefen ihr über das Gesicht. Iris blickte fragend von oben auf sie herab. Margots Heiterkeitsanfall ließ etwas nach und sie konnte wieder Luft holen.

»Immer behält sie die Contenance, die vornehme Akademikerin! Ich wüsste ja etwas, das ich dir erzählen könnte, um dich einmal aus der Reserve zu locken ... Soll ich?«

»Margot, behalte deine Flachheiten lieber für dich. Du interessierst mich schon lange nicht mehr und deine Geschichten genauso wenig.«

Iris' Stimme klang völlig emotionslos und gerade das schien die angetrunkene Margot um so mehr zu reizen.

»Was sitzen wir doch auf einem hohen Ross, Frau Doktor! Und dabei waren wir einmal so verliebt ... sooo verliebt ...«, säuselte Margot voller Hohn und wartete lauernd auf eine Reaktion. Iris sagte nichts und richtete sich noch gerader auf als sonst. Aber ihr bis dahin eher desinteressierter Blick war jetzt von einer unruhigen Wachsamkeit. Trotz ihres alkoholisierten Zustands entging Margot nicht die Wirkung ihrer Worte. Sie lag auf dem lehmigen Acker und feixte.

»Gedichte hat sie ihm geschrieben, uns're liebe Iris, dem verehrten Gelehrten! Dabei hat der sich für was ganz anderes interessiert ...«

Mit einer lasziven Bewegung strich sie mit den Händen an ihrem Körper entlang. Als sie Iris' ungläubigen Gesichtsausdruck gewahr wurde, wurde sie erneut von einem Kichern geschüttelt. Es dauerte einen Moment, bis sie weiterreden konnte:

»Wir haben uns sehr über deine poetischen Versuche amüsiert. Und wie du dich bemüht hast – du mit deiner Leidenschaft für die Literatur und deinem Bienenfleiß!«

Margot machte eine genießerische Pause.

»Dagegen war ich natürlich machtlos...aber ich hatte auch meine Qualitäten und die waren dem geilen Herrn Professor so viel wert, dass er mich immer in seiner Nähe wissen wollte ... – Ach, Iris, jetzt erzähl mir nicht, du hättest das nicht gewusst!«, tadelte Margot, als sich in Iris' Gesicht nur Fassungslosigkeit widerspiegelte.

»Dass ich es nicht meiner wissenschaftlichen Qualifikation zu verdanken hatte, dass ich den Assistentenjob damals kriegte, war doch auch dir klar, oder?«

Ein hilfloses Kopfschütteln war die Antwort.

»Also, du bist ja noch bescheuerter als ich dachte!«

Die Geringschätzung in Margots Stimme war nicht zu überhören und sie kam nun so richtig in Fahrt: »Weißt du, Iris, ich muss euch Dreien eigentlich sehr dankbar sein. Betty, Trude und du – ihr habt mir einige der glücklichsten Momente meines Lebens beschert! Ihr drei dummen Trinen habt euch immer so redlich bemüht, um die Prüfungen, die Jobs, die Männer … Und vor allem habt ihr nicht kapiert und werdet's auch nicht mehr kapieren: Fressen oder gefressen werden, das ist das Leben! – Da brauchst du gar nicht so entsetzt zu gucken, liebe Iris!«

»Margot, bitte sei jetzt still.«

In Iris' Bitte lag eine ernste Dringlichkeit. Doch Margot hatte gar nicht hingehört. Sie hatte sich ein Stück hochgerappelt, ihr Kleid war voller Erde und Strohhalme, es war hochgerutscht und Iris konnte die schwarze Spitze an den Rändern ihrer Strümpfe sehen. Suchend sah Margot sich um.

»Mist! Ich hab meine Tasche wohl in der Scheune vergessen. Da sind meine Zigaretten drin … Schade!«

Sie zuckte bedauernd die Schultern und als ob sie sich bei einem gemütlichen Plausch im Café befände fuhr sie aufgeräumt fort:

»Betty war immer nur für ihren Mann da, hat seine Socken gewaschen und ihre Karriere für ihn geopfert und die dumme Pute liebt ihn heute noch! Und Trude hat ihrem Gerhard vertraut und ihn bekocht – wie süß! Das macht sie jetzt auch wieder für ihren Franz. Und du, meine Liebe, du hast so eifrig studiert, dein Leben der Wissenschaft geweiht – unser Professor hat dich als Frau doch gar nicht wahrgenommen! Höchstens als Witzfigur am Rande, die exaltierte Gedichte schrieb …«

»Bitte Margot, sei jetzt still! Ich will davon nichts mehr hören«, unterbrach Iris sie. Obwohl sie sehr leise gesprochen hatte und ihre Stimme zitterte, lag darin eine verzweifelte Drohung. Dabei hielt sie ihre Hände so fest aneinander gepresst, dass man die Fingerknöchel knacken hören konnte. Nur einen kurzen Moment hielt Margot irritiert inne mit ihrer Bilanz des Lebens der anderen, die nur eines zum Ziel hatte: Zu beleidigen, zu erniedrigen, zu verletzen. Dann wieder streckte sie wohlig die Arme von sich, rekelte sich genießerisch und es war ihr anzuhören, welche Genugtuung sie dabei empfand, Iris endlich einmal aus der Fassung zu bringen.

»Ich hab sie alle gevögelt, eure Angebeteten, und dabei an euch gedacht, ihr armen Hascherln! Das waren wirklich erhebende Momente! Ihr habt euch abgestrampelt und dabei war es so einfach. Eure Kerls oder eure Jobs – ich habe immer gekriegt, was ich wollte! Und du musst zugeben, ich bin nicht schlecht damit gefahren, oder?«

Mit unverhohlenem Spott beobachtete sie Iris, die sehr blass war und in deren Augen es verdächtig feucht glitzerte. Interessiert hob sie ihr Gesicht näher zu ihr und sagte dann triumphierend:

»Was seh ich denn da? Sollten das tatsächlich ein paar Tränchen sein?«

Zufrieden ließ Margot sich an den Zaunpfahl zurücksinken. Trotz ihrer Tränen konnte Iris deutlich einen dunklen Blutfleck auf ihrem Haar erkennen, der wohl von dem Sturz über den Zaun herrührte.

»Na siehste, Frau Doktor, geht doch. Bist ja doch nicht so gefühlsarm, wie ich immer dachte.«

Damit schien für Margot das Thema erledigt. Sie hatte ihr Ziel, Iris weh zu tun, erreicht und das Interesse an ihr verlosch von einem Augenblick auf den anderen. Ihr bis dahin lockerer, spöttischer Ton schlug wieder um in eine gereizte, aggressive Säufersprache und sie blaffte ungehalten:

»So und jetzt heul hier nicht rum und glotz nicht so schockiert, sondern hilf mir endlich hoch!«

Iris bewegte sich immer noch nicht.

»Wenn ich gewusst hätte, dass diese ollen Kamellen dich so schockieren ...«, Margot, die nichts anderes beabsichtigt hatte, ließ das Ende des Satzes genüsslich in der Luft hängen. Genervt fragte sie dann:

»Was willst du eigentlich? Du hast doch jetzt die größte Chance, die es in deinem miesen, kleinen Leben jemals gab: Literaturmagazin zur besten Sendezeit. Was kann dir noch passieren? Vielleicht lernst sogar du noch einen mitfühlenden Mann kennen ... Sei jetzt nett und hilf mir hoch, ja?«

Da Iris immer noch keine Anzeichen erkennen ließ, ihr helfen zu wollen, versuchte Margot wieder, sich allein auf die Füße zu stellen, was ihr partout nicht gelingen wollte. Sie sank an den Zaun zurück, drehte ihren Kopf wieder so, dass sie Iris direkt anblicken konnte, und sagte dann leise und drohend:

»So, meine Süße! Ich sage dir jetzt zum letzten Mal, hilf mir endlich aus dem Dreck! Ich werde dir sonst so die Tour vermasseln, dass du mich dein Leben lang nicht mehr vergisst!«

Als Iris sich mit einem verächtlichen Blick abwenden wollte, wusste Margot das zu verhindern.

»Weißt du, was ich tun muss, damit dein neuer Job sich in Luft auflöst? Weißt du das?«

Sie schnipste mit den Fingern.

»Ich mach einmal so und du sitzt wieder auf der Straße! Nix is mit Ruhm und Geld! Du glaubst mir nicht?«, fragte sie boshaft, als Iris mit dem Kopf schüttelte.

»Soll ich es dir beweisen? dein zukünftiger Chef, Diddi, ist ein sehr alter, sehr guter Freund wie du weißt und ...«

Sie machte eine kleine Pause, »... er ist mir noch was schuldig. Glaubst du, da wird er für dich auch nur einen Finger rühren, wenn ich plausible Gründe habe, die an deiner Eignung zweifeln lassen?«

Iris antwortete nicht auf die ohnehin nur rhetorisch gemeinten Fragen. Sie stand da wie betäubt. Nach einer langen Pause sagte sie tonlos: »Margot sei jetzt endlich still! Du bist kein Mensch ...«

Ein kurzes, höhnisches Lachen war die Antwort und dann die Drohung:

»Jetzt hilf mir hoch oder glaubst du ich bluffe? Du wirst es erleben! Oh Mann, wie ihr mich alle ankotzt in eurer langweiligen Ehrpusseligkeit! Nun mach schon! Soll ich noch morgen früh hier liegen?«

Iris hatte wie unter Schock in einer reglosen Starre verharrt. Der harsche Befehlston von Margot ließ wieder Bewegung in sie kommen. Ein langes Stück Draht hing lose von dem Zaunpfahl herunter, an dem Margots Kopf ruhte. Iris bückte sich danach.

»Ich hab dir gesagt, du sollst still sein.«

Mehr zu sich selbst murmelte sie diese Worte. Sie packte den Draht mit entschlossenem Griff und legte ihn Margot um den Hals.

»Ich habe zugezogen. Immer fester habe ich den Draht zugezogen und irgendwann war sie endlich ruhig. Dann habe ich sie zu dem Weiher geschleift und ihren Kopf unter Wasser gedrückt, um ganz sicher zu gehen, dass es endlich zu Ende ist ... Ich weiß nicht, ob du das verstehen kannst. Ich konnte gar nicht mehr anders ... Es war wie ein innerer Zwang. So wie bei ihr. Margot konnte es nicht ertragen, wenn andere glücklich waren. Nur wenn sie anderen etwas wegnehmen konnte, war sie zufrieden. Dafür hat sie gelogen, betrogen, Beziehungen zerstört, das allein hat sie befriedigt. Selbst mein lächerliches bisschen Glück – den neuen Job – hat sie kaputt machen wollen! Sie war nichts als ein böswilliges Monster.«

Iris machte eine kurze Pause und sagte dann:

»Für jede von uns gab es mehr als einen Grund, sie umzubringen … Ich habe es auch für euch getan …«

Trude schluckte. Die verschiedensten Gefühle stürmten auf sie ein. Trauer, Mitleid, Entsetzen, Wut, Verzweiflung, Angst.

»Aber warum musste Elsbeth sterben? Was hatte sie damit zu tun?«

»Ich sagte bereits, dass es mir leid tut. Die alte Dame hatte mich in der Nacht am Weiher beobachtet, mich aber mit dir verwechselt. Deshalb hat sie sich bei der Polizei selbst bezichtigt. Als du mir davon erzählt hast, war mir sofort klar, dass sie früher oder später auf mich kommen würde. Gestern Nachmittag ging ich zu ihr. Da wusste sie es bereits. Wir haben geredet. Sie teilte meine Meinung über Margot durchaus. Trotzdem wollte sie sofort die Polizei benachrichtigen, damit du nicht länger verdächtigt würdest. Du warst ihr so wichtig, wichtiger als alles andere. Ich habe alles versucht, aber ich konnte sie nicht von ihrem Vorhaben abbringen …«

Ein verzweifeltes Schluchzen erfasste Trude und es dauerte eine ganze Weile bis sie wieder sprechen konnte:

»Oh Iris! Was hast du da nur getan?«

Sie drehte sich um zu der hinter ihr stehenden Freundin, die ihren langen, schwarzen Seidenschal in beiden Händen hielt und an ihre Brust presste.

»Und was passiert jetzt mit mir?«, fragte Trude, der in dem ganzen Gefühlschaos zu dämmern begann, dass die Lage für sie vielleicht nicht ganz ungefährlich war.

»Bitte sei so freundlich und dreh dich wieder um«, bat Iris sie höflich,

»Ich mag es nicht, wenn du mich ansiehst.«

Trude tat, wie ihr geheißen, nahm den sich rötlich färbenden Abendhimmel draußen über den Feldern wahr und gleichzeitig schossen Hunderte von Bildern durch ihren

Kopf. Was konnte sie nur tun? Schweigen? Reden? Worüber? Über die Tat? Über Iris' geliebte Literatur? Wie konnte sie Iris auf ihrem Zwangsweg stoppen, sämtliche Zeugen ihrer Tat beseitigen zu wollen? Mit anderen Worten, wie konnte sie verhindern, nun selbst Opfer zu werden? Die Sekunden des Schweigens kamen ihr wie eine Ewigkeit vor. Sie spürte im Rücken Iris' leise Bewegungen und dann plötzlich, mit Erschrecken, ihre Hände auf ihren Schultern. Das leichte Zusammenzucken von Trude war Iris nicht entgangen. Sie ließ einen tiefen Seufzer hören, in dem eine gewisse Ratlosigkeit lag. So viel Emotionalität hatte Trude noch nie an ihr erlebt und sie fühlte plötzlich nichts als Mitleid.

»Ach, Trude! Was soll ich jetzt tun?«

Eh Trude die richtige Antwort parat hatte, öffnete sich plötzlich die Wohnungstür, so heftig, dass sie mit einem lauten Krachen gegen die Wand prallte und Trude vor Schreck aus ihrem Stuhl aufsprang. Drei große Schritte und Jansen stand neben Iris. Mit einem trockenen ›Klick‹ legten sich Handschellen um ihre schmalen Gelenke.

»Frau Schulze! Ich verhafte Sie wegen versuchten Mordes an Krischan Lage, sowie wegen Mordes an Frau Margot Sandner und Frau Elsbeth Friedrichsen. Sie haben das Recht ...«

Trude, die immer noch wie betäubt neben dem Schaukelstuhl stand, verstand den Rest nicht mehr. In ihren Ohren begann es zu rauschen und sie war einer Ohnmacht nahe. Kommissar Angermüller, der hinter seinem Kollegen den Raum betreten hatte, trat zu ihr und sagte etwas. Trude schaute ihn an, sah, dass er seinen Mund bewegte, aber hörte keines der Worte, die seine Lippen formten. Er nahm ihren Arm, schob sie sanft zu dem runden Küchentisch, setzte sie auf einen Stuhl und nahm dann neben ihr Platz. Ganz allmählich ließ das Rauschen nach und Trude begann auch die Worte zu verstehen.

»… Und nachdem die Nachricht aus dem Krankenhaus kam, dass jemand versucht hatte, Krischan Lage umzubringen, wussten wir, dass auch Sie in Gefahr sind …«

»Krischan? Wieso Krischan? Was hat er damit zu tun?«

Trude war verwirrt. »Wir konnten ihn noch nicht befragen. Aber es hat sich wohl so zugetragen, dass auch er in der Nähe des Tatortes war, Frau Schulze ihn zwar bemerkt hat, ihn aber nicht zur Rede stellen konnte, da er sich in die Wiesen geflüchtet hat. Dabei ist es dann zu seinem Sturz in den Graben gekommen.«

Angermüller sah Trude ernst an und nickte bedächtig.

»Wir sind ja, scheint's, gerade zum rechten Zeitpunkt gekommen. Das hätt recht brenzlig für Sie werden können, Frau Kampmann. Jetzt ist es aber vorbei.«

»Ja, es ist vorbei«, wiederholte Trude wie unter Hypnose und sah Iris' schmale, zerbrechlich wirkende Gestalt, wie immer in kerzengerader Haltung und erhobenen Hauptes, in Begleitung des anderen Kommissars die Wohnung verlassen. Sie sah zu Angermüller.

»Aber Iris hätte mir nichts getan, bestimmt nicht.«

In gemächlichem Tempo rollten Jansen und Angermüller über die Autobahn in Richtung Lübeck. Am wolkenfreien Himmel blinkten die Sterne – eine kalte Nacht kündigte sich an. Jansen hatte das Radio eingeschaltet. Leise summte er die Melodien mit, meist ziemlich falsch, und klopfte mit den Daumen auf dem Lenkrad den Takt dazu. Er war mit sich und der Welt im Reinen. Sie hatten ihren Fall gelöst, die Täterin war auf dem Weg in die Untersuchungshaft und sie auf dem Weg in den Feierabend.

Natürlich war auch Angermüller zufrieden, den Fall erfolgreich abgeschlossen zu haben und darüber, dass er recht behalten hatte und die sympathische Trude Kampmann nicht nur eine Seelenverwandte war, was das Kochen anbetraf, sondern dazu auch noch unschuldig. Doch vor allem musste er immer wieder über die Frau nachdenken, die nun wohl die erste Nacht ihres Lebens und danach noch viele weitere hinter Gefängnismauern zubringen würde. Als er ihr zum ersten Mal als Zeugin begegnet war, wäre er nie auf den Gedanken gekommen, einer Mörderin, noch dazu einer mehrfachen, gegenüber zu stehen. Wie dünn war doch das Eis, das den Menschen vom Verbrechen trennte. Wie viele Enttäuschungen, Verletzungen, Demütigungen konnte ein Mensch ertragen, bis er es nicht mehr aushielt und zum Mörder wurde? Jeder konnte in eine Situation kommen, in der er diese Grenze überschreiten würde, wenn auch seine Schwiegermama das ganz anders sehen würde. Herkunft, Bildung, ein ordentliches Elternhaus – es gab keine Garantie für den geraden Weg. Und deswegen hatte sein Beruf auch immer Konjunktur. Auch wenn es ihn manchmal frustrierte, immer nur mit der Nachsorge des Verbrechens befasst zu sein, immer nur den Scherbenhaufen an menschlichen Existenzen gegenüberzustehen. Er sagte sich dann, dass er es für die Hinterbliebenen der Opfer tat, für ihr Bedürfnis nach Klarheit, nach Bestrafung, nach Gerechtigkeit. – Gerechtigkeit? Was für ein großes Wort!

»Ach, Angermüller, hör doch auf!«, schalt er sich in solchen Momenten dann selbst.

»Du, Claus?«

»Was is los, Schorsch?«

»Ich hab Hunger!«

»Na, das is ja man 'ne gute Nachricht!«

Angermüller sagte nichts mehr, aber ein seliges Lächeln lag auf seinem Gesicht.

Epilog

Friedlich schlummerte der Hund in seinem Körbchen, bis auf sein gelegentliches Schnarchen war es still im Haus. Eine strahlende Nachmittagssonne erhellte und wärmte die an drei Seiten von Fenstern umgebene Küche des Mühlenhofes und im Garten draußen perlten die glitzernden Spuren des letzten Regenschauers von Bäumen, Sträuchern, Tulpen und Narzissen. Mit einer Tasse Tee in der Hand saß Trude an dem großen Küchentisch, vor sich den Laptop und darum herum ein unübersichtliches Stillleben aus Kochbüchern, ausgerissenen Kalenderblättern, handbeschriebenen Zetteln, Zettelchen und Schulheften mit fleckiger Patina. Sie hatte sich Arbeit als Therapie verordnet und versuchte, mit dem Stöbern in kräftigen, holsteinischen Eintopfrezepten wie Lübecker National und Birnen, Bohnen und Speck, die dunklen Gedanken zu verscheuchen, die sich immer wieder in den Vordergrund ihres Kopfes drängen wollten.

Allein, es wollte nicht so recht gelingen. Heute Morgen hatten sie Elsbeth zu Grabe getragen und mit aller Wucht war Trude noch einmal die Endgültigkeit ihres Verlustes deutlich geworden. Zahlreiche Freunde aus Elsbeths großem Kreis waren erschienen, um ihre Anteilnahme zu bekunden. Bei dem anschließenden Lunch für die Trauergäste im Strandhotel machten Anekdoten und Ereignisse aus Elsbeths Leben die Runde und man konnte zumindest die Gewissheit mitnehmen, dass es ein erfülltes und glückliches Leben war und Elsbeth einen wichtigen Platz im Gedächtnis aller einnehmen würde.

Es führte nicht weiter, länger mit der Sinnlosigkeit ihres Todes zu hadern, warum ausgerechnet Elsbeth, die so viel zu geben hatte und auch mit ihren fünfundsiebzig Jahren noch so intensiv lebte, dieses Schicksal treffen musste. Es blieb nur, ihr tragisches Ende als Laune eines irrwitzigen Zufalls zu akzeptieren. Dass Trude auch gegenüber Iris keinen Groll empfinden konnte, sondern eher Mitleid und Trauer fühlte, machte das Verstehen nicht leichter.

Aus dem Flur war ein zaghaftes Klingeln zu hören. Trude schob ihren Stuhl zurück und als Lollo bemerkte, dass sie zur Haustür ging, stürzte er mit einem wilden Gebell aus seinem Körbchen, um als Erster dort zu sein.

Auf zwei Krücken gestützt, um Kopf und Arm einen Verband, stand Betty draußen vor der Tür. Sie bot ein wahres Bild des Jammers, das durch die mittlerweile blaugrünen Blutergüsse um ihre Augen noch verstärkt wurde. Unsicher sah sie von Trude zu Lollo, der sich immer noch wie ein Verrückter gebärdete. Erst auf Trudes Befehl gab er Ruhe. Fragend blickte Trude ihre Besucherin an, die behindert durch die Krücken, nur mit Schwierigkeiten einen riesigen Strauß aus Hyazinthen und weißen Rosen in ihren Händen halten konnte.

»Ja, hallo. Also, ich bin gekommen, um unsere Sachen zu holen. Michael, ein Kollege, fährt mich heute mit meinem Auto nach Berlin zurück.«

Betty deutete nach hinten, wo in einiger Entfernung der besagte Michael wartete. Ihre Stimme klang zittrig, sie schien sehr aufgeregt zu sein und sie mied es, Trude in die Augen zu sehen. Dann fuhr sie fort:

»Leider konnte ich nicht zur Beerdigung kommen heute Morgen, es hat mit der Entlassung aus dem Krankenhaus so lange gedauert. Sie haben noch alle möglichen Untersuchungen gemacht … ja …«

Als Trude immer noch nichts erwiderte, drückte Betty ihr den Blumenstrauß in die Hand und sagte schnell:

»Mein herzliches Beileid noch! Würdest du die Blumen bitte Elsbeth aufs Grab legen? Es tut mir alles so leid, bitte verzeih mir!«

Und dann war es mit ihrer Beherrschung vorüber und sie begann hemmungslos zu heulen. Verzweifelt kramte sie nach einem Taschentuch in ihrer Hosentasche. Eine Krücke fiel dabei um, direkt vor Lollo auf den Kies, der erschrocken zurücksprang.

»Die Ferienwohnung ist offen und ihr könnt den Schlüssel einfach stecken lassen, wenn ihr fertig seid. Die Blumen kannst du selbst zum Friedhof bringen, wenn es dir wirklich wichtig ist. Euer Weg führt ohnehin daran vorbei.«

Trude sprach ruhig und in sachlichem Ton und gab der verdutzten Betty, deren Tränen vor Schreck versiegt waren, den Strauß wieder zurück in die Hand.

»Ich weiß nicht, ob ich dir verzeihen kann. Wahrscheinlich kann ich es sogar. Eines weiß ich aber inzwischen ganz genau: Dass ich eine ganz andere Vorstellung von Freundschaft habe als du. Ich denke nicht, dass wir uns wiedersehen werden. Gute Heimreise!«

Damit schloss Trude die Tür.

»Ach, wäre es doch immer so leicht, die unangenehmen Dinge einfach aus meinem Leben auszuschließen«, wünschte sie sich in diesem Augenblick und wusste zugleich, dass es falsch war.

E N D E

Anhang

Aus Trudes Kochbuch »Geschmack und Vorurteil – Die Englische Landhausküche seit Jane Austens Zeiten«

Gefüllte Makrelen

Zutaten für 4 Personen:
4 Portionsmakrelen

Für die Füllung:
100 g Semmelbrösel, 25 g Butter, je 1 EL Petersilie, Thymian, Rosmarin, abgeriebene Schale einer halben, unbehandelten Zitrone, 1 Eigelb, Muskat, Salz, Pfeffer
Für den Sud/ Die Sauce:
4 Pfefferkörner, 3 Nelken, 3 Pimentkörner, 2 Streifen Zitronenschale, 1 Zwiebel, ¼ l Weißwein, ⅛ l Gemüsebrühe, ½ Becher Creme fraiche, 1-2 EL Mehl, Zitronensaft

Im Originalrezept sollen die Fische nicht aufgeschnitten werden, sondern nach Entfernen des Kopfes erst ausgenommen und durch diese Öffnung gefüllt werden. Wer über chirurgische Fingerfertigkeit verfügt, mag dies tun, die anderen schneiden, wie üblich, die Bauchseite auf und nehmen die Makrelen aus, waschen sie und trocknen sie ab.
Nun bereiten wir den Sud vor: In einen Topf, in dem die Fische nebeneinander liegen können, gibt man den Weißwein und die Gemüsebrühe mit Pfefferkörnern, Nelken, Piment, Zitronenschale und der in feine Ringe geschnitte-

nen Zwiebel. Diese Mischung wird langsam zum Kochen gebracht und dann schalten wir die Kochstelle aus.

Nun bereiten wir die Füllung: Dazu vermischt man die Semmelbrösel mit der geschmolzenen Butter, den Kräutern, der Zitronenschale und dem Eigelb, gibt eine Prise Muskat dazu und schmeckt mit Salz und Pfeffer ab. Jetzt geben wir die Füllung in die Fische und verschließen sorgfältig die Bauch- oder Kopföffnung (mit Spießchen oder mit einem Bindfaden). Den Sud im Topf wieder zum Kochen bringen, die Fische hinein geben und bei schwacher Hitze ca. 20 Minuten dünsten. Die fertig gegarten Fische herausnehmen, auf eine Platte geben und warm stellen. Dann entfernt man die Gewürze aus dem Sud, vermischt gut das Mehl mit der Creme fraiche und gibt es unter Rühren in den Topf. Kurz aufkochen, kosten, den Zitronensaft zugeben und ggf. mit Salz, Pfeffer oder etwas Wein abschmecken. Die fertige Sauce über die Fische geben bzw. in einem Schälchen dazu servieren.

Trude reicht zu diesem Gericht junge, in der Schale gekochte Kartoffeln und grüne, in flüssiger Butter geschwenkte Erbsen.

Trudes Trifle auf Vanilleeis

Dieses ausgesprochen köstliche Dessert stammt nicht aus dem 19. Jahrhundert, sondern ist Trudes Variation der typisch englischen Nachspeise dieses Namens.

Zutaten für 4-6 Personen:
250 g Biskuit, Portwein, 1 Packung Himbeeren (TK), 4 EL braunen Zucker, 1 Packung gutes Vanilleeis
Die Himbeeren mit 4 EL braunem Zucker bestreuen und

auftauen lassen. In eine ausreichend große Schüssel den zerkleinerten Biskuit geben und mit einem guten Schuss Portwein tränken. Die aufgetauten Himbeeren mit einem Löffel über dem Biskuit verteilen und nur soviel Saft dazugeben, wie der Biskuit aufsaugen kann. Für ein paar Stunden in den Kühlschrank stellen. Zum Servieren das Vanilleeis auf Portionsschälchen verteilen und jeweils eine Lage Trifle darübergeben.

Zu diesem Dessert gibt es bei Trude noch warmen Custard. Das wiederum ist eine traditionelle, englische Spezialität und hier folgt das Rezept.

Yellow Custard Sauce

Zutaten für 4-6 Personen:
¼ l süße Sahne, ¼ l Milch, 3 Eigelb, 100 g Zucker, 2-3 EL Maizena (je nach gewünschter Dicke der Sauce), ½ TL Bourbon Vanillepulver, Orangenblütenessenz
Alle Zutaten bis auf Vanille und Orangenblütenessenz in einen Topf geben und bei mittlerer Hitze mit dem Schneebesen glatt rühren. Unter Rühren bei kleinerer Hitze andicken lassen, das dauert 10 bis 15 Minuten und dann von der Kochstelle nehmen. Das Vanillepulver einrühren und die Sauce mit Orangenblütenessenz parfümieren. Lauwarm in einem Krug zum Trifle servieren. Der Yellow Custard passt auch sehr gut zu warmem Apfelkuchen oder einer Heidelbeertarte.

Angermüllers Osterbrunch

Wenn Sie eine größere Anzahl Gäste zum Osterbrunch bei sich versammeln, machen Sie's wie Angermüller: Um Ihren Arbeitsaufwand in Grenzen zu halten, kaufen Sie ein paar Schmankerln, um Ihre Gäste zu verwöhnen, z.b. edlen Räucherfisch, Wurstwaren vom Biobauernhof oder ganz besondere Rohmilchkäse, Dinge, die man nicht alle Tage auf dem Tisch hat. Das ist natürlich etwas teurer, aber es müssen ja keine riesigen Mengen sein. Und ein paar Leckereien bereiten Sie selbst zu:

Eier mit Krabben im Mürbeteigschiffchen

Zutaten für 8 Portionen:
Für den Teig:
200 g 550ger Weizenmehl
100 g Butter, kalt und in Stücken
ca. 100 ml kaltes Wasser
1 TL Salz
½ TL Kümmel, im Mörser zerkleinert

Für die Füllung:
5 Eier
1 Becher Creme fraiche
1 Bund Frühlingszwiebeln
Salz
Pfeffer
300 g Nordseekrabben
Petersilie

Das Mehl in eine Schüssel geben, in die Mitte eine Vertiefung drücken, die kalten Butterstückchen, das Salz und den

Kümmel zugeben und einen Teil des kalten Wassers zufügen. Alles schnell zu einem glatten, homogenen Teig verkneten und nur so viel Wasser zufügen, dass er nicht an den Händen kleben bleibt. In Alufolie gewickelt für 30 Minuten in den Kühlschrank legen. Die Förmchen mit Butter einfetten. Sollten Sie keine »Schiffchenform« haben, tun es genauso gut runde Tortelettförmchen oder Sie nehmen einfach eine große Quicheform. Die Form mit dem Teig auslegen.

Für die Füllung Eier und Creme fraiche gut verquirlen, klein geschnittene Frühlingszwiebeln, Salz, Pfeffer und 200g von den Krabben beifügen, alles gut vermischen. Im vorgeheizten Ofen bei 200° ca. 30 Minuten backen. Nach dem Backen die restlichen Krabben auf den Törtchen verteilen und mit Petersilienblättchen garnieren. Noch warm in den Förmchen servieren.

Curry Apfeldressing zu Graved Lachs

Zutaten für 250 ml:
1 Boskop Apfel
1 Becher Creme fraiche
3 EL mittelscharfer Senf
3 EL flüssiger Honig
1 Spritzer Essig
1 TL Curry (evtl. mehr, je nach Geschmack)
Salz, Pfeffer

Den Apfel schälen und in kleine Würfelchen schneiden, die man in wenig Wasser weich dünstet. Creme fraiche mit allen übrigen Zutaten verrühren, zum Schluss die Apfelwürfelchen (ohne das Wasser) dazugeben. Wer es etwas schärfer liebt, der gebe noch ein paar Tropfen Tabasco dazu. Dieses Dressing passt nicht nur zu Graved Lachs, sondern ebenso gut zu kaltem Fleisch oder hart gekochten Eiern.

Roter Heringssalat auf die schnelle Angermüller Art

Zutaten für 1 große Schüssel:
3-4 Bismarckheringe, in Stückchen geschnitten
1 Tasse klein gewürfelte Gewürzgurke
1 Tasse gekochte und klein gewürfelte Rote Beete
1 Tasse Apfelstückchen
2 hartgekochte Eier, gehackt
1 kleines Glas gute Mayonnaise
dieselbe Menge Joghurt
1 Prise Pfeffer
nach Geschmack: Essig, Zucker.

Mayonnaise und Joghurt in einer ausreichend großen Schüssel gut vermischen, alle anderen Zutaten beifügen, verrühren, kosten und ggf. mit Essig und Zucker abschmecken. Dann im Kühlschrank ein paar Stunden durchziehen lassen. Schmeckt am besten mit einem kräftigen, gebutterten Schwarzbrot.

Osterzopf

Zutaten:
500 g Mehl
1 Würfel Backhefe
2 EL Zucker
¼ l lauwarme Milch
150 g weiche Butter
1 Ei (Zimmertemperatur!)
1 Prise Salz
½ TL Bourbon Vanillepulver
abgeriebene Schale 1 unbehandelten Zitrone
100 g Rosinen
75g Mandelstifte (die letzten beiden Zutaten sind Geschmackssache)

1 Eigelb, verquirlt, zum Bestreichen
3 EL Hagelzucker

In eine angewärmte Schüssel (mit warmem Wasser ausspülen) das Mehl geben, eine Vertiefung hineindrücken und darin die zerbröckelte Hefe, die Hälfte der angewärmten Milch und die 2 EL Zucker mit etwas von dem Mehl zum Vorteig verrühren. Mit einem Küchentuch abdecken und an einem warmen Ort 15-25 Minuten gehen lassen. Wenn sich der Vorteig verdoppelt hat, sämtliche Zutaten bis auf Rosinen und Mandelstifte in die Schüssel geben und mit den Knethaken der Küchenmaschine oder den Händen so lange vermengen, bis der Teig eine elastische Konsistenz hat und sich rückstandsfrei vom Schüsselrand löst. Nun auf einem bemehlten Backbrett noch einmal kräftig mit den Händen durcharbeiten, bis sich der Teig glatt und ebenmäßig anfühlt. Zurück in die bemehlte Schüssel geben, das Tuch darüber und 30-45 Minuten an einem warmen Ort gehen lassen, bis sich die Teigmenge verdoppelt hat. Wer möchte, gibt jetzt Rosinen und Mandeln hinzu und lässt noch einmal für 15 Minuten ruhen.

Nun den Teig in 3 gleich große Teile teilen und diese zu glatten Kugeln rollen, aus denen Sie wiederum jeweils eine Rolle von ca. 40cm Länge und 3cm Breite formen. Die drei Rollen zu einem Zopf flechten, auf ein gebuttertes Backblech legen und dabei die Enden unter den Laib schieben. Nun mit dem Eigelb bestreichen, mit Hagelzucker bestreuen und weitere 15 Minuten gehen lassen. Backofen auf 200° C vorheizen und den Osterzopf auf der unteren Einschiebeleiste 25 bis 30 Minuten backen.

Am besten schmeckt dieses Hefegebäck frisch aus dem Ofen, einfach ohne alles, und an den nächsten Tagen (sollte tatsächlich etwas übrig bleiben) gut mit Butter und vielleicht auch Marmelade.

Trude lädt zum Tee

Gerne hätte Trude ihren Freundinnen natürlich auch kunstvolle Sandwiches, eine Shepherd's pie oder Sausage rolls zum Tee serviert. Doch da noch ein üppiges Abendessen bevorstand und anders als in England bei uns die Teezeit zwischen 16 und 17 Uhr ja eher den süßen Gebäcken vorbehalten ist, bleibt es bei Scones und Orangentarte. Wichtig ist vor allem eine große Kanne Tee – Trude bevorzugt eine typisch englische, herzhafte Mischung von Broken-Tees, die man gut mit einem Schuss Milch und, wenn gewünscht, braunem Zucker trinken kann.

Traditional Scones

Zutaten:
300 g Mehl
2 EL Backpulver
½ TL Salz
25 g Puderzucker
60 g kalte Butter
1 TL abgeriebene Schale 1 unbehandelten Zitrone
½ TL Bourbon Vanillepulver
75 g fein gehackte Rosinen (Variation: 75 g fein gehackter, gezuckerter Ingwer)
1 verquirltes Ei
200 ml Creme double

Mehl, Backpulver, Salz, Puderzucker, Zitrone, Vanille, Rosinen und die in Stückchen geschnittene Butter zu einer krümeligen Masse vermischen. Anschließend die restlichen Zutaten beigeben und alles zusammen zu einem glatten Teig verkneten. Diesen in eine gebutterte, runde Torten-

form geben, flachdrücken, mit einer Gabel im Abstand von 3cm einstechen, mit dem Messer 8 Stücke markieren und im vorgeheizten Backofen bei 180° C ca. 20-25 Minuten goldbraun backen.

Servieren Sie dazu Clotted Cream, eine Art dicklicher Schlagsahne, die sie wie Butter auf die Scones streichen und wenn Sie mögen, noch mit Marmelade krönen.

Orangentarte

In Trudes Sammlung von historischen Rezepten aus der englischen Landhausküche hätte man diese Komposition als »Pudding« bezeichnet, bei uns eher als Kuchen.

Zutaten:
Für den Teig:
200 g Mehl
100 g kalte Butter
1 Ei (wenn nötig, etwas kaltes Wasser)
2 EL brauner Zucker
1 Prise Salz
zum Blindbacken 500g Trockenerbsen

Für die Füllung:
180 g warme Butter
180 g Puderzucker
abgeriebene Schale von 2 Orangen und 1 Zitrone (unbehandelte Zitrusfrüchte!)
das Innere 1 Vanilleschote
7 Eigelb (Zimmertemperatur)
Mehl in eine Schüssel geben, eine Vertiefung hineindrücken und hier hinein das Ei schlagen, die Butterstückchen und die restlichen Zutaten zufügen. Alles schnell zu einem glat-

ten Teig verarbeiten und in Alufolie gewickelt für ½ Stunde in den Kühlschrank legen. Anschließend eine Tarteform damit auskleiden, ein Backpapier hineinlegen und darauf 1 Pfd Trockenerbsen schütten und das Ganze im Ofen bei 160° C für 15 Minuten blind backen. Nach dem Backen Folie und Erbsen entfernen (letztere aufbewahren, denn sie können mehrfach benutzt werden) und den Tarteboden auskühlen lassen.

Dann die Butter cremig rühren, langsam den Puderzucker, Zitronen- und Orangenschale sowie das Vanillemark untermischen und nacheinander die Eigelbe zufügen. Wenn die Masse eine schön cremige Konsistenz hat, auf den Tarteboden geben und bei 140° C auf der untersten Einschubleiste 25 bis 35 Minuten backen. Nach dem Backen dick mit Puderzucker besieben. Zur Dekoration kann man darauf ein paar kandierte Orangenscheiben legen.

Noch ein Tipp: Sie können die im Rezept angegebenen Orangen durch Zitronen ersetzen und erhalten eine köstlich erfrischende Zironentarte. Beide Variationen sind hervorragend als Dessert geeignet.

Schleswig-holsteinische Spezialitäten vom Mühlenhof

Sauerfleisch

Zutaten:
1 kg Dicke Rippe (vom Schlachter in 8-10 cm große Stücke geschnitten)
½ l hellen Essig
1 ½ l Wasser
8 Nelken
4 Lorbeerblätter
12 schwarze Pfefferkörner
10 Pimentkörner
3 Zwiebeln in dicke Ringe geschnitten
2 kleine Möhren in Scheiben geschnitten
7 TL Salz

Da dieses deftige Gericht seine Zeit zum Abkühlen und Gelieren braucht, ist es ratsam, das Sauerfleisch schon am Vortag herzustellen.

Das Fleisch waschen und in einem großen Topf mit sämtlichen Zutaten zum Kochen bringen. Hitze herunterregeln und das Fleisch gar kochen. Das dauert ca. 1 Stunde. Wenn sich das Fleisch vom Knochen löst, ist es fertig. Da die Brühe sich beim Erkalten zu Gelee wandelt, bereits jetzt in das Serviergeschirr geben und nach dem Abkühlen in den Kühlschrank stellen.

Reichen Sie zum Sauerfleisch Bratkartoffeln mit Speck und Zwiebeln, eingelegtes Gemüse wie Rote Beete oder Gewürzgurken und wenn man es ganz üppig haben will, eine Remouladensauce.

Trudes Holsteiner Aalsuppe

Ein wirklich spezielles und ziemlich aufwendiges Gericht, mit dessen Vorbereitung man frühzeitig anfangen sollte.

Zutaten für 6 Personen als Hauptgericht:
1 Schinkenknochen
500 g gepökeltes Schweinefleisch
1 Bund Suppenkraut
je 250 g Möhren, Sellerie, Erbsen, Spargel, Blumenkohl, grüne Bohnen – geputzt und kleingeschnitten
250 g weiße Bohnen, eingeweicht und vorgekocht
250 g Backpflaumen, ohne Stein und eingeweicht
Salz, Pfeffer
Essig
Zucker
2 Tassen Aalsuppenkräuter, fein gewiegt, wie z.B. Petersilie, Bohnenkraut, Kerbel, Majoran, Zitronenmelisse, Borretsch, Estragon – alles was der Kräutergarten hergibt

Für die Schwemmklöße:
½ l Milch
40 g Butter
Salz
Muskatnuss
250 g Mehl
4 Eier
Außerdem:
500-700 g Aal, in Stücke geschnitten und in gesalzenem Essigwasser weichgekocht
6 Portionen Salzkartoffeln

Den Schinkenknochen und das Pökelfleisch mit reichlich kaltem Wasser zum Kochen bringen, 2-3 Stunden bei kleiner

Hitze kochen. Die letzte halbe Stunde das kleingeschnittene Suppenkraut mitkochen. Zwischendurch öfter abschäumen, damit die Suppe klar bleibt. Wenn die Brühe fertig gekocht ist, abziehen und mit den geschnittenen Gemüsen und den weißen Bohnen erneut aufsetzen und für ca. 20 min kochen. Das Fleisch vom Schinkenknochen und das Pökelfleisch in Stückchen schneiden und beiseite stellen.

Für die Schwemmklößchen die Milch mit Butter und Gewürzen aufkochen, das Mehl hineingeben, gut verrühren und abbrennen. Dann vom Herd nehmen, in eine Schüssel geben und die 4 Eier schnell untermischen, so dass ein glatter Teig entsteht. Mit einem Teelöffel Klößchen abstechen und in siedendem Salzwasser garen (5–10min).

Die Suppe mit Salz, Pfeffer, Essig und Zucker abschmecken, die Backpflaumen zufügen, das klein geschnittene Fleisch und die Schwemmklößchen und alles noch einmal 10 min leise ziehen lassen. Ganz zum Schluss die Petersilie und Bohnenkraut fein gehackt dazugeben.

Zum Servieren geben Sie auf einen tiefen Teller eine Portion Salzkartoffeln, darüber die Suppe und wer mag bekommt noch eine Portion Aal obendrauf.

Rote Grütze

Zutaten für 6 Personen:
0,5 l Roter Johannisbeersaft
0,5 l Rotwein
1000 g rote Früchte wie Kirschen, Johannisbeeren, Himbeeren, Brombeeren (frisch oder tiefgekühlt oder eingekocht)
2 Streifen Zitronenschale (unbehandelt)
3 EL Zucker
1 Päckchen Vanillepuddingpulver
Zucker nach Geschmack

Die entsteinten, gewaschenen Früchte mit Saft und Wein zum Kochen bringen und auf kleiner Flamme weich kochen (wenn frische oder TK Früchte verwendet werden). Zitronenschale zufügen und das mit 3 El Zucker und 6 EL Wasser angerührte Puddingpulver in die kochende Grütze geben, kurz aufwallen lassen, mit Zucker abschmecken, in eine Schüssel geben und kalte stellen. Trude serviert diesen klassischen norddeutschen Nachtisch mit flüssiger Sahne. Übrigens schmeckt auch diese schlichte Variation sehr gut: Einfach ein Päckchen Vanillepudding statt mit Milch nach Vorschrift z.B. mit einer Flasche rotem Johannisbeersaft (0,7 l) kochen.

Pharisäer nach einem Rezept vom Mühlenhof

Zutaten für mindestens 10 Personen:
10 Eigelb
250 g Zucker
0,7 l starker Kaffee, kalt
½ l Alkohol (Apotheke!)
½ l Schlagsahne, steif geschlagen

Eigelb mit Zucker schaumig rühren, mit kaltem Kaffee und Alkohol mischen, im Sektglas servieren und oben drauf eine Sahnehaube geben. Getrunken wird mit einem Strohhalm. Soll die Lebensgeister wecken und Stimmung bringen!

Ella Danz
Geschmacksverwirrung
978-3-8392-1248-6

»Ein neuer Fall für Kommissar und Genießer Georg Angermüller.«

Kommissar Georg Angermüllers Stimmung passt zum grauen Novemberwetter in Lübeck. Erst vor kurzem zu Hause ausgezogen, fühlt er sich in den neuen vier Wänden noch ziemlich fremd. Und dann wird ausgerechnet in der Nachbarwohnung der Journalist Victor Hagebusch tot aufgefunden. Der Mann ist an Gänseleberpastete erstickt, die ihm mit einem Stopfrohr eingeführt wurde, und sitzt, nur mit einer Unterhose bekleidet, blutig rot beschmiert und weiß gefedert an seinem Schreibtisch. Alles sieht nach einer Tat militanter Tierschützer aus. Hatte der Journalist etwas mit der Szene zu tun? Angermüller folgt vielen Spuren, bis er auf eine überraschende Verbindung stößt ...

Wir machen's spannend

Ella Danz
Ballaststoff
978-3-8392-1112-0

»Danz meidet alle Klischeefallen routiniert und ist eine einfühlsame Erzählerin ...«
taz

An einem traumhaften Sommertag in der Lübecker Bucht liegt Kurt Staroske tot auf dem Golfplatz. Sind die Rockmusiker Holger und Peggy deshalb so nervös? Was hat der Greenkeeper Rob Higgins damit zu tun? Will Ökobauer Henning vor seiner Frau Gesche etwas verbergen? Und sagt Kurts Chef, der Biomarktbesitzer Hauke Bohm, die ganze Wahrheit?

Bei ihren Nachforschungen stoßen der Lübecker Kommissar Angermüller und sein Kollege Jansen auf so manch einen, der ein Geheimnis mit sich herumschleppt. Und auch die unermüdlichen Ermittler haben privat so manches Päckchen zu tragen ...

Wir machen's spannend

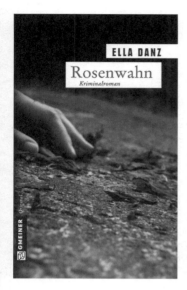

Ella Danz
Rosenwahn
978-3-8392-1056-7

»Eine spannende und brillant recherchierte Geschichte, beängstigend realistisch erzählt.«
Volkmar Joswig, Literaturkritiker

Unter einer betörend duftenden Rosa alba im Garten eines leer stehenden Hauses bei Eutin wird ein Skelett gefunden. Zwar wissen Hauptkommissar Georg Angermüller und seine Kollegen schon bald, dass es sich um die sterblichen Überreste einer jungen Türkin handelt, doch von der Lösung des mysteriösen Falls sind sie weit entfernt. Und es kommt noch schlimmer: Als ein heftiger Regen am Neustädter Binnenwasser etwas ans Tageslicht spült, beginnt auch Angermüller sich ernsthafte Sorgen zu machen …

Wir machen's spannend

Ella Danz
Kochwut
978-3-89977-797-0

»Wenn der Leser denkt, das Rätsel sei gelöst, tauchen plötzlich wieder neue Ansätze auf.«

Ein entsetzlicher Fund auf Gut Güldenbrook: In der Kühlkammer liegt Christian von Güldenbrook – kalt und tot. Auf dem ansehnlichen Herrensitz im Hinterland der Lübecker Bucht lebt und arbeitet der berühmte Meisterkoch Pierre Lebouton, Star der beliebten Kochsendung »Voilà Lebouton!«.

Bei seinen Ermittlungen stößt Kommissar Georg Angermüller auf Konkurrenz und Feindschaft unter den Mitarbeitern, Show-Kandidaten und den Bewohnern des Gutes. Auch Lebouton rückt in den Fokus der Ermittlungen, zumal er kein überzeugendes Alibi hat. Bis plötzlich jede Spur von ihm fehlt …

Wir machen's spannend

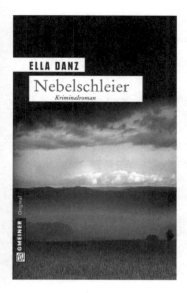

Ella Danz
Nebelschleier
978-3-8392-754-3

»Ella Danz – die Agatha Christie des Gourmetkrimis!«

Leblos liegt Bernhard Steinlein in der Felsengrotte im Park des romantischen Schlösschens Rosenau. Ermordet und unter seinem Rollstuhl begraben.

Der Lübecker Kommissar und Feinschmecker Georg Angermüller hatte sich eigentlich auf ein paar entspannte Tage in seiner oberfränkischen Heimat gefreut. Doch nun wird er durch drei alte Jugendfreundinnen – die Töchter des Mordopfers – unfreiwillig in den Fall hineingezogen. Gleich die erste heiße Spur schmeckt dem gaumenverwöhnten Angermüller gar nicht: Der alte Steinlein war der größte Grundbesitzer im Umkreis und wollte seine Felder angeblich einem Saatgutkonzern für Gentechnikversuche verkaufen …

Wir machen's spannend

Unsere Lesermagazine
2 x jährlich das Neueste aus der Gmeiner-Bibliothek

Alle Lesermagazine erhalten Sie in Ihrer Buchhandlung oder unter www.gmeiner-verlag.de.

24 x 35 cm, 32 S., farbig; inkl. Büchermagazin »nicht nur« für Frauen

10 x 18 cm, 16 S., farbig

GmeinerNewsletter
Neues aus der Welt der Gmeiner-Romane

Haben Sie schon unsere GmeinerNewsletter abonniert?

Monatlich erhalten Sie per E-Mail aktuelle Informationen aus der Welt der Krimis, der historischen Romane und der Frauenromane: Buchtipps, Berichte über Autoren und ihre Arbeit, Veranstaltungshinweise, neue Literaturseiten im Internet und interessante Neuigkeiten.

Die Anmeldung zu den GmeinerNewslettern ist ganz einfach. Direkt auf der Homepage des Gmeiner-Verlags (www.gmeiner-verlag.de) finden Sie das entsprechende Anmeldeformular.

Ihre Meinung ist gefragt!
Mitmachen und gewinnen

Wir möchten Ihnen mit unseren Romanen immer beste Unterhaltung bieten. Sie können uns dabei unterstützen, indem Sie uns Ihre Meinung zu den Gmeiner-Romanen sagen! Senden Sie eine E-Mail an gewinnspiel@gmeiner-verlag.de und teilen Sie uns mit, welches Buch Sie gelesen haben und wie es Ihnen gefallen hat. Alle Einsendungen nehmen automatisch am großen Jahresgewinnspiel mit attraktiven Buchpreisen teil.

Wir machen's spannend